创世草案

［俄］谢尔盖·卢基扬年科——著

郑永旺　宋红——译

新星出版社　NEW STAR PRESS

ЧЕРНОВИК
Copyright © Sergey Lukianeko
This edition arranged with Andrew Nurnberg Associates International Limited.
Simplified Chinese edition copyright © 2022
by Chengdu Eight Light Minutes Culture Communication Co., Ltd.
All right reserved.
著作版权合同登记号：01-2021-0876

图书在版编目（CIP）数据

创世草案 ／（俄罗斯）谢尔盖·卢基扬年科著 ；郑永旺，宋红译．-- 北京：新星出版社，2022.4
ISBN 978-7-5133-4646-7

Ⅰ．①创… Ⅱ．①谢… ②郑… ③宋… Ⅲ．①幻想小说-俄罗斯-现代 Ⅳ．
①I512.45

中国版本图书馆CIP数据核字(2021)第172885号

光分科幻文库

创世草案

[俄] 谢尔盖·卢基扬年科 著；郑永旺 宋 红 译

责任编辑：杨　猛
监　　制：黄　艳
责任印制：李珊珊

出版发行：新星出版社
出 版 人：马汝军
社　　址：北京市西城区车公庄大街丙3号楼　100044
网　　址：www.newstarpress.com
电　　话：010-88310888
传　　真：010-65270449
法律顾问：北京市岳成律师事务所

读者服务：010-88310811　service@newstarpress.com
邮购地址：北京市西城区车公庄大街丙3号楼　100044

印　　刷：北京天恒嘉业印刷有限公司
开　　本：910mm×1230mm　1/32
印　　张：12.75
字　　数：308千字
版　　次：2022年4月第一版　2022年4月第一次印刷
书　　号：ISBN 978-7-5133-4646-7
定　　价：59.00元

版权专有，侵权必究。如有质量问题，请与印刷厂联系更换。

北京俄罗斯文化中心致中国读者的一封信

尊敬的中国读者：

您翻开的这本小说，是俄罗斯最著名的科幻作家之一谢尔盖·卢基扬年科的作品。苏联和俄罗斯的幻想小说享誉世界，而卢基扬年科堪称一位优秀的继承者。他曾数次访问中国，与中国粉丝的交流活动就曾在北京俄罗斯文化中心举行。

很高兴看到卢基扬年科的作品在中国出版。幻想类小说在中国广受欢迎，中国读者对该类型小说的语言风格和故事情节总是有着细腻的体会和深刻的理解，这非常难能可贵，或许正是源自中国古代志怪小说的文学传统。

我想，这就是为什么卢基扬年科的作品在精神上非常接近中国读者——你们懂得欣赏那些真正有价值的作品。在无穷无尽的幻想世界里，你们秉承着自己独一无二的精神、哲学和道德体系。而卢基扬年科本人将自己的作品风格定义为"硬核幻想"及"道之幻想"，相信你们可以从中找到与中国哲学的契合点，毕竟，中国哲学所强调的，恰是生命之历程，而非生命之目的。

祝愿每位读者的阅读之旅充满惊喜，祝愿每个人都能在卢基扬年科的作品中找到自己内心的声音。读完此书，您可能会从全新角度审视自己，更加理解自己在世界中的位置，也拓宽自己生而为人的隐秘边界。这正是文学的宝贵使命。

好好享受这本书,为它腾出书架上的一席之地吧。

北京俄罗斯文化中心主任

塔玛拉·卡西亚诺娃

С наилучшими пожеланиями

致中国读者

亲爱的中国读者：

非常高兴能在拙作中译版中说几句话。

我曾多次踏上中国这个美丽的国家，也参观过中国的书店，亲身感受过读者对文学的热爱、对科幻文学的热情。

若干年前，我的作品曾经在中国出版，但此次的出版机会非同寻常。今年，在我的诸多类型作品中，唯独科幻小说受到中国出版方的青睐。

这对我来说意味着什么呢？

我看到，中国的读者正在仰望星空。他们对空间、知识和技术发展的兴趣与日俱增。我深信，人类的未来将不限于我们的地球。如今，中国当之无愧地在航天、电子等科研领域占据领先地位，科幻更有望成为点亮前路的灯塔。

如果拙作也能成为这座灯塔中的一簇亮光，我将不胜荣幸。

谢尔盖·卢基扬年科
2021年2月

1

人要倒霉起来，喝凉水都塞牙。你早晨起床，脚没有插进拖鞋，却踩到爱犬，爱犬受惊，对着你的脚踝就是一口。倒咖啡，本是件稀松平常的小事，你却浇在了新洗的衬衫上。走到地铁站，你想起没带证件，也没有拿钱，于是急忙赶回家——这时才发现，你不是忘带，而是丢了；一同丢了的，还有钥匙。

有时，情况截然相反。你醒来时神清气爽，依旧沉浸在美妙的梦境里，昨天的伤风感冒也了无踪迹。早晨的煎蛋火候刚好，不老也不嫩。前天晚上和你大发雷霆的女友竟主动打来电话，请求你的原谅。你刚到车站，就有无轨电车和公交车开过来。领导叫你去他办公室，是为了通知你加薪发奖金。

这样的日子，反而让我惴惴不安。古人云：福兮祸之所伏。此言不虚，人真不能太走运，这样下去，命运之神早晚要翻脸。波利克拉特斯僭主[1]把戒指扔进大海，其中自有缘由，但大海拒绝了他的好意。那一刻，哪怕他想切断戴戒指的手指，估计手指也要慢慢长出来。如果你不是那种无须努力，一切都唾手可得的天生幸运儿，

---

1. 古希腊萨摩斯岛的僭主，曾拥有庞大的舰队，经常四处抢掠，遭人痛恨。尽管如此，他依然能一帆风顺。埃及法老亚马西斯认为凡事过于顺利是不祥之兆，就劝波利克拉特斯舍弃一件最心爱的宝物，以求消灾避祸。于是，波利克拉特斯将一枚极其珍贵的宝石戒指扔进大海。没想到几天后，有个渔夫送来了一条鱼，御厨剖开鱼腹，竟然发现那枚戒指藏在里面。亚马西斯得知此事，认定神灵已经不打算继续护佑这位暴君。后来，波利克拉特斯被波斯的一位总督诱去，钉死在十字架上。

那就要小心了，这些幸福时光可能暗藏杀机。生活，就像有黑白相间条纹的囚服，今天是倒霉的黑色，说不准明天就是幸运的白色。

这样的想法常常让我感到些许安慰，但绝不是今天。

我站在自己家门口。门，很普通，就是那种廉价的大铁门。现如今，罪犯十分猖狂，我又没有在美国的多金叔叔，所以也只能买这种便宜货。

门，虚掩着。这是什么意思？估计任何人在这种情况下都想一探究竟。一瞬间，血顺着没有硬化的血管涌上大脑。记得就在一周前，安妮卡走的时候把钥匙摔在地上，眼中充满不屑。我的父母有备用钥匙，但他们可不是为了查岗，只是怕我不小心丢了自己的钥匙，就是人们常说的以备不时之需。而事实上，我父母整整一周都在土耳其休假，他们是不会来我这里的。

我站在门口，满脑子都是腰果。我的斯凯梗犬名叫腰果，听上去怪怪的，是吧？这事儿得问卖狗的。或许，这个品种的狗狗就喜欢坚果类的食物，也或许，它根本不知道腰果是什么东西。我也没好意思问。

如果小偷发现，屋里有一只虽小却很勇敢的狗，会干什么？要仅仅是踢它几脚，倒也无所谓。

说实话，屋里还真有贵重物品：一台笔记本电脑和一套豪华音响。对了，我的电视机也相当不错，DVD播放机还是新的。假设他是久混江湖的盗贼，肯定能找到我的小金库，一个用透明胶带粘在衣柜后面的信封，里面足有一千欧元。

但我最惦记的还是腰果。这时，从屋里传来金属碰撞的响声，如果不是这声音，我估计得在门口站几分钟，没胆量推门而入。

贼，还在屋里！

我没有勇士的体魄，也缺乏英雄的气概。说到搏击术，我只是小时候在为期半年的空手道培训班里学过几招,仅有的战斗经验也只是当时打了几次架而已。但此时,我冲进房间,那架势,就像李小龙亮出招式,要去对付几个穿和服的日本人一样。

诸位有时是否感觉自己就是个彻头彻尾的白痴?

我站在半明半暗、有点拥挤的一室住宅的过道里。可看这房子的装修,的确不是我的风格。墙上整齐的挂衣钩(我那件从春天开始就一直挂到现在的夹克衫踪影皆无)已然不见,代之以木制的、分叉状的衣架,上面挂着米色风衣和弯把雨伞,地板上铺的是一小块有浅色花纹的地毯。我看了一眼厨房,已经不是我熟悉的样子了。

最为明显的是冰箱不见了。此刻,在放冰箱的地方,站着一个年轻的姑娘,手端着锅,长相实在不敢恭维。看我进来,她下意识地尖叫了一声,手一松,锅砸到地上。

"你这个婊子,被我当场抓到!"我大喝一声。婊子是什么意思?这个词是自己蹦出来的吗?我有点儿糊涂了。

"您是谁?放肆!"姑娘大声说道,"给我滚!不然我就叫警察了!"

我一眼就看见了门边挂着的电话。她很豪横,凭什么?我朝房间瞥了一眼,没有发现和她同住的某个女孩。还好,我的腰果还在。它就站在以前属于我、但现在不属于我的沙发上,卖力地朝我狂吠,还是那么活力四射,精神头十足,而且没有受伤。

我的家具竟然都被搬走了,真是活见鬼。我离开家有多长时间?不过五六个小时吧。搬走也就算了,怎么还换成新的了?

"想报警?"我问,"我帮您叫。"

我拿起话筒,拨打了01。姑娘不再怒吼,只是默默地看着我。腰果还在狂吠。

"这里是火警,请讲。"电话另一端传来声音。

我重新拨号，这次是02。无所谓，拨错号码是常有的事。你也并不是每天都能遇到小偷，偷东西不算，还这么理直气壮。

"警察吗？有人入室抢劫，"我急匆匆地说，"请赶紧出警，地点是斯图焦内伊路……"

"您没病吧？还是喝多了？"姑娘问。很显然，她的情绪正逐渐平复。

"是的，是的，我是喝多了，吸烟吸傻了，扎针扎残了！"我啪的一声挂上电话，恶狠狠地说。

"这不是基里尔吗？"我听见身后有人说话。

我急忙转身，看见了楼梯间的邻居。这个逢人便吵的老女人叫加林娜，喜欢散布流言蜚语，热衷各种小道消息，左邻右舍深受其害。此时此刻，在门口附近，幽暗之中，加林娜的这张脸显然对我和小偷的谈话表现出无法掩饰的好奇，当然也不乏善意。

"加林娜，您过来看看，这到底是怎么回事啊？"我对她说，"我一回家，就在屋里抓到了这个女贼。"

这位女邻居的脸上竟然浮现出喜悦之色，其中还夹杂着几丝胆怯。

"基里卢什卡[1]，竟有这事？你赶紧报警。"

"我已经打过电话了。"我安慰她，"您能为我作证吗？"

邻居点头同意，但眼睛却瞄着女孩，神色轻松又诡异。

"你这个臭婊子，去年在市场，也是你偷了我背包里的钱！"

"您就是个疯子。"姑娘说着掏出香烟，淡定地点燃一支。勇敢的腰果在房间里继续吠叫。"腰果，给我闭嘴！"姑娘大声呵斥，小公狗马上就老实了。

---

1. 基里尔的爱称。

这让人很意外。邻居加林娜顿时也警觉起来,她偷偷看了一眼"女贼"。加林娜极其讨厌我的狗狗,总之,大楼里所有的活物她都憎恨。可是……

"你女朋友?"

"您说什么?就她?"我感觉自己被她的话给噎住了,特别懊恼。

在她眼里,几乎所有的年轻男子都非常渣,如果渣男还未婚,那简直就是卡萨诺瓦[1]和卡利古拉[2]的合体。但她竟然怀疑,这个一头红发、满脸雀斑、丑到瘆人的姑娘是我带回来的。我告诉她:"这女人我第一次见到。"

"我也是第一次见到您!"姑娘补了一句可有可无的话,"我不知道您想干什么,但请您马上从我家里滚出去。"

"基里尔在这儿都住了三年多了。"女邻居毫不犹豫地站在我这边。那一刻,我恨不得马上告诉她,你这个造谣生事的女人太值得尊敬了。"人家男孩子的父母都是有钱人,是他们给儿子买的房子,而且还装修了。别人一辈子都在奔波卖苦力,他这么年轻就有了自己的住宅……"

我对女邻居的东拉西扯有些着急。谁给我买的房子,关她屁事?她自己就有一套三居室的大房子,那是很久很久以前,她在国家计委系统工作时分到的,有人说她为国家作出了什么杰出的贡献,天知道……

"你们都疯了!"姑娘说,"或者,你们是一伙的?"

邻居举起双手,轻轻一拍,对姑娘所言表示遗憾,然后快速按响了隔壁的门铃。屋里只剩下我和女孩子,我们相互看着,心里装

---

1. 贾科莫·卡萨诺瓦(1725-1798),意大利冒险家、作家,是18世纪享誉欧洲的大情圣。
2. 盖乌斯·尤里乌斯·恺撒·奥古斯都·日耳曼尼库斯(12-41),罗马帝国的第三位皇帝,残暴且荒淫无道。卡利古拉是他的外号。

满了深深的敌意和怀疑。我们像约好了一般,谁也不动地方。她不停地抽烟,现在点燃了第二支。我用手指悠闲地转动着挂了好多把钥匙的钥匙环。

"妈妈不在家,"隔壁的小姑娘把门开个缝对加林娜说,"爸爸下班后在睡觉。"

"叫醒爸爸,有人入室抢劫!"这个老女人竟然有些幸灾乐祸。

小女孩伸出头看我一眼,尖声尖气地说了一声"您好",便迅速缩进房间,然后砰的一声关上了门。加林娜连忙解释道:

"老样子了,喝得像猪似的,在睡大觉,估计要睡到自然醒……"

门又一次打开,邻居现身了。他穿着短裤背心,光着脚,有四十来岁,身板结实,样子很凶,感觉他因休息被打断很烦躁,恨不得挥拳教训一下打扰他的人。

"您好,彼得·阿列克谢耶维奇,"加林娜很着急地说,"我们这里还有王法吗?光天化日之下,有人打劫我们的男孩子!"

"都这么晚了。"彼得说着,一把推开加林娜。他走到我近前,隔着我往里面看了一眼,问道:"需要帮忙吗?"

"警察马上就到。"

彼得点点头,脸上带着一副忧伤的表情说:

"真遗憾,怎么是个女贼?要是男的,我二话不说就先给他几个大嘴巴热热身。"

姑娘脸都吓白了。

"女孩儿又如何?就不能热身吗?"彼得把自己心里的想法大声说了出来。

就在这时,电梯里传出动静,彼得赶紧闭上嘴巴。几秒钟后,三名警察冲出电梯。其中两人手握自动步枪,他们定睛一看,发现似乎没有开枪的必要,于是就站在一旁,军姿标准,不亚于仪仗兵。

另外一人显然是领导,他问我:

"是谁报的警?"

"是我。"

"这是您的房子?"他的脸对着门问。

"是的。"

屋里的姑娘哈哈大笑,她已经歇斯底里了。

"是他的,就是他的!"加林娜很肯定,"我们是邻居,可以作证!"

"我是达维多夫上士,请您出示证件。"警察命令道,他好像没有要进屋的意思,"所有人都请出示证件。"

邻居们快速跑回自己家,就连那个慢条斯理的彼得也闪身回屋。我掏出护照[1],递给警察,前言不搭后语地解释道:

"下班回家,看见门开着……我是担心狗,这帮盗贼会把它踢死……"

"养狗就要养恶狗,犯罪分子听见它的叫声,都能吓尿裤子。"警察仔细地研究了一番我的证件,朝屋里的姑娘偷偷看了一眼,"要么就是您的狗不咬穿裙子的……嗯,基里尔·达尼洛维奇·马克西莫夫,户口所在地是莫斯科,住址为斯图焦内伊路,37号楼,18号住宅……很清楚。"

所有邻居再次现身,出示自己的证件。

"各位,为了查明案情,"达维多夫宣布,"请诸位进屋说话。"

"请大家进屋。"我有点儿幸灾乐祸,"看看,盗贼居然把我的家具搬出去,再摆上了自己的。"

---

1. 俄罗斯的护照分国内和国外两种,俄语都叫паспорт,翻译成汉语均为"护照"。根据俄罗斯法律规定,年满十四岁的俄罗斯公民需依法申领护照。

"这不是公然侵占他人住宅吗？"其中一名端枪的警察说道。

"闭嘴，让法官定案。"上士打断了他。

我们一起走进屋里。腰果开始了新一轮狂吠。达维多夫看看它，无奈地摇摇头，对女孩很有礼貌地说：

"请出示您的证件。"

"证件在包里，衣架上挂着。"女孩朝衣架方向示意。

"拿出来。"

女孩从包里拿出证件，她看我的眼神怪怪的。

上士先认真地看了看她的护照，然后走到窗前，借着夕阳的余晖，又仔细地研究了一番。他吹了一声口哨，看看我，脸上浮现出神秘的微笑。

"建设者第三大街，公民马克西莫夫……"

我不喜欢他称我为公民，个中缘由不必细说。

姑娘名叫娜塔莉亚，姓伊万诺娃，今年二十一岁，比我小五岁。她的证件上写着我房子的地址。此刻，我、娜塔莉亚、上士，三人坐在厨房的餐桌旁。

达维多夫又花了几分钟审查护照，然后问道：

"你们二位认识吗？"

我没回答，女孩也没回答。

"现在是谁住在这儿？"上士问邻居们。

"是他，"加林娜大声说道，"是他在这儿住，已经三年多了。"

看来，这个女人还有点儿人情味。

"是基里尔，"彼得·阿列克谢耶维奇非常肯定，"这事您不用怀疑。而这个女的嘛，我第一次见到。"

上士看看娜塔莉亚，用责备的语气问道：

"女公民，您为什么要这样？制作假护照，还入室偷盗。"

"还是让法官裁决吧。"姑娘反咬一口,"我就住这儿!这房子我三年前就买下了。而你们这些……"她把头转向我和那些一脸茫然的邻居,"这些人我也是第一次见到!他们是犯罪团伙,您怎么就不明白?"

我耳朵听她说话,眼睛也没闲着,注意到瓷砖有些异样。灶台和洗脸池上面铺的是最普通的条纹瓷砖,这墙裙跟我原来的也不同。我原来铺的是非常漂亮的深红色瓷砖,本来是很贵的,但因为商家要清仓,所以我买的打折货。我清楚记得买了多少,够铺两平方米的。

娜塔莉亚的瓷砖很便宜,是浅蓝色的。

是的,一天时间足以把屋里的家具运走,如果顺利的话,甚至还能把壁纸贴上,但怎么可能抠掉旧瓷砖,再贴上新的?而且还贴得如此干净整齐?

还是真有这种可能?

我又看看地板。地板胶也不是我当初那种,换了。

"这是您的房子?"达维多夫问,"您真的住这儿?"

"我有点儿糊涂了……"

"怎么?您自己不知道?"上士很吃惊,"您可是……"

"我是住在这儿,这些都是我的邻居。"我朝老邻居们点头示意,"可屋里都变了。家具变了,地板胶换了,我原来的颜色浅,而且比较柔软,是加厚的那种。"

娜塔莉亚气得直喘粗气。

"墙上的瓷砖也换了……"我感觉到警察支持的可能性愈发渺茫,于是闭上了嘴。

"什么瓷砖?"上士突然来了兴致,"瓷砖都换了?"

他凑近墙面,抠了抠瓷砖之间的缝隙,不解地耸耸肩膀,问另外一个警察：

"你是不是在工地上干过？一天时间能把瓷砖全换了吗？"

这个警察说话的口气有些犹豫：

"理论上是可以的，需要优质胶泥，速干勾缝剂……可实际上根本做不到。"

"走，我们看看洗澡间。"达维多夫说。

洗澡间里晾着各种内衣，都是女式的。娜塔莉亚很不好意思，急忙把短裤和胸罩收起来。

"这是您的洗澡间？"达维多夫问，"瓷砖和原来的一样吗？"

重铺这里的瓷砖，谈何容易。我明白上士的意思。换两平方米的瓷砖说起来简单，可要对洗澡间重新装修，那简直……

"好像还是原来的瓷砖，"我心里特别难过，"这里的没有重新换过，还是原来的样子。"

"有没有什么特殊的记号？比如浴缸是不是有缺口？瓷砖上是不是有裂纹？"

我绞尽脑汁，开始回忆，特别想找到属于自己的痕迹。

"我记得冷热混水阀上有划痕，买的时候就是残次品。"我承认自己买的东西便宜，"可这个冷热混水阀好像是另外一个，太旧了。"

"什么旧的？"娜塔莉亚很气愤，"我从来就没换过，原来什么样，现在还是什么样！"

上士的对讲机发出噼噼啪啪的声音。他对着麦克风叽里咕噜了几句，若有所思地摸了摸混水阀，然后郑重其事地说：

"既然这样，那好吧，你们两位谁有房产证？"

"我有，"娜塔莉亚赶紧回应，"马上拿……"

她快速跑进房间。

"我也有，是有过，"这回我彻底绝望了，"就在写字台的抽屉里。"我往里面瞥了一眼,屋里的桌子不见了。桌子,不见了。

"这么重要的东西就应该放在银行的保险柜里。"上士说话的语气让人感觉问题很严重。

我忍无可忍,说道:

"你说得容易,法律卫士!什么银行保险柜?我又不是新俄罗斯权贵,有必要租保险柜吗?我问你,你的房产证放在什么地方?"

上士一点儿都不生气,他的镇定反而让我心生恐惧。

"床垫下面。基里尔·达尼洛维奇,请您冷静冷静,祸从口出,说太多没用的,小心被抓。"

这时,娜塔莉亚拿着各种证件出来了,有物业缴费单据、电费发票、房产证……

我沉默以对。上士仔细地核查各种证件后还给了她,然后说道:

"这位女士,这位先生,看来我帮不了你们。基里尔·达尼洛维奇,您需要去法院起诉。如果房子真的是您的,那……"

我很诧异,连忙大声说道:

"你口中的'真的'是什么意思?"

达维多夫眉头紧锁,继续说道:

"我的意思是,相关证件在公证处和房屋买卖登记机关及建筑经营管理处都会有复印件。要想把所有文件都替换了……"上士的语气有些迟疑,"大概……可能……很麻烦,而且花销也不会低,实在得不偿失。没有人会为郊区这么个破预制板房子如此折腾的。"

娜塔莉亚嘿嘿几声冷笑,摆出一副胜利者的姿态。很显然,她坚信自己文件齐全,不管是在建筑经营管理处,还是在公证处。

"公民伊万诺娃,如果您一直居住在这里,左邻右舍一定认识。谁能证明您就是这里的住户?您的闺蜜,或者亲戚什么的?"

"亲戚都在普斯科夫,从没来过。"娜塔莉亚对警察的提议进行回应,"我和闺蜜一般到公园散步,去看电影,我们不会像男人那样在房间里喝酒。"她愤怒地看着邻居,继续说道:"而这些酒鬼邻居,我根本就不想认识。"

"冷静,冷静一下!"达维多夫挥手制止了冲向娜塔莉亚的彼得·阿列克谢耶维奇,"案情复杂,但真相终会浮出水面。现在,我们大家马上从这位女公民的房间里出去。"

我明白,我输了,输得无话可说。

尽管……

"我要带走我的腰果,你这婊子!"我说着,伸手去抱娜塔莉亚腿下蹦蹦跳跳的斯凯梗,"哎呀!"

腰果对着我的手指就咬了一口,接着迅速逃离我的控制范围。它动作过猛,在地板上滑倒了,接着又开始新一轮的狂吠。只——冲——我。

"混蛋,你把我的狗狗弄伤了!"娜塔莉亚大叫一声,"我可怜的腰果啊……"

"你出示一下养狗许可证!"我也不客气,"这是我的小公狗!"

娜塔莉亚怀里的腰果继续愤怒地朝我狂吠。我的手指很疼,好在它嘴下留情,没有出血。

"我们走吧,基里尔。"达维多夫拍拍我的肩膀,"走吧,狗不同意您的想法。"

"我现在就让你看看养狗证!"娜塔莉亚声音中带着哭腔,"你这个混蛋东西,想什么呢?还想抢我的狗狗不成?"

我们终于走了,离开我曾经的家。

出屋时,要么是达维多夫撞了我一下,要么就是他推着我往前走的,身后的房门咣当一声关上,接着传来锁门的声音。很明显,里面的人把门反锁了。

"奇案……"中士十分感慨。

我看看邻居,重点看了一眼加林娜,终于想起她的父称是罗曼诺夫娜。她也在看我,难以掩饰的兴奋一直挂在脸上。这回,她可有好多谈资了!

"下次您从面包铺回来的时候,屋里肯定会住进一个陌生男人,到时够您笑的了。"我冲着加林娜说道。

加林娜·罗曼诺夫娜怒目圆睁。

"你说什么!"加林娜惊恐地叫了起来,吓得转身往家跑,还冲我喊了一句,"我不认识你,你从来就没在这儿住过。"

达维多夫重重叹了一口气:

"您何必说这样的话?还有漫长的官司在等着您去打,结果您先把证人们都赶到自己的对立面去了。"

"那您相信我吗?"我问。

我从来就不喜欢警察,跟他们打交道,成效不多,麻烦不少。但我不讨厌这个上士,怎么说呢?他像个正派人,或者说,像正常的警察,换言之,警察就应该是这个样子。哪怕他查完娜塔莉亚护照后气馁的样子,都让我有点儿小感动。

"我相信您,您不像是撒谎,再说也没有这个必要。我也相信这些邻居。"达维多夫从口袋里掏出爪哇牌香烟,递给我一支,我拒绝了。达维多夫点燃香烟,继续说道:"兄弟,如果是我断案,那个可恶的老太太说的一句话比所有文件加一起都更有分量。"

"说不定,她真可能是房主……"彼得·阿列克谢耶维奇喃喃自语道,"您能给根儿烟吗?"

达维多夫看了看烟盒,说:

"警察从来不拿尽吃绝,会把最后的东西与人分享。抽吧,我车里还有。"

大家好像还没有散去的意思,眼前发生的一切把所有人都吓到了。

"我该怎么办?"我问。

"除了护照外,您还有其他什么证明文件吗?"

我摇摇头。

"您得去建管处,到那些能够证明房产属于您的所有部门取证。没有那几张纸,您什么都不是。"

"如果真没有,我该怎么办?"我自言自语。

"这就是问题所在。就算你能找来一百个证人,他们跟你在房间里喝过酒,贴过壁纸,庆祝过乔迁之喜,可没有文件,你什么都不是,没有一个法院会保护你的利益。要是有朋友在新闻单位工作,可以求他们帮帮忙,比如提供一些建设性意见什么的,或干脆写文章呼吁一下。"

"以前大家还关注报纸写什么,"彼得·阿列克谢耶维奇说,"可现在,只能用来擦屁股了。"

"狗的表现很反常。"达维多夫突然说,"我可以假定各种可能,有人把各处文件都替换了,重新贴了壁纸,换了瓷砖,但狗怎么会认不出主人?买的成年狗吗?"

"不是,抱回来的时候还是狗崽,才两个月大。"

"太不可思议了。"达维多夫摇摇头,"难道说这是另外一条狗?"

"是我的,自己的狗怎么能不认识?对外人来说,这个品种的狗长得都差不多,可我是主人。"

达维多夫的对讲机又发出噼噼啪啪的声音。

"祝您好运。"他说话的语气突然很冰冷,大概觉得言多必失吧。他按了电梯,回头说:"真相,总会大白于天下的。"

"再见。"那个以前在工地上干活、不善言辞的警察也和我道别。

他们一起钻进电梯,竟然没有发现自动步枪的枪杆纠缠在一起,悲剧常常因此发生。

"基里尔,到我家喝几杯如何?"彼得·阿列克谢耶维奇问,"你的脸色很难看。"

我摇摇头。

"我今天需要一醉方休,但不是现在。"

"你今天有地方睡吗?"

"有地方,如果我父母没把房子租给塔吉克难民的话。"

彼得没有笑。

我也没觉得自己的话有多可笑。我与彼得握手告别,按了电梯。

"如果有人问,我一定会告诉他们,你在这儿住过!"邻居说,"我女儿可以证明,我老婆也可以。"

我注意到他用的是"住过"。也许,彼得这么说并没有什么特别的意思。

2

父母的房子里没有塔吉克难民,也没有那些不知羞耻、相貌恶心的女孩。我从冰箱里取出一包冻肠,趁着加热香肠的工夫,又给花浇水。这几盆花还算幸运,我答应过父母要回家看看,可我一直在拖。

是花的过错吗?花拥有非凡的集体智慧和古老神秘的力量。

我嘟嘟囔囔一会儿后,就去吃香肠。说来奇怪,我的情绪并没坏到彻底绝望的地步,恰恰相反,心情逐渐由阴转晴。

抢走我的房子?呸,休想!想都不要想。我一定能找到证人,找到文件,找到检察院里的关系,先把房子"冻结"起来,他们会"亲自过问"此事。不管怎么说,我父亲当了一辈子妇科医生,在圈里大名鼎鼎,也不知有多少女法官和女司法工作者的妇科病是我父亲治愈的,她们会帮忙的。在我们国家,手握真理的人不一定能赢,笑到最后的人往往都有很厉害的人脉。而我,两者兼备,真理在手,关系特硬。但托门子找关系这事,我得慢慢来,不着急。

我渐渐平静下来,从冰箱里取出一瓶伏特加,就着香肠,喝了二两,又把酒放回原处。独自喝闷酒不是我的风格,这时候,我需要找个聪明人陪我,这样才能减轻压力,此为明智之举。

我抓起电话,仰倒在沙发上。找谁呢?他最好能马上过来。这个人,不能因为喝了酒就胡说八道。

这时,电话响了。

"喂？您是哪位？"我小心翼翼地问。上天保佑，千万别是父母往家里给我打电话，结果遇到那婊子……

"基里尔吗？"另一端传来愉快的声音，"我终于找到你了。你手机没开，安妮卡在你家咆哮，你怎么不在那儿住了？你怎么了？疯了吗？把房子给她，自己搬出去了？"

"安妮卡？"我对着电话问。见鬼，手机没电了，充电器在我自己的房子里。

"那个娘们儿不是安妮卡是谁？"

在科佳眼里，女人只有两种，一种叫"娘们儿"，一种叫"女士"。所谓的娘们儿，就是长着女人脸的女人，而女士就是指他现在爱的女人。

"科佳，你慢点儿讲，"我说，"我这边出了点儿问题，需要你给我出出主意。"

"正好，我也需要你给我出主意！"科佳高兴地说。别人叫他科佳，他并不在意，不知何故，他对自己护照上的名字——康斯坦丁并不喜欢。从小，大家叫他科佳或者科坚卡，他好像也不反感，这种爱称往往让人想到健壮如牛、慢性子的男人，而且散发着讥讽的酸腐味。现实中的科佳个头不高，身形瘦小，动作机敏，感觉整天都在忙碌。科佳，不是卡西莫多式的丑男，也非阿波罗式的靓仔，说实话，他的长相很讨人喜欢。他和众多仪表堂堂的美男子曾共同向几个姑娘献殷勤，但奇怪的是，最可爱的女孩往往都钟情于科佳。在相互介绍的时候，科佳会笑着说："就叫我小猫咪[1]吧。"他这么说的时候总让人感觉很真诚，一点儿都不虚伪。

"那你赶紧过来，"我说，"到我父母这儿。地址你还记得吧？"

---

1. 俄语中，小猫咪（Котенок）与科佳（Котя）谐音。

"记得。"说着说着,科佳突然忧伤起来,"朋友,我现在是热锅上的蚂蚁,必须交稿,至少还得两个小时才能干完。要不你过来?"

"你的女士会不会反对?"我问。

"娘们儿就没有一个好东西。"科佳似乎被爱所伤。

哈哈,又有一位"女士"变成了"娘们儿",如此说来,她没能真正搞定我这位头脑活络的科佳。而新的"女士"还没有出现。

"我马上过去。"我长叹一声,"可我真不想离开这么舒服的沙发。"

"我有极品白兰地。"科佳的语速很快,"这么好的东西还不能让你飞过来?"

"去他的白兰地,不想喝。"我长吁短叹道,"算了,我现在就出发。我是不是得带点儿什么?"

"你这么聪明,还不知道?"科佳说,"带什么都可以,除了娘们儿。"

莫名其妙把房子丢了,再去找朋友借酒消愁,这才是俄罗斯故事的发展套路,要是发生些其他事儿才叫奇怪。

科佳住的是宽敞的两居室房子,位于莫斯科西北部的一栋斯大林时期的老式建筑里。他偶尔也会把房子收拾得一尘不染。但此时,因为"女士"离开了,屋里又逐渐恢复了科佳原有的风格,像是没有狗的狗窝。根据阳台上灰尘的厚度和没清理的炉灶分析,科佳与情人分手至少有一周以上了。

我一进屋,科佳马上从电脑旁起身,迅速将品质极好的五星"亚拉腊山"白兰地摆到桌上。他满意地搓着手,然后说道:

"这是好酒,不喝二两,我的故事写不下去,我又从不一个人喝闷酒。"

很多时候,他都是以这种方式为喝酒作铺垫。酒不到二两,他就无法排遣又一位"女士"离去后带给他的忧伤,自然也就无法把故事写完,更想不出好主意。不过,他真的从来不独自喝闷酒。

我们把各自的酒杯倒满,科佳若有所思地看看我。几十个问题在我脑海里盘旋,但我却问了一个最离谱的:

"科佳,你说说,'婊子'这个词是什么意思?"

"难道这就是你要问我的问题?"科佳扶扶眼镜。他是轻度近视,也不知是谁告诉他的,说他戴眼镜很精神。这么说吧,科佳就是为戴眼镜而生的。戴上眼镜,他就是典型的犹太男孩,聪明又睿智,感觉像是在某个"文化部门"工作。"婊子是啥意思?朋友啊,你怎么这么天真?婊子,就是妓女行业中的低端从业者,那些在车站揽客的,还有站街的。"

"站街的是啥意思?"

"就是陪货车司机跑长途的。"科佳皱皱眉头,"我跟你说,每个娘们儿的身体里都住着一个婊子。"

"我不想为婊子干杯。"我连忙说。

"那我们就为娘们儿干杯。"

我们一饮而尽。

"如果你难过,想叫鸡,那就……"科佳试探着问。

"不,不。你想问我什么?"

"你老爸是妇科大夫?"

"嗯。"

"人一般都得什么性病?有没有特别炫的性病?"

"你是不是得性病了?"我脱口而出,"性病有艾滋、梅毒……"

"这些病一点儿都不炫。"科佳唉声叹气道,"我正在给一家小报写稿,稿子就叫《一个男人的自白》,这家伙整日沉迷女色,终于患上了性病。他得的不是梅毒,也不是艾滋,这些病毫无新意,听上去很老套。"

"你可以把自己的故事加进去。"我不怀好意地说,"我没有经验,你才是此中高人。我可以回家翻翻书,可我毕竟不是学医的,那些名词不好记。"

科佳用独门绝技养活自己,他专门给"黄色报刊"写故事,故事内容都很开脑洞,每当"又一位女士"把他甩了的时候,他一定会炮制出无数篇狗屁文章。当他的性生活特别和谐的时候,他会热衷于写那些耸人听闻的关于飞碟的东西,或者编造什么灵异的奇幻事件,再就是写名人的八卦和共济会阴谋之类的垃圾文章,他的作品中还有关于犹太人的阴谋诡计和政治秘闻等胡诌八扯。总而言之,写什么对他都无所谓,他的创作只分两类:写性生活的和不写性生活的。

"那就算了吧。"科佳皱皱眉头,"他还是得艾滋病吧,最后还是这个最有新意。"

我走到电脑前,看了一眼屏幕,无奈地摇摇头。

"科佳,你知道自己写的是什么玩意儿吗?"

"啊?怎么了?"科佳很吃惊。

"你看看你写的什么鬼话?'尽管她才十六岁,可发育很好,就像十七岁。'"

"哪儿不对吗?"科佳脸色阴沉。

"你能分清十六岁和十七岁的女孩儿吗?是按发育程度区分的?"

科佳嘴里嘟嘟囔囔,突然说:

"帮我把十七岁改成二十岁。"

"你自己改吧。"我转身回到桌旁,"你还准备写多少这样的狗血故事?要不你还是写一部长篇情色小说吧,大部头的,真正的小说。好歹也算文学作品。弄不好还能得个诺贝尔奖或布克奖什么的,也不是没可能。"

科佳突然低头不语，这让我很吃惊，我马上明白了，这事被我说中了，他正在创作不一样的东西，是很严肃的文学作品。或者说，他也是这样打算的。

总体上讲，科佳的文笔不错。他只要再现自己的生活，就可以成为畅销书作家，也会得到莫斯科布波族[1]和以类似生活为时尚的年轻人的追捧。但我不想说这事，今天我要说的是能考验我们到底是不是好朋友的大事情。

"科佳，我倒大霉了。"我说。很奇怪，我说自己倒霉，竟没有懊丧之气，完全没有，"百年不遇的事儿就发生在我身上。"

这番话好像不受我意识支配，脱口而出。讲完这个故事，我们已经喝掉了整整一瓶白兰地，科佳好几次摘下眼镜擦拭，最后干脆放在电视机上。其间，他有两次打断我，以确定其中的细节。又一次，他实在忍不住了，问道："你不是在胡说八道吧？"

我讲完时，已经是半夜十一点多了。

"你的确够倒霉的。"科佳说话的腔调有点儿像知道病人患了绝症，却不想把诊断结果告诉病人的医生，"什么文件都没有？"

"没有！"

"我怀疑你把护照和其他证明文件弄丢了，所以你的房子被人转手倒卖给这个……婊子了。"

"科佳，她说自己在那儿都已经住了三年了！证明文件上也是这么写的。"

科佳点点头，说："乍看上去，的确像房屋买卖欺诈。可一天时间就换壁纸，铺瓷砖……还有什么？"

---

1. 将布尔乔亚和波西米亚两种完全不兼容生活方式融为一体的一类人，他们既讲究物质层面的精致化享乐，又标榜生活方式的自由不羁和浪漫主义风度。

"地板胶也换了。"

"啊哈！此外还更换了冷热混水阀，搬走了家具，再换上新的，而且还要制造出有人长期居住的环境，摆放上拖鞋，挂上胸衣。基里尔，唯一合理的解释就是：你在说谎。"

"谢谢你这么说。"

"等等，我刚才说的是理性的解读，现在我们再说说那些千奇百怪的非理性版本。第一个，你疯了，要不就是喝多了。一周前，安妮卡把你甩了之后，你把房子给卖了，然后又忘了？"

"而且，我还伪造了各种证明文件，仿佛是三年前卖的房子！"

"我们首先确定一下，昨天之前一切是否还都是正常的？是不是有人到你家做过客？"

"没有。"我摇摇头，"等一下，有一个。伊戈廖克来过，他过来跟我借一张光碟。"

"什么黄碟？"

"不是黄碟，"我忍不住纠正，"是日本动画片。"

"谁是伊戈廖克？"

"我不记得他姓什么，伊戈廖克，伊戈廖克……很机灵的小伙子，在我们公司干过，后来去了我们对手的公司。你应该记得这人，是他给你组装的电脑！"

"我想起来了，就是装病逃兵役的那个？"科佳冷笑一声，"记得，你有他电话号码吗？"

"我手机没电了。"

"你用的是诺基亚吧？拿我的充电器，都是标准接口。电费多少，我稍后告诉你。"科佳嬉皮笑脸地说。

我掏出手机，接上充电器，不同型号的诺基亚都是一样的充电接口，用起来很方便。我打开通讯录，拼命寻找伊戈廖克的号码。

"找到了。下一步做什么？"

"打电话。"

科佳一把夺过手机，身体靠墙，脚踩方凳，姿势不安全，但动作很潇洒，似乎一切尽在掌握中。他底气十足，大声问道：

"伊戈廖克吗？亲爱的，你好。我是科佳，就是一年前找你组装电脑的那个人，对，基里尔的朋友。"

科佳朝我递个眼色，我赶紧打开自己带来的那瓶酒。

"是的，太晚了，真抱歉。但这事很重要，而且不能拖。你昨天找基里尔了吧？不，我不要姑娘上门提供特殊服务。不，我不感兴趣。我找你有别的事，他还在梅特维特科沃区吗？还在那儿？以前没有？他住单间公寓吧？对，我说的是那种一室一厨住宅。嗯。房子乱吗？没装修过？有没有搬家的痕迹？是的，是的，非常需要！嗯。他养狗吗？是公狗。是那种很可爱的小公狗吗？小狗昨天咬没咬基里尔？不是，他没喝醉。伊戈廖克，你给我听着，告诉你的娘们儿，男人说话，让她闭嘴！哪怕她在床上脱光光等你……你说什么？"

科佳默默地把电话递给我，摇摇头，说：

"你来教训教训这个年轻人，给他来点性启蒙。算了，反正娘们儿教不教育都那个德行！对呀，我觉得你有证人啊。你昨晚还在那儿住。狗总会认识自己的主人，不会把你当成坏蛋咬吧？"

"科佳，我还能找十多个证人。罗姆卡·利特维诺夫三天前来过，我们还在一起喝酒了。他常去我那里。好像还有人也去过。你应该知道，我没疯。可就在刚刚，我的房子被别人占了，而且好像她在那儿住了很久一样。"

"告诉我，那个娘们儿是不是很丑？"科佳顺口问了一句。

"那种'女士'，你不会有兴趣的。"

"我一定要为朋友做点儿什么。"科佳叹了口气,"她在什么地方工作?"

"她跟警察说,她在切尔基佐沃大市场卖鞋。"

"可怕,"科佳又叹了口气,"太可怕,太惊悚。我已经很久没有撩过售货员了。不过,我可以借机买一双男式中筒皮鞋。"

"这方面你在行。"我无奈地说,"可有什么用呢?"

"至少我能弄明白,她是谁。"

撩娜塔莉亚·伊万诺娃这样的残花败柳,科佳胜券在握,我对此深信不疑。对她这样的骗子行骗,我不会可怜。但仅仅如此,尚不能解我心头之恨。

"多谢你为朋友着想。你说,我该做点儿什么?要不,求助媒体?"

科佳扑哧笑了。他对媒体的评价向来不高。

"明天早晨你就不用去上班了。和你们老板请假,去房管处和公证处……"

"早就不叫房管处了,现在都叫建管处。"

"有区别吗?这么跟你说吧,你要踏破铁鞋,走遍所有的部门,找到能证明你以前在此房居住过的一切文件。"

"你要再说'以前'这个词,小心我揍你。"我阴沉着脸说。

"对不起。那就换成'你将要住的'。"科佳假装机灵,闪开我慢镜头挥向他的拳头,"对,就是'你现在住的房子',反正你得多转转,别忘了电话汇接局这个重要地点。"

"好,照办。"我精神为之一振。

"接下来,你会发现自己没有在任何部门查到任何能证明你是房主的材料。"

"哪个部门都没有,为什么?"瞬间,我的大脑清醒了。

"基里尔,根据这次诈骗行为的规模判断,人家就是想彻底把你搞定。我实在不理解，会有谁，又是为什么，都已经在这么短的时间里，完成了房子装修，又伪造了系列证明文件，却不把真文件替换掉，那实在是太蠢了。你那些看不见的对手绝不是糊涂蛋。所以，你找不到任何相关的文件。如果是这样，你就得请律师，要请好律师，如果不差钱，就一定要找业内最厉害的律师，不要去街边廉价的律所咨询。当然，要是钱不够，我可以借给你，嗯，至少我能借给你五百卢布。哈哈，我借你钱这事，你就别当真了。"

"谢谢。"我别的什么都没说，"没关系，我有钱。我的卡上还有一千卢布，不行就找老爸老妈。再说了，我知道他们藏钱的地方。"

"那就好，律师会给你非常明智的建议。这段时间，我也不会闲着，会想办法去看看这娘们儿的成色。"科佳给自己鼓劲，信心满满地说，"是这位'女士'的成色。他们未必想得到我们会走这步棋。"

"他们？什么意思？"

"怎么？你真以为她是湿婆[1]？一只手铺瓷砖，另一只手贴壁纸，第三只手铺地板胶？我倒想见见这犯罪团伙的女头目。是的，特别想知道这神奇的装修是怎么回事！你还得跑一趟装修公司，得是那种手续健全的正经公司，你要装成特有钱但精神有点儿问题的房主。你的任务是向他们打听，能不能用八小时完成一室一厨住宅的装修。你把在房子里见到的情况当成标准一一告诉他们，你就说想给老婆一个惊喜，不行，你没戴戒指，是单身狗，对，就说要给女朋友装一个这样的房子。你也可以编点儿别的。不用了，说女朋友更像真的。注意他们是怎么说的，这非常重要。"

科佳双眼放光。这不是白兰地的问题，而是因为我身陷险境，这让科佳很兴奋。生活中这样的事很多，你的大麻烦对你的挚友而

---

1. 湿婆，印度教的主神之一，有三眼四手。

言是最好的娱乐项目!

"去年我换过马桶。"他又开始滔滔不绝,"事情是这样的,我因为愚蠢,把马桶弄坏了。我找到了个师傅,手艺不错,不喝酒,看上去年纪不小了。水暖工不都是这样的吗?"

这种情况下,我喜欢不表态,只点头。

"一定得找有经验的!经验,是最重要的。"科佳继续发表高见,"就这样,这位年长、有经验的师傅整整忙了一天,从早八点到晚十点。我都快疯了,他自己也挺遭罪。因为好师傅都有一个特点,在马桶没安好之前,谁都休想上厕所。一番神操作,马桶焕然一新,这是他们神圣的权利和义务,最后用了十四个小时才安好!而你家全部的装修才用了八个小时。"

科佳从厨房柜子里取出香烟和烟灰缸,我点头示意要一根。其实,我抽烟和科佳一样少,没多大瘾。科佳没找到火柴,我们用天然气灶打火点燃了香烟。

"你是怎么把马桶弄坏的?"我问。

"我跟你说,就是因为蠢。你知道,有种像火柴一样的中国爆竹,一擦就着,一扔就响,就是快过年时满街小孩儿玩的那种。"

"然后呢?"

"夏天我和朋友去游泳。我带了一包爆竹,擦着一个往水里扔一个,就为了听爆竹在水里爆炸的声音。大家都觉得好玩,高兴得不得了。回到家里,我想给一位可爱的女士制造惊喜,让她看看爆竹在水里可以继续燃烧。我觉得没有必要把浴缸倒满水来演示,于是,我把点燃的爆竹扔进了马桶。还好,门留了缝隙。轰的一声,马桶化成一堆碎片!就剩下水管支在那里,马桶的边缘如刀片一样锋利。"

"这叫流体冲击动力的暴击。"我说,"在液体和封闭空间中的爆炸,威力巨大。你长点儿脑子吧。"

科佳没有反驳。他叹口气,深吸一口烟,然后说道:

"还有一件事,你的狗让我不安,特别不安。"

"警察也这么说。"

"警察说的对。墙,可以重新粉刷;人,可以撒谎;可狗,永远不会背叛主人。"

科佳抽着烟,一言不发。然后,他心满意足地重复道:

"人,可以相互欺骗。可狗,永远不会背叛主人……应该把这件事写进关于恋兽癖的小说里。"

"滚,你真恶心。"我说,"你肯定能当大作家,你能把人类的苦难变成创作的素材!"

"灵感不是来自人类的苦难,而是来自我个人的金句。"科佳对我的说法表示反对,"就先到这儿。我再琢磨一下。真难想出什么更好的主意。你说说,你和安妮卡现在怎么样了?"

"一般般。她希望稳定下来,希望我们之间能有未来,总之,就是想把婚戒戴在手指上。"

"你不同意?也该有责任感了吧?人生的四分之一都过去了,到现在,你不过是一家商业公司的基层管理人员,你的工作就是向其他公司推销各种零配件,这也算工作?这和你跟别人说'我在质检科工作,负责检查避孕套露不露气'有什么区别?你需要找一份好工作,娶个忠于你的女人,养一群在你身边跑来跑去的孩子。"

我瞪大了眼睛。

"别介意,我开玩笑,玩笑而已。"科佳喃喃地说,"轮不到我来教训你。我只是遗憾,你和安妮卡怎么能分手?我觉得她人不错。"

也许他这不是开玩笑。我若有所思,手指轻弹盛有白兰地的高脚杯。

"我也很遗憾,科佳。但事已至此,无法改变。"

"如果需要，安妮卡能出庭作证吗？"

"她能，"我对此很有信心，"我们没有撕破脸皮，是按知识分子的方式分手的。"

"知识分子闹分手，那就是狗血剧。水暖工说拜拜，不会有这么麻烦。"

"滚你的水暖工……"我低声说道，"还是喝酒吧……"

我们整整坐了两个多小时。谢天谢地，没有开第三瓶。第二瓶快见底的时候，我们已经进入快乐无比的醉酒状态。围绕房子所发生的一切，已经变成了冒险小说的情节。科佳还告诉了我一个不可思议的故事，他的一个远房亲戚，通过一系列设计精巧的操作，多次离婚，再多次复婚，硬是把莫斯科南北郊区的两处一室住宅换成了差不多位于莫斯科中心的四室一厅的房子。这事我们听起来很可笑，为此哈哈大笑。科佳告诉我，他的这个亲戚因为压力太大，得了心梗，被老婆甩了。如今，他自己像傻瓜一样住在大房子里，一身的毛病，谁都不理他。这样的结局反而让我们很高兴。

所以，科佳认为，人最主要的事情就是完成自己的使命，伟大的思想家科埃略[1]就对此有过高见。可见，科佳远房亲戚的人生使命就是完成这个伟大的换房计划。与完成这个使命相比，什么伤害身体，什么被老婆甩掉，统统不值一提。

最后，科佳把我扶到沙发上躺下，他自己回到电脑旁，继续创作小说。我把头往枕头上一靠，口中宣称自己全无睡意，却在键盘均匀的敲击声中，转瞬进入了梦乡。

---

1. 保罗·科埃略（1947- ），巴西著名作家，1988年出版著名寓言小说《牧羊少年奇幻之旅》。

3

我起得很早。奇怪的是,我感觉身体轻盈,精力充沛。我还想起一个笑话,说男人二十岁时整夜喝酒与女孩疯狂,早晨醒来,荷尔蒙依然爆棚;三十岁时整夜喝酒与女孩疯狂,早晨醒来,感觉夜里喝酒了,的确也和女孩疯狂了;四十岁时整夜喝酒,早晨起来感觉昨夜似乎喝酒了,好像有女孩在身边。我正处于二十岁和三十岁之间,所以夜里的感觉清晰存在,没有被其他的事情所覆盖。

这一夜,过得超爽。

科佳还在睡。我冲完澡,用手指蘸牙膏涮了牙,接着就直奔冰箱,给自己做了两个夹着博士牌香肠的三明治。我根本不想等待这位工作时间自由的脑力劳动者醒来。我想立刻行动,去战斗,去寻找,一定要找到证据,绝不放弃。

我向卧室里看了一眼。科佳的样子很可怜,像孤儿似的靠着墙,独自睡在宽大的双人床上。我摇了摇他的肩膀。

"伯爵,请起床吧!"[1]

科佳哼唧了一会儿,终于睁开眼睛,惊讶地看着我。

"我走了,去寻找真相。去建管处、公证处查文件,找律师咨询。你把门关好。"

---

1. 法国空想社会主义者克劳德·昂列·圣西门的仆人每天叫他起床的时候总会说:"伯爵,起来吧,伟大的事业在等待您!"

"啊……基里亚[1],"科佳揉揉鼻子,"我们昨晚是不是喝多了?"

我讨厌这种愚蠢的文字游戏[2],哪怕是喝醉之后!

"你不是要去切尔基佐沃大市场吗?"

"去会会那位女士吗?我记得,记得说过,"科佳大喊一声,从床上坐起来,"好,你先去,我也马上起床。"

接下来的四个小时,我满街乱转。我拦了一辆出租车,司机是个高加索人,在莫斯科这个行业都被他们垄断了。他的车比一般的车要结实许多,司机我也很喜欢。所以我立刻跟他订好按时间收费,开始满城乱窜:建管处、公证处、住房基金登记处……都是些人们不爱去的地方。但今天还算幸运,所到之处,皆无须排队,那些官僚习气严重的工作人员,对我的境况都能"感同身受"。

科佳是对的。

一切关于房子的文件的签字人都是娜塔莉亚·斯捷潘诺夫娜·伊万诺娃。

我没有和工作人员争吵。人家的名字,那就是人家的名字。我怎么会和对面与我同样卑微的办事员争吵?我首先要做的,就是对所发生的事情有一个全方位的了解。

最后一个要去的地方是奥斯坦金诺电话局,电话注册人果然是公民伊万诺娃。

突然,我有一种不祥的预感。我让司机把车停在和平大街俄罗斯移动通信公司的一个分店旁,走近柜台话费窗口,报出自己的号码。

---

1. 基里尔的另一个爱称,有戏谑含义。
2. 在俄语中,基里亚(Киря)与俚语词喝酒(кирять)发音相似。

"姓什么？"小姐姐语速很快。

"马克西莫夫。"

"不对，"姑娘很高冷，"再报一遍号码。"

"机主是伊万诺娃吧？"我说，"忘了，这是我妻子办的卡……"

"您要交多少？"

"一百卢布。"我心情很沉重。

我的手机号也没了。还好，这不算多大的损失。随便在路边找个小店就能买一张Beeline[1]的套餐卡或金丝卡[2]，重新签协议，换个号码就可以了。原来卡上话费还能剩多少？五百卢布？不会更多了。

最可怕的，莫过于人家把一切都考虑到了。他们甚至想到将手机号码更名！

难道连一点点漏洞都没有吗？

"走，去诊所，"我吩咐司机，"就在附近。"

诊所是最普通的那种，莫斯科随处可见。里面总有很多不停咳嗽的小青年和哼哼唧唧的老太太排队看病。年轻人多是来找医生开诊断书的，老太太除了看病，过来更主要的是为了和其他老太太聊天。来这儿看病就不要太讲究，疗效肯定马马虎虎。我来过不少次，就为让医生给我开"流感"诊断书，好回去请假。

诊所没有我的病例本，可找到了公民伊万诺娃的病例，有好几页，都被翻烂了。种种迹象表明，她多次来此看病。

走出诊所大门，我茫然地在门口站了几分钟，一抬头看见了司机，他正着急地等我回来。我，新出炉的流浪汉，何去何从？也许，我的情况还不算太糟，可以向老爸老妈求助，可以找朋友帮忙，至

---

1. 俄罗斯的电信公司之一。
2. 俄罗斯MTC电信公司的优惠服务项目。

少有班可上。

"快四点了。"司机提醒我。

"我走着去,"我说,"就在附近。"

我支付了八百卢布车费,谢天谢地,这在莫斯科还算良心价。

"还是我送你去吧,"司机说,"不要钱。"

如果我把自己悲惨的遭遇告诉他,他就能理解我了。司机是米格列尔人[1],战争时从阿布哈兹逃到这里。在远方的故乡,他的房子也不再归他所有。他甚至都不能回去看一眼,用他的话说,"回阿布哈兹,我会被人一枪打死。"

我至少还可以看一眼我曾经的家。

"谢谢,你辛苦了。"我拒绝了他的好意,"我就住在附近,自己慢慢走回去吧。"

车开走了,我朝家的方向走去。路上,我买了一盒香烟,毕竟,神经已经有些不大正常。活到这步田地,整个生活都坍塌了,让健康见鬼去吧!

我在楼下徘徊,一支接一支地抽烟,时不时看看窗帘。那是别人家的窗帘,我不挂那玩意儿,我更喜欢百叶窗。

我打开单元门,慢慢上楼,最后停在"自己家"门前,站了几分钟。这里异常安静。此刻,腰果也许正在沙发上打呼噜。

我摘下钥匙串,打开第一道门锁。可第二道门锁无论如何也打不开。仔细一看,发现锁芯[2]被换成新的了。

"你在干什么?"身后有人说话。

我回头,是邻居上楼了。

---

1. 居住在格鲁吉亚西部的部族。
2. 俄罗斯传统的门锁由两部分组成,把手上面为相对简单的叶片锁,把手下面为机械结构复杂的锁芯锁,根据文中描述的情形,基里尔只打开了把手上面的叶片锁。

"彼得·阿列克谢耶维奇,是我,基里尔!"我大声说。

"哈哈,是你……"他点点头,径直走到自己家门口,停住脚步,"早晨她把锁换了。自己换的,这女士的手真有劲儿。"

一听"女士"这个词,我马上想到科佳。

"这到底是怎么回事啊?"我问,"我的房子,就这样被人莫名其妙给抢走了……您简直难以想象,所有证明文件签的都是她的名字,所有机构里的文件都是。"

彼得点点头,掏出钥匙开门,然后说道:

"我讲点儿实话,邻居,我从来没有看到你有能证明这套房产属于你的文件。"

伤口上撒盐。我一时语塞,不知如何回答。就在这节骨眼儿上,又有一户人家开门,特别卑鄙无耻的加林娜探出了脑袋。

"这是谁呀?在这儿瞎转悠什么?"她问彼得·阿列克谢耶维奇,完全无视我的存在。

"是基里尔,咱们的邻居,以前的……"彼得含糊不清地说。

"哪个基里尔呀?什么邻居呀?这儿住的可是娜塔莎[1]·伊万诺娃!"这个卑鄙又无耻的女人说话时夹枪带棒。

"你这老女人、贱货……"我忍无可忍,"没良心的东西,你在阳世没几天蹦跶的了,上帝正等着见你呢!"

"我现在就报警!"她说完,一闪身回屋,在门后继续飚脏话。

"她不会打电话报警的。"彼得说着准备回到自己合法的屋子,"喝一杯如何?"

我什么都没说,默默地走下楼梯,不想等电梯,血液中的肾上腺素陡然升高。

---

[1]. 娜塔莉亚的爱称。

现在去哪儿？建筑公司？还是找卖狗的？我感觉需要从卖狗的那里找到突破口。

我掏出手机，找到了那个给我卖狗的女人的电话。我已经两年多没联系她了。等了一下她才接起电话，根据她的口气，我猜测一定是打断她做事了。据我所知，凡是养纯种狗的人，电话都很忙。

"是波琳娜·叶夫根尼耶夫娜吗？"说话时，我故意让自己的口气充满自信，"我是基里尔·马克西莫夫，从您那里买腰果的人。"

"腰果……腰果……"波琳娜·叶夫根尼耶夫娜嘴里叨咕着。她和所有的养狗人一样，能记住狗，但不一定记得买狗的人，"我记得，是一条非常棒的小公狗。您不想养了？还是狗狗生病了？"

"没有，一切都正常。"我开始扯谎，"如果方便的话，我想咨询您一些事情。是我朋友的狗出了些状况。"

"您要长话短说。"波琳娜·叶夫根尼耶夫娜特别强调她时间金贵。再说，解答以前顾主朋友的问题毕竟不是她分内的事。

"朋友的狗也是斯凯梗，特别好玩的小公狗。"我说，"可这狗突然不认自己的主人了，却把偶遇到的姑娘当成主人，而且朝朋友乱叫，还差点儿把他给咬了。为什么会发生这样的事？"

"完全不认主人？"波琳娜突然很感兴趣。

"完完全全不认！就像看到陌生人一样，可却听那个姑娘的！"

"您有没有惩罚过您的狗？"波琳娜·叶夫根尼耶夫娜之所以这么问，就是想让我明白，我所谓的"朋友"，完全是子虚乌有。

"没有，我舍不得。"我喃喃地说。

"您的狗绝育了吗？也许，正赶上姑娘……特别的日子。"波琳娜·叶夫根尼耶夫娜吞吞吐吐地说，"小公狗正处在荷尔蒙泛滥的青春期，它想赢得女人的芳心。可狗狗不认您是主人这件事……"

"不是我，是我朋友！"

"好的,好的,您的朋友。请您告诉您的朋友,斯凯梗是很情绪化、很聪明的犬种,如果你对它不好,它会生气的,对主人也是。所以要善待狗狗。如果可以,让您的朋友向狗道歉。狗和人一样,什么都懂。您不相信?记得有一次……"

"您的意思是,这种事还是有可能的?"我打断波琳娜·叶夫根尼耶夫娜的话。

"我个人还没遇到过。"波琳娜冷冷地说," 不过,现实中有各种各样的第一次。记住,对狗好点儿,多关心它!善待狗狗,您就会从狗狗那里得到您需要的一切,靠暴力和吼叫是不行的!狗和人一样聪明,但比人善良,而且与人的最大区别是,狗永远不会背叛主人!"

"非常感谢。"我慢吞吞地说,"我会把您说的转告我的朋友。"

"好的,您告诉他,我就是这么说的,也向您的夫人转达我的问候。我记得她叫娜塔莎吧?"

一股寒气袭来,从头顶到脚后跟。我突然意识到,我和波琳娜通话时听见了话筒中传出翻阅文件的沙沙声。

"您弄错了,我还没结婚。"

"怎么可能?我这儿有记录,上面清清楚楚地写着:腰果·冯·阿尔齐巴尔德,雄性,狗主人是娜塔莉亚·伊万诺娃……"

"是的,您说的对,"我说,"对不起,打扰了,再见。"

这些人心思缜密,把一切细节都想到了,并做了周密的安排,他们甚至伪造了原房主的养狗证明。

为什么?难道就为了侵占旧预制板楼房里的一套住宅?

真荒谬!像做梦!没道理!

我一屁股坐到长椅上,掏出香烟,手里拿着电话,内心一阵茫然。电话,是别人的!房子,是别人的!狗,是别人的!难道这仅仅是开始吗？我还会失去什么？

亲人！朋友！工作！

我拨通了我所在公司的零售部。电话占线，这很正常，总有潮人想花最少的钱买最牛的显卡。我拨打了老板的电话。

"喂！"

"瓦连京·罗曼诺维奇，早上好！"

"早上好。"

"打扰您了，我是零售部的经理基里尔·马克西莫夫。"

"您是哪家公司的？"

手机差点儿掉到地上。

"我是你们B&B公司的员工啊！"

说话声停止了。有人在私语，麦克风好像被手捂住了。老板是个技术盲，到现在也不知道哪个是关麦的按钮。我好像听见里面说："基里尔·马克西莫夫是在我们这儿工作吗？是在零售部？"

不一会儿，老板非常礼貌地问："喂？"

"我今天有事上不了班，瓦连京·罗曼诺维奇。我家里出了点儿状况。"

声音再次停住，但我能听见从掌缝中传出的对话。

"呃……您是基里尔·马克西莫夫？"

"我是基里尔。"我绝望至极。

"您说您在什么部门工作？"

"我在零售部，是销售经理。您问问安德烈·伊萨克维奇！"

"安德烈·伊萨克维奇，"这次老板故意提高嗓门。"你们部门有个叫基里尔·马克西莫夫的吗？"

"没有。"电话里传出销售部部长的声音，"瓦连京·罗曼诺维奇，我也不知跟您汇报多少次了，我们还需要一个人！这么大的工作量，就三个人，太难了，根本做不过来！"

"您叫……基里尔·马克西莫维奇？"老板说。

"我叫基里尔·马克西莫夫！"

"基里尔·马克西莫夫，我不知道您开这种玩笑是什么意思，如果您想来我们公司，而且有工作经验……"

"当然有工作经验，这行我都干三年了。"

"哪家公司？"

"就在B&B！"我气得喊了出来，然后立刻挂断电话。

我浑身哆嗦。我是大活人，不是可以伪造的文件。瓦连京·罗曼诺维奇居然不认识我了？好吧，那是因为我和他见面不多。可安德烈·伊萨科维奇·利瓦诺夫这个和我一起喝过工业酒精、一起打拼的同事，他怎么也……

文件，可以伪造，如果他们决定侵占我的房产。

人，可以收买，可以恐吓，如果他们决意设计陷害我。

可老板和安德烈是什么时候有这么高超的演技的？安德烈，虽然也叫利瓦诺夫，但他可不是那个利瓦诺夫[1]啊。让他以如此沉痛的语气汇报说缺少销售经理，这种即兴表演，他无论如何都做不出来。

我的手控制不住地颤抖，不是因为昨晚喝多了。我看看周围，这是我的小区。我的，你们明白吗？我的！儿童游乐场上的长椅和旋转木马在建城日那天涂的油漆还没有褪色。这一切都在我的小区里！还有把湿树叶扫到一处的看门人，也是我的老相识。我常去拐角的小商店买香烟、香肠和速冻水饺，那是我熟得不能再熟的地方。周围的一切是那么亲切，那么熟悉，甚至我们这栋楼和隔壁那栋之间通道上的小水坑也让我备感亲切。不知有多少次，我的双脚被小

---

1. 瓦西里·利瓦诺夫（1935— ），俄罗斯著名演员、导演、作家。

水坑弄湿。记得有一天我不小心在此滑倒,脸朝下跌倒在水坑里,我当时的样子像个小丑,双手不停地摆动,试图保持站立的姿势,但最终还是倒在柔软的地上。安妮卡当时哈哈大笑,非常开心,我看着她,坐在水坑里,陪着她无奈地苦笑。一位老奶奶从旁边走过,说我们年轻人就知道喝酒,没了良心和羞耻感……

我拨通了安妮卡的电话。

"基里尔,不要打电话骚扰我好吗?"电话那端说,"我不想和你说话。记住,不想。"

她挂断了。

也许,我们之间早已情尽缘灭。我对此并不伤心,甚至很高兴,因为至少安妮卡还知道我的号码,她还记得我!

到底发生了什么?

我换了个姿势,让自己更舒服些,还朝看门人点点头,他没有认出我,对我友好的举动没有任何反应。我开始给所有的朋友、熟人、生意伙伴打电话。这些人中有阿什莫夫经理(我从他那里给公司采购过商品)、老爸的熟人——牙科医生亚波隆斯基(半年前他还给我补过牙)……

打了半小时,我的手机就要没电了,电话也打完了。

事情很奇怪,也可能不奇怪,如果整个事件毫无规律可言才奇怪。而这件事,却有规律可循。

像亚波隆斯基、大批发公司总经理等这类偶然认识的人完全不记得我了。那些或多或少有一些共同回忆的朋友也都没有马上想起我。只有当我提醒对方说:"列什卡,你怎么傻了呢?我们上周还在草耙子酒吧嗨皮过。"对方才能想起我,然后开始尴尬地请求原谅,并将忘记我的过错归罪于工作太忙或是昨天喝酒太多。其中有五个人马上就想起了我。还有科佳,虽然我们刚刚还交流过。还有三个女孩，我和她们的关系比热情多了一点儿暧昧。出乎我意料的还有一个小伙子，他在与我们公司存在竞争关系的公司上班。我和他接触不多，怎么说呢，我感觉这个人的脑袋有点儿……问题。

我禁不住苦笑一声。咄咄怪事！这些事儿和科佳写的小说差不多。那个小伙好像还是个同性恋，而他貌似对我颇有好感，所以才记得我。

我竟然成了这位同性恋的性幻想对象！这事让我很震撼，不亚于听说自己的熟人患动脉硬化。我走进拐角的小商店，买了一瓶啤酒，里面的售货员根本没有认出我。我再次回到长椅旁坐下，绞尽脑汁思考自己身上发生的一切。去他奶奶的小年轻，竟然对我产生邪念。不用到晚上，他就会把我忘得干干净净。但还是——恶心。

紧接着忘记我的可能就是那些与我有过短暂情缘的女孩。

再接下来会是什么？

失去工作！失去房子！失去朋友！

护照会有问题吗？会吗？会的，是伪造的，在市场上买的。

父母会怎样对我？

在他们自己的房子里发现我，他们会报警吗？

我拨通了老爸的电话，里面传出噼噼啪啪的噪音和国际长途特有的空灵感。

"喂？"爸爸情绪不错。

"老爸好，我是基里尔。"我说。

"你是谁？"爸爸没明白什么意思。

"基里尔，你怎么了？自己儿子说话都听不出来了？"

"基里尔，我听不清楚。"父亲温和地回应道，"信号太差了，这哪儿是移动通信，像是战地邮局。你怎么样？很忙吗？"

"嗯，很忙。"我喝了一口啤酒。

"你妈让我问你身体好不好?"

"很好,像牛一样壮。"

"一切都好吧?没出什么事吧?"

我很想说自己被解雇了,房子被占了,朋友全不记得我了。但是,话到嘴边又咽了回去。

"都挺好的。你们玩得开心吗?"

"非常开心。土耳其人为我们提供了全方位的服务,周到热情,虽然他们的目的是掏空我们的钱包。"父亲高兴地说,"你没来,真是亏大了。"

"是啊。"我同意爸爸的说法。

"你怎么想起给我打电话了?想我们了?"

"嗯。"

"再过三四天我们就回去了。你妈妈给你买了很多礼物。"

我点点头。礼物可能是两件印有"土耳其——快乐女孩的国家"字样的足球衫、从海边带回来的仪式感超强的贝壳、一瓶土耳其茴香风味的甜酒。

"再见,基里尔。"父亲说,"我卡上钱不多了,漫游费太贵了。"

"需要我给你充值吗?"我问。

"就这样吧,不需要。再见!"

"再见,爸爸!"

不知怎么回事,我心里还是感觉不对劲儿。他们好像听出了我的声音,而且也买了礼物……

总之,我对自己越来越没有信心,这才是问题所在。对那些普通朋友而言,一昼夜足以让他们忘记我,可对父母来说,所花的时间要多些,要多很多,也许是一周。但迟早都一样,他们一定会忘掉我的,我对此深信不疑。如果他们在家里看见我的照片,一定会非常迷惑。总之，谁又能保证，照片不会消失呢？或者原来的照片没了，代之以另外的照片呢？

怎——么——办？

"我需要找专家咨询。"我喃喃自语。是的，我的确需要找专家，找一个能参透其中秘密的人。警察？不行。律师？我这辈子都不想见。找有超能力的人？也许是的。闻所未闻的事情正在我身上发生。找有超能力的人，还是找神父？

我摸摸胸前的十字架，内心深处是满满的惭愧。就信仰的形式而言，我是东正教教徒，我不是童年时受洗的，而是在我完全拥有自我意识的年纪接受了洗礼。也就是说，我知道自己为什么这样做。只是我偶尔才去一次教堂，一年去忏悔一次。也许，真到了我需要求助上帝的那一庄严时刻？

天哪，我怎么这么倒霉？而且让上帝帮忙，程序很复杂，他不会为这点儿屁事单独接见我的！我只能求助他在人间的代表。听完我的故事，任何一位智力健全的神职人员会怎么想？他们中大部分可都是神智正常的人啊！

没错。他们会说我是病人，大不了，认为我是疯了。他们一定会安慰我，劝我祈求上帝，还有可能和我共同祈祷。

当然，没有人会相信我说的是真的，除非碰上极个别理智完全不在线的神父，但这些人的帮助，又不是我需要的。

虽说如此，我还是祷告了几分钟，感觉好了一些。像往常一样，当你试图把自己的困难放在别人肩上，让别人来分担时，仿佛你正在挪开困难的大山。此刻，我需要有人帮忙。

现在，我生命的关键时刻，我需要更切实可行的解决方案。

我再次拨通科佳的电话。

"喂？"我这位文坛朋友立刻有了回音。

"嘿，我是基里尔。"

"你是……哪个基里尔？"

看来，对我遗忘的速度在加快，并且是以几何级的速度在加快。

"科佳，我半小时前还给你打过电话。记得吗？"

"是吗？"科佳好像不确定。

"我是基里尔，B&B公司的经理。我们都认识五年了！昨晚我去过你家，我们喝了两瓶白兰地。"

长时间的沉默。

"基里尔，你现在能过来吗？"科佳问。

"可以。"我终于长出一口气。

"马上过来，要快，出怪事了。"

"真的吗？我也发现了。"我从长椅上站起身，恶狠狠地说。

4

今天路上很顺利，我只用四十多分钟就到了科佳家，按下了门铃。

科佳磨蹭了一会儿才把门打开。他死死地盯着我，眼里闪烁着无法掩饰的好奇。

"科佳，是我，基里尔。"我说，"记得吗？我们昨晚还……"

"喝酒了。"科佳嘴里嘟嘟囔囔道，"我暂时还没有忘记。请进。"

他瞪着眼睛看着我，让我很不舒服。那眼神不像是在看陌生人，而是在看非常奇怪的熟人。

"就是说，你还记得？"我又确认了一遍，"怪事接二连三。我给熟人们打电话……"

"过来看电脑。"科佳说，"你看电脑上写的什么。"

我乖乖地走到电脑前，屏幕上有一个打开的文本。我不解地看了一眼科佳。

"从头读。"他说完，就躺在了沙发上。

我从文本的开头看起，并读出声来：

个人训练

谢苗·马卡罗维奇是四十岁的中学体育老师，他目不转睛地看着这些比实际年龄发育更成熟的八年级女生在运动大厅里训练。尤利娅走到他近前说：

"我做不了劈叉这个动作。"

"那你第一学季只能得三分[1]。"谢苗·马卡罗维奇说道,"你身体的柔韧性不够。"

尤利娅是学校公认的优等生,她的脸顿时变得毫无血色。

"谢苗·马卡罗维奇,千万不要三分啊,一点儿补救的办法都没有吗?"

"当然有,而且这也不难。课后到我这儿来一趟。我们一起进行身体的柔韧性训练。"

我疑惑地看看科佳,他皱皱眉头说:

"我正写得热火朝天,你就来电话了。接着往下看。"

四十岁的体育老师和身体柔韧性差的女优等生之间暧昧诱惑的故事突然被打断了,我到现在也不知道,这个老淫棍下一步要采取什么措施帮助一位什么都没有做、发育程度就已经与年纪不符的女学生。可接下来的故事竟然和我有直接关系。

刚才老朋友基里尔·马克西莫夫给我打来了电话。很奇怪,我竟然没听出来是他。可昨天我们明明整晚都待在一起,还喝了一瓶酒……

"是两瓶。"我纠正了他的错误。

只不过是在他的提醒下,我才想起来。可就算想起来,我还是觉得这事情蹊跷。昨天怎么过的,我好像记得,怎么工作的,也记

---

1. 根据俄罗斯考试的惯例,2分以下为不及格,3分为及格,4分为良好,5分为优秀。

得，和某人怎么喝的，也记得。可是具体和谁，脑袋里完全是空白的，基里尔给我来电话时我才想起来。我花了很大力气才想起他的长相。总而言之，凡是和他有关的记忆，我都有些模糊了。有的记得，有的记不得了。

"'记得'用得也太多了。"我说，"文学家，注意修辞，语言不要太贫乏。"

"我哪里还顾得上咬文嚼字啊？"科佳斥责道，"往下读……"

接下来，科佳详细描述了我们昨天的谈话和我的倒霉事，文章最后一句话是：如果基里尔再晚半个小时来电话，我甚至怀疑，是否还能记录下这段故事，我可能根本记不起他是谁了。

我叹口气，把椅子转过来，面对科佳。

"现在我还能记得你是谁，记得与你有关的一切。"科佳沮丧地说，"可只要我的注意力一分散……就像刚才，我出去倒咖啡，回到书房打算继续写体育老师的故事，一看屏幕上，竟有些莫名其妙的文字，便开始读。这才又能重新记起你，但记忆特别模糊。"

"科佳，到底出什么事儿了？"我问道。

"你还记得自己的事情吗？"他用期盼的眼神看着我。

"我自己的事情都记得，是别人渐渐把我忘了。我父母好像还记得，安妮卡也记得，还有几个女孩儿。"

"只有那些与你有牢固情感纽带的人记得你。"这是科佳的结论。

"什么意思？"

"意思是，经常想起你的人无法忘记你。或者说，至少不会马上忘记你。我们经常遗忘，这很正常。如果某些信息多余又无用，大脑会很快将其抹掉，或者将这些信息储存在大脑的某个角落。我的电脑系统就有这样的程序，每隔几天就弹出一个窗口问我：'您已有半年时间没用这个软件了,是否继续保留或删除?'这其实很正常,只是一切发生得太快,就像你的动脉硬化。"

"这和我有什么关系?我什么都没忘。是我的很多朋友得了动脉硬化。"

"这太不可思议了。"科佳阴沉着脸说,"听我说,基里尔,你是好人,我对你很有好感,但我并不准备经常性地、刻意地去想你。这一点,你必须清楚!但如果我不经常记起你,那我会彻底忘记你。到那时,任何记录都没有用了。"

"无所谓,我也没指望你记住我。"我喃喃自语,"我马上把你写的烂东西都删除,然后永远离开你。你希望我这样做吗?"

科佳一时语塞,故作思考状——与其说是思考,还不如说是在折磨我脆弱的神经。

"你等等,我可没那么想。我很感兴趣,你今天都做什么了。"

"我见了一群官僚……"我开始一一列举,科佳认真听着,还不住地点头。

他问道:"你有没有去教堂?"

我睁大了眼睛。科佳不是那种好斗的无神论者,但也不信上帝。

"你为什么这么问?"

"为什么?我不是个无神论者,我是不可知论者。所有的不可知论者理论上都认为存在着不为人知的绝对力量。既然发生了如此神秘莫测的事件,那一定……"

"没有,我没去。但我独自祷告来着。"我承认了,虽然说得轻松,但内心其实很羞愧。

"你应该去。"科佳的口气很决绝。

"真的吗?"

"真的。因为除此之外,我看不出还有什么办法能摆脱困境。"

我们都沉默了。

"科佳，我需要你的帮助。"我鼓足勇气说，"你看，这事是不是很灵异？你认不认识有特异功能的人？"

"我怎么可能认识他们？"

"你说的，说自己'不行的时候'，就开始写灵异故事，去结交……"

"你说什么？不错，我是答应过给一帮蠢货写鬼故事。你是不是以为，我先假装通灵者混进群鬼中间，然后再去写他们？你是不是再建议我和牧羊犬玩啪啪啪游戏，然后描述那种感觉？基里尔，我劝你赶紧把这些不靠谱的想象从脑袋里删除。那些狗屁不通的文章的确可以满足大众的猎奇心理，但哪里有什么特异功能者？就是有，我也不认识啊。"

"那我只剩下去教堂这一条路了。"我说。

"等等，我知道该去找谁了。"

我疑惑地看了看科佳。

"去找德米特里·麦尔尼科夫。你觉得这主意怎么样？"

"怎么？你认识他？"我大吃一惊。

"看来你真是有点儿动脉硬化了。"科佳嘿嘿一笑，"我认识他，虽说不是很熟。麦尔尼科夫是个明白人，喜欢交友，咱们拿瓶白兰地就能搞定他。"

德米特里·谢尔盖耶维奇·麦尔尼科夫的职业世间稀缺。二十多年来，他一直从事科幻小说的创作，在文坛上颇有名气，他笔下的外星生物和吸血鬼让人印象深刻。麦尔尼科夫住在库图佐夫大街一座新建成的公寓楼里，大门气派干净，就连保安都是器宇轩昂的小老头，看那标准的站姿和犀利的眼神就知道，他以前一定在兵营当过差。

麦尔尼科夫家很宽敞，房间里到处是书，他本人很和善。我曾以为，一个能杜撰牙断钢筋、脚把水泥墙踹出窟窿的作家，一定有英雄般不凡的外形。但麦尔尼科夫看上去就是位普通的中年人，中等身材，肩膀也没有想象的那么宽，唯一突出的是他圆圆的肚子。

他热情地接待了科佳，言语中透露出他很欣赏科佳的才华。我也非常荣幸地与思想的巨擘紧紧握手，激动的心情如同少男少女们见到自己的偶像。

"孩子们，进我的书房坐坐吧。"麦尔尼科夫非常平易近人，"你们愿意的话，也可以换上便鞋。"

屋里什么地方传出碗碟碰撞的声音、小孩子的吵闹声和狗叫声。书房的门厚重隔音，一关上，里面顿时安静了。一台通体透明、能看到内部光盘转动的酷炫唱机正低声播放着音乐，唱机不停地闪烁，仅仅是为了呈现二极管光学之美。

"二极管里面有氖光灯。"我喃喃自语。

麦尔尼科夫很高兴，仔细地打量我，然后说道：

"和受过教育的人打交道，就是让人感觉愉快！看看现在的人都在忙什么，把经典都忘了。我引用了斯特鲁伽茨基兄弟[1]作品中的句子，而且没有用引号标出来。我这样做无非就是想向前辈致敬，可不明真相的读者以为是我的金句，还不停地夸赞，真让人……"

我的情绪本来就很差，他这番话让我心情更糟。

"不管怎么说，读者是有品位的。"

麦尔尼科夫一时语塞，他在琢磨，该不该为我刚才的话生气，是不是应该把我和科佳赶出去。

---

1. 阿尔卡迪·斯特鲁伽茨基（1925-1991）和鲍里斯·斯特鲁伽茨基（1933-2012），二人为苏联时期著名科幻小说家。

他没那么做，只是低声说道：

"没有广博的见识，何谈什么品位？怎么可能只信一个作者，只读一个人的书？即使这个人是我！"

科佳嘿嘿地笑了。他从包里掏出一瓶白兰地，麦尔尼科夫的目光瞬间被吸引，偷偷瞥了一眼。

"明白了。"麦尔尼科夫说着打开了柜子。这居然是个酒柜，而且还不是空的，里面的酒品种繁多，都可以开酒吧了，各种酒具更是让人目不暇接。他取出高脚杯，放在沙发旁的玻璃茶几上，然后若有所思地问："我想，你们来这儿不仅仅是为了喝酒吧？"

"我们特别想得到您的帮助，"科佳说，"基里尔遇到了难以解决的问题。"

"我不是出版商。"麦尔尼科夫赶紧说，"不过，我可以告诉你带上作品去找谁。"

"您说什么呢？基里尔不是作家。"科佳摆手否认。

麦尔尼科夫顿时放松了许多，他问：

"我能帮您什么忙？我唯一熟悉且专业的领域，就是文学。具体一点儿，是科幻文学。"

"基里尔的故事很科幻，也很不幸……"科佳开始讲述，"我讲什么？基里尔，还是你自己说吧。"

科幻小说家看了我一眼，显然对我的故事没有任何兴致。我叹口气，一屁股坐在沙发上，端起装有白兰地的高脚杯，开始娓娓道来：

"昨天我下班回家。我一个人住，或者说，基本上就我一个人住，还有小狗……"

至少开头五分钟，科幻作家感觉很没劲。慢慢地，他的脸上浮现出几丝好奇。

说来奇怪，一天一夜里发生在我身上的事情，我仅仅用了十五分钟就讲完了。

"非常有意思的故事,"麦尔尼科夫咽了一口白兰地,"这是您长篇小说的构思吗?"

"不是,这就是实实在在发生在我身上的事情。"我忧伤地说,"来之前我就想过,找科幻作家出主意,肯定是找错人了。让科幻作家相信奇迹,比让妓女相信爱情还难。"

"德米特里·谢尔盖耶维奇,我同意这种说法。"科佳附和道。

"把你的护照拿出来让我看看。"麦尔尼科夫说。

我不置可否地耸耸肩膀,真搞不明白,我的证件对他能有什么用?但我还是把护照拿出来,递给他。

"请您告诉我,基里尔·达尼洛维奇,"麦尔尼科夫一边仔细研究护照,一边问,"您怎么把护照弄成这样的?不应该呀。"

我一把夺过护照,目光落在有照片的那一页。护照,还是那本护照,就是……就是字迹不那么清晰了,而且照片也褪色了,纸张很脆,因年代久远而发黄。

"可昨天还是正常的。"我连忙说,"你看。"

我把护照递给科佳,他惊恐地看着颜色变浅的字迹。

"太奇怪了!"麦尔尼科夫说,他掩饰不住内心的喜悦,"来,再让我看看……"

他仔细地研究着这本护照,从第一页翻到最后一页,嘿嘿笑了。

"怎么回事?"我问。

"基里尔,您没发现吗?护照上怎么没有您的户籍信息?"麦尔尼科夫问。

果然,户籍登记栏那里什么都没写。无论我怎么看,在明晃晃的灯光下,在窗边,在墙角,在透过窗户射进暗处的一束光线下,哪里都找不到印章的痕迹。

"在莫斯科没有登记,那生活可够艰难的了。"科佳长叹一口气,"你怎么也得弄一张暂住证吧?对不起,我开玩笑的,玩笑,你别着急。"

我没有心情听玩笑。我把护照塞进口袋,看了一眼麦尔尼科夫。

"看来,我们必须假定您讲的是真的,对不对?"麦尔尼科夫问。

我点点头。

"您是不是想听听我的建议?您会相信靠编稀奇古怪、天方夜谭故事为生的人所说的吗?"

我又点点头。

麦尔尼科夫背靠沙发,肘部倚在皮靠垫上,若有所思地转动着装有白兰地的高脚杯。

"如果我是斯特鲁伽茨基兄弟,"他开始构思,"我一定会这样写,您是被生活完全抛弃的人,一无是处的人,对不起,我只是举例说明而已。"

"没关系,请您继续。"我说道。

"生活,确切地说是现实本身,慢慢将您抛出这个世界。您在这个世界的痕迹会逐渐被擦掉,先是相关部门里各种和您有关的文件,然后是您偶然结识之人对您的印象,再后来就是朋友和亲人对您的回忆。您的结局将是……"麦尔尼科夫突然停顿了一下,接着说道,"您的结局就是,您蒸发了,变成了不可触摸的被所有人遗忘的幽灵。大概就是这样。"

"谢谢。"我感觉嗓子干涩,"还有没有别的可能?"

"当然有!"麦尔尼科夫听了我的话很高兴,"假如我是戈洛瓦乔夫[1],我会认为,这一定是外星人入侵造成的。他们靠这种狡猾的

---

1. 瓦西里·戈洛瓦乔夫(1948—),俄罗斯科幻小说家,以写外星世界见长。

套路来清除占领区的异己力量,从而实现把地球人挤出现实生活的终极目的,他们要抹掉地球人的记忆,接下来他们伪造了证件,您的位置已经被敌对文明的代理人所取代。该版本的结尾是,您奋起与他们作战,成功抵达他们的星球,狠狠地教训了外星人。"

这个版本给我的感觉是过于乐观了。仅凭我一己之力就能让外星侵略者俯首帖耳,我自己都不信。

"如果我是扎罗夫[1],"麦尔尼科夫继续往下说,"我一定把您写成小男孩儿,或者是不谙世事的青年,我会让您感受到外星文明的诸多特性。这种文明既不像戈洛瓦乔夫的世界那么邪恶,但也谈不上有多善良。您会在艰苦的斗争中不断成长,变得越来越强大,而且让外星人领教您的厉害。一次偶然的机会,您获得了无所不能的力量,但不知何故您拒绝了这种超能力。"

"那我可真不走运。"我说,"我太嫩了。还有呢?"

"如果我是维列索夫[2],"麦尔尼科夫慢条斯理地说,"我会以某种方式为您到另一个世界做准备,具体来说,您还是个婴儿的时候就来到了一个众神、怪兽和魔法师共存的世界。您本人也许就是神或者英雄的后代。于是,您……"

"我把所有人一顿胖揍,"我接着他的话继续猜测,"终于夺回了属于我的位置。"

"是的。但您后来发现,还有更厉害的角色,于是,您又开始与他们战斗……"

"还有什么版本?"科佳问。他似乎对科幻产生了浓厚的兴趣,

---

[1]. 本书作者卢基扬年科在自己1997年发表的小说《秋季的拜访》中塑造的人物,身份也是科幻小说家。
[2]. 暗指俄罗斯科幻作家尼克·别尔乌莫夫(1963-),其科幻小说《秩序世界》讲述了一个包含了几十亿个国家的异域。

目不转睛地看着麦尔尼科夫，嘴角露出满意的微笑。

"如果我是奥霍特尼柯夫[1]，我会对所发生的一切不作任何解释。"麦尔尼科夫脸上浮现出幸灾乐祸的微笑，"我没必要把事情给您讲得那么清楚。总之，所有人都会把你打得屁滚尿流。有相当长的一段时间，您会备受煎熬，然后您意识到，您的生活需要从头开始。您会重新取得生命中的一切，再度赢得那些已经忘掉您的女人的芳心。"

"可我不喜欢这样。"我表明自己的态度。

科佳哈哈大笑。

"如果我是楚德夫[2]，"麦尔尼科夫眯缝起眼睛，"会把您写成意志坚定的男子汉、对人的心理变化十分敏锐的知识分子，但举止言谈像军队里的中士。邪恶的女人会把夜壶里的屎尿浇在您的头上，警察会用警棍不停地抽您，把您打到鼻青脸肿、鲜血直流。但是，您身体中那股精神力量能让您克制住自己的愤怒。"

科佳忍不住扑哧一笑。

"如果我是因诺琴科夫妇[3]，"麦尔尼科夫陷入沉思，"我会让许多人都遇到类似的倒霉事，而且如影随形。所谓倒霉之事，就是为了折磨人而存在的，它们静静地潜伏，等待人们上钩。而您在故事的开头是个小女孩，也可能是个少女。总之，结尾既令人忧伤，但也不乏乐观之处。"

科佳开怀大笑，我也不由自主地咧咧嘴。

---

1. 瓦季姆·奥霍特尼柯夫（1905-1964），苏联科幻作家、工程师、发明家、苏联作协成员。
2. 原型可能是俄罗斯当代作家奥列格·吉沃夫（1968- ）。
3. 原型可能是2013年移居美国洛杉矶的佳琴科夫妇，二人均为俄罗斯作家、剧作家，合作完成了许多科幻和奇幻小说。

"如果我是年轻又爱虚荣的瓦夏·普普金[1],那我一定会戏弄一下宗教。"麦尔尼科夫继续说道,"比如,我把您变成现代约伯[2],上帝让您的每根毛发都能体验到灾难降临的巨大压力。我要目睹您身体出现各种健康问题的惨状,看见您被警察逮捕和您在罪犯肆虐的世界里苦苦挣扎的样子。"

"我不喜欢。"我说。

"如果我是德罗莫夫[3],我会让瘟疫以迅雷不及掩耳之势降临大地,把人从现实中清除出去。您将在情报机关工作,在灾难没有殃及您之前,您已经开始调查可能出现的瘟疫。为何如此,我已经进行了解释,但我的解释可能不够充分,因为我的写作方向与他们的不同。"

"请您告诉我,如果您是麦尔尼科夫呢?"我实在忍不住了。

麦尔尼科夫仰头长叹。

"如果我是麦尔尼科夫,也就是我本人,我可以发挥想象力,编造出有类似离奇情节的长篇。请您理解我为什么这么说,因为我正在构思一部科幻小说,所以要找到各种各样的人生图景和解决方案。为了让人体会阅读的愉悦,我引入了平行世界的概念。"

"是吗?那依您之见,哪种解释更接近现实?"

"哪种都不是!"麦尔尼科夫一口干掉杯中的白兰地,"我可不是相信有外星人的脑残,我也不相信有诸神和英雄,也不要和我谈宇宙的神秘法则,那都是胡扯。维列索夫、德罗莫夫、因诺琴科,他们什么都不信。科幻小说家都是思维正常的人,他们只是为了吸

---

1. 在俄语中泛指无名之辈,类似张三、李四等的普通人。
2. 《约伯记》中的人物,承受巨大苦难却依旧虔诚。
3. 原型可能是亚历山大·格罗莫夫(1959-),俄罗斯科幻小说家,代表作有《旅鼠之年》《软着陆》等。

引读者才编出离奇的故事。他们还可以将日常生活中遇到的各种问题置于科学幻想的情境中推演,因为只有这样,作品读起来才更有意思。所以,任何困难都有解决方案,但所有方案都无法在现实中存活。"

"现在发生在我身上的怪事该如何解释?"我问,"我明白,您不想相信我说的,也不能相信。您以为,这是个恶作剧,是痴人说梦。但是,请您假定我说的都是真的,哪怕只有一秒钟!试想:我该怎么办?"

麦尔尼科夫陷入沉思。

"首先,算了……去警察局不行,太晚了,他们会逮捕您,那就没有下一步了。要和那些能记住你的人保持联系,比如关系很铁的朋友。"他看了一眼科佳,"和父母、您的几任前女友保持联系。不要让他们忘记您。您要拖时间,这样才有机会咸鱼翻身。还有什么呢?一定设法找到证明文件。对,您有出生证明吗?也许什么部门存有您的什么单据之类的东西?拍过电影吗?上过电视吗?家庭录像、照片什么的都行。去医生那里找找您看病的诊断书。那些花钱就能看病的诊所是不看护照的。去教堂吧,祈求上帝保佑!"

"看来,只有最后一件事我没做了,"我说道,"那就是祷告。"

麦尔尼科夫说道:

"基里尔,我是打算相信您的。说实话,一想到您所说的不是玩笑,我头皮都发麻。如果这事能发生在您身上,那也能发生在我身上。但是,我真不知该如何回答您的问题。我不是知晓神谕的那个人,我就是个科幻小说家。我可以对您表示同情,可以陪您借酒消愁,甚至给您提几个愚蠢的建议。我能做的,只有这么多了。"

"请您原谅,我们唐突拜访,打扰您了。"科佳说,"我觉得,我们的拜会到此该结束了。"

麦尔尼科夫站起身,将剩下的白兰地均分,然后说道:

"来杯送行酒?"

我一饮而尽,心里堵得慌。尽管从一开始我就没有期待奇迹,但知道结果后,还是挺沮丧的。

"我们随时保持联系。"麦尔尼科夫说,"我如果想出办法,立刻通知……科佳。"

"我有手机,"不知为何,我突然说道,"请您记下号码。"

"是的,是的,那当然。"麦尔尼科夫一阵忙乱,在桌子上拿起一小片纸,歪歪斜斜地记下了我的号码。我敢说,过不了半小时,纸片就会飞进垃圾桶。

我们互相道别时都有些尴尬。也许在别的场合麦尔尼科夫会兴致勃勃,滔滔不绝,我们坐在一起那可就不是一小时了,而是一晚。问题当然出在我和科佳身上。我们要见的,是早就不相信奇迹的人,却希望他相信我们说的是奇迹。

我们重复了好多遍"随时保持联系"这句话,并且在门前站了几分钟。麦尔尼科夫在不知不觉中迅速打开门锁,我们只能出屋。从里面的书房出来时,我们闻到肉饼刚出锅的香味,看得出来,作家有点儿不耐烦了。

"那我们以后电话联系!"科佳面对正在关闭的屋门,强打精神说道,他听到模糊不清的"嗯嗯",于是不好意思地看看我。

我无奈地耸耸肩膀。

"他就是一般人,没什么,"科佳自言自语,"就是好交际。我还想着以后有机会进行深度交流。"

"妓女是相信爱情的。"我说。

"你说什么?"科佳按了电梯,"什么妓女?我可没有反对你……"

"让科幻作家相信奇迹,比让妓女相信爱情还难。我们到麦尔尼科夫家时，我就是这么想的。实际上，妓女是相信爱情的。她们不过是偷偷地信，不会告诉任何人，但她们相信世上有真爱。她们不住地幻想，相信除了大汗淋漓、浑身肥肉、只想用钱来享受女人肉体的男人外，一定还有美好的事物存在。她们一边幻想找到真爱，一边又害怕有这样的好事。而你的朋友麦尔尼科夫，我怎么说……他实际上渴望一切都是真的，比如奇迹、外星人、平行世界什么的。他想看到的不是包糖块的纸，而是糖块，装在小盒里各种颜色的糖块。但是他害怕自己会相信。他更想让自己相信，我是骗子或疯子。我能想象，他会就着肉饼喝酒，挠着后脑勺，然后去写那些可恶的外星人。"

"精彩！"科佳禁不住啧啧赞叹，他又拍了拍电梯的按钮，"你关于妓女说法，绝对是高见！"

"可以加进你的故事里。"我继续说，"走下去吧，电梯坏了。"

"怎么就坏了？钢索明明在动。"

我无奈地挥挥手，开始下楼梯。

"十二层啊，走下去？"科佳情绪激动，"我们看看谁快！"

我到第七层时，电梯下来了，接着另一部电梯也开始往下走。我加快脚步，走到四层时，电梯已经超过了我。

如此看来，当懒人是有道理的。

我大踏步地冲下台阶，这时科佳正要打开单元门。

"等等！"我大声喊道，"你可够快的。"

科佳愣在门口，他瞥了一眼读报纸的保安。我加快步伐，站在他面前。

科佳毫无表情地看着我，眼神空洞，好像我是毫不不相干的人。

"科佳？"我问。

科佳清清嗓子问道：

"什么？"

"你不认识我了？"

"嗯……"科佳慢吞吞地说。他又看了一眼值班保安，保安警觉地问：

"年轻人，有什么问题吗？"

"没有，没有问题。"说罢，我从科佳身旁挤过，一边朝外走，一边对保安说，"一切正常。"

"您从哪儿来的？"保安在我身后喊道。

我没有回答，而是站在门外，静静地等待科佳走出大门。

他看上去并不惊慌，只是很警觉。

"科佳？"我再一次呼唤他，"科佳？"

"我认不出您是谁。"科佳很诚恳地说，这时，他的表情微微放松，"您是……麦尔尼科夫的熟人？"

"怎么说呢？"我说，"算是熟人吧。你真的什么都不记得了？"

科佳像拨浪鼓一样摇摇头，问道：

"出什么事了吗？"

"你……您是从麦尔尼科夫家出来的吧？"我用力提醒他。

科佳点点头。

"他在家吗？"

"当然在家。"科佳在原地跺跺脚，"您也去麦尔尼科夫家了？对不起，看您面熟，可想不起您是哪位。"

"没关系，"我说道，"我长成这个德行，谁都记不住。"

"那我先行一步。"科佳向前走去，还回头看了我一眼，似乎想说什么，可还是摇摇头，转过身去。

我掏出香烟，点燃一支，味道既苦又甜。保安室的小窗户闪出保安的脸，外表威严的小老头警惕性很高，说不定会叫警察。

我再一次把手伸进口袋，掏出护照，慢慢打开。护照的纸张很脆，在我的手里变成碎片飘落一地。相片掉在地上，竟然发出清脆的声响。我捡起来，那灰色小方块上的脸已经无法辨别。

天很冷，毕竟已是秋天了。冬天，会更难熬。

"只好如此了……"我喃喃自语，好像是在威胁某人，又好像是在念叨自己的行动计划，"只——好——如——此——吗？是的！"

首先，世上不会有奇迹。

其次，万事皆有例外，但厄运没有。

如果厄运真的降临，善良将一文不值。

5

我家的窗户不见灯光。叫娜塔莉亚·伊万诺娃的姑娘不太可能晚上八点就上床睡觉了。

我爬楼梯走到我家所在的六楼,按下门铃。腰果警觉地叫了一声,又安静了。我在门口站了几分钟,然后无奈地耸耸肩,走进电梯。如果此时有人通过门镜看我一眼,那这个人会像大部分老年人那样,走路时把地板擦出声音,慢慢回到电视机前,也许心里会想,一个年轻男子去了隔壁女邻居家。我断定,这个人就是加林娜·罗曼诺夫娜,而她已经彻底将我遗忘了。

让我不解的是,这些一天到晚离不开肥皂剧的老女人,隔着用人造革和太空棉做了保温的加厚房门,怎么还能听见邻居家的门铃声呢?然后居然还游走于大小医院之间,向医生抱怨自己听力下降!

在电梯里,我按了第九层的按钮。在垃圾通道附近等娜塔莉亚是很危险的,保不准谁突然出来倒垃圾或者抽烟。九楼对我而言是最佳选择,因为这一层有一户住宅住的是个老大爷,他自己从不出来。另外两户住宅租给了从东方来俄罗斯务工的外籍人员,他们拖家带口,家庭成员众多,无论发生什么,他们都不会打电话报警。以前,这些沉默寡言的东方人,如塔吉克人、乌兹别克人,让我很烦躁,他们竟然能十多个人挤在一个屋子里。我想说,我和他们之间不存在任何个人恩怨。他们通常都是悄无声息地回家,很像角落里的蟑螂，一见到光就立刻躲起来。我承认，这是大国沙文主义者才有的日常生活偏见。

而如今，我倒是喜欢这些草根邻居安静的性格。我坐在垃圾通道旁，抽着烟，瞄着楼下的窗户和通向单元门的楼梯。天已经黑了，但大门口的灯很亮，只要娜塔莉亚出现，我就能发现。

几个塔吉克人上楼了，他们悄无声息地钻进屋子，装作没看见我的样子，我默默地将一盒烟抽完。

下雨了，细雨如丝，润物无声，即便是秋天，我也喜欢这样的天气，秋雨提醒人们夏季已经结束。就在这时，下面有花伞出现了。

也许，我昨天在自己的房子里见过这把伞，就放在杂物之间。也许，我从未见过。总之，我能感觉到那个人就是娜塔莉亚。

腹部，寒凉；腿，冷到抽筋，好像被人截掉了一样。我强迫自己站起来，吃力地走到电梯前，按下按钮。楼下传来关门声，电梯终于到了九楼。我走进去，但没有按一楼的按钮。

这是娜塔莉亚替我按的，电梯驯服地开始下降。

苟活世间，整整二十五年，我为人诚实、正派，可突然，有种犯罪的渴望。但这种事，干起来真不容易。

我非常不想因敲诈勒索锒铛入狱。

我从上衣贴身的口袋里掏出一把刀。刀是我两个小时前在地铁站旁的小商铺买的，非常便宜，是某知名品牌的仿货。无所谓。对我来讲，重要的是刀能吓唬人，又窄又长的刀刃上有一部分是凶残的锯齿和血槽。如果商铺里有仿真的手枪，我也会毫不犹豫地买下来。

我害怕坐牢，害怕极了。

电梯门咯吱一声打开，那个叫娜塔莉亚·伊万诺娃的丑姑娘一步迈进电梯，确切地讲，不是迈进来的，而是腿支撑着身体飘进来的。一瞬间,她看见了我,顿时因害怕而瞪大双眼,想要退出去。

我毫不犹豫地猛然抓住她的肩膀,一把将她拽回电梯,抽出匕首,按在她的脖子上。我的动作一气呵成,自然又熟练,仿佛一生只为这一刻,借乘电梯之机,突然狂躁症发作,将眼前的姑娘强奸。

"我要喊了。"刀锋就抵在娜塔莉亚的脖子上,她还能说话。

"那你怎么不喊呢?"我问,收起来的雨伞抵在腿上,娜塔莉亚死死地抓着不放,她另一只手拎着装食品的塑料袋。

"松开,我不认识您!"姑娘高声说道,"松开我!"

我按下六楼的按钮。

"撒谎。你知道我是谁,知道我为什么要……"

她的目光在我脸上来回扫描。她舔舔嘴唇,惊慌地摇摇头说:

"您疯了,会坐牢的。您知道监狱里犯人是怎么对付强奸犯的吗?"

"娜塔莉亚,真佩服您还能如此淡定。"我说道。那一刻,我突然懂了,被我说中了。她显得过于淡定,很难想象这是脖子上被架刀的女人。此时,我是有狂躁症的变态,还是被欺骗的傻缺?是谁,已经不重要了。

"您不是杀人犯,我相信您不会动我的。"

"那咱们试试?"我说,"您夺走了我的一切,我的房子、我的工作、能证明我身份的文件,我再没有什么可顾虑的了。"

"命,您的命。"她斩钉截铁地说。

"命?我无所谓。"我调整姿势,换一只手拿刀,刀尖轻触在她的颈动脉上,"你敢喊,我就敢割。"

电梯停了,门慢慢打开。

"我劝你放聪明点儿,装作我们是老朋友。"我搂着娜塔莉亚的肩膀,"慢慢开门,我们进屋聊。听到了吗?"

如果我估算正确，只要娜塔莉亚不挣扎、不喊叫，隔壁的邻居就看不见我手里的刀，能窥见的不过是一对搂脖抱腰的青年男女，他们似干柴遇烈火，正急不可耐地准备上床。这有什么奇怪的？不也正是那个已经绝经的混蛋女人想看到的吗？

娜塔莉亚没有挣扎。

门锁咔嗒一声开了，我们走进房间。我用脚带上房门，手在墙壁上摸索开关。透过厨房长方形的窗口，能看见正在降临的黄昏。腰果在房间里很紧张，吠叫不止。屋里很冷，难道现在还没有供暖吗？

"开关在下面，"娜塔莉亚语气中透出鄙夷，"手往下摸摸，和手齐平的地方。"

"我知道，我怎么能忘？"我喃喃地说。

灯亮了。我冲进卧室，除了沙发上的狗，别无他人。

"接下来你还想干什么？"娜塔莉亚问。她歪着头，尽可能躲开刀刃，"你想一下子弄死我，还是先折磨一会儿？"

腰果从沙发上跳下来，跑进走廊，刚想对主人摇尾巴，突然在摇尾示好和敌意吠叫之间犹豫了。

"真佩服你还能如此淡定。"我像念咒一样又重复了一遍。现在，我站在感觉陌生的别人的房子里，她的淡定仿佛是我能证明她是罪犯的唯一证据。"娜塔莉亚，我什么都证明不了，但我相信，你参与了这场阴谋。"

姑娘很生气。

"我们就这么站着说话吗？"

"到厨房里。"我命令道。

我们走进厨房，我拉上了窗帘。腰果虽然跟在我们身后，但不再乱叫。

"坐下！"我把娜塔莉亚按在圆凳上，从口袋里掏出透明胶带。

"警匪片没少看吧？"娜塔莉亚很不屑地说。

她没有反抗，甚至主动把双手伸出来，于是我用胶带将她的手捆结实，又将她的身体固定在圆凳上。突然，四周死一般的寂静，窗外没有过往车辆喇叭的鸣响，街上看不见到处游荡的醉鬼，听不见人们进屋的关门声。

我把胶带卷割断，坐到另一张圆凳上。娜塔莉亚冷冷地问："这回你放心了吧？你现在可以告诉我，究竟想干什么了吧？把房子登记在你名下？这个很难……"

我没听她说话，而是在仔细研究厨房的装修。厨房八平方米，卧室二十平方米，还有十平方米是洗澡间、厕所和走廊。房子不大，但特别规整。如果肯花钱、肯卖力气，就能在八小时之内把房子伪装到让你认不出来。

是伪装，不是装修。

世上无奇迹。

我必须在这个别人的住宅里找到属于自己房子的痕迹。

先看瓷砖。

我用刀抠了一下瓷砖，没什么可疑的。是砖，而不是在砖上贴了层彩色贴膜。我又查了查瓷砖间的勾缝剂，还是一头雾水，是干的，或许因为勾缝时间较久，或许用的是速干勾缝剂。

娜塔莉亚突然笑了。

"再笑把你嘴粘上，"我说，"这事我能干出来。"

"抠，你接着抠，"姑娘善意地提示道，"抠完后我让你给我重新装修。"

对，壁纸。

我在靠近地板不太显眼的地方，割下一小片壁纸，里面就是墙。

以前贴的壁纸不见了。扯下去了？有可能……

"你真傻。"娜塔莉亚说。

我坐到地上，在地板胶上划了个十字，这一招异常粗野，因为就在厨房中央。腰果凑过来，闻了闻地板上突然出现的小窟窿。没有旧地板胶的痕迹。腰果朝我凶狠地叫了一声，马上就退到旁边。

"你想想，如果你的文件被人神不知鬼不觉地给替换了，如果朋友把你忘了，那你在我这里能找到什么？"娜塔莉亚嘿嘿冷笑，"找装修痕迹？"

我伸手去摸腰果，它赶紧躲开。我说："我自己也不知道能找到什么。但朋友把我忘了这事，我从没跟你说过。"

娜塔莉亚沉默了。

我直视她的眼睛，摇摇头。

"你真不该说这话，我现在百分之百相信，是你干的，只是不知道你是怎么干的。"

"接下来你要干什么？"她的声音有一种超乎寻常的冷静，"对我严刑拷打？杀了我？亲爱的，你不是在原始森林。所有人会把你当成疯子。你是没有过去的人，也没有证明身份的证件，你闯入女主人的家，残忍地杀死了她。我国还没废除死刑吧？"

"好像废除了。"

"蹲十五年大牢，也够你受的了，是不是？"娜塔莉亚以胜利者的微笑回击我的挑衅，"给我解开，基里尔。让我们像正常人一样坐下来，喝杯热茶，好好谈谈。"

这一刻，在这个世界上，我最想做的，就是扇她一个耳光。你千万别跟我说什么打女人不对。这样的女人，就是欠扇！

但是，这样做，意义何在？无论你怎么折腾，娜塔莉亚都能保持淡定，而且也不会招认她的罪恶与阴谋。

当然，可以啐一口这张叫人生厌的嘴脸，然后骄傲地离开，让她自己想办法解脱，她可能会咬断胶带，沉浸在鄙视我的喜悦之中。

或许，我们也可以坐下来好好谈谈。

我站起来，走到她跟前，她笑着把手伸出来，我举起刀，准备割断胶带。

"傻缺。"娜塔莉亚笑着说道，接着就发出凄厉的喊叫，"救命啊，要杀人了……"

我瞬间真变傻缺了，既没放下手里的刀，也没去捂她的嘴。她继续喊叫，站起身来，屁股上还挂着缠着胶带的圆凳，向前冲了过来，直奔我手里的尖刀。

不靠谱的劣质匕首一下子插进了她的左胸，鲜血喷溅而出，射在我的手上。姑娘顿时停止喊叫，她好像被自己凄厉的叫声吓到了。她扬起头，含混不清地说："看你还能把我怎样，基里亚？"

我吓得倒吸口冷气，下意识地将刀拔出来。娜塔莉亚的身体蜷缩成一团，倒在地上。鲜血从刀口汩汩流出，汇聚在地板上之前割出口子的地方。腰果汪汪叫个不停，它紧张地趴在地板上，慢慢朝娜塔莉亚靠近。

一生之中，我从未如此恐惧。

我一直认为，什么"疲软无力的双手""弯曲打战的两腿""浑身直流的冷汗"都是浪漫的小说家杜撰出来的。当自己身陷困境时，我反而能十分积极地展开行动。在这种情况下，父亲应该会用职业术语赞叹道："这是肾上腺素在压力出现时的应激反应。"

但实际情况却是，我之所以没倒下，是因为身体倚在门上。我双腿打战，全身湿透。手，茫然地抬着，依然紧握尖刀，手指攥着，无法分开。

是啊，为什么要把刀扔掉？手持凶器是不是让警察更容易定案？

最简单的做法,自我了断,随娜塔莉亚一起死去。这样,警察就可以得出案情的新版本,两人为爱殉情。杀人犯用一把刀杀了那个女人,然后自杀。

就在这时,门铃响了。

怎——么——办?

"喂,邻居,怎么了?"外面传来彼得·阿列克谢耶维奇的声音,"娜塔莎,你没事吧?"

娜塔莉亚倒地的一刻,我心里反而点燃了希望。只要她一死,一切都将真相大白,朋友、邻居和同事都会马上记起我是谁了。

然而,一切都是徒劳。

我还是那个没有过去的人,而且手里是匕首,脚边是女尸。没有人相信,是娜塔莉亚自己撞在刀上的。

外面敲门声依旧。

腰果趴在娜塔莉亚身边,哀伤地叫着,声音那么刺耳,那么悲凉,我从来没有想过,它竟然会哀号,甚至为女主人流泪。

见鬼,她算哪门子女主人?她就是个自杀身亡的骗子。

腰果的叫声异常凄惨,我把手伸过去,想安慰安慰它(很多养狗专家建议,此时不能这样做。我想问问各位,你们见过狗哭吗?)。腰果龇牙,对我很凶。

狗不信我。

人就更不会信我。

我会坐牢。本不该持刀闯入他人住宅的!

"我们已经报警了!"门外响起女邻居刺耳的声音,"警察很快就过来,他们会弄清楚的!"

这声音饱含着对鲜血的渴望,我的也好,他人的也罢,只要有血案发生,都会变成隔壁女人煲电话粥时的谈资。我看看手里的刀,犹豫是不是该冲出去，宰了这个爱嚼舌根的老女人？临死前做一件善事，为人类除去这一害。如果那样，我是不是就变成了发抖的畜生？

大概，是畜生。我不会杀老太太，也没想碰娜塔莉亚，她是对的。

我们的警察出警速度很快吧？

快，或者慢，有区别吗？我不能跳窗逃跑，毕竟这是六楼。彼得·阿列克谢耶维奇把守在门口。酒气熏天的粗野男人永远都是正确的，他会当头一拳，让我应声倒地。

"腰果，我完了，"我说道，"连你也背叛我了！"

腰果朝我低吼。

在它看来，它没有背叛主人，相反，是在保护自己的女主人。

我绕过身边的狗，走进房间，朝窗外看了看。世界已经疯狂，那我的窗口为什么就不能出现救火的云梯？

没有，连梯子的影子都没有。不过，我看见了慢悠悠进院的警车。警笛未开，警灯闪着蓝光。

我——完——了。

警车总是晚到案发现场。我出事了，来得倒是挺及时。

门铃响个不停。这时候，我竟然开始回忆童年的往事，年少懵懂，常和小朋友们恶作剧，在单元门上胡乱按人家的门铃。我们认为成功的标志是，按的时间很长，长到主人把门打开，我们又能及时逃掉。有一次，我们不巧碰到了像彼得·阿列克谢耶维奇这样的男人，这家伙在屋里脚步很轻，下楼梯速度飞快，他认为，用皮带狠狠抽打小淘气包的屁股是无比正确的教育方式。

我朝房门走去，发现有什么东西在墙上刮了一下。我呆呆地看了看，原来是手里的刀，于是急忙把刀扔在地上。罪证如此明显，我还有必要擦掉刀上的指纹吗？

门铃依然固执地响着。眼下最重要的就是停止这恼人的声音。

我好像做梦似的拧了一下锁的旋钮，将门打开。

门口，彼得·阿列克谢耶维奇和加林娜·罗曼诺夫娜死死地看着我，好像没有料到门会打开。此时，我也可以从他们身边冲过去，直接往楼下跑，让自己直接落入警察之手。

彼得·阿列克谢耶维奇的手还在门铃按钮上按着。

"啊—啊—啊！"讨厌的女邻居发出长长的惊叫，眼睛盯着我的手，"血，血！杀人了！"

出乎意料的是，这女人眼睛一翻，昏了过去。

但不出所料的是，彼得·阿列克谢耶维奇反应迅速，对着我的脸就是一记老拳，顷刻间，世界翻转了，我像沉重的米袋子，扑通一声倒在女邻居旁边。

不知何故，我被放倒后，彼得还在继续按门铃，难道是幻听？我用力晃头，想从昏迷中苏醒。我眼前是两双丑陋的系带皮鞋，其他东西都在游动，眼睛无法聚焦。透过门铃声，我隐约听见有人说话，语气还很严厉：

"别按了！他再也不能胡来了，让他签字画押。"

有人从我身上跨过去，往房间里看。还是刚才那个说话的人，声音稍稍有点儿改变，他补充道："国家养警察，就是干这个的。"

丑陋的皮鞋又踱了回来，其中一人铆足了力量，照我的肋骨就是一脚。突然，一种意想不到的轻松之感袭上全身，我闭上眼睛，陷入了失忆状态。

逼仄的、带隔栅的乌阿斯牌警车里弥漫着漂白粉的气味。这种刺激性的气味总能让人想起国家机关，比如市立医院或者其他什么需要掩盖垃圾的味道、消灭细菌的地方。

我躺在冰冷的铁地板上，慢慢醒过来，身体蜷缩，双手被铐在背后。

我很吃惊，车没有开。我朦朦胧胧地记得有人拖我下了楼梯，扣上了手铐，扔进警车后面的"笼子"。很明显，他们打算把我运到警察局，或者送往羁押在犯罪现场抓到的杀人犯的地方。

车一直没开，就停在我家楼下，我对自己的直觉深信不疑。对，就在我以前住所的楼下。

我弯着腰，艰难地站起来，透过装隔栅的小窗朝外看。隔栅上没安玻璃。雨后自由的空气清新又干净。路灯下的小水坑里，波光粼粼。

我没有猜错，警车就停在楼下，大门旁还有一辆警车。警察还在案发现场搜集罪证？

还是他们一会儿再处理我？

总感觉有什么地方不对劲儿，或把我拉走，或趁尸体余温未消时审问，总不能只做一半吧？

从楼门里走出两个人。一个是普通巡警，大概就是那个踹我的人。另一个身着文职制服，怎么看都像是刚从床上被叫醒的侦探。

"普通犯罪，"我听到有人说，"市场上卖货的，从外面带回来一个野汉子。"

"我们会弄清楚的。"那个穿文职制服的人说，"好了，中士，谢谢你们的合作。你们可以走了。车里是谁？"

他朝我所在警车的方向点点头。

"车里？"警察的表情突然有些莫名其妙，"好像是个酒鬼。"

"在哪儿碰到的？"

"地铁站附近，"警察似乎有些犹豫，"在里面待好长时间了。

不,他不是你的嫌疑人。"

穿文职制服的人又返回楼门。那个巡警走了过来,我一屁股坐在冰冷的地板上,心跳加速。莫非……不可能,绝对不可能!

我听见外面有人咔的一声打着打火机,一缕长烟从旁边飘过。车门咔嚓一声打开了,有人问道:

"老大,那边情况怎么样?没事的话,我去打个盹儿。"

"找到一把刀,已经取了指纹,邻居领养了狗,抽烟吗?"

"来一根吧!"

打火机再一次发出咔的声音。香烟味道更浓了。我终于忍不住问了一句:"兄弟,能给根儿烟吗?"

有好一会儿,这两人对我的话完全没有反应。

稍后,中士问:

"我们在哪儿把他弄上来的?我怎么想不起来了?"

"好像在地铁站附近,"司机想了一会儿说,"儿童游乐场附近的一个院子里?"

"记得我们还训了他一顿。"中士继续回忆,"见鬼,我们这是干的什么活啊?"

车门哐当一声打开了。两个警察的目光虽不算友善,但也谈不上充满恶意。

"哥们儿,能给根儿烟吗?"我可怜兮兮地说。

"你睡着了?"中士问。

我屈辱地点点头。

"拿着,抽吧。"

他们把一根皱皱巴巴的万宝路香烟塞进我的嘴里,给我点着。我贪婪地深吸一口,立刻陶醉于尼古丁带来的快感之中,我对自己的无耻举动并未感到难过,接着又问:

"我们是不是要走很远？再过一会儿，酒劲儿一过，醒酒站该不收我了。"

司机不怀好意地笑起来。

"怎么？你喜欢去那种地方？"

"非常不喜欢，"我装出认错的样子，"老婆知道了，非打死我不可。那个女人忌妒心强，总是吵架，如果知道我进了醒酒站……"

"转过身来。"中士扔掉烟头，下达命令。

我慢慢转过身，心想，不是脑袋挨一棍，就是……

他们打开手铐。

"回家吧，流浪哥。"中士的口气非常和蔼，"这儿有命案，一个姑娘被杀了，我们现在顾不上你。人生啊，变幻无常，几家欢喜几家愁。"

我赶紧从车上跳下来，开始揉搓肿胀麻木的双手，我一眼就看见袖口上的血迹，于是立刻把手插进口袋，对警察说：

"非常感谢，以后我绝不会再这么喝了……"

"好吧好吧……"中士对我依然存疑，在他的目光中我能看到某种不信任。他有些尴尬，一点点，就是尴尬，"你记不记得我们是在什么地方把你弄上车的？"

"地铁站附近，一个院子里。"我早有准备，而且两腿不安地换来换去，这和人酒后恢复知觉的行为很相似，我也没必要做特别的伪装。

"你自己能回去吗？"

"我们现在的地方是不是梅特维特科沃地铁站？"我环顾四周，"我自己可以的，非常感谢！"

"你是不是在里面吐了？"司机突然冒出一句，他警觉地回头看看"笼子"，口气还是很友好的，"算了，赶紧回家看你爱吃醋的老婆吧。"

我走了,警察目送着我的背影,目光冷漠。他们没有必要把时间花在一个从地铁站捡到的酒鬼身上,既然酒鬼已经醒了酒,也就不必再送他到醒酒站了。

这说明了什么?

我已经什么都不是了?

我可以杀人,过一个小时就……表还在吗?还在,甚至都没有摔坏。仅仅才过了两个小时,抓到我的警察就已经不记得是在何时何地抓到我的了。

双脚不由自主地带着我往门洞走去。我去到角落,解开裤子的前开门……下一步我该怎么走?发生这么多怪事后,现在该怎么办?

我成了理想的罪犯。我可以偷窃、抢劫、杀人。没有哪个证人能记得我,只要在被抓捕的时候不被打死,我就会得到释放。

肋骨很疼,好像没断,但淤青和骨裂,看来是在所难免了。

万幸的是,口袋里有钱和父母家的钥匙,腕上有表,腰间有手机。一切正常。此时是夜里十二点半。坐地铁赶到父母那里还来得及。到了后我先洗澡,吃点儿东西,安静下来可以想想,下一步该怎么办。

我不想变成犯罪分子,哪怕是完美的犯罪分子。

但我能做什么?娜塔莉亚死了。我失去了最后一个连接自己过去的线索。

只有父母家的钥匙。

我用手指转动着那串钥匙,走出小区,来到街上。可就在这时,金属钥匙在我的手指上齐刷刷断成两半。对此,我已不再惊讶。

这,我早就应该料到。

6

超市，是为顺应多子女家庭的需求而出现的。而二十四小时超市，是为厌世者量身定制的。

正常人不会深更半夜去大型电影城买东西，他们只要在地铁站旁的小商店随便买瓶伏特加，就可以继续做酒中仙，因为那样更方便。午夜一点多，只有那些打算荒岛求生的人，才可能推一车的食品，去体会命运随机安排的快感。

我站在奶制品的柜门前，研究这些五花八门的酸奶，哪种更适合我。我现在不想吃东西，就是买了食品也无处可放。但是，我需要置身于文明之中，而文明，是以庸俗的商品来体现的，比如食品、饮料、家用电器、廉价服装等。遁形于某个角落里的扬声器播放着若有若无的音乐，寥寥无几的顾客默默地在购物厅徘徊。

一个年轻人的购物车被盒装牛奶和纸浆盒装鸡蛋填满。他是谁？煎蛋狂魔？"牛奶鸡蛋"餐厅的经理？新款神奇减肥餐的发明家？

那这个衣着普通、聚精会神阅读高档房地产杂志的男人又是谁？莫非是行为诡异的富翁？难道他此刻正为自己挑选卢布廖夫卡别墅区的豪宅？是拒绝落伍于全新设计理念的贫困建筑设计师？还是想要了解这个世界强者们生活状态的受虐狂？

至于那一对，二人在购物厅里挑了两瓶香槟和一盒糖，在收银台又拿了一盒避孕套，他们的情况不言自明。只是随手购买的一卷卫生纸，在购物筐里显得很可笑，有放错地方的感觉。

对我而言，最重要的是买手机充电器，好像我还有插座似的。我选了一小瓶价格合适的达吉斯坦白兰地，思考片刻，又加了一块巧克力和一瓶矿泉水。我可以在购物厅里待上一夜，保安是不会注意我的。超市自助小饭厅里有个卫生间，我钻到里面，待了好长时间，就为洗掉手上的血渍。可为什么非得留在这儿？最简单的操作就是，坐在超市前的长椅上，以俄罗斯传统的方式与困难决一死战。

我，已经走投无路。我，无友可靠。父母虽在，却不相认。我确信，他们不知道自己有个叫基里尔的儿子。

我慢慢地走向收银台。没有护照加持的信用卡，屁都不是。还好，现金暂时还没有变成碎纸。谚语说，钱乃罪恶之源。可这让人有罪恶感的东西竟然是最可靠的朋友！

我边走边数钞票，电话响了。

今天，手机铃声可以设成任何音乐，从贝多芬的交响曲到Uma2rman乐队的摇滚乐，最个性化的铃声反倒是最简单的"叮——叮"，这不免让人回忆起没有任何集成电路的老式电话机，那是小锤子敲电铃碗发出的清脆之声。

我掏出手机，盯着屏幕上"号码已加密"几个字。

这行字没什么意义。总统和达官显贵是不会给我打电话的，他们的号码对普通人就是绝密，这是来电识别器发生了故障。

"喂。"我说。

"你是基里尔。"

不是提问，而是确认。男人强劲的声音，很霸道，也很友好。

"是的。"

"请记住路。阿列克谢耶夫斯基地铁站，出地铁站左拐，下楼梯，沿住宅楼间的小路往前走……"

"您是谁？"我大声问道，"您想干什么？"

"请记住路。"

"我哪儿都不……"

"随您便。"

看不见的通话者突然缄默。

"喂?"我小心地问。

"请记住路。阿列克谢耶夫斯基地铁站……"

我屈服了。

"喂,请您直接说地址!"

"请记住路。"

我站在购物厅里,不知道该如何结束这场对话。我本可以继续执拗,拒绝去这个陌生的地方。我继续前行,发现正在通过收银台。收银姑娘表情冷漠,对我视而不见。

我又向前迈出一步,把手推车推出购物小门。警报器响起,姑娘颤抖了一下,将目光落在我身上。

"别睡了。"我倒退了几步,将车拉回,并将自己购买的商品放到传送带上。

我对着手机说:"请您稍等,我马上录音。"

我好不容易才拦到出租车。是没有人想在飘着冷雨的夜里载客,还是人们根本就无法发现我的存在?根据超市女收银员的表现来看,是后者。

终于,一辆破旧的"日古力"停了下来。司机是个俄罗斯人,这大大丰富了出租车司机的种类。生活艰难,换作是我,也要为赚钱克服任何困难。

我花光了最后的一百五十卢布,来到阿列克谢耶夫斯基地铁站,沿人行道穿过和平大街。虽是夜里两点,路上还是有很多行人。几个穿着单薄、浓妆艳抹的姑娘紧挨在一起走在路上。末班车的乘客行色匆匆，忙着赶路回家。我朝地铁站站口走去，地铁的入口已停止工作，只有零星的乘客从里面出来。

下楼梯，然后沿楼房之间的小路向……

离地铁站越远，就越是空旷。即使在温暖的夏天，也鲜有人在夜里两点多钟出来散步，更何况在这凄风冷雨的秋夜！

走路时，我间或拿出电话，听听录音。我从不认为自己是辨识城市方位的高手，但电话里的声音把地理位置讲得很清楚。左侧，是警察局。走过警察局，转弯……

这真是疯狂的一天！

清晨，我还尝试着安慰自己，相信发生的一切不值得大惊小怪。到了晚上，我才慢慢明白，这绝对不是头脑简单的匪徒所能完成的精妙犯罪。

早就安排好的女骗子自杀了。我被愤怒的公民和英勇的社会秩序捍卫者暴打一顿，然后被释放。

不知何人打来电话，深更半夜，我也不知去往何方。

难道我白痴了不成？

方向地标把我引向一片长长的斯大林时期的建筑群。如果我理解正确，它的后面会是一个半开半关的铁路支线小站。只剩下最后一个方向地标。

令人惊讶的是，我没有感到一丁点儿的恐惧。该挨的打，我今天已经挨过了。在这一切之后，还要置我于死地？不可能！虽然我挺自恋，但我有自知之明，我这条命和我拥有的财产，还不值得有人花这么多的心思和力气。

对我来说，更多的，可能是好奇。

飒飒秋雨中，人寒心且冷。

我绕过房子，来到小站附近，鞋已经湿透，上衣如水洗一般变得沉重，裤子紧贴在腿上，如同冷敷。

这种地方，会有好事等我？这甚至不能算是车站，充其量也就是个站台而已。小售票亭的门紧闭，门上的灯泡发出幽暗的光。两个小卖部里倒是灯光明亮，其中一个还有"二十四小时营业"的字样，身处偏僻之地，傲气依然尽显，不过门也都是关着的，隔着玻璃，能看到里面挂着"休息十五分钟"的牌子。

我最后一次打开录音机，把手机凑到耳旁。

"朝'二十四小时'方向直走，然后右转，再走三十步。"陌生的声音礼貌地通知我。

我停下来，转过身，向干枯的树林方向走去，附近是堆满各种垃圾的铁路支线。我的鞋底上沾满了泥浆，从光秃秃的树枝上不断落下瀑布般的雨水。黑暗中，砖砌的塔楼若隐若现。有很多古老的水塔在铁路沿线附近，也许这是蒸汽机车时代的遗物，里面还有巨大的锅炉。

顺便说一句，在水塔的红色塔身上用白砖砌有"1978"的字样。那时候，蒸汽机车已经退役。有位朋友给我讲过，那些古董机车依然封存在库里，当战争或其他灾难来临时，没有比蒸汽机车更安全的交通工具了。

"哦——呜！"我轻声叫道，"是谁叫我来的？"

万籁俱寂。冷雨飘飘时，听话的百姓在床上酣睡，酒鬼和知识分子在厨房喝酒，流浪汉抱着看家狗在地下室或阁楼取暖。

所有人都按着人该有的样子生活。只有我，穿着湿裤子，寻求奇遇。

无人应答。没有人给我解释正在发生的事情，甚至，也没有人用棍棒招呼我的后脑勺。

我走近塔楼。结实的红砖墙上有个不大的铁门。咄咄怪事,水塔竟然——有门?我从未如此近距离地观察水塔。跟一般的门不同,这扇门上居然没有挂锁。一扇铁门镶嵌在无缝无孔的墙上。我凝视着铁门,想象自己伸手去拉,发现……

发现什么?

一切皆有可能!

麦尔尼科夫的作家同行能把很多东西藏在铁门之后,门口可以是仙乡,可以是帝都,也可以是肌肉英雄们在战斗号角声中挥舞利刃与许多邪恶怪物作战的世界,还有可能是被冷酷无情的外星人侵占的死气沉沉的外省小城。当然,这也许是情报机关的秘密实验室入口,从这里可以直达古罗斯[1],至于古罗斯多大程度上是真实的,要取决于作者的历史知识。我仿佛听到科幻作家热情洋溢的声音:"如果我是霍洛波夫的话,就会把您安排在地下陵寝里……"

脚下靴子里的水发出扑哧扑哧的响声。我抓住门上的把手,心里毫无把握。

我——惊——呆——了。

寒风秋雨中,您手抓废弃建筑上那扇铁门的把手,那一刻,会是什么感觉?

没错,潮湿、斑斑铁锈、冰冷的金属,还有恶心的污垢以及各种不舒服。我就有这种感觉。

但同时……

也可以有另一种感觉。我仿佛踩着湿滑的街道回家,进屋后立马换上家居服(无非是破旧的衬衫和裤子),如此打扮自然无法见

---

1. 也称基辅罗斯,是9-12世纪初位于东欧平原的一个早期封建国家,是俄罗斯,乌克兰三大民族(国家)的共同渊源。

人，但舒服又方便。我为自己倒上一大杯浓浓的热茶，翻开喜爱作家的新作，读上几页后，再心满意足地看看，还剩下多少页。

温暖、恬静和对美好事物的期许围绕在身边。

我松开手，手指头上留下红褐色的泥污。

温暖的感觉并没有出现。

暗中期待的节日氛围也没有。

我拉开门。门很轻，打开时没有声音，合页好像刚刚上过润滑油。我走进了黑暗，狐疑片刻。

这里没有人。我清楚地知道这一点，仿佛自己早已仔细检查过这里所有的房间一样。

我似乎回到了自己的家，习惯性地用左手摸索墙面，碰到了开关，按了一下按钮。灯亮了。

这是个宽敞的五角形房间。实际上，每面墙上都有一扇门。塔楼里非常干净，没有青少年纵酒取乐或流浪汉过夜的痕迹。墙面没有抹灰，地面是平整的混凝土。低矮的天棚上挂着没有灯罩的灯泡。天棚正中是一架垂直的铁楼梯，楼梯通向天棚之上打开的舱口。

很明显，这不是住宅。

更像仓房或者车库。

无论如何都不像水塔。

不可思议，非常不可思议。

我关上房门，发现了门闩，将门插好。我沿墙走了一圈，拽了拽其他房门，所有的门均已上锁，里面有门闩，外面有门锁。

十岁的孩子在这种地方或许会欣喜若狂。只有他们才喜欢在建筑工地玩耍，让家长担惊受怕，令工人头痛。但对一个成年人来讲，这里没有任何吸引力。

但我对于因找到正确地点的欢喜并没有消失。我发现自己居然像主人一样,不满地看着自己在地上留下的肮脏痕迹。

好吧,我们上二楼看看。

我沿着楼梯往上攀爬,鞋底在钢管焊接的阶梯上打滑,行走艰难。楼梯并没有在三楼结束,但通往三楼的舱口是关着的,我用尽气力也无法将其打开。二楼几乎是一楼的翻版,只是比一楼略小一些,且门的位置被窗户替代,每扇窗户上都装有严实的窗板。当我找到开关,打开灯时,发现里面居然还有家具:两把椅子,一张桌子,一张木床,床上有褥子、枕头和被子,但没有床单、被罩。所有的东西都是新的、干净的,仿佛刚刚从商店买来的一样。家具形制极其简朴,疑似手工打造。板面刨光,平顺光滑,螺丝很紧,虽不赏心悦目,但总算结实。

"你们到底想要我怎么样?"我大声问。

如果真有人窥视我,那回答我的问题,也明显不在他的计划之内。

开关旁边就是插座。我给手机充上电,将闹钟设在早晨八点,把从超市买来的物品扔到桌上。我下楼,关掉一楼的灯,然后上楼,关掉二楼的灯,居然在一片漆黑里轻松自如地找到了床,幸福地脱下潮湿的鞋和衣服,将湿漉漉的衣装搭在椅子上。

躺下。

一日之计在于晨。我不知道自己会有何计划,但黑夜,在我的掌握之中。

我默默地躺了一会儿,听着窗外的雨声,然后便轻松地、心无旁骛地睡着了,就算真的做了什么梦,也不记得了。

我突然醒了,不是因为闹铃乍起,而是因为剧烈的敲击声闯入我的梦境。有那么几秒,我以为找到了幸福,我记不起自己身在何处，有何事发生。可猛然间，我想起了所有的事情：向我狂吠的腰果、高谈阔论的麦尔尼科夫、化为碎片的护照、手上的血渍、电话里的声音……

睁开双眼，我从床上坐起来。原来，一扇窗户的窗板没有关严，微弱的晨光照进屋里。光线出人意料的白，犹如冬天的雪。我佝偻身体，走到窗边，感觉阵阵凉意。晚上，我没去试能否打开窗板，原来出奇的简单。我先打开窗户，然后从闪亮的、似乎镀了镍的窗板上拔掉插销，拉开窗户的窗板。

一股新鲜的冷空气立刻闯进房间。还有光，很多很多的光。窗户并不朝向铁路，而是对着某个死胡同，此处建有多座没有窗户的砖混结构厂房。这里的建筑在旭日那玫瑰般纯净的光线里犹如镂花艺术品，这里能看见不曾被人踩踏过的白雪。塔楼的阴影落在雪地上，又爬上旁边没有门窗的厂房的墙。这些厂房更像是十九世纪的建筑，只是精明的开发商还没来得及将其改建成迪斯科舞厅或夜总会。

我惬意地在阳光下眯起眼睛，呼吸了几分钟新鲜空气。怎么会突然冒出这么个厂区？莫斯科河畔区类似的建筑很多，伊兹马洛沃区也有不少。但我没想到，这样的厂区就出现在离和平大街不远的地方，出现在里加地铁站和阿列克谢耶夫斯基地铁站之间的地段。

我感觉很冷，于是关上了窗，急忙开始穿衣服。牛仔裤干了，衬衫也干了，鞋子还是湿的。是啊，冬天来得太早，而我还没有应季的服装。

楼下传来了敲门声，我浑身为之一颤，才想起被吵醒的原因。谁会敲门找我？总不会是邮递员吧。

只用半分钟，我就穿好了衣服，接着将手机放到口袋里，从螺旋楼梯上跑下来。

没错，几乎是跑下来的。我在最后一级台阶上停下，抓住木栏杆。我的身体微微颤抖，当然，这与寒冷无关。

真他娘的见鬼，怎么会有螺旋楼梯？

昨晚，这里还是普通的铁梯子，和防火梯一样差，造型愚蠢，行走不便。

而现在是一圈半的螺旋楼梯，有木扶手、木台阶和木中柱。楼梯制作精巧，台阶表面不是光滑的，不用担心摔倒。扶手的高度也刚刚好，手可以轻松地搭在上面。

我想起自己在前住宅寻找装修痕迹的场景。幼稚！我睡觉的工夫，人家竟然就把整个楼梯都给换了。

顺便说一句，不仅仅是楼梯！昨天一楼地面还是混凝土的，今天已换成了地板。宽木板一块挨一块，严丝合缝，与镶木地板不同，宽木板上的漆色不是刷上去的，而是自然而然浸入的，所以浑然一体，高贵大方，真是无可挑剔。

天花板上的灯泡被拧在格栅状的金属灯罩里，有点儿像街灯，总之，看起来还不错。

可以说，我的居住条件在经过某种降低之后迅速得以改善。前天早晨我还是小单间的主人，昨天晚上就成了个流浪汉，被迫在铁路边荒废的水塔里过夜。如今，我有了两层楼的公寓，内部设施高端大气上档次。

敲门声再次响起，现在已经很明显，的确有人在敲其中的一扇门。而且，如果我还没有完全失去空间定位能力的话，那并不是我进来的那扇。

我走到门口，迟疑了一秒钟。果断地拔下门闩，打开大门。

是的，我不是从这儿进来的。塔楼这个方向的门通往白雪皑皑工厂区的死胡同。一个中年男子在雪地里左右脚不断交换站立，他穿的是灰色呢子制服，胸前挂着大铜牌，足蹬皮靴，头顶毛皮帽，肩背宽边大包。我一现身，他满脸的不耐烦立刻变成滚烫的热情。

"我的妈呀……"我说。

"什么？"男人很困惑地问，还回头看了一眼，茫然地耸耸肩，"您的母亲怎么了？"

"啊……没什么。您是？"

"早上好。真是个好日子，不是吗？您的包裹。"男人拍了拍大包，有些疑惑地看着我。

"是的，当然。早上好。我猜到了。"

"包裹，"男人重复道，"两个袋子和一封信。"

袋子是长方形的，很沉。信在普通的白信封里，没有邮票，没有地址，没有签名。

"谢谢。"我说着接过纸袋和信，邮递员谦恭地动了动帽子以示敬意，这动作很自然，"我……该付您多少？"

"不，不，已经付过了。"邮递员礼貌地回答，"再见。"

他转身，绕过塔楼走了。我等了两秒钟，突然灵光一闪，尾随他而去。

没有斯大林时期的房子，没有铁路路基，没有柏油路。

这里只有连片的厂房，厂房之间是狭窄的铺满雪的小路和等待邮递员的轿式马车。噢，不，不是轿式马车，当然不是。但我怎么知道，这种双轮敞篷的马车应该怎么叫？双轮马车？轻便马车？蒂尔伯里马车？

邮递员慢悠悠地向自己的马车走去。我踩着新雪围着塔楼转了一圈，塔楼一点儿也不像水塔，更像众多厂房中的一栋。

如我所料，只有一扇通往塔楼的门，二楼也只有一扇窗。塔楼是五角形的，十五米高，顶部逐渐变窄。

回到门口,我钻进塔楼,关上门,将袋子和信扔到地板上,我冲向其余几扇门,从室内看,仍然有五扇门。

关着的。

关着的。

第三扇门很听话地让我打开了。

还在下雨。此时的莫斯科,正是飘雨的早晨,天空灰蒙蒙一片。汽车尾气、燃料油混合着某种垃圾的刺鼻气味扑面而来。远去的电车发出咔嚓咔嚓的声音。走出门外,我的脚立刻踩到水洼之中,雪片飘落到鞋子上,转瞬间融化。我转过身来。

是砖塔。最普通的老水塔,只有一扇门,唯一的一扇窗还被锈迹斑斑的金属窗板掩盖起来。

商店方向传来混着各种脏话的聊天:"她……就是骚娘们儿……那个男的……喝得……就是像头猪,他说……你们,臭婆娘……"

几个女人扯着烟熏嗓和那个受尽委屈的人说话。

你好,亲爱的城市。

我退后一步,随手关门,插上门闩。

唉,作家麦尔尼科夫,你真不该不相信我。

我捡起地板上的袋子和信,登上二楼,打开朝向莫斯科的窗户,退后几步,开始欣赏眼前这幅让人惊叹的画面:一扇窗口外是淫雨霏霏灰蒙蒙的清晨,另一扇窗外是灿烂冬日的黎明。

稍后,我坐在桌前,小心翼翼地拆开信封。

信封中掉出一张窄窄的泛黄纸片。纸的质量、打字机敲出来的模糊铅字和漏打的连接词,这一切都让我联想到传票或是电报。

"基里尔·马克西莫夫,恭贺安室迁居,敬请择日上任就职。委员会将于后天到达。行止佳顺!"

这个"行止佳顺"彻底让我崩溃。我把纸揉搓成一团,扔到地板上,又看了一眼窗外。一扇窗外在下雨,另一扇窗外在飘雪。两个世界和三扇紧闭的窗户。我试图拔掉其中一扇关闭窗户上的插销,没能成功。

回到桌前,我打开其中的一个袋子,拿出一卷厚重的有褐色皮封面的书,不是仿皮的塑料封面,而是真正的皮封面,散发着新物件特有的美妙味道。不知何故,我竟然想起,在亚洲,皮革的味道被视为最难闻的味道之一。我很好奇,如果我是中国人或者韩国人,该用什么材料做封面呢?

我小心地打开书。书上当然没有任何版权信息,白纸的质量真好,很结实,字迹清晰。第一页是目录:

莫斯科

允许出口商品名称……………………3

禁止出口商品名称……………………114

允许进口商品名称……………………116

禁止进口商品名称……………………407

我打开第114页,清单内容很少。

奴隶(失去人身自由并被他人任意驱使的人)
大规模杀伤性武器(用来大规模屠杀的武器)

我打开书的开头部分。原来,进口一公斤辣椒(黑胡椒、红辣椒、白辣椒或绿辣椒)关税是3018.6卢布。但是,一副手套的关税仅为7卢布。羊皮纸,每平方米96.3卢布。孔雀羽毛,每十厘米2.27卢布。

"韦列夏金,快离开舢板……"[1]我轻声自语,坐了一会儿,仔细阅读印有清晰小字的手册。该书共407页。

除了奴隶和大规模杀伤性武器,莫斯科还禁止进口所有植物和能够发芽的种子、麻醉品及动物,特有物种除外。我认真地思考了几分钟,竟然无法判断,骆驼在俄罗斯算不算特有物种。还有海豚、北极熊。

毕竟,动物园里有这些动物。

我天马行空地想象着,肩扛便携式核弹的众多奴隶,还有背着一捆捆大麻的一群北极熊,沿着白雪皑皑的小路朝水塔方向艰难前行。而我,自豪地站在门口,挥舞着书本,不允许货物进入莫斯科。

我走到窗边,窗外白雪覆盖的厂房还在沉睡。我警惕地看着空旷的街道。

这是什么地方?空间虫洞?不可能。根据建筑物的风格和邮递员使用的畜力交通工具来看,这更像时间黑洞。

要么是空间虫洞,要么是时间黑洞。

或者是平行世界,科幻作家永恒的最爱。一个人走着走着,打开了墙上的一道门……

呸!

我打开第二个袋子,里面是一本几乎一模一样的书,皮革封皮,黑色的。目录同样分四章。

但上面写的不是"莫斯科",而是神秘的"金吉"。

这有点像西伯利亚的地名,散发着亚洲的气息。有一点可以肯定:我从未听说过这个城市。

难道这是不同世界间的通道?

---

[1] 苏联电影《沙漠白日》(1970)中的经典对白。

可这与我何干？为什么朋友们开始将我遗忘？连警察都完全无视我的存在？娜塔莎·伊万诺娃究竟是从哪儿冒出来的？又为什么自杀？谁给我打的电话，又将我引到这个朝向两个不同世界（而且，毫无疑问，还可以打开三个）的塔楼？是谁给我邮的信和《海关规定汇编》？

有什么地方让我感觉不对劲，而且这还不是最重要的问题。我该感兴趣的，不是正在发生事情的起因，而是我的行动。

我身上是湿漉漉的衣服，实在不适合眼下的天气。我身无分文，仅有的食品是巧克力和一瓶矿泉水。我连收关税并设法据为己有的可能性都没有。

塞翁失马，焉知非福。既然收银员发现不了我，警察在"犯罪现场"抓到我都能释放，那……

我笑了一笑，放下了金吉的《海关规定汇编》。

7

童年时看的第一部动作片、读过的第一本侦探小说，使我形成了这样的价值观：抢劫普通人，非好人之所为也。但扫荡银行或者大公司，却是很讲道德的可为之事。我已经记不起这奇怪的道德观是如何形成的，但其中的确不无道理。后来，我在书中不止一次地接触类似的立场。现实生活中偷钱包的小偷若想为自己辩解，会被正义凛然的公民当场打死；而对于套取国家十亿资产的骗子，正义凛然的公民却可以一味容忍甚至对其顶礼膜拜。

不管后果如何，我拿定主意去偷附近的一家大型商店。从火车站步行十分钟，就有一家这样的商店。

我打算储备一些食品。我在卖场里转了一圈，挑选了整整一推车的货物：罐头、熏肠、面包干、矿泉水和果汁，还有两瓶白兰地。这一次，我要买一瓶昂贵的亚美尼亚白兰地。这些东西加一起，不会少于两三千卢布，数量拿捏得还算完美，超市员工不会因商场被偷而遭遇大麻烦。

我向收银员送上灿烂的微笑，便推车走过收银台。这里没有探测器，商店不是很大，所以也没有会尖叫的报警器。

"公民！"收银台的姑娘满脸厌恶、惊慌失措地叫住我。

我等了一秒钟，转过身来。

"什么事？"

浓妆艳抹的年轻女售货员愤怒地看着我，说："您不准备付款吗？"

我的胸口一紧，但还是故作镇定地问："您在说什么？"

"瓦洛佳！"收银员叫道。

一名保安立刻向我们走过来。

"有人不想付款！"

她的眼中没有健忘者才有的空洞目光。相反，我敢打赌，女孩牢牢地记住了我，晚上就会给家人讲起我这个无耻的小偷。

"怎么不想？"我迅速返身，"我只是想把买的东西先包起来。"

再也想不出比这更荒谬的理由了。

"你不扫码？"姑娘挥动着条形码扫码仪，仿佛挥动着未来战士的爆能枪，问道，"我总该先给货物扫个码吧？"

"噢，对不起，我走神了。"我挤出一丝假笑，开始往传送带上放食品。

保安若有所思地看着我。收银员刚要将第一盒罐头放到扫码仪上，保安阻止了她。

"稍等，丹尼卡。年轻人，您有钱吗？"

"银行卡可以吗？"

"可以。"收银员仔细查看了银行卡，然后幸灾乐祸地笑了，"但这张不行。"

"为什么？"

"它不是您的。"

我看都没看银行卡就说："噢，卡主叫娜塔莉亚·伊万诺娃吧？她是我妻子，我们的卡都是一个银行的。"

"别人的卡不可以。"收银员轻描淡写地说。

但保安阴险地笑了，道："那儿有自动取款机，早晨刚放的钱，需要多少，就可以取多少。"

在他目光的押运之下，我走向自动取款机。

如果我现在逃跑,保安会怎么做?不太可能追出来,也不太可能报警。我没给商场造成损失,至于我有别人的银行卡,与他无关。

我背对着保安,将卡塞到了取款机的插槽(卡主真的是娜塔莉亚·伊万诺娃)。卡已经换了主人,这在我意料之中。

密码换了吗?

银行不会这么快就把死者的卡注销吧?

我在操纵台上慢慢地键入"7739"并确认。

屏幕上亮起询问取款数额的界面。

我轻松地选择了5000,然后改变了主意,按下9700,这几乎是卡上的全部金额。

取款机冷漠地响起数钞票的沙沙声,吐出一些五百面额的新钞和一些皱巴巴的一百面额的旧钞。

我挑衅地看看保安,拿着钱,回到收银台。保安明显很失望,悻悻地退到一边。收银员默默地包装商品,我付款。几分钟后,我走出了商店,转过身,收银员和保安正看着我,说着什么。

真倒霉。

我昨天的隐身功能今天哪儿去了?我曾是盲人国里的明眼人啊,是能赤身裸体、光脚行走的隐形人。

而现在……

突然间,我怯懦的心燃起了希望。我坐到商店对面的长椅上,将购物袋放在一旁,掏出手机。

打给朋友还是父母?

父母。

铃声响了。

响到第三声时……

"喂!"听筒里传来父亲愉快的声音,"您好!"

我强忍哽咽,"是我,基里尔。"

"噢,你好你好!"父亲回应道,然后,我还没来得及高兴,他就补充道,"基里尔·安德烈耶维奇?"

"不是,是基里尔·达尼洛维奇。"

"呃……不好意思?"

"我是你儿子!"我对着听筒大喊。

接下来是足有好几秒的停顿。父亲很犹豫地说:"愚蠢的玩笑……"

"我真是你的儿子。"我重复道。

"您多大了?"父亲压低了嗓音问。

我心中一片茫然,但仍回答说:"二十六。"

父亲的语气突然变轻松了,还是我觉得父亲的语气变轻松了?

"不要开这样的玩笑,年轻人!很愚蠢,还不好笑!"

电话里传来电话忙音。我几乎条件反射一样又重拨了一遍,但父亲的电话已关机。

怎么回事?事态并没有反转。那为什么父亲会问我的年龄?

我只考虑了一秒钟,便恍然大悟,脸上不由自主地闪过一丝傻笑。好啊,爸爸!好啊,你真厉害!就是说,我可能还有个兄弟,哥哥或弟弟。

然而,如果我本人都不存在,又有什么值得高兴的呢?

商店的门开了,保安走出来,点燃一支香烟,看到我,立刻警觉起来。

不,我可不想再遇到警察。这一次,他们不会再放过我的。

我抓起购物袋,向塔楼走去。即使水塔已经消失或者变回原来的脏样子,我都不会有一丝一毫的惊讶。塔楼还在原地,我打开门,里面没有变化:依旧是螺旋状楼梯,二楼摆放的还是那套简朴的家具。矿泉水和白兰地仍旧在桌上。我将所购物品拿出来的那一刻就意识到，忘记买餐具了，哪怕是塑料餐具也好。香肠只好直接吃。不过，这并不影响我早餐吃香肠和面包干的心情，我喝一口矿泉水，再喝一口白兰地。酒足饭饱后，我站在窗前，欣赏陌生的世界。

雪、红砖建筑、艳阳高照，风开始聚集云雾。恐怕又要下雪了。

当然，我应该进这个世界看看。哪怕只是为了寻找谜底。为此，我需要先弄些保暖的衣服。以我目前的财务状况，只能在服装市场淘点儿便宜货。

早晨的好心情顷刻消散。

这怎么可能？如果真有好多世界同时存在，那里就该有遍地的恐怖怪物和许多美丽的公主。人们忙着打怪兽和救公主，而这里只有偏僻的小巷和荒废的建筑物。

我忧伤地看着窗外，过了好久才对自己说："真无聊。所有的答案就在那里。是的，那里一定有怪物和公主。"

我没有注意，自己的声音是如此的坚定。我站起身，推门而出，走进莫斯科。

我没有去服装市场，因为记起在国民经济成就展览馆附近，有家商店专门销售没收的假冒品牌、某流行服装的尾货。这里的东西价格超低，来路令人怀疑。我买了一件还看得过去的保暖上衣、一顶产地不明的针织贝雷帽（说实话，"意大利的设计"的字样并没有增加我对产品质量的信心，反而加重了我的怀疑），还买了一双冬款皮鞋。此鞋有一个无可辩驳的优势——就是干爽。

没准儿有人会喜欢这双鞋奇怪的淡绿色。

卖三无产品的老板是很精明的，这么一大包东西他连五卢布都不给我便宜。我刚刚迈出店门，电话响了。

"喂?"我赶紧回应。

"是基里尔吗?"听筒里的声音问。

我的心里突然热乎乎的。

"是我!科佳,你好!"

"呃……"科佳显然没想到我会听出他的声音,"你姓?"

"马克西莫夫。"

"噢,是的。请问,我和你两天前?"

"一起喝的白兰地。"我疲惫地说,"我明白了,你本来什么都不记得了,但又翻出了自己写的故事。你那教体育的色鬼怎么样了?教没教会高年级女生劈叉?你再看看阳台,那儿有两个空瓶子,一瓶是亚拉腊山……"

"难道你说的都是真的?"科佳的声音哽咽了。

"你以为呢?"

"我以为是黑客的恶作剧,他们侵入我的电脑,给我留言说……"

只有科佳这种人,才会相信有这样的黑客。

"听我说,我不会向你证明任何东西。"我说,"昨天,我们还拜访了你的科幻作家朋友。出来后不到十秒钟,你就把我忘了。"

"你现在在哪儿?"科佳沉默了一会儿,问道。

我警觉起来。

"为什么问这个?"

"嗯……不好意思,太诡异了。要不你来我这儿?"

"去了又能有什么结果?"不过,我心里还是很高兴,"到你家,我还得浪费时间证明我和你认识。接下来,我们又得喝掉两瓶,早晨你脑袋一清醒,就又不相信我说的话了。要不,你过来?"

"去哪儿?"

"莫斯科电气火车三号站,离阿列克谢耶夫斯基地铁站不远。"

"能找到，我先查看一下地图。"科佳显然主意已定，"我过一个小时……不，过一个半小时到。需要给你带些什么吗？"

"不，谢谢。我在车站二十四小时商店旁边等你，如有必要，我们在那儿买。但是你得明白，"我忍不住说，"连喝三天，就算酗酒。"

"我怎么能认出你？"科佳无助地问。

"我会认出你。"

我收起电话，心里琢磨，之前怎么就没想到和科佳拍张合影呢？第一天晚上，当故事刚刚开始的时候，就该立照为凭。那样，说我们认识，就有证据了。

众所周知，当你意识到自己做了蠢事，过度悲伤也于事无补，倒不如以此为鉴，以后不再犯类似的错误。在地铁站附近卖照相机的小商店里，我买了台一次性沙滩专用即时相机。或许是因为临近冬天的缘故，所以售价只有二百卢布。我没舍得花钱去买台更像样的相机，一个没有任何收入来源的人，是不会那样做的。

我还买了把瑞士折叠刀。这种刀的刃部很小，没有卡锁，是我的最爱。

我不认为会有人给我下套，但为防万一，我在距离商店很远的地方，也就是离塔楼半程的地方停下来，买了瓶啤酒，边喝边徘徊。人们之所以喜欢在等火车时喝啤酒，估计那是人生的一大乐事。

科佳没有让我失望，他准时到达，从出租车里钻出来，用力地推了推眼镜，开始四处张望。我花了好几分钟研究周围的环境，没有发现可疑之处。是啊，我算什么人，谁会费工夫算计我呢？

"科佳！"我叫住自己的前朋友，朝他走去。

科佳吓了一跳，眼睛死死地盯着我看，表情痛苦又尴尬，努力地想认出我是谁。

"我是，"我将空瓶子扔进垃圾箱，告诉科佳，"基里尔·马克西莫夫。你的老……呃……朋友。"

"没认出来。"科佳很悲伤。他说着，从口袋里掏出几张皱巴巴、在打印机上打印出来的文字，认真看了一遍，叹口气递给了我，"都符合，我们用'你'来称呼彼此，怎么样？"

原来，科佳可不是简单地做个记录。昨天，就在我们去麦尔尼科夫家之前，他又打上了几行字：现在，我们要去麦尔尼科夫家做客。他是科幻作家，说不定他会想出什么好主意。如果我又忘了发生的事情，此记录可以防止万一。我倒霉的朋友叫基里尔·马克西莫夫。他二十六岁，某计算机公司经理，身高略高于平均水平，中等身材，小肚子略凸出……

"什么？哪来的小肚子？"我生气地说，"我的体重完全正常！"

"体重正常，但毕竟需要伏案工作。"科佳反驳说。

……凸出，椭圆形脸、两腮多肉……

"看了你的描述，我就是个脑满肠肥的……"我难过地说，"人家体重八十公斤，在我这个年龄已经很标准了。"

……多肉，眼睛褐色，头发深栗色，鼻子端正，耳垂偏大。

"科佳，你在警察局工作过吧？"我问，"还搞过语言画像？"

科佳笑了笑。

总体来说，他有张善良的、颇具魅力的脸。语速较快，声音有些嘶哑，喜欢说俏皮话挖苦谈话对象，但常以失败告终。如果我一人回家，且已忘记马克西莫夫，读此记录，就会记起发生的一切。基里尔身上，怪事连连，我不喜欢自己卷入其中。

半页空白。接下来是科佳小说的内容：

"对，就这样！"谢苗·马卡罗维奇擦拭着额头上的汗水，开玩笑地说，"这叫密宗瑜伽，是一千年前古希腊的高级艺妓发明的。"

"非常感谢！"尤利娅面红耳赤，兴奋地说。

我看了看科佳，手指在威士忌酒杯边缘移动，问："哪来的艺妓？"

"古希腊的！"科佳一把夺过纸，"我的工作如此……"

"我知道你是做什么工作的。"

"昨天在麦尔尼科夫家出什么事了？"科佳问。

"你没打电话问问他吗？"我很感兴趣地问，"你自己还记得什么？"

"打了。"科佳十分坚定地回答，"他说我一个人过去的，我们所谈论的事情跟文学有关。我也是这么记得的。就这样。"

"那你记不记得，我在单元门口拦过你？"

科佳摇摇头，"说来话长，我们找个地方谈吧。"

我们每人买了瓶啤酒（我毫不犹豫给科佳买了他爱喝的"奥伯龙"，给自己买了"乐堡"，科佳若有所思地哼了一声），我开始讲述，没有任何隐瞒，包括我是怎么买的刀，怎么劫持娜塔莉亚·伊万诺娃，她又是怎么自尽身亡的。

"你确信，用刀杀她的不是你？"科佳忍不住问道。

"我确信。我本想拿刀割断胶带的。"

"撞刀自杀，不可能的！"科佳疑惑地说。

"你试过吗？"

科佳摇摇头。

当我讲到警察，讲自己是怎么获释时，科佳紧张起来。

"听我说，基里尔，这根本不可能！"

"但事实的确如此。"

"如此，还是不如此……"科佳陷入深思，"你说，他们打了你？"

"我觉得自己的肋骨肯定断了。他们踢了我好几脚。"

"邻居狠狠地给了你眼睛一拳?"

"是的。"

"你照镜子没有?"

"照镜子干什么?"

科佳笑了笑。

"没什么!问题就在这儿。看看,你脸色红润、精神饱满,好像刚刚度过一周完美的假期。你的肋骨还疼吗?"

我沉思片刻,解开上衣,将毛衣拉起。

"看不出任何被踢的痕迹。"科佳说,"请你原谅我说话冒昧,这不可能。如果真有人踹你,早晨会留下淤青。"

我竟无言以对。

"听我接着讲,"我说,"怪事到此还没有结束。"

"警察竟然放了你。我觉得,没有比这更怪的事了。"科佳表示怀疑。

我大概用十分钟左右的时间讲述了自己的塔楼奇遇,然后阴阳怪气地问:"怎么样?比警察放人更不寻常吧?"

"塔楼在什么地方?"科佳问道。

"那儿。"我指了指。

科佳摘下眼镜,说:"这是废弃的水塔。"

"是的,当然。一看外表便知。"

"你可以领我见识一下吗?"

"当然。"

"走吧。"他果断地站起来,"我确信,门打不开,水塔里不会有怪事出现。"

说实话,我怕的正是这点。我不知道能否带外人进去。也许,不同世界间的通道只对我敞开。这好像更符合逻辑。

塔楼的门开了，而且，塔楼里一切还是我记忆中的那样，有通往二楼的螺旋楼梯和五扇门。

"太牛了！"科佳环顾四周，"你看到的，也跟我看到的一样吗？装修精美、螺旋楼梯……"

"是的。"

"给我看看那扇门！"科佳说，"那扇通向锦吉的！"

"是金吉。"我更正道。

他走到门前，虽未开门，但已经意识到，这里一切都很正常，因为金属把手是冰凉冰凉的。

外面正在飘雪。天空布满浓厚的乌云，白色的雪片轻轻地飘落在我们的头顶。工厂（我怎么会下意识地认为这就是工厂呢？）的窗户没有亮灯，也没有声音传出。邮递马车的痕迹早就被新雪掩盖。

"邮递员就是从这边来的，"我说，"坐蒂尔伯里来的。"

"有意思。"科佳说话时瞥了我一眼，"你是说坐蒂尔伯里吗？"

我耸耸肩，扯去照相机的玻璃纸包装，拍了几张照片。小闪光灯闪烁了几下，以增强对周围环境的曝光度。顺便说一句，胶卷的感光度为四百，应该能照出来。

"种种迹象表明，这就是平行世界。"科佳说，"啊——啊——啊，比我们的世界落后。对吗？"

"嗯……好像是。"

"我们进屋好好看看。"科佳突然认真地说。

"现在你信了吗？"我插上门闩。

"信了，信了……"科佳拽了拽其余几扇门，"都是关着的。真见鬼！这算怎么回事啊？"

他在房间里走来走去，时而将耳朵贴在门上，时而敲几下，就差用鼻子闻了。最后，他对木地板产生了兴趣。

"一夜之间就变成了这样。"我自豪地说，仿佛是我亲手干的，一夜之间，就铺了三十平方米的实木地板。

"落叶松，"科佳说，"没有清漆的味道，漆是在铺完后上的！"

"我的前住宅也一样，"我强调，"没有任何装修痕迹。"

"此现实非彼现实了。"科佳十分感慨，"所以，一切的一切都随着现实的改变而改变，只有你没有变！"

"我们上楼吧，"我热情地提议，"那儿更好看。"

"或者相反，"科佳跟在我身后，继续做思考状，"现实没改变，是你改变了，因此，你把普通东西当作意外惊喜。"

"这是'发疯'的委婉说法吗？"我问，"请你告诉我，你还知道哪个废弃的水塔是欧罗巴装修风格？"

科佳只是叹了口气。

在二楼，他也用了五分多钟研究室内陈设，睁大眼睛望着窗外，仔细观察家具，拧灯泡时手还被烫了一下，默默欣赏了一会儿灯座。随后，他抓起寄来的书，兴致勃勃地翻阅起来。

我没有妨碍他，静静地倒上昨天买的白兰地，把香肠和奶酪切好放在一旁。这一刻，我的心情轻松了许多。就算朋友已经将我遗忘，但我们的关系好像没有发生变化。也许是因为我终于明白该如何与他交流，哪些话该说哪些不可以，以及如何为人处事。

"有什么东西不太对劲。"科佳合上书，若有所思地看着我，他端起酒杯，对白兰地似乎毫无兴致，"喝酒，只是为了缓解压力……"

"哪里不对劲？"我们一饮而尽，我问。

"哪里都不对劲。你看，我们有什么？你，一位普通的莫斯科男子，有一份普通的工作，住父母买的房子，没老婆，也没孩子，才能一般，无过人之处，是不是？"

"是。"我承认。

"一个陌生的娘们儿占了你的住宅，你所有的证明文件都不见了，朋友和亲人全把你忘了。于是，你开始怀疑，这一切都是某人邪恶的意志所致，你尝试各种手段，来审问占了你房子的恶女人。可她却突然自杀，你被捕了，但警察犯了健忘症，居然放了你。"

"确实很荒唐。"我不否认。

"不！"科佳挥挥手继续说，"你错了！所有这一切正好构成完美的逻辑链条！某种势力正将你从我们的现实生活中抹去。这是什么势力？外星人、共济会或者上帝？这些暂时都不重要。但你看，接下来发生了什么。有人给你打电话，将你引进荒废的水塔。塔楼内部装饰和住宅无异，而且一夜之间内部陈设都安排停当。还有，塔楼有五扇门。一扇门——暂时只有一扇门通往另一个世界！此外，还有人不断明确地暗示你，你将行使海关官员的职能。明白有什么地方不对劲吗？"

"不，不明白！这都是'某种势力'安排的。"

科佳叹口气，又倒了一杯酒。

"榆木脑袋。你随便找一个……算了，有家的人比较麻烦，不找也罢。随便找一个单身年轻人，看门的、大学生，哪怕大公司的优秀员工，给他一份新工作：两个世界之间的海关官员！"

"很有意思。"我承认。

"如果是我，我就会同意！"科佳的眼镜闪烁着莫大的快乐。当然，这是因为他转头太猛所致，但看上去就像他的眼睛因为兴奋而闪光，"任何人都会同意的！哪怕你，也会同意！"

"知我者，科佳也。"我看着窗外，神秘的金吉上空飘起了雪，天已经黑了下来，城市静谧、神秘、干净。而另一扇窗口外正在下雨,潮湿的地面泥泞不堪,一辆沉重的卡车驶过,噗噗地冒着黑烟。我出乎自己意料地承认:"是的,我会同意。"

"你看看,"科佳点点头,"现在你想想,弄这么复杂干什么?住宅被占、文件消失、朋友遗忘、娘们儿自杀……何必如此?完全可以人直接过来,给你一份工作。这正是让我不安的地方,基里尔。"

"你总是想弄明白……""外星人"一词刚到嘴边,又生生被我咽了下去,"这是什么人的什么逻辑?也许,他们根本就没有逻辑。"

"逻辑,无处不在!"科佳严厉地说,"如果没有逻辑,那就意味着,我们不会理解眼前发生的事情。这才是我焦虑的原因,此外……"

他拿起一本书打开,用手指划过书页,问:"阿魏是什么东西?"

"一种东方的香料,"我没察觉到他的圈套,回答说,"咖喱的成分之一,又名兴渠或哈昔泥。"

"我信。"科佳表示同意,接着将书又往后翻了几页,"那这个……约依印花布呢?"

"服装面料,棉的。"

"与普通面料有什么区别?"

"嗯……这种面料通常为……白色或米色,单色印花,图案多是放牧姑娘、小羊羔和小树……"

我闭上了嘴。

"你都懂?"科佳问,"你说蒂尔伯里时,我马上感觉哪儿好像不对,你在纺织厂当过厨师?"

我摇摇头。

最让人生气的是,我对这些新知识没有感觉。什么香料?我只知道两种:盐和胡椒!至于面料,我只知道有天然和化纤之分。化纤制品最好不要穿,特别是袜子。

科佳提问时，我回答起来不假思索，脑海中立刻浮现出阿魏（甚至能回想起刺鼻的大蒜味道）和一大卷画有田园风格的约依印花布。

"看来，给你职务之时，也给了你某种能力。"科佳大声地分析道，"否则你也没法开展工作啊！"

虽然大脑被酒精麻痹，但敲门声并没有惊到我，不像科佳那样神经兮兮。我站起来，向楼下走去。

"等一下！记得看看门镜！"科佳一跃而起，快速说道。

"哪儿来的门镜？"我挥了一下手。

"没安门镜，真是疏忽大意！"科佳显然有些恐慌，"来人敲哪扇门？是哪扇门？"

"我们的！莫斯科的门！"

"问问是谁。"

我没问任何问题，一下子将门打开。

一辆身型硕大的深蓝色奥迪"探索家"从大路拐到泥泞的路边，停在那里。我的门口站着三个人。一个五十岁上下的男人，身着昂贵的旧款羊绒大衣，足蹬锃亮的老式皮鞋，他像是被人抬到门口的，一眼就能看出这是个"有地位"的人。他的身后是一位二十岁左右的姑娘，穿着貂绒大衣，很时尚，长相也颇甜美，就是脸上流露出嫌恶的表情，仿佛有人逼着她翻垃圾箱一样。他俩身后是一个体格壮硕、面无表情的男人，就差胸前挂个牌子，写上"我是酷保镖"了——此人看我的表情很奇怪，不是那种充满疑虑的职业性目光，而是既恐惧又有某种挑衅意味的眼神，就好像几分钟前，我肆无忌惮地打过他几个耳光，然后拍拍他的肩膀，赞许地说了一声："好小子。"

明白别人怕你的感觉，真爽。

"晚上好。"听男人说话的腔调，好像他是这儿的主人。我想起电话里的声音，立刻警觉起来。不，不是他，唯一相似之处，是他们的自信。"我们进去吧。"

"请吧。"我往旁边侧了侧身。

男人和姑娘走了进来，保镖留在了门外。

"就像我们说好的那样，维佳。"男人匆匆说了一句，关上了门。

片刻的尴尬。姑娘抖落大衣上的水滴，仿佛不太习惯穿高跟的靴子，有些站立不稳。男人环顾一周，对我微微一笑，对傻站在楼梯上的科佳点了点头。科佳不知何故迅速摘下眼镜，握在手中。

"你们是来找我的？"我问。

男子扬起眉毛。

"不是。我们想过境。"

"去金吉？"科佳声音嘶哑，兴奋地站在楼梯上问。

"已经有别的通道了？"男子好奇地问。

"没有。"我回答。

"那就去金吉。"

"应该去谢苗诺夫地铁站的……"姑娘低声说。

"浪费一个小时在路上堵着？这样走更快。"男子毅然决然地说，"可以过去吗？我们没有带东西。"

应该请他们给我一个解释。不，不是请，而是要求。但不知为何，我还是忍住了。也许，给养尊处优的先生提出这样的要求，相当于问他汽车发动机有几个汽缸一样。他不知道，他只会坐车。

也可能是姑娘的目光阻止了我？目光中有愤怒，又有恳求。她好像害怕遇到阻碍，怕得要死，所以才生气，生我的气，也生男子的气。

"请走那扇门。"我点头示意。

他们走了过去，地板上留下一串脏兮兮的鞋印。姑娘在行走过程中扶了一下楼梯的栏杆，险些失去平衡。男子沉着自信，打开门锁，让女孩走在前面，然后对我彬彬有礼地点头告别。

我过去关门，看到一辆马车在塔楼远处等着他们。那是一辆车顶可折叠的四轮马车。

"多漂亮的女士啊！"科佳在身后赞叹道，"对刚才那几位，你有何感想？"

"兰道马车。"我边说边关上门。

"什么鬼兰道？男人的艳福不浅！"

"也许是女儿，不好说。"

"哼，"科佳很愤慨，他双手一拍，"世上还有这么漂亮的屁股？人比人得……该好好盘问他们一下才对！"

"我倒不认为他们有什么目的。"我说。

我突然有些不安。他们就这样……进来了，姑娘还摇晃了几下，抓住栏杆，刹那之间，她放慢脚步……

"不管怎么说，反正就该盘问盘问！他们是谁，他们从谁那里得知塔楼存在的，要到哪里去？你明白吗？这不是莫斯科唯一的塔楼！谢苗诺夫地铁站附近还有一个！基里尔，你在那儿见过吗？"

我走到楼梯旁，弯下腰，从地上捡起个小纸团，慢慢展开。

"纸条？"科佳瞬间来了精神，把身子从楼梯栏杆上探出来，"哪儿来的？"

"姑娘扔的，"我解释说，"经过楼梯时扔的。"

科佳的目光掠过纸条，过了几秒钟，他轻声说："该死……我们该怎么办？"

8

日常生活中,是否有人曾向诸位求助?

一定有过。"这周手头紧,能借我一千卢布吗?""我终于把整套家具买下来了!我这儿没有电梯,请你来帮个忙,帮我把家具抬到四楼!""你的车没坏吧?丈母娘从安塔利亚[1]回来,凌晨三点到机场……"

当然,这些琐事的确给你增加了很多烦恼。可你也清楚,换个角度看,今天有人求你,明天你也可以求别人。

但是,有没有人以命令的口气让你提供帮助?

一定也会有。"货车到了,来,你帮帮装卸工。""站住,公民,来做个证人!""星期六晚上,我们所有人去参加反恐怖集会!"

诸位明白其中的差别吗?你本来就想去卸货,因为你的钱包是鼓还是瘪,取决于你卸了多少;你本来也不反对指证,因为女人的钱包的确被那个东张西望的猥琐男装进了自己的口袋;你对恐怖主义者的态度比对蟑螂还要恶劣,你甚至萌生出"如果我说了算的话……"的想法。

但你别无选择。就是有人命令你去做本来你已决定去做的事情,他们以此来强化自己的身份,我是老大,你是傻瓜。实际上,聪明的老大这种情况下是不会这样做的,他们会让你有心甘情愿继续工

---

[1] 土耳其南部海港城市,安塔利亚省省会。

作的错觉。

"有这么漂亮屁股"的女孩偷偷留下的纸条正是一道命令。写字的人显然不习惯用手书写,便签纸上歪歪扭扭地写着几行字:

> 一小时后出发,跟在我后面。
> 务必找到白玫瑰。
> 你的所有问题,会有人一一解答。

我看看表,记下时间。

"我们接下来做什么?"科佳问,"去找拿白玫瑰的男人?"

"就不能是女人吗?"我反驳道。

"这里写得很清楚:有人[1]!"科佳很愤怒,"应该默认为是男人。基里尔,你细品,是不是像走私?"

"白玫瑰?这是什么鬼?"我的手指在威士忌杯口上游移。

"一切皆有可能!这些人,你都没有好好查一查!"

"他们没有违禁品,也没有携带货物。"

"你怎么知道的?"科佳吃惊地问,他兴奋地大喊大叫,"噢!我明白了!就像你知道阿魏是什么一样!"

我点点头。

"我们上楼吧。"

"你需要电水壶。"科佳随我上楼,"或者电灶。怎么能不吃热东西呢?"

"按你的意思,还得再弄个窗帘、一盆天竺葵。我可没打算在这儿长住!"

科佳哼了一声,说道:"还不打算长住,那请告诉我,你打算在

---

1. 人(человек)在俄语中是阳性名词。

哪儿住？"

"莫斯科，在塔楼后面。"

科佳停下脚步，一动不动，问："你怎么，是认真的吗？"

"大便可以到车站解决。"

"不可能。"科佳严厉地说，"你听我说，这个塔楼是按照你的品位装修的。我指的是，按你的需要！"

"那你在这儿看到马桶了吗？"

科佳想了一秒钟，继续往楼上走。

"那儿是关着的。"我无精打采地说。

科佳捅了一下关着的舱口盖。合页打开，舱口盖轻轻向后开启。

"你不是说，这儿是关着的吗？"他顿时来了精神，"看看有没有灯？"

有，我找到了开关，就在手边特别容易摸到的地方。

塔楼的三楼分为两个部分。楼梯周围有个圆形的小平台和两扇门，一扇通向组合卫生间，里面有洗手盆、马桶和大浴缸，一应俱全。衣架上挂着四块毛巾和一件花花绿绿的浴袍，刚好是我的尺寸。没有窗户。

"等我一下，好吗？"科佳毫不客气地关上了门。

等他时，我看了一眼第二个半圆形的房间。

如我所料，那里有电灶、餐柜、桌子和四把椅子，是厨房。餐柜里有各种餐具，诸如盘子、刀叉、锅和平底煎锅。餐具很讲究。我甚至发现有做手抓饭用的大铸铁锅。厨房里有一扇窗，对着铁路的方向。

"你这儿挺有意思。"科佳走进厨房，"毛巾上没有任何标志。陶瓷制品上也没发现商标。肥皂盒里有一小块肥皂，普通的肥皂，上面没图案，没字母，没商标。小瓶子里装的是香波，透明的，没有任何味道，但泡沫丰富。"

"是低致敏的。"我说，"科佳，我去冲个淋浴。你知道我最后一次是在哪儿洗的澡吗？昨天早晨在你家。"

"那个求助，"科佳显然有些不知所措，"该怎么处理？"

"求助？依我看，那是命令。我不喜欢别人命令我。"

"我们本来就想到那里去的！"科佳喊道。

"去找拿白玫瑰的人？不知道为什么我不想去。这是陷阱。还是洗澡舒服。"

科佳脸上先后出现了茫然、委屈，甚至厌恶的表情。

"女士向你求助，"他说，"你看着办吧，做你的水疗去吧。我先把你的吃喝拿到厨房去。"

我随手关上门，隐约听到他还在说"女士那么求他，他竟然两天不洗澡都忍受不住……"之类的话。

我没有理睬他嘟嘟囔囔的发牢骚，只关心热水、神秘的香波和超爽的花洒水流。我心满意足地洗了个澡，穿上衣服。虽然忘了把要换的干净内衣拿进来，但还是很开心。

我从浴室走进厨房，科佳正站在窗口。电灶上铝水壶中的水已经烧开。我一出现，科佳马上佯装看表，以示对我的抗议，还长叹一口气。

"科佳，你想过没有，在陌生的他者世界，你通过什么方式能找到拿白玫瑰的人？"我坐到桌旁问道。虽说自己家是脏乱差的狗窝，但科佳颇喜欢做客时帮助主人打扫卫生。他已将所有的食品弄进厨房，整齐地摆在橱柜里。

"我做梦都想探索另外的世界，千载难逢的机会啊，可惜，选错人了！"科佳痛苦地说。

"科佳，现在是晚上七点，"我告诉他，"还有二十分钟。"

"你要行动？"他的情绪瞬间高涨，"那还戏弄我？顺便说一句，这儿的物件同样神奇，餐具、电灶都没有生产厂家的标示。我猜，这些东西都是现实之物的完美折射，是塔楼中的神秘机器制造了这种效果。这真是柏拉图理想国中的事物在人间的显现！"

"什么机器这么厉害？"我给自己倒杯开水，又放了茶包，"还完美折射？这歪把水壶，能算完美吗？"

"看来你对哲学不感兴趣。"科佳也给自己沏了杯茶，"顺便告诉你，白玫瑰乃古代哲学中常出现的神秘符号，其神秘程度和这塔楼相同。白玫瑰从巴比伦塔时期开始就……"

"科佳，"我叹了口气，"这不是符号。我们就坐在这里。我们喝的茶，也不是符号。"

"整个世界都是由符号组成的，我们的生活——更是如此！"科佳激情四射，"男人对女人的爱，也是一种深层的象征符号。我想，这位女士给我们留纸条时，我就……"

"科佳！"我恍然大悟，突然喊道，"你叫她女士？"

科佳眼神游移，但语气坚定："我是叫她女士！"

我第一次亲眼看见好友坠入爱河的时刻。原来竟然是这样！美女的惊鸿一瞥和半句感叹，就让科佳瞬间沦陷，他甚至连女士的脸都还没有看清！

不错，这姑娘非常可爱，毋庸置疑，但是……

"基里尔，如果你同意，我跟你一起去。"科佳坚定地说。

"你会冻死的。那儿现在在下雪，你穿的可是薄底的鞋，上衣也太单薄。"

"看着单薄，其实很保暖！"

我耸耸肩，说："那好吧！我是你什么人，亲妈？还得给你戴围巾？你是大男孩，得肺炎自己治。"

"我跟你去。"科佳很固执,他重复道。

死胡同里,漆黑一片。冬季的夜晚,天空混沌,无法看清,在混沌中生成的片片雪花将空气分割为网格状,微弱的白光从地面向上空反射,照出这种奇幻图景。在微光之下,我们勉强分辨出冰雪覆盖的墙体和塔楼深色的轮廓。不知为什么,雪拒绝落在塔楼之上。

"我们向前迈出的一小步,却是开启整个恢宏世界的一大步。"科佳突然说。

"啊?"我颤抖了一下,"你说什么?"

"嗯……我们第一次进入另一个世界,总该说些什么吧?"在我的注视下,科佳在黑暗中大发感慨。他说自己正在构思"充满哲理的金句"。

"怎么能说是第一次?人们在这里进进出出,到处闲逛!我们一小时前已经来过,查看塔楼。"

"那次不算。我们走吗?"

我发现,与科佳的浪漫和激情为敌毫无益处,于是便离开塔楼向前走去。我们要去邮递员来的地方,也是载着陌生女士和她同伴的兰道马车去的地方。刚过去的一小时,又下了很多雪,但车辙还在,我们顺着马车的痕迹继续前行。

"考虑不周啊,"身后的科佳唉声叹气,"带仪器出来就好了。温度表、气压表……我们的世界与这个世界温差是多少?为什么没有产生气压差?再给雪做个化验就更好了,再试试无线电在这里能不能工作。"

"我手机里有收音机。"我脱口而出。

"呀!"

"但需要插耳机,起天线的作用。可我没有耳机。"

"移动电话！"科佳忽然醒悟，"等一下！"他从口袋中掏出电话，生气地说，"见鬼……没有网络！"

"别在冷空气里说话，咽喉会受凉。"

你们以为科佳会安静下来吗？他先跟我讨论了周围房屋的建筑风格，虽然黑暗中什么都看不清，又提出并推翻了关于金吉世界的种种假说。他举例说明，此世界也许比我们的彼世界发达，当地居民使用畜力拉动交通工具，是出于环保的考虑及对古老传统的热爱。

他讲了什么，我几乎没听。我踏着蓬松的白雪继续向前。有些人在情况不明朗时会守株待兔，静候事态发展；有些人会喋喋不休，忙着开脑洞。我从前以为自己就是这样的人，但跟科佳在一起，我下意识地变成了沉默寡言的人。

如果我们真的找到拿白玫瑰的人，接下来怎么办？该提哪些问题？又会有什么样的答案？

走着走着，街道突然到了尽头。我身后的科佳也停止聒噪，开始大口喘气，接着又继续聒噪。我走起路来，虎虎生风，和坦克一样生猛，完全没考虑不习惯走雪路的脑力劳动者是何等感受。种种迹象表明，科佳做好了随时打道回府的准备。就在这时，前方微光浮动，我们不由自主地加快步伐，几分钟后进入一处空旷的区域。仿佛为了让我们对这个世界的印象更为鲜活，大雪逐渐变成小雪。

"太疯狂了！"科佳喊道，"我们这是在哪儿？"

此刻，我完全同意科佳关于疯狂的说法。

直觉告诉我，这个死胡同就在市中心某处，只要走出去，我们就会融入当地沸腾的生活，我似乎看到弯曲通幽的小巷、间距很窄的三四层高的楼房、喷泉小广场、密密麻麻的商铺，此处的店里卖的都是稀奇古怪、产地不明的货物，人来人往，大马拉豪车……

想得真美！

我们来到了海边，踏上白雪皑皑的滨海路，冰冷的灰色海浪不停撞击海岸的岩石。一边是大海，另一边，是风格雷同的一栋栋红砖楼，金属的房顶上覆盖着薄薄的雪，房子里漆黑一片，所有的窗口皆不见灯光，楼房之间偶尔被通往海岸的小路隔开。这些建筑沿海岸延伸，由于下雪，我们看不清到底有多少房子，估计我们身前身后两个方向至少各延伸一公里左右，对此我深信不疑。

大海一侧的路边是很高的石头护墙，大概到我的胸部。护墙上的柱子很粗，形状像肚子，直径一米左右，硕大的乳白色玻璃球灯亮度不高，光线还在不停地抖动，而且就是这样的街灯也并不是很多，好在有雪光的折射，整个滨海路很亮。

"灯，好像不是电灯。"科佳说话的口气很像自然科学家，"看，那是什么？"

我们走到护墙旁。护墙被飞溅的水花打湿，结了冰。远方的海水中，点点灯火构成了星座的图案，在昏暗不清的雪幕后移动。

"轮船。"我说。

"嗯，像彼得堡。"科佳说，"不，不像彼得堡。像尤尔马拉[1]。"

"你是想说……"

"不，我什么都不想说。"科佳蜷缩着身体，"这是完全陌生的地方。基里尔，你不害怕吗？"

我想了想，摇头否定。是的，我不害怕，只有好奇，充其量还有一点点戒备，仅此而已。

"要不，我们还是回去吧。"科佳建议，"我们该找的地方都找了，可连人影都没看见。"

"看到兰道马车的痕迹了吗？"我问。

---

1. 拉脱维亚海滨城市，位于波罗的海里加湾南岸。

"看到了。"科佳说。

"我们顺着车辙再往前走走。这是马车，不是汽车，不可能走太远。你冻透了吧？"

"我？"科佳生气了，"我都出汗了！我跟你说过，我的上衣特别保暖。"

"那我们继续往前走，不，请等一下！"

我顺着护墙走了几步，脚下是松软的雪，我想找些东西，石头、树枝，什么都可以。我不想越过护墙到岸边去。终于，我找到一块拳头大的鹅卵石，在雪上擦了擦，煞有介事地将其立在护墙上。

"你在做记号吗？"科佳猜到了，"干得不错，否则我们会迷路的。"

说实话，我有些羡慕自己的朋友。他表现得……嗯……很出色。他勇于探索新世界，以英雄般的气概忍受严寒，在如此恶劣的条件下还能提出并解决问题，虽说他心里很虚。

而我身上充盈着不知从何处冒出来的自信，这种自信彻底破坏了探险的乐趣。如果将我们两人进行对比，科佳很像十九世纪去非洲狩猎狮子的猎手，而我更像开着越野车去射杀动物的现代游客。

或许一切就该如此？难道这里没有狮子？

我们沿着滨海路前行，风将雪吹向大海，所以在这里行走要轻松一些。左手方向是向远处延伸的房子，右侧是有路灯的护墙和轮船上渐渐消逝在远方的灯光。科佳连蹦带跳地往前走，将手藏在腋窝下。说实话，我很后悔没戴手套。雪，又纷纷扬扬地飘了起来。

走着走着，一栋建筑在风雪弥漫的海岸边若隐若现。滨海路所在的位置是弧形地带，构成广场的形状，广场上有一座二层小楼，也是砖混结构，里面住人，因为拉着窗帘的窗口有温暖的光线透出，烟囱冒着烟，门口的积雪被清扫得干干净净。只有受父母宠爱的孩子才会画出这样的房子,也只有在舒适宜居的欧洲才能找到这样的建筑物。

这样的建筑,在我们那里不知何故越来越少。

"真是白痴,"科佳停下脚步,"我们就是白痴!"

还是科佳厉害,他虽然戴着眼镜,却比我先看清宽大的对开门上的招牌——

白玫瑰

"我们刚开始怎么能知道要找什么?玫瑰花?还是白玫瑰花?而且一定是冬天里的白玫瑰?"科佳生气地哼了一声,"这是宾馆,也可能是饭店。要是饭店就更好了。进去吗?"

"等等,"我一把抓住他的肩膀,"等一下!"

科佳很听话,马上停了下来。

我仔细观察眼前的建筑。是什么让我惴惴不安?屋里一定很温暖。楼里的人也许会为我们斟上美酒。如果求求他们的话,他们可能还会回答我们的问题。

"我先进去。"我严厉地看了一眼科佳,"你最好在这儿等着,明白吗?"

"让我猜猜,"科佳说,"你不会是前陆战队队员吧?是不是有空手道彩带段位?"

"不是,也没有。"

"那就不要逞英雄!"

"好吧。"我没再反驳,"那你跟在我身后。拜托!"

"拜托"两字起作用了。科佳点头同意。

我走到门口。把手漂亮极了,青铜铸造,有古董的雅致,造型是鸟爪。我还磨蹭什么?这里所有的东西都是古董!莫非恐怖的一刻已经到了?

我抓住冰冷的金属把手,轻轻一拉,门就开了。

"里面有什么?"科佳在身后问。

首先是不大的房间,像前厅或更衣室。墙上有衣架,但都是空的。里面还有两扇门。巨大的沙发外包着破旧的红色天鹅绒。沙发上什么都没有,看上去很诡异。墙上的几盏挂灯蒙着彩色灯罩,应该是煤油灯,光影抖动,火苗摇曳。

我们走了进去。

"有格调,"科佳说,"虽然没有人,但很温暖!"

我推开了里面的门。如我所料,这扇门后是大厅(我就想称其为"大厅"),天棚足有四五米高,屋子中间挂着未点亮的水晶吊灯,屋里的家具做工考究,结实耐用。沙发、茶几、装着餐具的橱柜、墙上米色的织花挂毯都很有特色。生火的大壁炉之上是一块大理石板,板面上摆的是各种玻璃和陶瓷工艺品。宽大的楼梯通往二楼。大厅的一角被笨重的吧台占据,这里没有挂酒杯的金属挂钩,没有镀镍的支柱,只有暗淡的黑檀木。吧台后墙边小柜子里全是色彩鲜艳的瓶子,再往前走就是半掩的房门。大厅地上淡褐色的地毯点缀着奇怪的斑点,颜色暗沉,且没有规律。

"好诡异的图案。"看着脚下,科佳恳切地对我说,"是不是?"

"是血迹。"我环顾着四周。

衣帽间有人。估计我们进来时,他刚从第二扇门里走出来。我不喜欢他的服装,黑毛衣、黑裤子,衣服都是紧身的,看上去很滑,抓不住。这种款式的服装是给傻瓜准备的,穿这身行头坐在壁炉前喝饮料,很不协调。我也不喜欢他只露出眼睛的蒙面风雪帽,讨厌他那双冷酷无情的眼睛,尤其讨厌他手中粗重的短棍。

不必再细数理由,这个人,我就是不喜欢!

他手握棍子，悄无声息向我靠近，我更不喜欢。

"基里尔，我们真不该过来。"科佳盯着我的后背，声音发颤。

我随着他的目光看去，吧台后还有一名黑衣男子，不知是刚刚藏在吧台下，还是从门里走出来的。他显然很不友善，肯定不是为你调制独特鸡尾酒的男侍，因为他要是想调酒，得先放下手中的棍子和砍刀。

又有两名黑衣人从大厅远处不起眼的门里走出来，手持棍子和砍刀。

如此说来，他们并没有打算抓我们，更像是在设伏，而我们无意中妨碍了他们的计划，成为他们的麻烦。而麻烦，需要用最简单有效的方式解决。

吧台后的男子微微抬起拿刀的手。

更衣室里的男人跨过门槛，站在离我们两米远的地方。

"基里尔……"科佳说。

我没听见他说什么。占据侍者位置的人迅速挥手。说时迟，那时快，我伸手迎向飞来的砍刀，同时踹了科佳膝盖一脚，这一招的功力可想而知，他砰的一声摔倒在地。

实话实说，如果小时候没学过少林功夫，谁都做不到这般利落。现在，我根本没有时间考虑这些鸡零狗碎的小事。

我接过迎面飞来的砍刀，但没有让其停下，只是碰了碰刀柄，改变了它的运行轨迹。宽宽的利刃插进堵住我们退路男子的胸膛，黑衣外只留下一截短短的刀柄，有点儿像动物的尾巴。男子哼了一声，跪在了地上。

这一次我必须承认，他的死，我有责任。

掷刀之人跳过吧台，他左手支撑身体，右手持棍，以完美的姿态飞跃出来。棍子带着风声直奔我的脑袋。我闪身下蹲，躲过棍子，张开手掌，向攻击者的胸部推去。杀手顿时骨断筋折，踉踉跄跄向后退去，棍子脱手落下。他无助地用双手捂住胸口。接着我又是一击，不知何故，我用的不是拳头，而是张开的手指，从下直击他的下巴。当他的头向后仰去的时候，我虽没听见，但能感觉到杀手椎骨的碎裂声。

其余的幸存者纷纷停了下来，但并没有露出恐惧之色。如果是三天前，我本人看到手无寸铁的人杀死两个袭击者时，一定会一裤子屎尿。这些人看上去只是不知所措。

"执事？"其中一个人惊讶道。我的出现显然在他的意料之外。

"不，不可能。"第二个人说。

他们的行为装束感觉更像是儿童动画片中的反派人物。其中一人右手持棍，另一人左手持棍，他们是彼此的镜像。

"基里尔，是你杀了他们！"躺在地上的科佳突然大喊一声，想要站起来。他的脸被恐惧扭曲，比有人要杀我们时还恐惧，"是你杀了他们！"

左撇子出人意料地踢了一脚挡在他面前的椅子，其内力之深厚，以至椅子径直朝我的脑袋飞来。两名黑衣人又开始了新一轮的进攻。

我双手抓住空中飞来的弧形雕花椅腿，猛地一拽，扯断椅子腿，将锋利的断头翻转过来，向前一戳，在两名黑衣人的棍子碰到我之前，椅子腿已经插进他们的胸膛。

实践证明，木桩刺入胸膛的杀伤力，对吸血鬼都是致命的，何况对人。

左撇子砰然倒地，砸在科佳的身上。科佳尖叫一声，从抽搐的身体下跳起来。他傻傻地看着我，后退几步，似乎在等待我把他也杀掉。

实话实说，他这么想我，也属正常，毕竟对科佳而言，我现在完全变成了陌生人。

"是你杀了他们！你……你……"

"我不动手，你我都得死！"我咆哮着，"你这个混蛋，是他们想要杀死我们！我告诉你，刀，是冲着你喉咙去的！"

科佳不住地点头，但表情与动作并不协调。过了一会儿，他的眼神渐渐恢复正常，极度的恐惧暂时消散，但也可能再度浮现。

"科佳，我不是变态狂，不是疯子。是他们先袭击我们，我是自卫。"

"你怎么把他们……你怎么能够……"科佳摘下眼镜开始擦拭。他的脸，就像戴眼镜时一样，流露出茫然失措和无助的表情。

我看看四具一动不动的身体，一具心脏中刀，一具脖子被我拧断，两具被椅子腿刺中，一具胸膛被刺穿。这打击、这力量，让人震撼！我盯着自己的手，内心同样恐惧。用这手挖鼻孔，半个脑袋还不得捅掉？！

"我不知道怎么回事。有股神力突然上身，我们需要自卫，所以……"

"你……这一刻，你的目光，很深沉，很忧郁，好像你在朗读诗歌。"

这比喻真无语！不过，从措辞来看，科佳的确有当作家的潜质。

"我做了我该做的。我，对此毫不怀疑。我知道，应该这么做。"

科佳点点头，将眼镜重新架在鼻子上。他的目光变得更加有内涵。

"请问，他们喊了什么？你听懂了吗？"

"我当然听懂了。那又如何？"

"我也是这么想的，"科佳点了点头，"他们说的不是俄语。很难说是哪种语言，听起来很悦耳，像是法语。我不懂这门语言。"

我没感觉惊讶。

"他们说什么了?"科佳捡起脚边的棍子,用手掂量一下,脸上露出几丝敬意。

"他们中一个人问另一个人:'是执事吗?'另一个人回答说:'这不可能。'对了,执事是什么意思?"

"数学中的函数[1]。"科佳小心翼翼地将棍子放在茶几上。这个不算结实的物件在一番激战后得以幸存,实在是奇迹。他继续说:"你现在是稀有语言方面的专家,你比我更清楚。"

"函数不在海关名录上。"

科佳再次抬头看我一眼,摇摇头说:"你一定感觉到了什么!你知道,这里会有埋伏!"

这么明显的事,根本无须争辩。我走到吧台后,向门里看了一眼。原来里面是小厨房,仍然是"我们这里还是十九世纪,您不反对吧"的风格。好像没有人。我从架子上取下一个应该装的是酒的瓶子,瞥了一眼商标。商标能给思考提供重要信息,写的不是英文。这是威士忌。

"科佳,这里写的什么?"我把瓶子递给他。

科佳走过来,看着脚下的尸体,表情扭曲。

"天啊,这儿有四具尸体,你还有闲心喝酒?这是威士忌,单一麦芽,十二年陈酿……酷啊。快给我!"

他直接对着瓶口喝了一大口,咳了起来。

"就是说,你能看懂?"我问。

"你还记得吗?招牌也是我先认出来的,"科佳将瓶子递给我,"因为那是俄语。"

---

1. "执事"在俄语中的本意为"泛函数"。

"这是怎么回事，说是一种语言，书写用另一种语言？"

科佳讥讽地看了看我。

"我倒是觉得，这些……他们跟我们一样，也是客人。他们用自己的语言交流，只不过，这种语言好像只有你能懂。"

"执事？"我耸耸肩，"我可不敢说我懂。你在做什么？"

科佳从一具尸体走到另一具尸体边，触摸每个人的手腕。

"万一他们还活着呢？弄不好还能帮帮忙。"

"他们是杀手！"

"他们现在不是没危险了吗？"科佳摊开双手，"你不是已经把他们都解决了吗？基里尔，看看你都做了些什么？我们可是身处另外的世界！你明白吗？而我们与这个世界的亲密接触却是以杀人开始的。你不该打死他们。"

他走到远处那扇门前，小心翼翼地向里张望，然后转过身，无力地靠在墙上，脸色惨白。

我一把抓起棍子，冲过去帮忙。

"最好别看，"科佳迅速说，"不要。"

他脸色惨白如白垩石，汗流如注。此刻，鼻尖上刚好挂着一滴汗珠，样子真搞笑。

"你不该让他们死得这么痛快，"科佳重复道，"死得这么容易，便宜他们了。应该……应该好好大刑伺候他们。"

总之，科佳这番话后，我本没有必要再探究门里有什么，但我还是看了。

"畜生……"科佳小声说。

"这些人对他们用刑了，"我说，"你准备一下，的确需要……摸摸脉搏。"

9

有观点认为，世上最令人发指的罪行，莫过于对儿童的杀戮。戕害老者，虽可鄙可恶，但还不至于使人毛骨悚然。对妇女举起屠刀，更是令人不齿，无论男人（为什么要杀害女人呢？），还是女人（男人就没一个好东西！），在这个问题上，观点都出奇的一致。

但是，如果被害者是告别童年逐渐走向老年的男子，人们就会视其为平常的事件。

诸位不信？

你们细品品这几句话的差别："他掏出帕拉贝伦手枪，向孩子开了一枪。""他掏出帕拉贝伦手枪，向老人开了一枪。""他掏出帕拉贝伦手枪，向女人开了一枪。""他掏出一把帕拉贝伦手枪，向男人开了一枪。"诸位是不是感觉恐惧指数在不断降低？第一种人很明显是党卫军或集中营警卫司令，第二种人是每天早晨在村子里杀人放火的宪兵，第三种是武装力量的军官，他在弹药仓库旁抓到了拎煤油桶揣火柴的女游击队员。

而第四种人虽然也用帕拉贝伦手枪杀人，但他很可能是处决以上三种恶棍之一的我方情报人员。

很显然，这几个黑衣人根本不在乎杀手的职业道德。在一个不大的房间里——我下意识地认为这是间吸烟室，我看到了三具人体：老妇人、年轻的女子和少年。

世界万物，各有其时，各安其道。酷刑与阴暗的地牢审讯室是绝佳的搭配。在柔软的安乐椅、沙发（尽管是皮的，而不是粉红色雪尼尔面料）和放着水晶烟灰缸的茶几之间，停放着一动不动满身血污的人体，画面特别血腥，令人反胃。

与此同时，上等烟草和鲜血的气味混杂一起，让人恶心。

出于保护弱者的本能，我首先走到被绑在沙发椅上、赤裸上身的少年旁边。他大约十四五岁的样子，已度过天真无邪的孩童时代，但毕竟……杀手捆绑的手法十分夸张，只有儿童电影中才会看到这样的桥段：愚蠢的歹徒用十多米长的粗绳子捆绑勇敢无畏的少年，但依然无法保证能制伏小英雄。少年的双腿绑在椅子腿上，双手绑在扶手上，绳子围着腰和脖子绕了几圈，打了几个活结。

处处是鲜血。少年长满粉刺的脸上和深棕色肥裤子上的血液还很新鲜，脸、手和身体处处是伤口，只是不再流血。

我小心地把手指按在他的颈动脉上，感到了轻微缓慢的跳动。

"他还活着。"我非常吃惊。

"什么？"科佳还站在门口，"可他的血都流光了！"

"男孩儿还有气。"我站起来，"都是切口很小的伤，不要紧。你给他松绑，把他放到沙发上。"

我又走到女人身边。相同的画面：伤口不深，有淤血。她失血过多，我都能感觉到脚下地毯发出扑哧扑哧的响声。但人还活着。

"是哪个白痴绑的？"科佳一边从男身上扯绳子一边骂，"这么容易就能解下来。"

"他们不仅愚蠢，还很单纯。"我看着女人说，"连衣服都没给人脱下来。"

当然，在刑讯逼供方面，我是门外汉。如果是我，既然要拷问，而且要动刑，比如用刀捅其身体，那就应该脱掉受审之人的衣服。这样做的好处是，首先，我能够看到自己的劳动成果；其次，裸体本身就能让受害人感到恐惧和屈辱。

他们只脱掉了男孩的上衣,没有动女人的衣服。

老妇人大约六十岁。我也查验了她的脉搏。三个人中,她最特别。如果说男孩是那种在痤疮乳液广告中常见的人物类型,女人像是四十岁上下的普通家庭主妇,那么老妇人则让我们想起上了年纪、德高望重的女演员。我指的不是外貌,而是那种少见的、魅力十足的女性,随着年龄的增长,她们的外貌不再吸引眼球,而内在的力量却不断增强。她老而不衰,脸上皱纹堆积,但精神矍铄;白发苍苍,但非常浓密,还精心打理过。这样的女性,在俄罗斯并不多见。俄罗斯女人通常胆小怕事,慢慢退化成性情乖戾的老太婆。西方女人活成了另外的样子,她们当中很多人变成穿大短裤、背相机、精神焕发的游客。

我移开手,若有所思地离开沙发,向后退了几步。

老妇人所受的折磨最少,脸上有几块瘀青,看来打人者动作幅度很大,但不得要领。她脖子上的几处伤口更像是杀手把刀按在喉咙上吓唬人时弄出来的。奢华的(是紧领的)海浪色调的丝绸裙子依然很干净。

"真奇怪,"科佳突然说,"跟笑话里讲的一样。"

"什么笑话?"

"嗯,老太太找几个瘾君子帮忙杀猪,他们从猪圈里跑出来时说:'杀是杀了,死没死不知道,反正捅了好几刀!'"

"你抬一具尸体过来。"我说。

"什么?"科佳吓了一跳,"什么什么?"

"拖一具尸体过来,很难吗?"我问,"我不想坐视不管。要不我去,你在这儿待着和他们做伴?"

科佳咽了下口水,看了一眼三具一动不动的人体和满地的鲜血,向大厅走去。

当我就要解开老太太身上绳索的时候（捆法夸张，左一圈右一圈，绳套很松垮），科佳以战斗的姿态，拽着一具尸体的双脚，将其拖进屋里。尸体没有血迹，一定是被我拧断脖子的那位。

"谢谢。"我的确心存感激。我放下失去知觉的女人，俯身对着拖进屋的尸体，扯掉他头上的蒙面风雪帽。这人除了是我杀的以外，没什么特别的。他是欧罗巴人，二十五岁至三十岁之间，样子愚蠢，无棱角可言。脖子上被打击的部位有紫红色的瘀伤，没有脉搏。我翻开他的眼皮，看看瞳孔，然后站起来。

"死了。"我对科佳说，"我觉得，这里所有的人都……"

在沙发椅上的老妇人突然发出呻吟声，又动了几下。我们马上转过身，她恰好睁开双眼。

"我们是朋友，"我迅速说，"别担心。"

老妇人看看我，又看看科佳，然后又看看我，目光聚焦在我身上，她仿佛看到了我看不到的东西。

"当兵的，你从哪儿来的？"她声音嘶哑，"我还以为，我们已经死了。"

她在沙发椅上艰难地欠欠身，转动了一下身体。

"您没事，"我赶紧安慰道，"您只是失去了知觉，您活下来了。"

老太太跌倒在椅子上，点头以示感谢。我突然觉察出老人的独特魅力了，老年人通常不是瘦弱干瘪，就是身材发福，而这个老太太却别有风韵，尽管满脸皱纹，身材却保持得很好，几乎可以和运动员的体形媲美。她现在的虚弱是酷刑所致，与年龄无关。

"谢谢你，我的邻居。"老妇人说着，向我伸出了手。我犹豫了片刻，与她握了握手。她显然也没期待我去亲吻她。她的手很有力。

"别客气。"我故作镇定，没有说出这种场合下人们常说的"任何人处于我的位置上都会这样做的"这样的套话。

"别拉亚。"老妇人发音时将重音落在了第二个音节上。

"怎么?"

"我是罗萨·别拉亚·达维多夫娜,宾馆老板。"

科佳吹了一声口哨,嘿嘿地笑了起来,好像变得有些神经质。

"基里尔·马克西莫夫·达尼洛维奇,"我自我介绍,"这位是康斯坦丁·恰金。你的父称是?"

"伊戈列维奇。"科佳不满地说,"你就不能记住吗?"

"非常高兴。"罗萨·别拉亚点点头。她瞥了一眼地上一动不动的黑衣人,满怀同情之感又不带一丝怀疑地摇摇头,"蠢货……"

"他们是谁?"我问。

"不知道,基里尔·达尼洛维奇。我不知道。他们能看见宾馆,而且还能进来,就说明他们也不是等闲之辈,但他们不是我们的人。"

我和科佳交换了一下眼神。

"他们想干什么?"

"我感觉,他们自己也不清楚到底想干什么。"罗萨哼了一声,"他们来找我的房客。但我这里暂时还没有住店的,现在季节不对,你们二位不是看到了吗?亲爱的科佳,给我倒杯水,我嗓子都哑了。不要接水龙头里的水,厨房里有个白色搪瓷水箱,里面装的是饮用水,请给我倒一大杯过来。"

科佳很顺从,从吸烟室出去倒水了。

"多有礼貌的年轻人啊。"罗萨赞许地点了一下头,"您还有人类的朋友,真替您高兴。"

"不应该有吗?"

"难道你的亲人和朋友没有忘记你吗?"罗萨反问道,"我们的遭遇都大同小异。"

伴随一声尖叫，大厅里传来椅子轰然倒地的声音。罗萨·达维多夫娜在沙发上欠欠身子，问道："你不是把所有的人都杀了吗？"

"他们有几个人？"我已经意识到，杀手可能不止四个。

"七个……还是六个？不，大概有……"

我没再浪费时间，抓起写字台上的棍子，就往门口跑去。

他们是从二楼下来的。一人用刀逼住科佳的喉咙，他的另一只手揪着科佳的头发，使其后仰。科佳手中还拿着装水的大玻璃瓶。还有两个黑衣人也手持利刃，小心翼翼地向吸烟室靠近。

我的出现令他们很是不爽，几人愣了片刻。

"放开他。"我说。

劫持科佳的人打了一个手势，刀在俘虏喉咙处比画了一下。

"不许动他！"其中一个黑衣人突然扯掉脸上的蒙面风雪帽。出乎我意料的是，这居然是个姑娘，二十岁左右，短发，轻微斜视，脸色黝黑，不是纯种的亚裔，但显然有东方血统。

"你是谁？"她问。

"这不重要。"我迅速回答，"放了我的朋友！"

女子犹豫了。他们虽然没有目睹厮杀的场面和聆听打斗的声音，但地面的尸体让他们明白眼前的人一定身怀绝技。

"如果我们放了他，你会放我们走吗？"

科佳看着我，眼中满是哀求。今天，这个色情小报的撰稿人，这个勤奋而低调的写手，遭遇了人生中太多的不幸。

说实话，我对自己的能力毫不怀疑，完全可以不费吹灰之力杀死这三个人，并且坚信自己不会让科佳受到任何伤害。

我抬手的速度飞快，他们根本来不及做出反应。我扔出的棍子像子弹一样朝目标飞去，与劫持科佳的黑衣人的额头发生惨不忍睹的接触。那人向后倒去，可能已经毙命，也可能只是失去了知觉。

我飞身向前，避开向我飞来的尖刀，这些尖刀犹如撕开空气的钢铁闪电。我扭断戴面具黑衣人的脖子，感受到他脖子上滑溜溜的汗水，听到脖子断裂时的咯吱声。我转身朝女子的肚子踹去，她的后脑勺挨了我致命的一击，失去知觉，跌倒在地，留个活口还可以审问。

总而言之，我想象事情应该以这种方式结束。

当然，如果这种帮我打败杀手的神秘超能力可以为我留下一个活口的话……

"放开他，然后滚蛋。"我说。

"他骗人！"劫持科佳的黑衣人迅速说。根据声音判断，这人很年轻，而且处在崩溃的边缘，"他会杀死我们。执事警察不会放过……"

"他是海关人员，笨蛋！"姑娘大声说道，"我们这就走！放开你的朋友就走！"

女孩松开手，刀落在地板上。她的搭档迟疑了片刻，也将刀扔掉。他们向门口退去。

劫持科佳的小伙子不情愿地从科佳身上拿开持刀的手，轻轻推了一下俘虏。科佳滑稽地迈着小碎步向我跑来，还没放开手中的水瓶。我向前迈出一步，挡在科佳身前，命令道："把水给罗萨·达维多夫娜送过去。"

不战而屈人之兵，是摆脱恐惧的最佳方法。科佳点点头，一溜小跑奔向吸烟室。

三名残余杀手急于撤退。女孩第一个在门口消失，她的搭档紧随其后。走在最后的，是那个劫持科佳的人。

这时，我犯了一个愚蠢的错误。我用了不到一秒的时间，扭头去看吸烟室里的状况，那里一切正常。老妇人站起来，贪婪地抱着水瓶喝水，科佳则提心吊胆地看着门口。

左肩突然一阵刺痛。我转过头,刚好看到最后一名杀手准备溜出门去。一把钢刀插在我的肩膀上,只露出刀的末端。

我扬起手把棍子扔了出去,只见棍子在空中穿行,正中小伙子的后脑勺。即使隔着整个大厅,我也能看到他的头盖骨深深凹陷下去,就像熟透的苹果被人砸了一拳。黑衣人张开双手,倒在门口。

真是个白痴。

门猛地自己关上了,将屋内的尸体推到前厅。门关上的同时,传来门闩插上的隆隆巨响。罗萨的声音飘了过来:

"这样会安全些。"

我握紧刀柄,用力将刀从肩膀上拔出来。从外面观察,除了刀伤,什么也看不出来,但在衣服下,鲜红的热血顺着胳膊流了下来。我几乎没有痛感,只是有些酸胀。手指尖上的血管在剧烈跳动。

我冲进吸烟室,将沾满鲜血的刀扔在茶几上,按着伤口坐下来。科佳惊恐地盯着我。

"一点儿擦伤。"我说。

"我……我给你包扎。"科佳喃喃地说,"基里尔,你怎么了?面无血色……"

人,真是个奇怪的动物。我杀了五个人,却心如止水,没有悔恨,没有自责,就像很多作家描写的那样。而唯一一处伤口,还不是那种致命的伤口,竟让我感觉恐惧,背后阵阵寒意。

"让我看看,年轻人。"

罗萨自信地帮我脱下外套和毛衣,解开衬衫。袖子上沾满了鲜血,我皱着眉头,将胳膊从袖子里拽出来。

"等一下。"罗萨说。她的手中多了块湿手帕,她小心翼翼地为我擦拭污血。我看着自己的肩膀,那里出现了一道疤痕,结有发红的痂。

"您还不太习惯吧?"罗萨看着我的眼睛说。

我点了点头。

"会习惯的。"

老妇人转过身,聚精会神地看了看躺在那里一动不动的女人,喊道:"克拉夫季娅!克拉娃[1],醒醒!"

女人慢慢地、无精打采地挺起身子,看看罗萨,又看了眼我和科佳。

"看到了吧,已经没事儿了。"罗萨说,"来了帮手。你好些了吗?"

"是的,罗萨·达维多夫娜。"

"那就好。"

女人俯身去看少年,摇晃他的肩膀。少年欠起身,克拉夫季娅拿起空了一半的水瓶,喝了几口,递给了小男孩。他贪婪地喝了起来,水顺着脸流下来,冲掉了血迹。放下空水瓶,小伙子擦了擦脸。他脸上的疤痕也消失了。

青春痘依然还在。

"别佳[2],快打个招呼。"罗萨命令道,"谢谢在海关工作的先生,他本来是没有义务救我们的。"

"彼得。"小男孩很听话,马上做了自我介绍,"非常感谢。"

"先洗漱一下,穿戴整齐,然后再打扫宾馆。"罗萨说,"把家具和地毯清理干净。"

"罗萨·达维多夫娜,这些……怎么办?"女人盯着尸体问。

我在想,科幻小说中的主人公永远不会遇到这个问题。小说中,

---

1. 克拉夫季娅的爱称。
2. 彼得的爱称。

不计其数被打死的敌人就留在原地，可不一会儿，他们就莫名其妙地消失了。如果在露天还好办，飞禽走兽就会将尸体处理干净，但如果在室内呢？尸体需要掩埋。也许，动作电影高手们挥刀砍杀的小村旁，都有专门埋葬敌人的墓地。

"扔到海边，但不要扔进水里，暂时先放到岸上。"罗萨考虑片刻说，"弄不好有人想要找到他们的尸体，让他们入土为安。"

克拉夫季娅和别佳好奇地斜视我们，但没提任何问题，随后他们从吸烟室里走了出去。

"他们是母子。"罗萨解释道，"三年前我在我们那儿，也就是俄罗斯，雇的他们。你们不知道，我不相信本地人。克拉娃的丈夫是个酒鬼，所以儿子就有点儿……嗯……脑袋缺根弦儿。此前，他们没过过一天好日子。所以，他们非常感谢我。遗憾啊，他们都是凡夫俗子，终有一死。"

"那我们呢？"我问。

我用手指甲钩住伤口上褐色的结痂，将其抠了下来。每个人从小就知道，抠下硬痂，必有鲜血渗出。

但我所见的，依然是干净、平滑如初的皮肤。

我开始穿衣服。

"我们各有不同。您的伤口愈合时间有点儿长。"罗萨说，"您好像刚刚入行吧？"

"刚好一昼夜。"

"明白了。"罗萨点点头，"您非常棒，一入行就这么厉害。"

我往大厅里看了看。少言寡语的小男孩别佳正在将尸体拖到一起，动作轻松，似乎黑衣之下不是尸体，而是充气娃娃。

"他们不像是普通人。伤口能立刻就愈合，还这么有力气。"

"这是我的地盘。"罗萨说，仿佛这就是她对我疑惑的所有解释，

"这里的一些规则由我制订。但很遗憾,打仗不是我的专长。"

"罗萨·达维多夫娜,"科佳忍不住喊道,"我们真的对一切一无所知。您是什么人?这里又是什么地方?"

"我们聊聊吧。"罗萨友好地点点头,"那个小柜子里有白兰地、雪茄。可这里还没打扫。我们走,换个地方!带上白兰地和雪茄。"

"我不抽烟。"科佳嘟囔了一句,但还是打开了柜子,从一个木盒中拿出几支雪茄,又翻出一个扁平的装白兰地的小酒壶和三个精致的银杯。

我们跟着老妇人穿过大厅。厅里,克拉夫季娅拎着桶,正拿着一堆抹布擦拭地板上深色的污渍。我们登上二楼,一个不大的休息厅有两条朝向相反的走廊。罗萨示意我们坐在窗旁的沙发和圈椅上。

"我们在这儿等他们收拾完卫生。你们不抽一支雪茄吗?确定?如果你们不反对的话……对不起,我是俗人。"

她咬掉褐色粗雪茄的尾部。沙发前的小茶几上有火柴和烟灰缸。雪茄的头部朝着烟灰缸的方向,罗萨的动作娴熟,她用长长的火柴点燃雪茄。

这场面有些奇怪,一个女人抽皇冠雪茄,这足以引起男人的愤慨,弗洛伊德就此问题一定会给出个说法。我在旁边坐下,环顾四周。这个小房间相当于宾馆的小休息室,墙上挂着煤油灯,没点燃的壁炉旁整整齐齐地堆放着劈好的柴火。

"这是宾馆,"罗萨说,"也是大车店、酒店。怎么叫,随你们的便。"

我默默地点点头。

"我生于1867年。"罗萨的口气异常庄重,她用挑衅的目光看着我们,"我不会刻意隐瞒自己的年龄。"

"您保养得真好。"科佳说,他没坐下,而是站在窗口,"您给我们说说吧,说什么我们都信。"

迟疑片刻,我拿起玻璃酒壶。这是亚美尼亚节日牌白兰地。根据商标判断,这还是苏联时期生产的。我倒了三杯酒,虽然罗萨摇头。

"年轻时,我就在宾馆工作。"罗萨说,"刚开始,是在父亲的宾馆里,在萨马拉。后来,我到了彼得堡。经历的事情太多,记不清了。闹革命那阵儿,我在'欧洲'宾馆当经理助理。布尔什维克把宾馆当作流浪儿童收容所。当时,我就在那儿工作。再后来是新经济政策时期,收容所又改回宾馆,我还在那儿工作。1925年我被判刑。"

"政治原因?"我问。

"不,是监守自盗。"罗萨平静地回答,"我又能怎么办?时局太乱,每个人都绞尽脑汁,只为苟且偷生。我被人跟踪。年龄太大,逃亡不合适。我要是男人,早开枪自杀了。那时候,这种死法很流行,我可不是争取男女平等的女人,对这类运动没有兴趣。死了脑袋后面还留个窟窿,这怎么可以?免了吧!吞药自尽,这是情绪崩溃的小姑娘才干的事。所以,我就一直在等事态的发展。可突然之间,我身上就出现了一件怪事!每天上班,我的脑袋里就只有一个想法:不是今天就是明天,我会被送到劳改所。而又一次我到了单位,居然没有人认得我!他们冲我喊:'你来干什么,老太太!这儿没有多余的房间!'"

她轻声笑了起来。我点点头。

"我回到家,我的死鬼丈夫奇怪地看着我,但什么也没说。我们吃了晚饭,躺下睡觉。清晨他醒了,开始大呼小叫,质问我是谁,为什么跑到了他的床上?他真傻,不是吗?床上多出个女人,虽说不年轻,也可以满足他的需求啊!我对他喊:'老东西,你疯了吗?

我是你老婆！'结果，他一阵尖叫，说他老婆十五年前就死了，就埋在公墓里。他说自己是忠诚的鳏夫，没有哪个老巫婆能抢走他的房间。因为这话，我朝他的脸上啐了一口，头也不回地从家里走了，在彼得堡漫无目的地逛了三天。我睡在街上，乞讨度日，以为自己疯了。突然有一天，有个邮递员找到我。就在大街上，您能想象得到吗？他交给我一封电报。电报指示我去铸造大街上的一个地方。我别无选择，就去了，在军官议会楼旁边找到了一个小商店。我看了一眼橱窗，差点儿没晕倒。那是什么年代？玻璃后面竟然应有尽有：红鱼、白鱼、活龙虾、黑鱼子、红鱼子、红酒、香槟、新鲜里脊、泡菜、盐水橄榄、糖果、巧克力……在新经济政策时期最好的年景里，我都没有见过这些东西，沙皇在位那阵我见过，还不是所有的食品商店都有。可路人从旁边走过，却视若无物。我虽然走了进去，可还是大惑不解！"

她看看我和科佳，似乎想通过观察我们的表情，来确认我们是否相信她说的话。她喷出一口烟雾，继续说道："房子的主人出来了，是一个很有教养的年轻人，他盯着我说：'您都要饿昏了，尊敬的……'他请我又吃又喝，饭菜相当讲究。他又说：'大家估计开始把你遗忘了吧？工作单位没有人能认出你，家里人也不承认你的存在，是这样吗？'我点头。于是，他就给我讲了我现在要解释给你们的话。"

"不可能，世上怎么会有这么不可思议的事情？"科佳阴沉着脸说，"我们从来都没有听说过，总该有火灾或者地震之类的征兆吧。"

"那个商人对我说，我是特选之人。"

科佳哼了一声。

"人生在世，时间短暂。你们暂时还理解不了，估计你们到了六十多岁，就自然明白了。俗话说得好：不管你是国王，还是掏粪工,最后都是两脚一蹬。"罗萨竖起一根手指,以教训人的口气道,"这就是普通人的命运。如果你在自己的领域达到大师的境界,那命运将是另外的样子。"

"譬如说,在经营酒店方面?"科佳的话里暗藏讥讽。

"没有譬如说,就是。"罗萨深表赞同,"或拉锯榫卯的木工行当,或涂抹油彩的绘画人生,或舞枪弄棒的武术江湖。他们这些人是不会死的,而是渐渐变成大师,摆脱了死神的纠缠!"

听罢此言,我虎躯一震。

"普通人会渐渐将你忘记,"罗萨对此颇有遗憾,"你的亲朋好友也把你从记忆中抹去。证明你身份的文件一个接一个消失,你在生活中的位置成为空白,好像你从未来过这个世界,或者很早之前你就离开了人世。真实情况是,你在成为大师的路上狂奔,你会永生。有时候,你在自己的世界里徜徉;有时候,你穿越到另外的世界,这要看什么地方更需要你。"

"就像是共济会会员,"科佳说,"或者平行世界。"

罗萨很宽容,微微一笑。

"年轻人,不要相信色情小报,高产作家说的话很廉价,不靠谱。这与共济会会员有什么关系?越来越多将自己的工作做到极致的普通人,正跨进新生活的天地,成为大师。"

"或者是执事?"我问。

罗萨点点头,说:"是的,有些人是这样称呼我们的。但我们俄罗斯人不应该破坏语言的纯洁性。是大师!这是极具美感和情怀的称谓。我在自己的酒店领域就是大师。我看您应该是海关官员大师吧?这么年轻就取得如此成就,佩服啊,佩服。"

"我不是海关官员。"我说。

罗萨露出微笑,说:"我发现了!您是我们的人。您也是特选之人!"

"没有汤勺[1]……"科佳说着,坐到了罗萨的对面。

"和汤勺有什么关系?"

"请别介意,"科佳作为职业媒体人的兴趣被唤醒了,"您在这儿都生活八十年了?您可一点儿都没见老。"

"所见即所是。"

"这不是地球,对吗?"

"这是金吉。"罗萨语气温柔,好像还有点乌克兰口音,"这里大陆的形状完全是另外的样子,这座城市大概在斯德哥尔摩的位置。顺便说一句,我对地理不太感兴趣。"

"您这个宾馆是怎么来的?"

"年轻人,每一位大师都会获得与其天赋相匹配的职位。记得我经过尼古拉耶夫斯基火车站来到此处时,这里有个破旧的板棚。可我觉得,这地方是我的。每在这儿住一夜,板棚就发生一些变化,直到变成我想要的样子。"罗萨稍稍迟疑片刻,又补充道,"如果我愿意,这里就会出现营业规模更大的'欧洲'酒店,但我一直喜欢舒适的小宾馆。"

"因为您不会变老,所以您终于获得从事自己喜欢事业的机会,而且您拥有了随心愿变化的宾馆,您还具有人类望尘莫及的超能力,您的伤口自动愈合,对,还有其他过人之处,是吧?"科佳一一列举,罗萨频频点头,"您……您好像不是一般人?"

"是大师。"罗萨说。

"像您这样的人有很多吗?你们是不是生活在不同的世界里,在不同世界间旅行?这种事情很早就有了吧?数十年还是数百年了?为什么人们不知道你们的存在呢?"

---

[1] 电影《黑客帝国》中的经典台词。在黑客帝国中,这句话代表着另外一种境界。

"他们为什么不知道？譬如说您，康斯坦丁，您是普通人，但是您的大师朋友信任您，所以现在您就知道是怎么回事了。随着时间的推移，您就能够发现其他的大师，这种能力好像可以通过训练获得。克拉娃和别佳早就能够区分出大师和普通人了。"

罗萨很享受谈话的乐趣，这从一开始就显而易见。大概提点没有经验的大师，对她也是千载难逢的机会。她好像也没有说谎。

我是大师吗？而且还是海关官员大师？我也没干出什么惊天地泣鬼神的大事，怎么一下子就变成超人了？

"谁管你们？"科佳兴趣很浓。

"群众才需要人管，年轻人。"罗萨咧嘴一笑，"我们是大师，实行自我管理、自给自足。"

我很想提醒提醒这位自给自足的酒店领域的大师，半小时前她还在沙发上被人捆着。话到嘴边我咽下去了，只是问道："那您是不是知道，谁袭击了您？"

"是本地人。"罗萨的回答很简洁，"很显然，他们中有人知道我们是什么人，所以过来抓……"

她突然眯起眼睛，用力将雪茄在烟灰缸里掐灭。烟熏味刺鼻，我不禁皱起眉头。

"基里尔·达尼洛维奇，他们是来找你们的！是的，是的，是的……毋庸置疑！他们知道你们会到我这儿，想抓住你们，但百密一疏！年轻人，请告诉我，你们为什么来我这儿？"

"有人请我们过来的。"科佳沮丧地说，"一位女士……其实是老娘们儿。这个女人偷偷扔下字条，上面写着要我们找到白玫瑰，说会有人回答我们所有的问题。我们本以为是要找到一支玫瑰花，现在才明白，是指宾馆。"

"你们上当了，可他们也失算了！"罗萨两手一拍。整件事情可能暗藏的阴谋使老妇人更加兴奋,"这招太阴险!我马上联系一下附近的保安大师,您大概还不认识自己的邻居吧?"

我摇了摇头。科佳有些失望,我可没有,只是我还没有厘清纸条和伏击之间的联系。

"我们该回去了。"我说,"我们走吧。"

"您说什么啊!"罗萨·达维多夫娜摇摇头,语气中充满责备,"外面狂风暴雪,为什么要走?就在我这儿过夜吧。两位会见到热情好客的大师!克拉娃擅长烹饪,她高超的厨艺定会让你大吃一惊。"

"我们最好还是回塔楼去。"我重复道,"您应该理解我,像大师理解大师那样。"

这招奏效了。老妇人不住地点头,说:"是的,当然。是的,我理解。就是说,您住的也是塔楼?"

"为什么说'也是'?"

"我以为您知道。"罗萨边站起身边说,"男人的想象力很有限。一半的大师都喜欢住塔楼。"

科佳看上去不太满意,但没有说话。我们下了楼,楼下几乎已经看不见激战后的痕迹。小男孩别佳擦拭着墙上的斑点,他母亲在厨房里把餐具弄得叮当作响。

"现在是冬天。"罗萨忧伤地说,"请您夏天到我们这儿来吧,那时会有很多客人在此欢聚,处处莺歌燕舞,瓶里插满了鲜花。我从城里请的音乐家会在这儿弹钢琴。"

"为什么现在没有人?"科佳问,"我知道现在是冬天,可还是有什么地方不对劲儿。滨海路上空空荡荡,只有路灯还亮着。家家户户,房门紧闭。"

"是啊,现在没到旺季……"罗萨重复道。她的眼神突然变得可怜,表情很尴尬,"这很正常。一到冬天,海边的小宾馆都会关门歇业。至于居民,他们也都离开这里了。"

科佳看看我,点点头,说:"我们真的该走了。非常……"他盯着闷闷不乐在水盆里洗抹布的小男孩别佳,盆里的水被抹布染成了红色。科佳吞下了要脱口而出的"高兴",转而说:"……认识您。"

这时,传来了敲门声。罗萨·达维多夫娜身体一颤。别佳扔下抹布,张着嘴僵在那里,克拉夫季娅从厨房探出头来张望。

"如果是他们回来了……"罗萨张口说道,"您会保护我们的,是吗,基里尔·马克西莫夫?"

我耸耸肩。

罗萨瞥了一眼吊灯,灯就亮了。她骄傲地昂起头,走到门口,猛地打开大门。

前厅顿时升起一团白色雾气,雪花随之飘了进来。门口,站着一个人,他身穿带长耳风雪帽的灰色大衣,足蹬长靴,头顶毛皮帽子,四十多岁,脸上的表情很不安。当他看到我在罗萨身后时,眼里才露出了一丝轻松。

"大师?"罗萨很惊讶,"晚上好!"

"宾馆后面有五具尸体。"来人没有花时间打招呼,劈头盖脸就是一句。

"这太可怕了,菲利克斯!"罗萨在胸前交叉着双手,"几个疯子袭击了宾馆!他们此举是寻找年轻的大师……"

"他们是在找我。"菲利克斯打断老妇人的话,"走吧,年轻人,您不是一个人?"

"和朋友一起来的。"

菲利克斯皱起眉头,说:"好吧,我带你们二位一起。"接着他转向老妇,"罗萨·达维多夫娜,注意安全。您很清楚,如果真发生无法挽回的事情,我们会多难过。"

"我知道，菲利克斯……"

不知为什么，我就是不想在聊天上面浪费时间，于是一把抓起科佳的衣袖，拽着他往外走。小男孩别佳很好奇地望着我们，克拉娃快速又卑微地画了个十字，罗萨·达维多娃则满脸崇拜地目送菲利克斯离去。

我们走进风雪中。

马车就在入口处等候。这是一辆轻便马车，大雪遮盖了敞篷，只是马车没有轮子，取而代之的是滑木。这也是一架双套马车，缰绳系在宾馆门旁边不起眼的小柱子上。车体右侧装有耀眼的灯笼，正好照在十米远盖了一层薄雪、堆放着的尸体上。

"罗萨·达维多夫娜是不是给你们讲了很多故事？"菲利克斯问，随手掩上身后的门。

科佳的笑声有些神经质，我连忙故作轻松地说："是很多。说她生于1867年……"

"总是装嫩，"菲利克斯低声嘟囔了句，"1857还是1867，有区别吗？她偏不，什么事都要添油加醋。她是不是还说自己是酒店经理了？"

"经理助理。"

"女仆。她是女仆，过去是，现在还是。她所谓的宾馆，不过是女仆的梦想罢了。干净、整洁、温暖，一个客人都没有。"菲利克斯皱起眉头，对我们说，"请坐，孩子们。这儿没什么事可做了。"

"她叫您大师……"我还没说完，菲利克斯就已经明白了我的意思。

"又是妄想。大师，这种话都能编造得出来。我们就是执事而已。请上马车，我们有的是时间，可以痛痛快快地说个够。"

10

天气糟透了。暴风席卷着漫天大雪，扑面而来。过不多时，风渐渐停息，鹅毛般的圣诞大雪从天而降，接着，雪片又变成细小的颗粒和冰晶。路面上，雾霭弥漫。马蹄嘚嘚，车行平稳，雪橇在行进中有规律地颠簸着。雪橇的后座更像窄小的沙发，上面蒙着毛皮套，脚下还铺了一块毛皮小垫子。以前我从没坐过雪橇，没想到会这么舒服。

我们已经驶出宾馆有近三公里的路程，凄清落寞的砖墙建筑顺着滨海路延展，有种万径人踪灭的荒凉。如果我和科佳步行走这段路，那体验会更加美妙。

"我叫基里尔！"我自我介绍，虽然有些迟，"这位是我的朋友康斯坦丁。我们是从莫斯科来的。"

"非常高兴。"菲利克斯冷冷地回应。

我固执地没话找话说："菲利克斯，这儿怎么没人住？"

"这是工厂区，"菲利克斯简短地回答，"也就是工业区，现在是节日长假。"

"为什么连一个人都没有？"我继续往下问。

菲利克斯拉了拉缰绳，让马车停下。这感觉好有趣。我习惯了坐汽车，任何时候，想停就停。雪橇又前进了五十多米，才终于停住。

"你真想知道吗？"菲利克斯问。

我点点头。菲利克斯表情严肃，甚至有些阴郁。如果他现在跟我说，城市被外星人占领了，被僵尸控制了，里面的人被鼠疫毁灭了，我都会相信。

"你看看周围，哪个白痴会在这种天气到滨海路散步？"

我想说些什么反驳，但一时竟无言以对。

菲利克斯微微一笑。就在这时，海边传来哗哗的声响，似有滔天巨浪汹涌而至。菲利克斯脸上的笑容顷刻消失，仿佛被巨浪卷走了一般。

"还有一个原因！"他猛地用缰绳打了一下马，大声说道。

马儿无须扬鞭催赶，径直猛地往前冲去，惯性把我和科佳扔到沙发背上。我将身体探出雪橇侧板，看到在护墙和一排路灯的后面，一条通体黑色、散发微暗磷光、有着长长触角的圆形章鱼在水里轻轻摇摆，想要爬到公路上。

此刻，雪橇正顺着工厂院墙飞驰前行，是离大海最远的位置。蠕动的大章鱼被远远地抛在后面。

"不用担心，"菲利克斯没有转身，"这东西怕光，永远都不可能爬到公路上。"

我真没想到会见到如此不可思议的景象。别人的世界与我们的世界确实很像，这里同样有老虎横行，也有狗熊出没。不像的地方是，这里还有飞龙和巨大的章鱼。

"我们去哪儿？"我又问。

"到我那里。不要担心，马上就到。"

雪橇驶上宽阔的大路，与厂房之间那些狭窄的胡同不同，大路上灯火通明，路灯与滨海路上的一模一样。

前方传来隆隆的轰鸣声，一辆金属机车向我们迎面疾驰而来，探照灯闪着耀眼的光，巨大的车轮直径达两米，车轮间是矮小的装甲机壳,其上装有几个炮塔和细细的炮筒,也不知是机关枪,还是小口径火炮。

菲利克斯将雪橇停在路边,轰鸣的机车在我们身边呼啸而过。浓重的化学品味道随即弥漫开来,这不是普通的汽油味,是另一种味道,有点像酒精,又有点像氨气。

"如此下去,百姓会窒息而亡的。"菲利克斯嘟嘟囔囔地说着转过身,"怎么不说话了?没见过坦克吗?"

"我们那里的坦克不是这样的,"科佳低声说道,"我们的坦克在郊区活动,行动缓慢,是履带式的。"

"你们那儿还可以在岸边散步吧?"菲利克斯连讽刺带挖苦地说。

车轮式坦克朝海岸方向疾驰,从那个方向传来细密的嗒嗒声,好像一台巨大的缝纫机在工作。

我们离开海岸,来到城市周边,这里逐渐有了人气,少了一些沉闷的几何式建筑的规整之美。路边多为只有两三层的建筑,既不是住宅楼,也不是工厂,一些窗户还亮着灯。我们行驶的大道向四下延伸出许多岔路。

风雪不再肆虐,滑木不时碰到石头上,发出尖锐刺耳的响声。我们驶入一条弯弯曲曲的小路,雪橇蜿蜒前进,向山头爬去。路两边有花园环绕的独栋别墅。我高兴地看到一家窗口闪过一个人影,那是一个女人在倒茶。猛然间我意识到,对我来说,这里到底少了什么,少的是正常人。这里有疯婆子别拉亚、她的智障仆人、黑衣杀手,还有像从小盒子里跑出来的小鬼一样的菲利克斯,他们算不上是人,而是荒诞戏剧中的角色。他们与用触手攀爬海岸的怪兽、奔赴怪兽聚集地的坦克没有什么不同,只是他们长了人的面孔而已。

而这个喝茶的女人才是真正意义上的人,因为她真实。平凡和庸俗才是真实的本质。我的想法也是真实的,而且是那种有人间烟火气的平凡和真实。

很奇怪，虽说天色已晚，但所经之处，人却越来越多。在一座双层别墅的花园里，十来个人在打雪仗，他们中有大人，也有孩子。他们冲我们挥手、扔雪团，还友好地高声问候，我没听清他们喊的到底是什么。

"我们这儿在过节。"菲利克斯说。

"我也不反对就在这儿打雪仗。"科佳说，语气低沉。

"您马上就会暖和起来了。"菲利克斯听懂了他的意思，"我们到了。"

雪橇在山顶一幢低矮的建筑旁停了下来。建筑风格让人想起旧式的俄罗斯庄园，中间是双层的主楼，两侧为一层的翼楼。建筑物前方有个小广场，广场上的积雪被踩踏得很结实，上面全是轮胎和滑木的印迹。闪亮的街灯和滨海路上的样式相同。窗口透出明亮的灯光，窗帘后人影晃动，能听到时断时续的音乐。也许有人特意在等我们，也许等候之人发现雪橇驶近，别墅侧翼的门打开了，一个年轻人朝我们跑来，他披着没系扣的衬衫，脚穿便鞋，脖子上围着围巾。

"我回来了。"菲利克斯从雪橇上跳下来，把缰绳扔给小伙子，"一切还好吗？"

"还好。"小伙子好奇地看了看我们，"把马卸下来吗？"

"嗯。"

我们跟在菲利克斯身后，走向主楼入口。小伙子牵着马，向右侧的翼楼大门走去。

"为什么你们这里没有汽车呢？"我忍不住问道。

"因为我们没有石油。"菲利克斯的回答很简洁。

我突然有一种感觉，对任何问题，菲利克斯都能找到最白痴但最正确的答案，比如："为什么没有人散步？""因为冷。""为什么没有汽车？""因为没有汽油。"

"生命的意义是什么？"我不无恶意地问。

"你是在损我。"菲利克斯喃喃说道，"对我们来说，生命的全部意义就是认真履行自己的职责。"

"我不喜欢这样。"

"你会习惯的……"

这才是真正意义上的大饭店，不是那种附设有带情调的欧洲俱乐部的小宾馆。这是以大写字母开头的饭店，是纵情享乐的商人和党务工作者喜欢的风格。可这也是十月革命前那种脏乱差的酒馆，与新阿尔巴特大街上的布拉格饭店一样见不得阳光。很多俄国革命前的大饭店都经历了新经济政策的考验（也许，那时还精力充沛的老贼婆罗萨·别拉亚就曾在这里纵情狂欢），它们熬过了斯大林执政时的严冬，撑过了伟大的卫国战争和勃列日涅夫的停滞年代，在改革时期十易其主，成功迎来了第三个千年。

事物因庸俗而不朽！

此处的庸俗表现为圆形的柱子、水晶吊灯、墙上的格子架、瞪着空洞死鱼眼的裸体女孩雕像、浆得很硬的白色桌布、镶银的水晶器皿和瓷制餐具、穿白衬衫黑色晚礼服目空一切同时又彬彬有礼的服务生。

诸位会说，这没错，要的就是一个讲究，饭店与快餐店、民族风味小餐馆就该有区别。没问题。只是这里的水晶、白银、浆洗的东西等等都太多了，过犹不及，反而效果很差，奢华的尽头是粗鄙和俗不可耐。

来宾与此格调可谓相得益彰。这让我不禁想起那个温文尔雅、给我送海关名录的邮递员,他仪表堂堂、身强力壮、风度翩翩,活脱脱就是英国电影里的男管家。

饭店里,人们在毫无节制地狂欢。几个贵族模样的女士和先生在饭桌上连吃带喝,一望便知,他们不是我们的人,是当地人!他们来自没有石油、出门坐雪橇、海里有章鱼往岸上蠕动的世界。但在中间的大桌子后面那些人,我时常能在莫斯科的大饭店里邂逅,此时他们正在狂歌痛饮。每年新年,我们公司经理都会在"红场饭店"或"大都会饭店"举行公司年会,这钱,还真不如给我们发奖金。此情此景,恍如隔日。那里同样能看见浑身肌肉又大腹便便(也可以反过来说,大腹便便又浑身肌肉)的猛男,他们剪着板寸头,彬彬有礼地微笑着。起初,他们还人模狗样地装,随着清醒度不断降低,身上的光环也慢慢消逝,他们渐渐变回十年前的小混混。区别在于,现在他们喝的不再是波兰的拿破仑,而是卡慕;呕吐之物弄脏的不再是廉价的红西装,而是布里奥尼。

这些人带来的姑娘和宴会气氛很匹配,个个都是大长腿(妙),面容姣好(甚妙),只是眼睛虽明亮,但没有内容,和圣诞树上的玩具毫无区别。其实,她们就是玩具,但她们心甘情愿。因无聊之至,所以她们开了不少精品店(开商店是生意,开精品店是精神需求)。她们在健身房一待就是半天,喝莫名其妙的植物茶,练奇怪的健身器材。此外,她们念那些高收费学校(尤以心理学和营销管理为最),拿到的是百无一用的高等教育文凭。

你们为所欲为,我们世界的人亦曾如是。

菲利克斯带我们穿过大厅(我发现,服务员见到他时好像都挺直了身体,虽然还有一段距离)。我们穿过走廊,途经叮当作响、一片嘈杂、散发着好闻气味的厨房,踏上通往二楼的楼梯,过往的女仆见到我们后都贴墙而立。饭店让人联想到有双层底的锦匣,里面藏的东西比实际出现在我们眼前的要多得多。

然后，菲利克斯打开高大的双扇门门锁，带我们来到他的办公室。办公室没有饭店大堂豪华，只有堆满各种文件的写字台和带扶手的高背工作椅。那把后古典主义风格的豪华沙发椅，也终于在办公室椭圆形办公桌旁找到了自己应有的位置。

"请坐。"菲利克斯冲着沙发椅点头示意。他按了一下桌上的按钮，过了几秒钟，一名男服务生伸头朝办公室看了一眼。原来，他一直在门外守候。"去给两位年轻人准备晚餐，一定要足够丰盛。加乃隆火鸡、羊排菜豆、汤……"菲利克斯边观察我们边口述命令，"给他们每人一份洋葱汤。还有，我们每人一份圣诞热红酒。"

"圣诞热红酒马上送来。"服务员神情庄重，"外面降温幅度很大，经理先生。"

"明早雪就会把路埋上，"菲利克斯表示同意，"我们在岸边看到海怪了，派人去趟警察局，也许能买到触角。"

"我这就派弗里德里希去。"服务员点了点头。

他好像不是普通的雇员，至少也是值班主管、大堂经理或者按他们这里的其他什么习惯的叫法。我还发现，他看科佳时几乎面无表情，看我时，则满怀敬意。难道他真能感觉到什么？

另一位服务员为我们送上了热红酒，托盘上是一个裹在毛巾里的玻璃罐，以及每人一个的玻璃杯。

屋子里只剩下了我们几人，我惬意地品了一口热红酒，在被雪橇颠簸了二十分钟后，再没有比这更美妙的享受了。我问："菲利克斯，你是谁？"

"执事。执掌餐厅的执事。"

"相当于厨师吗？"科佳颇感兴趣地问。

"做菜我也会。"菲利克斯不满地说，"我对饭店全面负责。从内部装饰、雇员、厨房，到……"

"室内装修。"科佳若有所思地说，"有意思。"

"我也不喜欢这种装修风格。"菲利克斯表示同意，他的语气平静，"可访客们喜欢，我也没有办法。好了，先生们，我会尝试回答你们所有的问题。我们可亲可敬的罗萨总愿意粉饰真相。基里尔，你也是执事吧？"

"这似乎是个数学概念。"

"那又怎样？'执事'一词最能传达我们的实质。我们每个人都有对应这种或那种工作的能力，有执事销售员、执事医生，还有一些执事主管饭店或餐厅。"

"还有仆人。"科佳突然说。

"正是。"菲利克斯点点头，"如果叫执事让你感觉不舒服，你可以称自己是大师。很多人正是这么做的。但据我理解，大师是单枪匹马闯荡世界并功成名就的人。我们的情况有些不同，我们被赋予了超能力。但谁让我们成为超能者，我也不知道。每个人的经历如出一辙，先是慢慢被人遗忘，与之有关的所有文件也开始逐渐消失，他在家里和工作中的位置也被其他人慢慢取代。当他终于达到倒霉的巅峰，无处栖身时，就会收到电报，或者有信使出现。一般来说，是指引他去某个地方。而他去的地方，正是他的新工作场所，我们将其称为工事。罗萨的工事是她的宾馆。我的工事是这家饭店。你的工事，如果我理解正确的话，是不同世界之间的渡口。"

我点点头。

"你会得到什么呢？"菲利克斯呷了口热红酒，"你会长寿。我不说'永生'，是因为虽然你不会衰老，但却有死去或者自杀的可能。你会拥有健康的体魄和强大的机体再生能力。但你一定要清楚，离自己的工事越远，你的能力就越差！在你自己的地盘，没人能杀死你。我觉得，就算你的头被人砍掉了，也会长一颗新头。在这儿……嗯，除非有人朝你的心脏开枪，而且还要开好几枪，否则你是不会死的。"

很奇怪是不是？我一直都很清楚，如果心脏中枪，我一定会死掉，可从未因此伤心过。但今天听到这个消息，我突然很难过。

"你会拥有分辨执事和普通人的能力……请听我讲完，不要争辩。开启这种能力并非一日之功。你渐渐能听懂任何一种语言，但这又仅限于在你工事所辖的特定范围内。你生活和工作的场所很快就有你自己的风格。注意，这是自然而然的过程！遗憾的是，你得不到任何奢侈品，什么钱、珠宝、美食、绝世美女等等，总之，你什么都捞不到。这些是和执事有关的共性问题，接下来我们讲讲专业问题。譬如我，知道谁爱吃什么……不要笑，现在你们就会亲身体验到。罗萨就有让宾馆生意兴隆的能耐，你大概能觉察出走私行为的蛛丝马迹，若有需要，你可以和任何人肉搏，而且肯定能取得胜利。当然，跟执事警察比起来，你还差得很远。执事医生创造的奇迹也是你想象不到的。这，就是我能对你说的有正能量的东西……不，请等一等！你还……你还能在不同的世界里旅行。你的工事通往几个世界？"

"暂时是两个。我觉得，以后会是五个。"

"很好。我这么和你说吧，你可选择去五个世界旅行。只是你要记住，你离开自己的工事十到十五公里时，超能力会慢慢衰减，直到完全消失。你还可以利用别人的渡口。"

"正常，有优点就会有缺点。"我说。

"是的。缺点只有一个，那就是你只能周而复始地做同一件事情。如果你懒得出奇，你可以要点小心思，让工作变得简单轻松，就像罗萨那样。但你要摆脱这份差事，休想。如果长时间远离自己的工事,你就会变回普通人。"

"这也算不上可怕的缺点吧?"科佳嘟囔着说,"我们本来就是普通人。但能当几百年都不可战胜的超人,还不用担心生计,这样的机会,可不是每个人都能得到的。我能成为执事吗?"

"这等于中大奖。"

"明白。可在哪里能买到彩票?"

菲利克斯微微一笑。

传来短促的敲门声,服务员端着托盘走了进来。

"羊肉给他。"菲利克斯冲我点头示意,"请享受美食吧,年轻人。"

他回到自己的桌旁,埋头读报,我们扑向食物。

饭菜确实好吃。我没喝过洋葱汤,而且一直讨厌吃洋葱!可现在,我一口气吃了满满一碗。我又贪婪地吃起羊排。说实话,我也很少吃羊排,认为膻味太浓咽不下。事实上比起洋葱汤,羊排好吃到离谱。

还有红酒。这一次,瓶上的标签来自另一个世界,看起来有些像拉丁字母,只是比拉丁字母的形状更怪异。但我还是能读懂这些单词的意思,红酒是"由斯坎高山地区特有的卢米涅尔葡萄精心酿造而成"。科佳也看看瓶子,估计他什么都没看明白。

"你们可以随时到我这里做客。"菲利克斯的眼睛没有离开报纸,"我也随时欢迎同僚来访。你们可以带哥们儿和女朋友过来。我们应该互相帮助,对吗?"

"菲利克斯,您是莫斯科人?"

"我是当地人。"

"可您说的是俄语啊!"科佳大声说道。

"那又怎样?是的,我是俄罗斯人。"他打开抽屉,拿出一本皱巴巴的书，"拿着，有空读读，到时你就明白了。"

科佳接过书。他大惊小怪的样子让我明白了，书中的语言，他竟然能看懂。

"五年级历史课本，俄语的！"科佳快乐地尖叫不止。

"两年前，从我儿子那儿弄来的，"菲利克斯说，"我感觉这书迟早能派上用场，虽说新执事不常出现，但也要准备点儿干货，以备不时之需。不管怎么说，我在这里也算是领导。当然是我自己封的官。每月最后的一个星期五，我们自己人都会在饭店聚餐，请您也过来。不管怎么说，咱们也算是邻居。"

"菲利克斯，是谁袭击了宾馆？"我问。

菲利克斯叹了口气。

"如果有人拥有某些独特之物，就会有人想办法夺走。基里尔，传闻总是无处不在，有关于包治百病的医生，有关于不同世界间的夹缝，有关于不可战胜的勇士，最后，还有关于欲望得到满足的。在成为执事的过程中，我们所有的关系都会被切断。但新的关系迟早会重新建立起来。执事们也会娶妻、嫁人、生孩子，我们就有了新朋友。于是乎，一些重要的信息落到了某个心高气傲人的手中，就产生了秘密组织和杀手。遭袭的执事，有的很难被认出来，有的一眼就能发现。大多数情况下，警察掌控局面。但有时……有时我们也有牺牲。最近一年，局势太乱，我就遭袭过两次。"

"普通人不知道我们的存在？"

"该知道的人都知道了。宁可给当地政府一些小恩小惠，也好过卷入全球对抗，是吧？再说，你也需要吃饭、穿衣。知道怎么做了吧？"

"邮递员找过我。今天早晨……确切地说是昨天，他给我送来了一些有关海关方面的书……"我没说完。

"完全正确。"菲利克斯点点头，"你负责征收商品关税，可以将关税所得全部花在自己身上。我掌管这家豪华饭店。医生为有钱人和秘密客户治疗,并收取昂贵费用。相信我,一旦有新执事出现的风声传开,客户就会蜂拥而至,你也会忙得不可开交。还是提早做个小牌匾,刻上工作时间表,挂到门上吧。"

他不像是在开玩笑。

"总之,"我总结道,"我得到了一份高薪工作,除此之外,还有健康、长寿和金刚不坏之身,应该高兴才对。"

"开干吧。"菲利克斯点点头,"我没开玩笑,你应该好好享受生活。工作五十年后,你会厌倦,此时此刻,纵情享乐才是正道,声色犬马,不足为奇。不,咱们还是先声色,后犬马。两天后,期待你光临金吉,参加执事们的小型聚会。"他看了眼科佳,补充一句,"当然,你一个人来。"

"请问,"科佳挑衅地说,"如果我将这一切在报纸上曝光,会怎么样呢?"

"您是记者?"

"是的!"

"执事警察会拜访您。"菲利克斯摇摇头,"请您放弃写这类文章的想法,年轻人。"

"就算他写,也没什么可怕的。"我迅速接口道,"他胡编乱造了不少耸人听闻的文章,诸如秘密社团、通灵者、海怪……"

我不再说话。菲利克斯点点头说:"正是正是。还是让他放弃为妙。写点儿别的东西吧,年轻人,可以写浪漫故事、情爱狗血、狼虫虎豹什么的。"

"对呀,写对马耳他牧羊犬的爱!"我忍不住插口说,然后大笑不止,直笑到前仰后合,肚子岔气,呼吸困难,深陷沙发,无法直腰,直笑得科佳面红耳赤,为我捶打后背,我才缓过来。

"你们需要休息一下。"菲利克斯关切地看着我说,"你们要留下过夜吗?我可以为你们安排房间。要不你们还是去罗萨那儿?或者回自己那里?"

"回自己那里。"我说。歇斯底里地笑过之后,我略有些尴尬,和所有在大庭广众之下出丑的人一样尴尬。

"有道理,不该离开自己的工事太久。而且据我所知,二位还没有与当地的执事们见过面吧?"

"没有。"

"当然,莫斯科是大都市。"菲利克斯说,"我们金吉有十个执事。莫斯科,我猜,怎么也得有一百多个,不是今天就是明天,肯定会有人找你。"

"委员会后天到。"我突然想起来,"是的,的确如此。"

"你看看,我和罗萨让你知道执事这一行很多秘密,我们认识也算是缘分,但你们有你们的法律,有自己的规则。也许,委员会的人给你们讲得更详细、更准确。"

菲利克斯又按了一下按钮,说:"我请查理送你们回去。他是自己人,说话不用顾忌。"

"我可以给您拍张相片吗?"我问。

"为自己是谁找证据吗?"餐厅掌柜笑了,"好吧,记得给我一张。"

路过白玫瑰酒店时,我才想起我们有可能找不到塔楼。护墙上的小石头跟韩塞尔和葛雷特[1]在森林里扔在身后做记号的面包屑一样

---

1. 《糖果屋历险记》中的主人公。故事讲述的是一对可怜的兄妹遭到继母的抛弃,流落荒林,最后来到了一座糖果屋,饥饿难忍的兄妹俩迫不及待地吃了起来。但糖果屋的主人是吃人的女巫,她把兄妹俩抓了起来,想要把哥哥养得胖胖的,然后吃掉。但兄妹俩凭借智慧战胜了女巫,并且找到了回家的路。

没起任何作用,几个小时的工夫,又下了很多雪。科佳更是一点儿都指望不上,他正忙着借手机屏幕的亮光读历史课本。

可突然之间,所有问题都迎刃而解。我看了看眼前经过的小巷,突然灵光一闪,觉得我们该往这边走。这种感觉在我给科佳解释陌生的专业词汇以及在和强盗们搏斗时曾一度出现过,都是纯粹的本能告诉我的,我坚信自己的选择。

雪橇把我们拉到塔楼前,年轻的服务员看着我的工事,眼神是那么贪婪、好奇。如果人明明知道世界之外还有世界,却没有机会去看一看,那是什么样的感受?

"我们需要付您多少?"我没有控制好内心的冲动,冒昧地问了一句。

我能付给他什么?当地货币,我没有,他要卢布,又没用。

"您说什么啊,无须付钱。"小伙子又看了看塔楼,说,"我该走了,我怕冻坏了。"

"要不……咱们喝点儿?"

我的话音未落,下一秒钟,我就明白了,即使在平行世界,人,终究还是人。

"只喝一点点。"小伙子羞涩地笑了,"大师很少会请普通人喝酒。"

菲利克斯嘲笑罗萨·别拉亚时,我还以为他在耍滑头。不,当然,他本人并不认可这种高高在上的态度,但下属怎么看他或怎么称呼他,他选择无视。

"大师非常愿意请您喝酒。"我说,"请进。"

小伙子仿佛被电击中了一般!我开门时,他还依然不知所措地看着我,然后摇摇头,问道:"大师真要请我进去吗?"

"请进。"我热情地敞开门。

或许，善良的天主教徒就是这样诚惶诚恐地走进罗马教廷的。小伙子先是抖落脚上的雪花，在门口犹豫良久，才小心翼翼地走进来，目不转睛地看着电灯，其兴奋表现如同科佳发现护墙上的路灯。

"给我们拿酒来，"我请求科佳，"可以吗？"

"没问题。"科佳点头应允。

科佳消失片刻，很快就回来了。他拿来了白兰地和三个酒杯。马车夫举杯，喝了一大口，那感觉不像是喝酒，而是喝水。此刻，他感兴趣的不是酒。

"大师，我可以看看你们的世界吗？"

我看看科佳。科佳耸耸肩，说："你自己决定。"

"估计也没什么大不了的……"我走到通往莫斯科的门前，"不要停留太久。"

你们是否见过，世间竟然有人愿意欣赏垃圾场上空的雨景？

彼时已是深夜。

门外的风光并不比金吉好多少。四周一片漆黑，地面泥泞，隐约可见房屋的轮廓，窗口闪烁昏暗的灯光。不知何故，街道两旁的路灯也未点亮。

小伙子贪婪地看着这平淡无奇的风景，热情不亚于卢米埃兄弟[1]的第一批观众，过了一会儿，他才恋恋不舍地转过身来，将手放在心脏前。

"谢谢大师。我……我一直都梦想看看别人的世界。"

这句愚蠢又浮夸的说辞深深打动了我和科佳。我们一脸假笑，将小伙子送到他的世界——金吉门口，甚至还对他挥了挥手。

---

1. 哥哥奥古斯塔·卢米埃（1862-1954）和弟弟路易斯·卢米埃（1864-1948）是电影和电影放映机的发明人。

当我关上门,仿佛一条看不见的支柱从我们两人的身体里被抽走了。

我一下子靠在墙上。

科佳更随意,一屁股坐到了地上,长时间地、漫无目的地用袖子擦着眼镜。

"你觉得怎么样,他们的小世界?"我问。

"是不起眼的世界?那是共济会的世界。"科佳坚定地说,"有世界共有的阴谋,有怪物,真是活见鬼了,我为什么要来这儿?"

他的声音是那么哀伤和痛苦。

"你怎么了?"我不解地问。

"怎么了,怎么了?你现在是世界渡口的摆渡人,对吗?能够徒手接飞刀,伤口不医自愈,收缴关税。我为什么要搅在其中呢?我什么都不是,无足挂齿!还不允许我往外说,否则执事就会来找我,拧掉我的脑袋!"

"科佳……"

我感到尴尬。神秘之人抛下的上上签,竟然被我抽到。科佳怎么就忘了,我们是好朋友,但我仍然有种深深的负罪感。

"对他们而言,一切环环相扣,尽在掌控之中。"科佳越说越气,"到处都是他们的人。拔牙大夫,自己人;理发师,自己人。普通人疲于奔命,举步维艰;你们却可以狂歌痛饮,纵情享乐!"

这未免太奇怪了。我以前还真没感受过阶级仇恨。更何况我和科佳没啥区别。但现在不同了,我突然明白了1917年"十月革命"期间人们不同的心态。试想,满怀革命激情的水手冲进商铺,小老板们会是什么感觉?

"科佳……"

"你给我滚开!"科佳脱口而出,对他来讲,这就是最不堪入耳的骂人话了，"执事大师，看看你们的日子多悠哉！"

他最后说的话跟狂妄的反犹太主义者叫嚣的"吝啬鬼犹太佬"在感觉和内涵上没有区别。

"听我说，我并没……"

我刚要解释，科佳突发雷霆之怒。过去这种情况也不时发生。

他猛然站起来，从怀中掏出历史课本，将其摔在地上，那可是执事大师菲利克斯从他儿子那里没收的好东西。他随手关好门，然后骄傲地离开了。

他去莫斯科了。

"我怎么了？这是我想要的吗？"我揉了揉挨过刀伤的肩膀，向塔楼发问，"怎么，难不成是我拼命要当执事？是我想残害游击战士？还是主动想把关税占为己有？"

塔楼没有回答。万籁俱寂，没有人能给我答案。

没有观众的歇斯底里表演，愚不可及。

我弯下腰，拾起书。书本在衬页处打开，我看到一幅世界地图，地图上标注着金吉。

我傻笑了几秒钟。

也许，科佳也看到了这幅地图，因此才大发雷霆？

"声东击西。"我突然领悟到，这实乃古老的军事智慧。

于是，我拿着书，上了二楼。

11

让年轻力壮的男子从睡梦中醒来的方法很多,最令人愉快的方式莫过于,姑娘轻吻你的耳朵,柔情万种地说:"亲爱的……谢谢你,这真是一个令人难忘的夜晚……"说来也怪,最可怕的方式亦是如此,假如把说话者换成男人,而且还有浓重的高加索口音。

在这两种极端情况之间,还存在无数种其他可能,诸如"第二瓶酒不喝就好了,不过聚会还挺开心的""赶紧找袜子,趁老娘还没醒,滚蛋",甚至还有更加离谱的画面,比如:"医生,我开车时睡着了吗?"

梦中醒来,这事本来就毫无诗意。很多时候,年轻男子睁开眼睛想的都是:"我讨厌这份工作!"或者:"这熊孩子啥时候才能不哭闹?"抑或:"哪个白痴大半夜的给我打电话?"总之,这才是人生最常见的打开方式。

我醒了。阳光从窗口射进来,我眯起双眼。阳光明媚、纯净,生机勃勃。我清楚,这样的阳光不会普照湿寒的莫斯科。

但在睁开双眼的刹那,我确信,一夜之间,天气发生了翻天覆地的变化。金吉的雪已经停了,只是天空依旧铅云密布。莫斯科一侧,天已放晴,苍穹的蓝逐渐过渡至令人目眩的白,太阳恰似儿童画中的样子,呈现出柠檬之黄,空气看上去澄清透明,又清冽寒冷。

我又躺了几秒钟,望着敞开的窗户发呆,所谓发呆,就是将大脑放空。那一刻,我活力四射,想要奔跑、跳跃,想做很多很多的事情。但我却不想做早操，这是因为，于我而言，这完全不需要。

我很幸运！我，执事大师；我，海关官员；我，孤胆英雄，横扫匪帮；我，刀枪不入。前路虽然漫漫，但未来注定幸福美满！

我从床上一跃而下，又猛地跳起来，手掌竟然可以击打天棚。噢！我竟然能弹跳近三米的高度。

"黎明的花瓣飘向四方，装点着克里姆林宫城墙！"[1] 我扯着嗓子快乐地哼着一首老歌的片断。哼着哼着我突然停住了，是"花瓣"还是"曙光"？哼，有什么区别吗？重要的是，一扫阴郁心情的阳光和无一丝纤尘的碧空属于我们的莫斯科，而非舒适的金吉。所有的美好不应该只在一个地方停留，有时候，我们也可以共享阳光。

打开窗，我将身子探出阳台。从莫斯科方向来看我，一定很滑稽：肮脏的水塔二楼，窗户突然被人推开，赤裸上身的男人貌似吃饱喝足，脸上浮现出满意的神情。

可并没有人注意我。汽车呼啸而过，远处渐渐出站的电气火车拉响汽笛（看来，正是这种响声吵醒了我）。路人行色匆匆，穿着厚衣服，朝地铁方向赶去。今天是周六，看来，他们都想尽情享受这秋日里最后几天的温暖时光。嗯，可能谈不上温暖，但至少阳光灿烂。遇到这样的天气，我也会带上腰果，约上安妮卡，一起去到她家别墅，别看建筑古旧，但正是这种年代感才别有韵味。

这一刻，我突然体会到刻骨铭心的孤独，不是因为安妮卡。缘来时相聚，缘尽后各求心安，感情生活不尽如人意，两个人也都没想努力挽回。像很多人一样，我们双方好聚好散。我也不是特别想念从生活里被抹去的那些朋友，包括父母。我确信，我还能跟朋友

---

1. 出自苏联歌曲《五月的莫斯科》。原歌词为：黎明曙光洒遍四方，照着克里姆林宫城墙！

们重建友谊，科佳就是成功的例子。至于父母，重要的是，他们还健在，不用为我操心，因为我在他们的生命中仿佛根本就不曾存在过。

我想念腰果。我想揪它的小耳朵，捧起它的小狗脸，好好地撸撸它。我会用自己的鼻子触碰它的小鼻子，挠它的耳后，然后摸它的小肚子。

呸！若把这种想法讲给科佳听，又一部经典之作就会诞生，要不然他又会绞尽脑汁，苦于没有灵感并为此焦躁不安。

可为什么我就不能把腰果找回来呢？好吧，就算狗把我忘了，那又有什么关系？它会重新适应我的！是邻居收留了它吗？谢谢他们！我甚至可以付笔钱给他们。但是，我需要我的腰果！

这个想法立刻让我心情大悦。我关上窗，跑上三楼，冲了个冷水浴（倒不是因为我想这么做，而是因为热水管中的水不知为何不热），接着到厨房做了两个三明治，泡好茶。我一屁股坐在椅子上，边吃边想是否该给塔楼添置电视机。显然，电视机不会凭空出现在塔楼里，不过我可以买一台啊。但是，我的新生活需要这个洗脑的盒子吗？

大概还是需要的，这样至少可以与国民生活保持同步。人人都看电视，我又不比别人强多少。不看电视，等于没人给我提出"吃果味酸奶""必须刷牙""去看电影"等建议。

我切了一块香肠，倒上茶，站起身，在厨房里转了一圈。我摸摸刀，刀很锋利，又仔细看看锅碗瓢盆，心生一念，得学会做饭，不然的话，我的全部饮食结构中永远只有两道菜：煎鸡蛋和炖鸡。给人的感觉是，我对可怜的小鸡天生充满敌意，竭尽所能不但要消灭它本身，还要消灭它的后代。万一餐厅执事菲利克斯来做客，以我的厨艺，会很丢人的。

这时我才意识到，我之所以心神不定，是因为墙外好像有一台巨大的机器在运转，发出低沉的轰鸣声。

我侧耳倾听了几秒钟，然后走到窗板紧闭的窗前，它的左侧是莫斯科的窗户。我将耳朵贴在寒冷的铁板上。

窗板之外有奇怪的嗡嗡声、隆隆声和沙沙声。是机床在工作？我拧开螺栓，无意中发现自己拿着螺母的手指，像钳子一样。我一下子推开了窗板。

这里也有太阳，只不过那是一轮冉冉升起的红日，刚刚在海上露出边际，染红了东方的地平线。看海上的太阳，你怎么就不会弄混那是朝阳，还是落日呢？

沙滩向左右两侧延伸。我打开窗户，尽情享受着海风轻抚，如饥似渴地呼吸着既咸且甜的空气。我将身子探出窗外，四下环顾。塔楼坐落于海角的沙滩上，犹如灯塔或抗击未知海怪的前哨阵地。

但不知为什么，我觉得此处不会有金吉城里的巨型章鱼。即使有也无所谓，我在自己的工事旁能手撕任何海怪。

我跑到楼下，敞开大门。刚跑出去，双脚就陷到了沙子里。我围着塔楼跑了一圈。海角的沙滩延伸至距塔楼三百米开外，接着便是渺无人烟的绿色海岸，波浪在不断地冲击，发出轰鸣声。

只有每年离开冰冷的莫斯科去海边度假的人（至少一次），才会有我这样疯狂的举动。我脱到一丝不挂，跑到岸边，走进海水中。清晨的海水虽凉，但感觉很舒服。我踩着沙子向前走了五米，水就已齐腰深了，我开始游泳。一分钟后，我用脚小心地探寻海底，却没有碰到。就这样，我悬垂在凉冰冰咸滋滋的海水中轻轻地游动，看着冉冉升起的太阳，然后转过身，朝岸边遥望，遥望自己的塔楼。

在这个世界，我的塔楼看上去像座灯塔，这也不足为奇。塔楼墙体由灰色石头砌成，墙上装饰着粉红色的贝壳。塔楼顶端是由格栅拦起来的一个小平台,上面有微微闪光的镜子和玻璃。我感兴趣的是,怎样才能将灯点亮?我是否还要做点灯的工作?

也许,要做。

我猛地俯冲,向岸边游去。

新世界虽好,但旧世界更佳。我要去救腰果。

海水是咸的,我回到屋里又冲了一次淋浴。我忍不住又在朝向大海的窗口边站了一会儿。

太阳从地平线上升起,海上吹来温暖的微风。

从前,我羡慕那些生活在海边的人。

如今,属于我个人的大海就在门外,距离阿列克谢耶夫斯基地铁站步行仅十五分钟。

门外没有上锁的地方,况且也没有这个必要。如果塔楼一夜之间就能把其中一层变成厨房和浴室,那自然也有能力将无家可归的流浪汉拒于门外。我将防风帽往湿漉漉的头发上一拉(虽然有太阳,但毕竟已是秋天了),向地铁站大步走去。虽说手中的银两所剩不多,我还是真心实意地想买回腰果。

偏偏这时,一个大胆的想法在大脑中闪现。

我停下脚步,招手拦车。一分钟后,一辆"日古力"出现在我面前。司机是个秃头,大脸盘,很像演员莫尔古诺夫[1]年轻时的样子。

"去斯图焦内伊路[2]。"我友善地说。

"能给多少?"

"五十卢布如何?"我开心地笑了,哪怕心里清楚,少于一百卢

---

[1]. 叶夫根尼·莫尔古诺夫(1927–1999),苏联著名电影演员。
[2]. "斯图焦内伊"在俄语中本意为"非常冷的"。

布，司机一般都不会同意，"我觉得，应该够了。"

"没有问题！"司机也很真诚，他探过身，打开车门，说道，"请！"

海关官员超能力并不仅限于听懂各种稀有语言、徒手接飞刀。司机满意地哼了几声，我看着窗外闪过的房屋，身心放松。我们很走运，没有遇上交通拥堵。

"前些日子，我刚刚读了亨利·米勒[1]的书……"司机突然说道。

看看司机的模样，他说自己读过村上春树和科埃略等人的热销书，基本不会有人相信。说实话，就是他说读过屠格涅夫、杰克·伦敦[2]和斯特鲁伽茨基兄弟的作品，也同样叫人难以置信。

"哪本书？"我问，"《北回归线》还是《南回归线》？"

司机吃惊地看着我，"真了不起！你怎么会读他的书？"

"那还是……"其实，我自己也有点儿忘记了，"年轻时，在父母的书柜里……"

"哦，我明白了。"司机不再追问，他说，"我根本没法理解这些高雅文学！我读啊，读啊，写的都是什么破玩意儿啊？难不成高雅文学不是吃屎，就是肛交？人怎么才能强迫自己读这东西？"

"你不必勉强自己。"我给他提了建议，"您还是读经典小说吧。"

"我特别喜欢丘特切夫[3]。"司机突然说，然后又突然陷入沉默。我们就这样到了斯图焦内伊路，一路想着高雅文学，一路沉默。我请司机将车停在离自己的——以前是自己的——公寓不远的地方，

---

1. 亨利·米勒（1891-1980），美国作家，《北回归线》和《南回归线》的作者。
2. 杰克·伦敦（1876-1916），原名约翰·格利菲斯·伦敦，美国现实主义作家。主要作品有《野性的呼唤》《海狼》《白牙》等。
3. 费多尔·丘特切夫（1803-1873），十九世纪俄罗斯著名抒情诗人，代表作品有《西塞罗》《沉默吧！》。

给了他五十卢布，他愉快地把钱塞进口袋。

奇遇有时并不会带来奇迹。

为街道起名为斯图焦内伊的人，一定既有观察力又不乏幽默感。夏季的斯图焦内伊路显示出它温馨的一面，它就是一条边界，莫斯科在这里结束，俄罗斯从这里开始[1]。秋冬两季，斯图焦内伊不辱其名，夺命的寒冷总能令人联想起那个"卖火柴的小女孩"的圣诞故事，还有那些更真实、不怎么温馨的、有关倒在雪地里昏睡的醉鬼的犯罪事件。

我绕着楼房慢慢地走了一圈，边走边设想行动方案。利用执事的超能力？一脚踹开房门，抓起自己的小狗就跑？超能力用得上吗？我离塔楼刚好十公里。

刚好？

是的，刚好。误差不超过五十米，我很清楚这一点。超能力就像电话，离基站太远信号会差。

比如我要是去布拉格胡闹，肯定啥也不是。在那里，我是凡人一个。

但在此处，我的超能力足以让我完成任务。我能够，而且绝对能够顺着我们十层楼的外墙爬到邻居家的窗户上。就算面前是一道铁门，我也可以一脚踹飞。或者用回形针打开昂贵的意大利锁。这都是海关官员必备的绝技。

但我一不想偷，二不想抢。我手里仅有五千卢布，那条纯种狗刚好能卖到这个价钱，也许会更贵些。

---

[1] 指莫斯科与其他地区大不相同。莫斯科富饶、整洁、美丽、繁荣，而俄罗斯其他地方则相对肮脏、贫穷。

当我走进老楼的院子,一切问题已不是问题。以前,这个迷你儿童游乐场上,小朋友难得一见。今天,在几个无精打采的混凝土蘑菇和变形的铁秋千之间,邻居家的小姑娘正在遛腰果。

真乃天赐良机!我只要走过去,吓唬一下小孩子,就能夺走小狗。她的父母绝不会到警察局去报案的,小姑娘没出事,他们高兴还来不及呢。

幸福的小姑娘满脸放光,紧抓狗链,四下张望,她需要观众的欣赏,欣赏她的快乐和幸福,她要让人知道,她遛的才是名狗,她自己的狗狗!我捕捉到了她快乐的眼神,她当然没有认出我。我清楚自己不忍心把狗抢走。嗯……除非腰果主动扑到我身上。

腰果没有。它煞有介事地在小游乐场上跑来跑去,不停地寻找干燥的地方,嗅探邻家狗留下的记号,在个别地方抬起后爪,为对方留下信息。

我走到近旁,掏出香烟点燃。腰果快活地汪汪叫着向我跑来。它一直很温顺,绝不是那种有侵略性的狗,只要觉得主人很安全,就会跟过路人打招呼。

当然,前提是他喜欢这个路人。

我垂下手,用手掌去碰它湿湿凉凉的小鼻子,用指尖挠了挠腰果的脖子。小狗善意地看着我,欠了一下身,靠着我,就连叫声都透着殷勤,不干净的小爪子弄脏了我的牛仔裤。

邻家的小姑娘女孩笑着说:"腰果只跟好人这么打招呼!"

"腰果?多奇怪的名字。"我拍了拍狗的脑袋,"我也有一条,跟它一样。"

我以为小姑娘会警觉起来,不管怎么说,这条狗属于她才两天。

"哇,好棒啊!"小姑娘叫起来,"那您的是小公狗,还是小母狗?我家的是小公狗。这是我上一年级时,爸爸送给我的礼物。爸爸说，如果我不好好学习，就会把它收回去！"

这确实是彼得·阿列克谢耶维奇的风格。我看着小姑娘，心里想。她没有说谎，绝对没有说谎！

"它多大了？"我问。

"三岁半了。它还是条小狗！拿过两次展会的冠军！"

我从未带腰果参加过什么竞赛，没有那个闲工夫。卖给我狗的女人说过，这条狗应该去参赛，但……

"看来，你学习成绩很好。"我说，"学习好，爸爸才没有没收。"

小姑娘又笑了。

"那当然，我各门功课都是五分。爸爸是在开玩笑！您不要以为他是认真的！他不会把腰果给任何人的！"

我深吸一口，顿时咳嗽起来。这都是什么事啊？腰果不仅不是我的，也不是娜塔莉亚·伊万诺娃的！腰果仅仅是粗鲁的酒鬼彼得·阿列克谢耶维奇送给自己女儿的礼物。而且，他们家也发生了重大变化。小姑娘以前神经兮兮的，考试总得三分，如今安安静静，居然可以快乐地大笑，学习成绩优异，说起自己的父亲时，还充满了由衷的爱。

"噢，你这小混蛋。"我悄悄地和狗狗说话，蹲下来，让它尽情地舔着我的鼻子，"你这个小混蛋，难道什么都不记得了？你过得好吗？真的好吗？就因为有你，他们的生活也变好了，是吗？"

腰果开心地舔着我的脸，它感觉自己很幸福。是的，它爱自己的小主人，并且深信，大部分人都值得被爱。

"你的狗狗真好，"我说，"请好好珍惜它。我就是……把一条这样的狗弄丢了。"

小姑娘脸上立刻出现了惊恐的神情。她点点头，说："腰果要当爸爸了，如果您想要，就过来吧。只是狗宝宝会很贵，对不起。"

"我会考虑的。"我说,"我到这儿来,是想找个熟人。她叫娜塔莉亚·伊万诺娃,你认识她吗?"

小姑娘想了想,摇摇头。

"我只记得,她在这个小区住,"我继续说,"还知道她住在六楼。有一次,是我送她回来的。"

"我们家住六楼,"小姑娘打开了话匣子,"可六楼没有叫娜塔莉亚的阿姨。我们楼层只有三户人家,一户是加林娜阿姨……"小姑娘降低声音,开始转述别人的评价,"少有的毒蛇妇。另一户住的是我、腰果、爸爸和妈妈。我们两家之间是个单间,里面没人住。大概这家主人不需要这套住宅!哪怕租出去也好,对不对?还可以赚不少钱。就这么空着,既不利人,也不利己!爸爸说了,应该研究研究法律,看有没有办法告他们闲置房屋,再设法将这套住宅变成我们的。"

"这可不太可能。"我若有所思地说,"小狗的问题,我会考虑考虑,非常感谢你。"

我又摸了摸腰果的脖颈跟它告别,然后头也不回地走了。

走到地铁站时,我给科佳打了电话。

"是你?"科佳很疑惑。

"是我,"我肯定地说,"不错,是我。"

里面传出沉重的叹息。

"科佳,别任性了,"我说,"我需要和你商量一下。"

"我需要工作!"科佳语气很豪横。

"怎么,忙着挣夏天休假的钱?"我不怀好意地问。

"为什么不呢?"

"那让我猜一猜,你是怎么开头的?'我曾是个开朗乐观的小姑娘，后来在电视上看到了她……'"

"'没变性前，我就是普通的彼得堡小鲜肉廖哈，'玛丽笑着说，'请把烟掐了，吸烟有害健康！'"

"你的文章里居然有与社会生活相关的正能量！"我吃惊地说。

"这是写给《大众健康报》的。"科佳不好意思地说道，"他们要求文章里除了色情，还要写上吸烟喝酒的危害。对了，你打电话有事吗？"

"带十瓶啤酒，到我这儿来。"我请求说，"一定要冰镇啤酒，再拿点儿薯片、坚果之类的。"

科佳对我的信息迅速进行了消化和处理，然后说："不要常温的啤酒，这么说……第三扇门你打开了？通往哪里的？"

"通往夏天。"话音刚落，我就挂断了电话。

正确想法的出现总是悄无声息，又出乎意料。

"基里尔，如果你真有对事物进行系统化判断的能力，"科佳翻个身，由仰卧改成俯卧，继续说道，"你就应该让我带防晒霜。"

烈日渐渐灼人。

"如果你是勤快人，现在可以去买啊。"我打断他的胡言乱语，"我负责夏天，其他的，你负责。"

"现在让我上哪儿买防晒霜啊？"科佳懒洋洋地说，"这样的东西，要么得在家里找，要么就得去类似于'特维尔奢侈品'这些地方买。给我瓶啤酒……"

我递给他一瓶"奥伯龙"，忍不住问："告诉我，为什么你总买这个牌子？"

"我喜欢他们的广告策略。"科佳傻笑着说，"他们请科幻作家在自己的书里插入奥伯龙啤酒的广告。"

"然后呢?"

"如果书里提到十次奥伯龙,厂家就给作者发奖金。厉害吧?"

"这么简单?"我由衷赞叹厂家的精明,"奥伯龙、奥伯龙、奥伯龙,这不就完了吗?"

"要连说十次奥伯龙,"科佳更正,"不能少于这个数。"

"那奥伯龙到底是什么意思?"我问。

"河岸沼泽区。"

"真的吗?也就是说,'奥伯龙'是用沼泽地里的水做的?"

"可是很好喝,不是吗!"

我没有争辩。

在这样的海边,在这样的阳光下,而且还是在十一月,任何啤酒都很完美。

"说来奇怪,"我告诉科佳,"我一直在等,我想腰果会因为思念娜塔莉亚而痛苦,等它内心的伤口愈合,再把它带走。当然,我愿意花钱买!可事实上,早在三年前,腰果就已经属于小姑娘了。这不科学啊?"

"非常科学,"科佳哼了一声,"你还不明白吗?"

"明白什么?"

"不论罗萨还是菲利克斯,他们都没去多想,是谁取代了他们在现实中的位置。仿佛你就应该从现实世界里消失。"

"这……"

"你已经被人强行从现实中抹去了。"

我还是不能明白。

"怎么做到的?"

"娜塔莉亚往自己身上捅了一刀,对吗?"科佳平静地问,"是以胸撞刀对不对?刀像切豆腐一样插入胸口,是不是?接着就是一地鲜血、警笛大作,你开始逃亡……"

"他妈的……"

我终于恍然大悟。

我跳起来,狂怒中用脚猛踢沙土。

"他妈的!他妈的!他妈的!"

"这回明白了?"科佳转过头,抬起那双近视眼看着我,"你的娜塔莉亚·伊万诺娃,就是实验用的小白鼠,也是可怜的大白蛾子,她和你一样,也是执事。你没有像他们期待的那样行事。他们预感到了,于是就给你准备了一个超强刺激大礼包,那就是奇丑无比又令人生厌的女子。你看看,她恰恰就是你最讨厌的类型,对吗?这个女人不仅仅陌生,而且是可恶加陌生,不是吗?"

我耸耸肩。

"对付你,要比对付女仆和餐厅掌柜困难。"科佳平静地继续说,"请你原谅,我昨天发脾气了。那幅地图把我惹急了……但你可不那么简单,基里尔。污泥浊水般的海关官员比比皆是,你和他们不同。当然,我暂时还没弄明白,到底哪里不同。"

"你还真研究过这些问题?"我忧伤地问。

"是的,我想了半个晚上。"科佳坐起来,戴上眼镜,严肃地看着我,"听我说,基里尔,我们过去也许是非常非常好的朋友。"

我有些不好意思,这种感觉在人们谈及友谊时通常都能体验到,而且多出现于好朋友之间。

"莫斯科市中心的大海,你这该死的金鸡……"

"是金吉!"

"好,金吉,没什么区别!生活很美妙。跟你交朋友,不但愉快,还有好处。"科佳傻笑了一下,然后非常认真地继续说,"只是,你不是普通的共济会会员……执事。你与某种灾难有关。基里尔,总会有一天,你无法接起所有刺向你的飞刀。所以,我有种感觉,你的故事在我这里不会有好的结尾。今天早晨,我又坐下来写狗血故事,可心里却想,如果上午基里尔不给我打电话,我就把所有的电话关掉,我尝试说服自己,所发生的一切不过是我的幻觉。但你还是来了电话。混蛋!"

我羞愧地看了眼科佳。他是对的,是我将他牵扯进这段冒险的行程,貌似有趣,但有致命的风险。好在我手里握有王牌,那就是执事的超能力。

"科佳……"

"好了,都过去了,看看,我这该死的多愁善感。"科佳大手一挥说,"大海真棒,啤酒真凉。生态环境真美,死而无憾了。你看过金吉的教科书没有?"

"翻了一下。"我承认。

"什么特别让你震惊?"

"那里没有国家的概念。"

"是的,"科佳用手指着我说,"金吉小城就在今天加里宁格勒的位置,管理起来很容易。扎尔赫坦城就在今天的彼得堡一带,这也不难理解!发音真难听,也的确难为他们了。但如果整个地球连一个国家都没有,只有城邦和不属于任何人的地域,你们管这叫什么?"

"封建制度?"我推断。

"哪来的什么封建制度?"科佳皱起眉头,"封建制度是战争,是争权夺势,是阴谋诡计。不,世界大同,我相当赞成,而且举双手赞成!只是这一切,不可能自然而然地发生。那是人造的世界吧?"

"科佳,我们没有数据……"

"我们有足够的数据！"科佳从沙子上站起来，挥舞着瘦弱的拳头，"其实很明显，我甚至计算过该世界模型中的分支点，多多少少有了一些眉目。"

这时，从塔楼方向传来单调的敲门声，我们同时把头转向塔楼方向。

"让他们敲去吧，"我说，"海关官员也有休息的权利吧？"

"今天委员会要来检查工作，你没忘了吧？"科佳问。

我急急忙忙地穿衣服。

科佳边穿衣服边焦虑地问："我有权在你这儿吗？或许，我还是藏在这里比较好？"

"藏到金吉的雪堆里去吧！"我说话的语气简单粗暴，"没关系。我有权请朋友到自己这里做客。也许……"

"基里尔，你现在最好装傻充愣。"科佳突然说道，"这点你很专业。来的那些人可不是傻瓜。"

12

不知为何，到目前为止，我还没有向任何级别的委员会做过任何方面的汇报。上中学时，我的才华让人瞩目，但同时，我的任性胡为也让老师家长头疼。"市教育局检查委员会"之类的机构，我才不在乎。念大学的那几年，正赶上国家处于无政府状态，所以也就没有什么委员会。在B&B公司做管理人员期间，就更谈不上检查之类的事情。难道有人非得要查一查我家电脑上的新显卡是不是我从公司顺走的？

不，我那不叫顺，我只是拿回去做个测试而已。一个月后我肯定还回去，估计到时该型号显卡也要淘汰了。如果你们不喜欢我，那我就辞职，宏图公司可比你们给的工资高出一千五百卢布呢！

然而，那种深入骨髓源自祖先的恐惧还是令我后背嗖嗖冒凉气。

没有办法啊，这未被鞭笞的一代至今还躺在长椅[1]之上等待灾难的降临。

等待挥向他们的藤鞭。

我抖落衬衫上的沙子，走进塔楼。大脑中闪过的一些念头：我

---

1. 俄罗斯的长椅是常用家具，一般沿墙放置，可坐可卧，宽度约为70-80厘米。长椅在17-18世纪主要是用来惩罚孩子的，父亲把孩子放在长椅上，用藤条或皮鞭打他，父亲按时间表打孩子，不一定等其违规后再教育。18世纪末，沙皇下令禁止鞭笞儿童，那是第一批未被鞭笞的一代。现在俄罗斯"未被鞭笞的一代"通常指苏联解体后成长起来的一代人。

该在门口放上几块抹布；或者几块脚垫，那种像小草一样的绿色塑料脚垫。

有人在敲莫斯科方向的门。

科佳站在楼梯旁，装出一副神情专注的样子，但他手中的两个空乌克兰啤酒瓶让他的专注大打折扣。

我打开门。

是三张友善的熟面孔。前面的那位是著名的喜剧演员、电视明星，他两腮丰满，布满皱纹的脸上挂着一成不变的笑容，这得调动多少块肌肉才能制造出这搞笑的表情？他一定很辛苦。

他身边是著名的爱国主义者兼反对党议员。他也在微笑着，不过笑容很真诚，能使人想要加入他的党派，产生与他一起关注民生、造福民众的强烈冲动。

这两位的光临还很正常，因为我要接待的就是他们。

而第三个人是娜塔莉亚·伊万诺娃。

她很阳光，充满活力，还亲切地朝我点头示意。只是她的目光依旧充满戒备，与她和蔼可亲的微笑存在冲突。

我得感谢科佳，是他及时猜出了谜底。

"你好，娜塔莎。"我说着，凑近姑娘，吻了一下她的脸颊，"非常高兴看到你，你还是这么棒。"

我又紧紧地握了握政客的手。至于喜剧演员，说实话，我更想用充气锤狠狠地砸他，或者把奶油蛋糕扣在他脸上。但我克制住了自己的厌恶，朝他轻轻点点头，友好地微微一笑。

娜塔莉亚目不转睛地看着我，眼里的情绪变化莫测，先是冰雪消融，再是春光明媚，接着又若有所思，最后只剩下惺惺相惜，就连眼角也因为快乐而堆出了几道细密的皱纹，虽然这种皱纹通常只出现在精明强干、年龄在三十岁至三十五岁之间的毒蛇妇脸上。

她眼中的警觉慢慢消散了，被她从眼里转移到心灵的某个隐秘之地。

我真是个白痴。刚刚还有人告诫过我要装傻充愣！而我显得太过机警，看到娜塔莉亚还活着时，居然没有惊讶。

"基里尔，你不会还生我的气吧？"娜塔莉亚也迎上来，用干热的嘴唇碰了我一下。她的友善也带着袭人的寒气。

"你在说什么啊！"我强作欢颜，还朝喜剧演员方向点点头，仿佛也想让他分享我的欢乐，"你把我当成什么了，白痴吗？像你这样的人，谁能忍心拒绝？如果你当时就解释清楚，你难道以为我会……"

"任何时间我都不能做任何解释。"娜塔莉亚稍稍收敛起虚假的热情，"我们可以进去吗？"

"当然！"我让开路，眼角的余光发现了停靠在路边的汽车和几个将塔楼包围起来的彪形大汉。三个人一起走了进来，看到科佳，都停下了脚步。

"我这儿来了个朋友。我们想喝杯啤酒，没关系吧？"我说。

娜塔莉亚仔细地打量了一番科佳，科佳战战兢兢，挺直腰杆，快速说道："我是康斯坦丁·恰金·伊戈列维奇，二十五岁，因健康原因未服兵役，记者。"

"怎么还有记者？"娜塔莉亚的脸上浮现出厌恶的表情。

"是热点新闻记者！"科佳不假思索地说。

"基里尔是在你那里住过一夜吗？"

"有这样的事。"科佳欣然作答，"但我不记得了，我全忘了。我们后来又重新认识了。您不要误会，我来这不是因为工作需要！我们之间是纯粹的私人友谊！我不是基里尔的敌人！"

"最主要的，是不要成为自己的敌人！"很明显，娜塔莉亚已经对科佳做出了一些评价，"好吧，朋友当然重要。"

"旧友胜新交！"喜剧演员的插话叫人不爽，他看了看娜塔莉亚，又看了看政客，满心欢喜地期待幽默效果。

娜塔莉亚没理他，政客皱着眉头说："热尼亚，你现在又不是在舞台上，何必……"

"就是感觉很好笑！"演员以挑衅的口吻地说着，他耸了耸肩，"谁都有犯错的时候！"

"我们还是跟年轻人认识一下吧，"政客倒是很友好，"不然的话，我都能想到，人们会怎么编排我们，说我们是上边派来的委员会、监察组……我最痛恨官僚主义了！"

"可是，我知道您……听说过。"我低声说，"您是……"

"叫我季马就行。"政客摊开双手，"无须多礼，这儿都是自己人！热尼亚、季马……嗯……科佳，还有娜塔莎。基里尔，您都安顿好了吗？"

"有条不紊地进行中。"我尽量不看娜塔莉亚，故作囊中羞涩状，支支吾吾地说，"就是资金有点儿紧张……虽然有地方住，但还要吃饭啊。况且，也需要有台电视看，这样才不至与自己的祖国脱节……"

政客点点头，看了一眼娜塔莉亚。她站在楼梯上，正查看塔楼的二层。政客说："娜塔莎，新人就职，难道你们不发放安家费吗？"

这三个人的关系很奇怪。我能断定喜剧演员是老好人，来和稀泥的，但另外两个谁说了算，是娜塔莉亚还是季马，我很难分辨。

"我们马上就发。"娜塔莉亚即刻表态，"基里尔，三楼已经打开了吗？"

"三楼有厨房和浴室。"

"太好了。"娜塔莉亚下楼，走到我旁边。她看着我的眼睛，从口袋里摸出一叠厚厚的蓝色钞票。

"一百张够你安家用了吧？"

科佳用舌头弹出响声，然后用低沉但足够清晰的声音说道："房子这么大，这点儿……"

"你们别得寸进尺。"娜塔莉亚笑了笑，将这叠钱放进我的手中，"哪些门开了？"

"通往金吉的。"我说，"它是第一扇被打开的门。今天早晨这扇门也开了。"

他们对门的兴趣显然比对我的兴趣要大很多。过了一会儿，这三人来到沙滩上。他们的脸上明显地写着满意两个字。喜剧演员甚至跑到水边，把手弄湿，又快速跑了回来，那副怡然自得的样子真让人讨厌。接着，他开始拿腔拿调地高声朗诵道：

"冬天！农夫精神抖擞……

"我身在马耳他，却思念……"

娜塔莉亚叹了口气，没有说话。政客松了松领带，脱下白西装，搭在手臂上，说道："我喜欢大海，太美妙了。基里尔，你能想象吗？莫斯科曾经只有一个通往大海的出口，在卡波特尼亚区。"

"莫斯科一共有多少塔楼？"

"不一定都是塔楼，卡波特尼亚的就是地下室。在莫斯科一共有十七个海关。"

我瞥了一眼喜剧演员。他正绕着塔楼转圈，摸着墙，时不时还踹上一脚，似乎在测试它的强度。

"这里真的是马耳他吗？"我问。

"这里是离我们地球非常遥远的地方。"政客冷漠地回答，"当然,我说的遥远,不是指距离,而是指扇形面上诸世界[1]的关系。这儿不是金吉,是非常另类的空间,是一片无人居住的大陆。"

"度假胜地。"

"正是。你这里会大受欢迎的。"

"我们没有看错你。"娜塔莉亚表示赞同,"基里尔,祝贺你。这扇门太好了。看来你自己也明白这是扇好门。"

顺着她的目光,我看到沙滩上的啤酒和装坚果的袋子。不仅仅我发现了,政客也出人意料地向野餐地点走去,拿起两瓶啤酒,用一个瓶子起开了另一瓶的瓶盖,喝了一大口。

大海使他们心情愉悦,让他们放松。看来,他们一直很想再有一扇通往这里的门。

"门朝哪个方向开是由什么决定的?"我问。

"由海关官员决定。"娜塔莉亚犹豫了片刻,解释道,"你能打开最接近你内心世界的大门。"

"一共有多少个世界?"背后传来科佳的声音。

这一次娜塔莉亚犹豫的时间久了一点儿,她回答道:"我们已知的有二十三个世界。进入这些世界的通道是可以稳定打开的,虽然其中一半左右的世界无人问津。我们也能听到关于这些神奇之地的故事,比如通向某个地方的大门可以不定期开启。也许,这只是谬传而已。有些世界很平常,有些则很稀奇。"

"金吉就很平常。"我说。

"金吉的确很平常。"娜塔莉亚表示同意,"人们常常把金吉当作去往其他稀奇世界的中转站。既然已经开始答疑解惑,那有问题就继续提吧,我来回答。"

---

[1] 俄罗斯科幻小说中的一种设定,指能将诸多平行世界汇聚在一起的神秘空间。

"娜塔莉亚,你是谁?"

"执事。"

"我猜到了。能否再详细一些?"

"助产士。"她明显是有备而来。

我非常诧异,瞪大眼睛,认真听她解释。

"我是妇产科医师,负责发现未来执事的人选,并助其成为执事。"

"昨天晚上我在金吉城游玩,认识了两个执事……"我漫不经心地说。我发现这个信息对他们来说是完全陌生的。娜塔莉亚面无表情,政客微微眯起左眼,只有喜剧演员大吃一惊。"他们给我介绍了一些情况,但没有提及助产士。"

"这是因为,有人正常分娩,也有人非正常分娩。"娜塔莉亚的声音非常动听,"你的情况非常糟糕。我们去那边,基里尔,这是执事间的谈话。"

她轻轻地拉起我的手,领着我离开塔楼,来到海滩,把科佳留在一边。不仅仅科佳,政客和喜剧演员也没有跟过来。难道他们是普通人吗?

"他们充其量算是人,"娜塔莉亚低声说,"他们不配听到我们谈话的细节。你这是第二次让我感到惊讶,基里尔。"

"第一次是我拿刀去找你的时候吗?"

"是的,这完全不符合你的性格。而你现在居然这么快就适应了。好吧,是我低估了你。让我们彻底把话说开了吧,基里尔。我们讲和可以吗?"

"如果不呢?"我问。

娜塔莉亚耸耸肩。

"这儿是你的地盘,在这儿,你有使我绝对服从于你的超能力,可接下来呢?"

我点头同意,然后问:"我明白,如果那样做,执事警察就会来。娜塔莉亚,我有一个问题,为什么偏偏是我成了海关官员?天命如此吗?"

"不是,"娜塔莉亚不情愿地回答,"可能不是,我不知道,也不想知道选择执事的那套机制。"

"可你是助产士。"

"那又怎么样?有人通知我,说某人要成为执事,我的任务就是观察他。一般说来,将人从现实中抹去是很容易的事,也不需要多少时间。他的公寓里会住进别人,他的工作岗位也被人替代。但有时候情况会很复杂。你的公寓虽改变了模样,代替你的人却没出现,你的工作岗位就有了空缺。"

我想起B&B公司的老板非常希望我能到他那里工作,那情景依然历历在目。我无奈地点点头,以示同意。

"人们忘记你的速度很慢。"娜塔莉亚继续说道,"所以,我们只能找人临时替代你,占据你的位置,尽可能把你从现实中挤出去。否则怎么办?不知怎么搞的,你居然紧抓着周围的世界不肯放手。"

"也许,是世界抓住我不放?"我喃喃自语,"我现在明白了。"

"我全部的错误就在于,"娜塔莉亚继续说,"太急于求成了,人为加快了你变成执事的进程。这种努力造成了你的逆反,让你有自我撕裂的感觉。任何一个别的执事处于我的位置上也会这么做,不是吗?"

她歪头看看我的脸,眼角又出现了放射状的皱纹。

我意识到,她已经不年轻了。也许,执事根本就不会衰老,相貌就停在变成执事时的年龄上。但是,娜塔莉亚从事这一行业时显然不止二十多岁。

"你是个善良的女人。"我说。

"我没办法，是你激怒了我，基里尔。你执拗了整整一夜。"虚假的慈悲在她眼里一点点地散去，取而代之的，感谢上帝，是冷漠。最后，娜塔莉亚得出的结论是，我很安全。

"但你为什么要吓唬我？你可以直接告诉我。"

"那只能坏事，"娜塔莉亚很不屑地说，"不要教执事如何完成他的工作[1]。"

"是俗语吗？"

"就算是吧。讲和了？"

"讲和了。"我傻笑着握了握她的手，"可是你把我折磨得好苦。"

"可好处也很大啊。"娜塔莉亚冲着扑到脚边哗哗作响的拍岸浪点点头继续说，"我告诉你，这些人，"她朝喜剧演员和政客的方向看了看，"不是执事，但他们会利用我们的能力，从一个世界到另一个世界，也可以留漂亮的发型，享受美食，去看病或者去学习。但是，你跟他们不可太交心。在自己的工事里，你是执事，他们不过是派生物。他们过关时，你就征收他们的关税，对他们既要有礼貌，也要严格。但执事过关时，如果人家没有违法乱纪的记录，就没必要走那些烦琐的程序，可直接放行。"

"违法乱纪，是指携带违禁品过关？"

娜塔莉亚点点头说："正是。好了，我们走吧……"

"请等一下！还有几个问题。"

"什么？"娜塔莉亚的目光中充满了期待。

"人们是怎么知道执事存在的？谁有权享用我们的……服务？"

"基里尔，你需要钱吗？"娜塔莉亚眯起眼睛，"你需要比椅子

---

[1] 俄罗斯俗语中有 не учи рыбу плавать（不要教鱼游泳，不要班门弄斧）的说法，故下文才有"是俗语？"之问。

和锅还要复杂的东西吗？你需要安全感吗？"

"需要。"我看了看两个监察员，爽快地承认，"我还需要幽默感，可以吗？"

"世间的一切不都是用金钱来衡量的！你不就对朋友坦白自己的身份了吗？"

谴责来得如此严厉和意外，我竟无言以对。娜塔莉亚得意扬扬地笑了。

"还有最后一个问题：谁是我们的最高领导者？"

"你依然活在丑陋的世界里，"娜塔莉亚摇摇头，"活在只讲金钱、权力、社会地位的世界里，活在连小孩子都有贪心的世界里。放松吧！你已经摆脱束缚。没有最高领导者，我们都是平等的，诚实地履行自己的义务，一切都会好的。"

娜塔莉亚转过身向塔楼走去，走了几步又停下来，转过头看着我说："走吧，我同意你成为执事。你的朋友……也罢，聪明的记者也可以为我们所用。"

他们在塔楼又逗留了半个多小时。自从娜塔莉亚宣布对我很满意之后，气氛陡然融洽起来。我们逛了海滩，又登上三楼，进了厨房。在此之前，政客伸头叫门外的保镖送来香槟，绝对正宗的法国货，当然，是干香槟，凉度刚刚好，但又不是从小冰柜刚拿出来特别冷的那种，也不是人们啧啧赞叹的里面有小冰碴的那种。至于甜甜的"苏联香槟"和二氧化碳丰富的混合型红酒，人们只能伴着新年的钟声，一年喝上一次，不然的话，真的咽不下去。

我在餐具中找到了几只稍微像样点儿的高脚杯，这套餐具是跟塔楼的三楼一同出现的。喜剧演员宣称"在俄罗斯，生活即喝酒，喝酒亦生活"，于是我们每人喝了一口。

稍后，我收下了热尼亚和季马的名片。当然，娜塔莉亚没有给我留下任何联系方式，但她答应我，我们会定期见面。她还建议我买十个不同的名片夹，因为最近一个月会有好几百位名人造访我的塔楼。

当我就要送"委员会"离开时，喜剧演员终于让我崩溃了。他做作而夸张地拍了拍自己的秃脑门，大声说道："我脑袋进水了，不，是进粪汤了！"然后冲到汽车旁，在后备厢中翻了好久，找到了一本他创作的幽默小说，接着花了好长时间签名。娜塔莉亚甚至不等他签完，就对我挥了挥手，向地铁站方向走去，大概是急着去切尔基佐沃市场卖短筒靴。政客非常有礼貌，他耐心等待演员把名字签完，对我做个鬼脸，好像是要我明白，谁都不能免俗。

最后，几辆车拉上在塔楼周围百无聊赖的保镖匆匆离去（我很好奇，他们对领导的怪僻是怎么想的？），我关上门，满脸疑惑地看着科佳。

"干得不错嘛。"科佳说，语气非常认真，"你很厉害，装傻的表演很到位，特别是刚开始你说的'非常高兴看到你，你还是这么棒！'那句。"

"这是我的疏漏……"我刚要解释，又闭了嘴。

"完全相反！"科佳反驳道，"你真以为娜塔莉亚死了？要是你看到她表现出恐惧或者惊惶，那才让人怀疑呢。不，你所有的表现堪称完美，一句话，无懈可击。"

"你的表现也很完美！"我忍不住说，"说什么自己是热点新闻记者！"

"听起来不错吧？"科佳骄傲地挺起胸，"我可不想一辈子写《讨厌的丈母娘是如何成为爱妻的》这样下三滥的故事。如果碰到爆炸性新闻……"

他突然停住了，我连忙点头，"正是。你和爆炸性新闻已经亲密接触了。你的爆款文章呢？我手里还有照片，你也可以用。"

科佳叹了口气，揉了揉额头，说："不想再喝啤酒了。告诉我，我们的权力机关是不是到处都是执事？"

我摇摇头说："季马不是执事。为什么娜塔莉亚把我叫到一边去？有些人知道我们的存在，利用我们的服务。不仅仅是政客，还有……"

科佳明显在曲解我的话，道："是啊，还有喜剧演员。"

"他在卖力地讨好……"我将拿书的手背在身后，想委婉地表达我的讽刺，不过，批评刚刚给你签过名的人，委实有些不善良。

"知道我是什么感觉吗？"科佳突然有了兴致，"你的娜塔莉亚无足轻重，是个小角色。"

"真的吗？"

"她太能装了。"科佳不理会我的问题，继续说，"嘟嘴卖萌。"

金吉方向传来的敲门声打断了他的思绪。

"你现在火了。"科佳的兴致丝毫不减，"你得考虑在门上挂个牌子，写上工作时间，这可是正事。"

我走到门口。科佳习惯性地站到了楼梯中间（这动作难免让我生疑，这个位置对他之所以有这么大的魅力，可能是因为"二楼——窗户——莫斯科"是最佳的逃跑路线）。虽然说实话，如果我是他，没有我现在的超能力，我也会这样做，未雨绸缪嘛。

门开了，冷空气扑面而入。与冷空气一同进来的，是个年轻的吊眼梢黑发女子。

"让我过去！"就在我的拳头触及她太阳穴的刹那，女孩喊道。

我及时住手。从侧面看，我好像只是匆匆地摸了摸女孩子的头。

她没穿之前的那套黑色连体服，裙子有些长。我们的世界里，没人这样打扮。她足蹬靴子，穿的是皮毛一体的短上衣，戴褐色的皮毛贝雷帽。就是个普普通通的女孩，在地铁里不会引起任何人的注意，不论她的服装，还是她的外貌，都很平常。

"你去哪里？"我问。

"去哪儿？有去哪儿的通道？"她转头往后看。不知是想和我眼神相遇，还是担心有人出现在她的身后。

"有去莫斯科的通道，也有去海边的，那里没人住。"

"去海边。"女孩把我推到一边，走了进来。她砰的一声关上门，又插上门闩，看看科佳，骄傲地扬起头，最后，终于与我四目相对。

她很恐惧，吓到半死，不，是吓到四分之三死，不，是十分之九死，终极恐惧就是没有了恐惧，只剩下平静。

"交关税！"我告诉她，"你腰上有好几把飞刀，长度短于一肘的冷兵器应缴纳关税，数额是……"

女孩一下子就把上衣口袋翻过来，将一把硬币扔到地上，好像是银币。

她没有侮辱人的意思，只是太着急了。

"够了。"我点了一下头。钱不需要数，我知道，对我来说足够了，她身上再没有需要交税的东西了，"去吧，那扇门。"

"你得给我打开。"姑娘一边说一边舔了舔嘴唇，"我着急。"

我打开门，不知道她能否逃出生天。我指指沙滩。姑娘从我身旁钻过去，旋即扯下外套，只穿黑色的毛衣。

"请等一下！"我喊道，"请问，你们为什么袭击酒店？"

姑娘单腿蹦着，扯下了靴子。

"我们要找大师。"

"哪个大师？"

"任何一个。"毛袜子紧随靴子飞到了沙滩上，简直是跳脱衣舞的节奏。

"为什么?"我继续追问。

姑娘从刀鞘中拔出飞刀,将裙子向上拉起,迅速裁至齐膝高。

"我们当时只是想……"她的回答很含糊。突然,她转身面对我,毫不掩饰自己的恨意,大喊一声:"我恨你们所有人!"

"那还要请我帮你?"

"不算帮忙,我是借路。"

她手握飞刀的那一秒钟,似乎在想该不该取我的性命。最后,还是理智战胜了冲动,她将刀插回刀鞘,转过身,赤脚迈出一步、两步,好像是在热身。最后,她向岸边,向远处的绿荫跑去,身形矫健而美丽,速度如此之快,估计我都追不上,至少在我还是公司普通的管理人员时追不上。

"她那么急是要去哪儿?"科佳若有所思地问。

"重要的不是去哪儿,而是她从哪儿来。"我纠正他,"我觉得……"

我的"觉得"还真不是"觉得",说话间就有人在敲金吉的门,敲击声温和委婉,但又软中带硬。

"你也许不必开门吧?"科佳对着门点了下头,"你可以离开啊,去商店,买电视机。"

我摇头反对。科佳哪里知道,我是不能不给人开门的。就算我在塔楼却假装外出,我还是会控制不住自己去开门,就像人无法忍住不打喷嚏一样。

我唯一能做的,就是迈着稳健的步伐走到门口,淡定地打开门,然后再慢悠悠地让门口的人进到室内。

来者是位男性,大约三十岁,个子很高,胖瘦适中。他的脸型超乎大众的审美标准,要知道世界上有些人的脸既非椭圆的,也不是圆的，而是菱形的，就好像是由乐高积木拼成的一样。他穿得很少，好像在凉爽的夏季夜晚出来散步，只有一件防风夹克衫，头戴贝雷帽，给人感觉很轻浮。

"你好！"男子紧紧握了握我的手，"你是基里尔，我知道的。菲利克斯说过你不少好话。我是蔡斯。"

这一瞬间我马上想到的是，金吉人说话真难听。从科佳的长吁短叹来看，我和蔡斯说的不是俄语。

"你可以简单地叫我蔡。"他继续充满善意地说，"我知道，我们名字的发音你们听起来很怪异。"

"基里尔。"我纯属多余地自我介绍道，不过是下意识地转换成了他的风格，"可以叫我基尔。"

"你的朋友？"蔡斯冲着科佳点了一下头，礼貌地挥了一下手，"真棒……那个姑娘去哪儿了？"

"那里。"

"我走了。"蔡斯叹了口气，信心十足地向姑娘离开的那扇门走去，鞋底的凸纹在地板上留下一小团正在融化的雪，"如果不麻烦的话，兄弟，请等我半个小时，我马上就回来。"

他毫不费力地推门而出，环顾四周，一脚踢开姑娘扔在地上的衣服，顺着她的脚印追去，开始时还算正常，但接下来的每一秒都在加速，越跑越快。他的动作奔放自如，没有好莱坞电影里的僵尸或电影《终结者》疾速追击时的那种压抑、机械的生硬和令人呕吐的单调。相反，他像风一样自由，无拘无束，间或还会莫名其妙地跳一下，不知是为了搜寻猎物，还是因为奔跑、沙子、大海和太阳给他带来了巨大的快乐。

这可比电影中的怪物要吓人多了。

"他是执事警察。"我说。

"我明白了。"科佳轻声回答,"你是不是不该放他过去?"

"她曾想要你的命。"

"不管怎么样,她当时根本没机会取我性命。"

"我也是。即使我不放他,他自己也能过去。"

"你可是在自己的地盘上!"科佳提醒我,"确切地说,在自己的工事里!"

或许他是对的。我也许能干翻这个面善的警察。他脚下的地板……对不起,应该说"实木板条"会破碎,木屋架和栏杆柱会砸到头顶。执事家里的墙壁都能助执事一臂之力,我哪怕骨断筋折也可以马上恢复。我的动作迅捷,不知疲倦,力大无比。总之,估计我真能战胜警察。

可我为什么要那样做?

"为什么?"我问自己,"为什么我要拦住他?他在追捕暴徒!"

"女士!"

"女暴徒!"

我看了一眼朋友,诚恳地说:"科佳,我不喜欢他。说实话,我被他吓唬住了。"

科佳立刻泄了气,不再步步紧逼。他摘下眼镜,用脏手帕的一角擦了擦,不情愿地说:"我也是。虽然我也不太喜欢那个女孩儿,但放警察追她,等于放牧羊犬去咬哈巴狗。"

我摊开双手说:"科佳,这条小哈巴狗汪汪乱叫时在想什么你知道吗?走吧,我们接着喝啤酒。"

"眼看一个女人在某处即将被害,你还能喝啤酒吗?"科佳惊呼。

"你呢?你能吗?"

科佳想了想,十分忧伤地承认:"我能。世界上每分钟都有人在某处被杀害,总不能因为这个就渴死吧?"

13

人在焦虑等待时是无法做很多事情的。不过，做爱不在其列。

请您发挥自己的想象力吧！心爱的姑娘深夜未归，她没带手机，您又住在治安状况臭名远扬的小区，可您又不知道，姑娘会选择哪条路回家，您甚至不能去车站接她。您唯一能做的事情，就是坐在家里等待。

当然，我们也可以进一步弱化过于戏剧化的场景。请您继续发挥想象力。假如您家中的暖气片坏了，水正缓慢地、不停地向外涌出，滚烫的热水渐渐淹没您的公寓，而您找的抢修队又迟迟不到……

所以，请您告诉我，在这种情况下，您还能安心阅读引人入胜的侦探小说吗？还能悠闲地喝啤酒或者看搞笑的喜剧吗？不能，当然不能。当然，您还有很多其他消磨时光的方式，比如拼装 T-34 塑料坦克模型、在网络论坛在线讨论、做十字绣。总之，做所有需要动手不需要动脑的工作。

"喝不动了。"科佳放下酒瓶子，忧郁地说。

我也喝不动了，况且啤酒已经变温，花生和薯片让人倒尽胃口，连美妙的海景都不再令人赏心悦目。显然，我们的身体并没有因为这种冬夏间的无缝转换而欣喜若狂。

"警察……"科佳依然望着蔡消失的方向，"基里尔，知道吗？我现在能看出执事和普通人的区别了。"

"怎么看出来的？"我好奇地问，"看气场吗？"

"哪有气场一说？那都是胡说八道，骗人的。只要他是执事，我看一眼就知道。对了，那个女的嘛……我感觉好像不是。"

我没再争辩。怎么能和一个不做任何解释就说"我知道"的人争辩呢？

我们在沙滩上躺了一会儿，晒着太阳，享受日光浴。身体里的莫斯科秋寒在阳光之下无奈蒸发。我记得好像有高人说过，如果彼得大帝当初不将俄罗斯的首都迁至波罗的海之滨，而是定都于黑海沿岸，那俄罗斯就会走上一条截然不同的道路。我长叹一声，内心暗自赞同。潮湿阴冷的波罗的海有何魅力让彼得大帝着迷？可能在他那个时代，彼得堡就有塔楼存在，这样，不管外面多么阴冷，专制的君王随时都可以从容地到温暖的海边感受阳光的抚慰。是这样吗？

不可能，纯属胡说八道。秘密这东西，无论怎么封锁，总会有解密的一天。若真有塔楼，彼得大帝时期就会走漏消息，传到很多人的耳朵里。

"看，那个警察在往回跑。"科佳说。

我坐起来，手抵在额头上遮住阳光，感觉自己快被晒干了，是时候回莫斯科了。蔡斯真的跑了回来，跑姿依然矫健自如，人类的世界中，只有马赛人和埃塞俄比亚人会这样跑步。

他是一个人回来的。

"他把人杀了。"科佳毫不掩饰内心的不快，小声说，"他拧断了姑娘的脖子，把她扔到原始大森林，让她慢慢死去。"

为什么说"把她扔到原始大森林里，让她慢慢死去"呢？估计连科佳自己都不知道。不过，荒谬的猜测反而让蔡的形象灵动起来。我的大脑里出现了这样的画面：蔡追赶姑娘，姑娘玩命奔跑，她时而陷在沙里，时而被藤枝刮住。她惊恐地回头张望，不停地尖叫，终于被绊倒了，脸朝下，跌在肮脏的水洼中。蔡用膝盖抵住她的后背，猛拽她的头发，折断了她的颈椎，然后将其拖出泥污，任其死去。那一刻，她还没有断气，但彻底瘫痪，手脚无法动弹，甚至无法叫喊。胆大妄为企图破坏执事权威的傻姑娘躺在棕榈树下，望着高远的天空，等待死亡。一只小螃蟹在她的脸上爬来爬去，爬到她的眼旁，抖动着须状的小触角，举起小小的、尖尖的、指甲剪状的小夹子朝……

"呸，傻瓜，"我低声自语，"你真应该去写犯罪小说，而不是色情小说！"

"我有时候也写办案故事。"科佳忧郁地回答。

蔡离我们越来越近。他挥挥手，变跑为走，既没气喘吁吁，也未大汗淋漓，怎么看都不像是刚刚跑了十公里的人。只是他的脸上写满了懊恼。

"我们等了您四十五分钟。"我看看表说。

"我本以为能早点儿回来。"蔡爽快承认自己有些耽搁了。他坐在我们身边，拿起啤酒，按在唇上，张开大嘴，直接倒进喉咙。他一口气喝光一瓶，擦掉嘴上泛着声音的泡沫，微微一笑，"她骗了我，这混蛋！"

"您在说什么？"科佳欢快地喊道，脸上洋溢着笑容，因为警察说的是俄语。

"她跑得真快。"蔡解释道，"我已经看到她了，可心里清楚，追不上了。"

我头脑中灵光一闪。

"您的超能力在那里没有了？"

"嗯，是的，"蔡痛苦地承认，"我的工事到你的塔楼相距五公里半。我能在距这里十公里的地方追上姑娘。可追上她时，我会变成普通人。而她经过专业训练,学过格斗术。她的本领不会消失。"

"哪怕大家所处的世界不同,也无关紧要吗?"我问。

"无关紧要,将不同世界到渡口间的距离相加就可以了。"

"她怎么能把你甩了?"科佳的同情过于虚假,我真担心警察会给他一个大耳光,"哎呀呀,这么普通的姑娘竟然可以……"

"普通的姑娘?"蔡扑哧笑了,"她和我还有你的朋友一样,也是执事,不过她放弃了自己的工事。"

看到我们很疑惑,蔡解释道:"她抛弃了自己的工事,一走了之!走就走了吧,没人强迫她回来。可她四处生事,成立抵抗组织,鼓动人们反对我们。这不是很愚蠢吗?"

"她从哪儿来的?以前是做什么的?"科佳关切地问。

我的天哪,我觉得,科佳这么关注实在有些过分。看来,从科佳得知昨天递纸条的姑娘是在给我们设置圈套那一刻起,那位就在他的眼里彻底失去了魅力。科佳可真是从不让自己有空窗期……

"她既不是来自我们的世界,也不属于你们的世界。"蔡含糊地说,"她当过医生,这个混蛋。我该走了,朋友们。明天在菲利克斯那里见!"

他拍了拍我的肩,向科佳面无表情地挥了挥手,向塔楼走去。我不知所措地喊道:"蔡!她还会回塔楼吗?"

蔡停下脚步,耸耸肩说:"有可能。怎么了?"

"需要我拘捕她吗?"

问题很天真,警察很尴尬。

"是的,可以。你为什么要这样?"

"她可是我们的敌人啊。"

"是的……"我感觉蔡要彻底蒙掉了,就像英国绅士看到自己忠诚的老管家突然坐到餐桌旁,将双脚搭在桌子上,抽起了难闻的雪茄,"但你又不是警察,为什么要拘捕她?"

"她袭击过我。"我提醒他说。

蔡喜笑颜开。

"那就就地拘捕。如果你愿意,可以就地正法。"

他在塔楼中消失后,科佳若有所思地说:"你看看,在他们的世界,一切都很简单,或拘捕她或杀死她!"

"应该说,在我们的世界里。"我沉着脸说。

"没错,是在你们的世界里。"科佳表示同意,"对了,基里尔,你能借我点儿钱吗?五千?"

我差点儿说没有钱,但立刻想起了"安家费",于是掏出一沓,数出五张给了他,又关切地问:"够吗?"

"够了。"科佳急不可耐又略带窘迫地接过钱,"我过半个小时回来。等着我。"

"你和蔡达成协议了?"我困惑不解,但科佳已经迈着坚定的步伐向塔楼走去。

很奇怪,他这么着急要这小二百美金做什么?买上好的法国干邑白兰地?这不是科佳的风格。再买十箱啤酒?我深表怀疑。

我挪到塔楼的阴影中(这里的沙子凉爽一些,还略带潮气,感觉很舒服),让自己躺得更舒适一点儿。疲惫不堪的可怜执事是否有权在海滩稍事休息?有,甚至可以小睡一会儿,因为他不知道在海关还要工作多久。

"起来了,海关大人!"

我睁开眼睛,看到了科佳,猛地坐起来,问道:"你怎么了?想玩帕格内尔[1]的游戏?"

---

[1] 法国作家儒勒·凡尔纳的作品《格兰特船长的儿女》中的人物,一位地理学家。

科佳的这身打扮一言难尽,脚上是有孔的褐色凉鞋,穿着肥大的绿短裤和脖领松垮的橙色T恤衫,头戴幼儿园孩子才戴的柠檬黄遮阳帽,肩背蓝白色人造革运动包。

"这身行头,不可以吗?"科佳挑衅地问。

"你看起来像一盒水彩笔。"我轻声说,"你要干什么?你想去哪里?"

科佳叹了口气,把几张纸塞到我手里。

"拿着,我的零钱。其他的我会晚点儿还给你的。"

我看了一眼,是几张皱巴巴的十卢布。

"我在这儿都看见了,就不能坐视不管,基里尔。"科佳继续说,"出了这么大的事,我怎么还能坐在家里?坐在海边也不行。跟你们相比,我算什么东西?算什么东西?"

"算什么东西?"我低声自语。

"什么都不是!"科佳痛苦地回答,"我怎么可以像宠物一样坐在你身边?我最好还是去看一看这是个什么样的世界。"

"啊哈。"科佳的目光刚转向森林。

我马上就明白他要干什么了,于是说:"那……你去看看吧,转转也没什么不好的。你不会迷路吧?"

"我买了指南针。"科佳向我展示了真正的旅行用的指南针,"附近有一家体育用品商店,我路过地铁站时发现的。我还买了小斧子、旅行火柴、焖肉罐头、白糖……旅行铲子。"

"为什么?"

"他们说,这些都是远足用得上的东西。"

我盯着他眼镜片后勇敢又羞涩的眼睛,叹了口气问:"为什么没买旅行背包?"

"太贵了。"科佳有些心虚地说了谎。

"别骗人了！质量一般的背包，也就三四百卢布，不比这个包贵。"

"我不会背背包。"

"背包又不是潜水肺，科佳。"

"我背包的样子像白痴。"

"你拎着包才像白痴。"我针锋相对。说实话，我的旅游经验不比科佳多多少，但品位也不至于……

"不背，就是不背。"科佳固执地说，"那玩意儿磨肩膀，还会刮到树枝。"

"去你的吧。"我偃旗息鼓，"药呢？"

"绷带、碘、安乃近，还有左旋霉素，治腹泻最好的东西。"

"军用饭盒有吗？还有米？"

"要军用饭盒干什么？怎么？我还要煮粥？我最恨粥了。我还买了焖肉罐头、炼乳、白糖。"

我默默地将他的手提包拽向自己。科佳不给我，往回拽。

其实，无须打开他的手提包，我就知道里面有什么。我好歹也是海关官员。

"还有营养面包干，黑麦的，伊丽莎白牌的。"我冷嘲热讽地说，"半个小时后，罐头盒上下移动就会把它们撞成粉末。带着一本最新的《体育快讯》，你还不如拿一卷卫生纸。治疗溃烂的儿童用药膏，不错，我也觉得，用不了多久你就会把脚磨坏的。到热带丛林里拿避孕套做什么？"

科佳面红耳赤，但口气很强硬，他说："我读过一本书，美国军队会给每位突击队员发这东西，无论何时何地，这玩意儿都有用。"

"见你的鬼吧。"我骂了一句，"你在这儿等我一下！"

当然，我既没有背包，也没有军用饭盒，只找到了一卷卫生纸、非常不错的小锅和一些食品,这足以替代注定变成粉末的面包干。此外,我还给这个为爱所困的游客准备了一把锋利的刀(我知道,远足时小斧子是好东西,但没有刀怎么行?),以及我自己的一条毛毯。我将毯子紧紧地卷成一团,在厨房找了一根绳子,绑成可以背在身后背包的模样。

"谢谢。"科佳接过装备,有些内疚,轻声说。

"你最好还是告诉我,你到底要做什么!"

科佳耸耸肩说:"去森林,沿着海岸散步。"

"谢天谢地,你最好别进热带丛林。"

"这要看情况,"科佳勇气十足,"凭什么我们认定这是热带丛林?这也可能是白桦林,可能林里唯一的动物就是野兔。"

"行吧行吧。"我看了看地平线上浓重的深绿色,"白桦林……野兔……是的是的。听我说,科佳,你千万小心。"

"好的。"

我们略显尴尬地握了握手,科佳调整了一番白痴提包的位置,让自己感觉更舒适,然后大踏步向森林走去。

我站在原地好几分钟,目送他离去。他慢慢地、深一脚浅一脚地在沙子中前行,既不像当过医生的恐怖分子,也不像蔡警察。他只是初入大自然,甚至没有多少旅行经验的普通市民。

我想过这个问题,为什么故事刚开始,我就感觉自己像是长篇历险小说的主人公。我的故事有侦探小说的奇妙、玄幻文学的神秘和科幻作品的脑洞大开。事实上,这种事情会发生在每个人的身上,只是情节不那么引人入胜罢了。通常,我们去充当煽情音乐剧的主角,这类戏剧既没有美丽的公主,也没有勇敢的骑士;我们也可能是乏味的描写人们生产活动的长篇小说的主人公,作品中,你的业绩无人关注;我们亦可以是滑稽剧的主角,剧中的小丑不是别人,正是你。

此时此刻，望着科佳的背影，看着他那身去菜园给胡萝卜拔草的农民装束，目睹他义无反顾地迈向陌生世界的样子，我突然想到这样的问题：万一这是他的小说呢？小说中的人设是，科佳注定要去陌生的世界，他从一个海关到另一个海关，渐渐变成肌肉男，练成了一套旅游斧的（还有铲子）功夫，他干瘪的胸被肌肉填满，消瘦的肩膀开始变宽，途中，执事眼科医生会治愈他的近视。不久后，科佳会找到自己肤色黝黑的公主，他们一起领导人民起义反抗执事，他们做的第一件事就是打蔡的嘴巴，而我则会一直坐在塔楼里，对路人大喊大叫："看你往哪儿钻？那里可是中世纪，你的口袋里怎么还有马卡罗夫手枪！"我们知道，除了主角和歹徒，在历险记中还有另一些人，他们种粮食、盖房子、钓鱼……

呸！这是哪来的激情！

我转身向塔楼走去。科佳最快明天或后天才会回来。在光秃秃的地上过上一夜，他会备受折磨：腰酸腿痛，只能用手捂着；眼镜被打碎，饱受蚊虫叮咬之苦。

我决定放弃成为历险记中各种类型主人公的幻想，在浴室里接了一桶水，找到拖把和抹布。请问，到底是怎样的白痴才会把拖把预设成又脏又破的样子？

我卷起袖子，从一楼擦起。我不记得哪部小说有主人公擦地的情节，这并不是他该做的事情。可是面对被踩脏的地板，又有什么别的办法呢？

拖把不太好用，所以只能像小时候那样，弯着腰用抹布直接擦。中学毕业后，我就没再擦过地，有时用吸尘器，有时妈妈过来，有时是那些想表现自己善于持家的前女友打扫卫生。

有人敲莫斯科方向的门。

"请进，门没锁！"我站直身体，冷冷地说，腰有些酸痛。

政客季马走了进来。

他看起来很奇怪，像普通百姓，穿着牛仔裤，鞋很脏，一件"国产"外套。"国产"是他们在议会里常用的说法。穿这身行头的政客不是被边缘化了，就是要与选民见面。

"欢迎光临！"我对他说，"我在大扫除。"

"这是好事，"季马点头说道，"早就该做卫生了。基里尔，你先放下手里的抹布，我要跟你谈谈，而且我的时间不多。"

我点点头，扔掉抹布，问："如果您想，我们可以去那儿……海边，私密性绝佳。"

季马摇了摇头说："没有人会在你的塔楼里窃听。不要担心。能给我倒杯咖啡吗？"

"速溶咖啡可以吗？"

"可以，没关系。"政客挥挥手，果真平易近人，还巧妙地插入了少见的新名词，"速溶就速溶！"

我有些不知所措，忙领着政客上楼，洗手，烧开水。厨房里有土耳其咖啡壶，没有咖啡粉。

"太清贫了，"政客环顾着四周，"你需要冰箱。我安排人给你送来，还有食品。人生最糟莫过于挨饿。我查了你的底细，对不起。"

"没关系，没关系！"我很吃惊，意识到议员威严的声音会令人不由自主地同意他的话。如果不知道他是普通人，我会怀疑他也是执事中的政客。"我理解。"

"小伙子，你为人正直。"政客继续说道，"不过，你的政治观点我不太感兴趣，你拥护谁就选谁。我们都知道，政治本身就是垃圾。除此以外，你的一切我都喜欢。你从没想过要离开我们的国家，你爱自己的祖国。生活方式嘛……还算健康。"

"请稍等！"我几乎喊了起来，"您是怎么知道的？我不是已经从你们的现实中消失了吗？"

"娜塔莉亚给我看了你的档案。"政客解释道，"请原谅，我对你的道德品质提出了质疑，所以她……"

"她有我的档案？档案上写着什么？"

"你的一切。"

我沉默了，任何人知道自己的一言一行记录在案，都不会快乐的。更令人不爽的是，那位读过你档案的人就在你的眼前。

"她是助产士，全面了解执事候选人的情况是她的工作。"政客非常同情地看着我，"你不用紧张，我只对一件事情感兴趣，就是你到底是不是爱国者。事实证明，你是。"

"国家需要我的帮助吗？"我不由自主地问，这不是讥讽，而是出自满腔的爱国激情。

"是的，基里尔。从你先后打开了通往金吉和大海的门来看，你有非常巨大的潜力，这是两个最受欢迎的世界。你的商业头脑和浪漫主义完美地结合在一起。我甚至不记得，还有哪个世界渡口能同时打开两个截然不同的世界。"

"需要我做什么？"我一边往杯子中倒开水，一边问道，"转交外交邮件？还是从金吉偷秘密公函？"

"需要你打开一个新世界的大门。"政客坚定地说，"我知道，这个世界是存在的，但已经有五十多年没人能打开它的大门了。而你，我相信，你能。"

"为什么我要打开这扇门呢？"我用嘲讽的口气问，"执事先生们在现有的世界里感觉很寂寞吗？"

"我不是执事！"政客大声呵斥着站起来，愤怒地看着我说，"也不要把我当成敌人看！是我们的祖国需要这扇门。也是你的祖国。"

我本想也对他大喊大叫。他在议会怎么对待其他议员是他的事,反正他们那里永远都在吵架,前不久,在"青年思想道德教育委员会"上,某议员竟然用铁拳套把另一位议员的颧骨打碎了。

看着政客,我突然间惊讶地发现,他是很认真地在说这件事,并不是为自己寻找烧脑的乐趣,也不是要对娜塔莉亚·伊万诺娃及其团队搞什么阴谋诡计。他是真想让我们国家百姓的生活变得更加美好!

"我怎么才能打开一扇通向某个特定世界的大门呢?"我毫无恶意地问,"门都是自己打开的,在清晨时分。"

政客的怒气瞬间全消。他坐下来,拿起装有开水的杯子,慷慨地往里倒咖啡,坦诚地告诉我:"我不知道,你是执事。你们应该有……有巧妙的办法吧?"

他说话的腔调可怜兮兮的。

"我也是刚刚入行的新手。"我开着不好笑的玩笑,坐到政客对面,问道,"那您到底需要什么?到底要到哪里去?"

说这话时,我已清楚,他要说的,一定是我不喜欢的。尽管我对他已经产生了一丝莫名的好感,但他的回答,我肯定不喜欢!他也肯定会说出……

果然不出所料。

14

所有精彩的童话故事都有主人公寻宝的情节。伊万王子[1]寻找能返老还春的苹果;比尔博[2]与一群精灵寻找恶龙宝藏;哈利·波特寻找密室;奥特里欧[3]则急于找到幻想国的国界。

对寻宝者而言,种种以娱乐无所事事的读者为目的的行为,根本就毫无意义。比如,伊万就可以在干草堆上与红脸蛋的农家女共度良宵;比尔博抽着烟斗,品尝霍比特人培育的芳香型烟草;哈利·波特在青春期得以提升魔法境界,骑扫帚飞翔;奥特里欧可以去猎杀紫色的野牛。但是,任务一旦下达就不可更改。人们于是就看到沙皇老爷将众王子赶出家门,严厉的精灵们抓住了比尔博毛茸茸的双腿,凶恶的蛇妖爬回了自己的老窝,虚空正有条不紊地吞噬幻想国。主人公没有选择,只能上路。

应当指出的是,这些人的终极目的是找到某些有形之物,如能返老还春的苹果、一袋金子、学校阴森的地下室(顺便说一句,任

---

[1] 俄罗斯民间小说《神苹果和神水的故事》中的主人公。故事讲的是皇帝让三个王子去寻找可以返老还春的神苹果和神水。大王子和二王子为找神苹果和神水遭人陷害,掉进了深坑。小王子伊万不仅找到了神苹果和神水,还把两个哥哥从深坑里救了出来。但是两个哥哥想贪功,就把伊万推下深渊,自己拿着神苹果和神水献给皇帝。后来一只大鸟把伊万从深渊救出,皇帝了解事实真相后,把大王子和二王子赶出家门。伊万跟随妻子回到妻子的王国,过上了幸福生活。
[2] 电影《指环王》和《霍比特人》中的人物。
[3] 德国作家毕切尔·恩德发表的小说《永远讲不完的故事》中的主人公。

何一个孩子都知道学校下面有阴森的地下室)和刻着"作者的幻想在此结束"的界碑。

终极罕见的是,主人公寻找的宝物并不是看得见摸得着的东西。不,他要寻找的东西不是"在朗朗乾坤中不存在之物"。这句话的背后,显然藏着从《一朵小红花》[1]中跑出来的隐身奴仆。我只记得,小女孩艾丽[2]的同伴在翡翠城中寻找智慧、勇敢和爱,但结果他们只找到了麦麸、锯末和蓖麻油。

因此,我本来以为,政客季马会告知我国家急需大量的金子和钻石,退一步说,需要的是古老的秘术或者最新科技。

我错了。我低估了他。

季马连眉头都没有皱一下,呷了口放凉了的酸咖啡,说道:"我想请你为国家找到民族思想。新的民族思想。"

我们对视了好几秒,一言不发。

"还要找什么?"我问道,"利他主义?智慧?荣誉?良心?还是剩余价值?"

"我不相信利他主义,智慧、荣誉和良心也是过眼云烟,也不需要剩余价值,没有革命我们一样能行。我们需要的就只是意识形态。"

"季马,"我坚定地说,"和我说话,能不能别咬文嚼字?我是真心想帮助你。我祝愿所有人都能顺心如意,希望祖国繁荣,希望首都莫斯科快速发展,祈盼人类进步。不过,本人天性愚钝,我没弄懂你到底是什么意思。"

"有一个世界,名为阿尔坎。通往该处的通道很难打开。阿尔坎

---

1. 俄国作家谢尔盖·阿克萨科夫创作的童话。
2. 童话故事《翡翠城的魔法师》中的主人公。该故事由苏联作家亚历山大·沃尔科夫编写,改编自美国作家弗兰克·鲍姆的童话故事《绿野仙踪》。

之门最后一次打开是在乌拉尔地区，确切地说是在奥伦堡州。1954年，根据苏共中央决议，这扇门被摧毁，决议还是斯大林签署的。斯大林生前，人们还没来得及……"季马沉默了良久，摇摇头继续，"不，我应该这样说才对，很多执事不喜欢提及阿尔坎，但来龙去脉我大概已经弄清了。这个世界和地球是一样的，也是唯一一个与我们相同的地方。唯一的区别仅仅在于，阿尔坎比我们大概提前发展了三十五年。"

"我的天哪，"我很吃惊，"那是什么意思，难道那是我们的未来？"

"不知道，"政客回答，"但的确是未来，是不是我们无法改变的宿命，也很难说。如果有幸能进入那个空间，我们就可以读他们的报纸、翻他们的教科书和百科全书。这样也就能明白，我们的国家会遇到什么样的危险，想为祖国效力的真正爱国者就应该为此付出努力。"

我问："你们是不是一直在寻找能开启通往那里的大门的人？你们找过娜塔莉亚吗？"

政客皱了皱眉说："你不太了解我们的关系。我求过她。她说，门不能以预约的方式开启，此后就再也不谈这个话题了。我对她没有任何影响力，我有什么本事敢和执事争辩呢？"

"你有实力。"

"很难。不知你能不能猜到，半个世纪前，能打开阿尔坎通道的海关同事遭遇了怎样的不幸吗？"

"不能。"

"那就让你知道知道。"政客笑了，"他拒绝关闭去阿尔坎的通道，况且他也没法这么做。事实上，他被勒令放弃自己的工事。但他不想这样。政府和各路执事大神讨价还价长达一年之久。你们没有明确的顶层权力机构,只有模糊不清的元老和靠丛林法则取得胜利的首领,这让谈判无比复杂。最终,执事们同意,苏联政府有权与这个不听话的执事私了。一个强大的国家与一个孤单的执事。我觉得,你们这帮人只是想看看,在这种情况下会发生什么事情,谁赢谁输。"

"然后呢?"

"从那时起,通往阿尔坎的通道就没有了。"季马含糊地说,"据我所知,别的国家情况也是如此。但这个通道我们很需要,非常需要!"

"好吧,"我做出了让步,"这很有趣,而且于国有利,我同意了。"

政客用力拍了拍我的肩膀,说:"好样的。你想想,如果我们能早点儿知道,祖国是否有来自外部的威胁,民众欢迎国家的哪些举措和不欢迎哪些举措,国家机器该如何行驶自己的权力,这是多么巨大的利好消息啊!"

"还可以预告地震、火灾、恐怖袭击、各种灾难、流行病爆发……"我补充道。

"还有海啸、火山。"政客表示赞同。

我看着他的眼睛,对他的话深表怀疑。他是在挖苦我吗?

"考虑问题要有全球的大格局,基里尔。"政客用责备的语气说,"你想想,如果太平洋海啸的前一天,俄罗斯能向世界各地发出危险预警会怎么样?我们就说,据我们卫星发来的最新数据,将有……如此这般,俄罗斯在世界舞台上的威望会有多么大的提升啊!"

"那倒是,"我承认,"我没想到这点。所以,我该怎么做才能打开那扇门?"

季马站起身,在厨房里转了一圈。他看着通往金吉的窗户,说:

"这个世界很受欢迎。三分之一的海关官员都打开了通往这里的大门，甚至更多。知道为什么吗？金吉是儒勒·凡尔纳的世界。在这个世界，科技发展水平还停留在十九世纪与二十世纪之交，人们还在生产大量的蒸汽机车，铁路四通八达，公路网络发展缓慢，海洋中有巨型章鱼，地球还有很多地方等待人们去探索。比如，澳大利亚几乎还没有人烟。这里的生活悠闲惬意，基里尔。很多人都喜欢到这里度假。"

"很多人，他们是谁？"

"政客。毕竟，在这儿可以为所欲为，可以玩阴谋诡计。这是一个支离破碎的世界，是众多独立公国、城邦和自由领地的联盟。这里的战争更像游戏，比如五百人对七百人，有明确的战争法则，就连恶棍都恶不到哪儿去。我们中有很多人都假扮成游客，在某个城市给自己买套小房子，每逢休假就赶往那里。他们对民众说去加那利群岛[1]了，实际上是到了那里，地球3号。"

"地球3号？"

"是啊。你不会以为，整个世界都用金吉这个城市的名称来命名吧？金吉很受欢迎，但也仅此而已。你的第二扇门通往地球17号，那里还没有人烟。最初人们以为，这扇门通往遥远的过去，但那里的动植物稀松平常，跟地球上的一模一样，区别就是没有人，是最适合休假的地方。一旦游客拥入，你可就要看好了，别让他们在你的塔楼前烤肉，稍不小心那儿就成垃圾场了！"

"我该怎么管这些人？他们非富即贵，还有不少文化名人。"

季马以讥讽的口吻对我说："基里尔，醒醒吧。政客和富豪能把你怎么样？你直接走过去，只要严厉地挑挑眉毛，用手指指，马上

---

1. 位于非洲西北海域的岛屿群，为西班牙的自治区。

就会秩序井然。你掌控的多重世界渡口正好位于莫斯科最便利的地理位置上，这可比拥有几百座石油钻塔要气派得多，相信我。"

"可我还是不明白，为什么偏偏这些门打开了。"

"你想去哪个世界，哪个世界的门就会打开。这也是为什么我觉得你能够不辱使命的原因，地球3号和地球17号只对两种完全不同类型的人有吸引力。你既然能同时打开这两扇门，也就说明你应该有多重人格。或许，你真能够打开通向阿尔坎的门？"

"它是多少号？"我下意识地问道。

"它是个偶然被打开的世界，没有编号，就叫阿尔坎。"政客走到楼梯旁，若有所思地看了看我说，"我该走了。你试一试，基里尔。我相信你。再过一两个星期，你就能帮助自己的国家了。"

"然后呢？"

"然后你会将自己的国家抛到九霄云外了。"季马伤心地摊开双手，"所以我才急忙过来找你谈谈。你还有两扇门，基里尔。两个世界。别开错了，拜托了。"

他走下楼梯，我紧随其后。我送政客出门，同时确认一下，他是自己过来的，还是有保镖在离塔楼比较远的地方等他。季马竖起上衣领，拢肩拱背，像经典小说中的侦探一样走远了。

"民族思想，"我一边关门一边啧啧赞叹，"真行！厉害！"

当然，政客的请求也不无道理。如果真的存在时间维度上超前的世界，为什么不利用一下呢？这就叫未雨绸缪。

但换个角度看，这种操作可能吗？据政客所言，得知苏联解体的消息，斯大林下令关闭通往阿尔坎的大门。但为什么斯大林不收拾赫鲁晓夫和戈尔巴乔夫呢？

政客一定心怀鬼胎！实际上，有人向你索取某种具体之物，你完成起来会相对容易些。比如，"咕咚……这是龙头，国王！我兑现了自己的承诺！"对方回答："王子，我也兑现自己的承诺！我把公主嫁给你！啪啪……"

我还是决定信守对他的承诺。

部分原因是为了帮助自己的国家，另一部分原因是出于好奇。岸边的巨型章鱼、微风拂面的热带海洋固然令人神往。但是，人类登陆火星了吗？在月球上建立城市了吗？找到治疗癌症、艾滋病和流感的办法了吗？彼得·杰克逊[1]会拍《霍比特人》吗？

突然间，我真切体验到那种自私的小快乐，因为是我开启了通向未来的大门。虽然我能在执事那里看病，在菲利克斯的饭店享受美食，但他们谁也写不出安伯托·艾柯[2]的小说，谁也拍不出斯皮尔伯格[3]的电影，创作不出阿尔别宁[4]的歌曲，打造不出"辐射"[5]系列第三季。

我要试试。我将带着对未来的想象进入梦乡。

但我还是没能按时休息。

我先擦完一楼的地板，然后将海滩上的垃圾收拾起来，把未喝完的啤酒放到厨房，很后悔没有买冰箱，所以只得将两瓶酒放到凉水中冷却。我回到岸边，坐下来眺望大海。太阳在身后渐渐落下，我的影子被拉得好长，一直延伸到水边。塔楼的影子似乎一直延伸到地平线。

我本想再多欣赏一会儿落日的余晖，却被人打断了，金吉方向

---

1. 彼得·杰克逊（1961- ），新西兰著名电影导演、编剧及制片人，代表作《指环王》。
2. 安伯托·艾柯（1932-2016），意大利人，享誉世界的哲学家、符号学家、历史学家、文学批评家和小说家。
3. 史蒂文·斯皮尔伯格（1946- ），美籍犹太裔电影人，《大白鲨》《夺宝奇兵》《侏罗纪公元》等著名影片的导演。
4. 康斯坦丁·阿尔别宁（1968- ），俄罗斯著名诗人、音乐家。
5. 黑岛工作室与Interplay Entertainment公司开发与发行的一款经典电脑角色扮演游戏。

传来了敲门声,我下意识地以为蔡回来了。

然而,敲门的是两位穿戴考究的绅士(除了"绅士",别的词都不足以形容他们)。他们看上去像是父子或叔侄,很关心经过我的塔楼能去什么地方。

他们对莫斯科不感兴趣。直觉告诉我,我们的地球让他们感到乏味了。我开始有些生气。海洋世界更能吸引他们的注意力,但也谈不上有多喜欢。

我们彼此彬彬有礼。离开时,男人中年龄较大的一个——我暗暗地称他为叔叔——递给我一支雪茄。我沉思片刻,接过了小礼物,内心并没有任何不安。看来,海关官员有权接受少量的馈赠。

这之后没多久,有人敲响了莫斯科方向的门。

时尚派对和夜店的常客立刻就知道来者何人。就连我这个时尚的门外汉,虽然不记得他们的名字,却也能认出眼前这位名噪一时的年轻说唱歌手(现实中的他看上去还是个小男孩,充满自信,又有点儿虚张声势)和不知是"太妃糖""奶油软糖"还是"棒棒糖"少女组合中的十七岁金发女孩。我永远记不住这些奇怪组合的名称,对她们来讲,重要的不是唱功或歌词,而是美艳的大长腿,区别仅仅在于头发的颜色。

与说唱歌手和金发女孩一起来的,还有两个小伙子和两个姑娘。看得出来,他们是歌迷。所有人都不超过二十岁。从放肆无礼的眼神、昂贵的穿着和停放在一旁的汽车来看,他们是一群纨绔子弟。与说唱歌手和金发女孩唯一的区别是,他们挥霍别人的钱为自己的快乐买单。之所以如此,是因为他们的爸爸妈妈成功地窃取了这个国家的蛋糕。国家很大,一小块蛋糕就能让他们富得流油。所以,他们的子孙能够满世界乱逛,可以在巴黎奢侈品店(某些小众群体更喜欢伦敦的奢侈品店)和欧洲流行的迪斯科舞厅(某些高端年轻人会选择日本舞厅）一掷千金。

六个人中，只有说唱歌手知道有执事这类特殊人群的存在。金发女孩可能经常在不同的世界之间旅行，因此也是见过大场面的人。可其他几个纨绔子弟（我爸爸不知为什么更喜欢叫他们二世祖）却感到极为胆怯，这种胆怯反而强化了他们的放肆无礼，让他们更加令人讨厌。说唱歌手立刻选择了地球17号。看到落日余晖下金色的大海，年轻人欣喜若狂，大声地说起粗话。头发染成红铜色的姑娘与病恹恹的男友勾肩搭背，只有她一个人喋喋不休，说"法罗群岛[1]比这儿酷"。她为什么会想起寒冷的法罗群岛，我不得而知。难道说这是唯一一个她的朋友们没去过的旅游景点，因而没法反驳她？

我很想没收游客自带的酒和塞在口袋中的致幻剂，但这个世界公园允许游客带任何东西。

所以，我只能让他们交了全额的关税，甚至对姑娘和小伙子们手中的避孕套都征收了关税。

他们没有反驳，不到两千卢布的小钱对他们来说不值一提。在当执事前，我连二十卢布都不舍得像他们这样轻而易举地花掉。

我关上门，走到楼上的厨房。啤酒已经降温，我打开一瓶，撕开一袋开心果，喝了一杯，又倒了第二杯，接着走到世界公园的窗口。

年轻人在洗海水澡，吵吵闹闹，和正常人没区别。说唱歌手和一个小伙子游到离海岸很远的地方，其他人在浅水区嬉水。我向森林看去，一个人都没有。林中某处，女亡命徒奋力逃亡，科佳正沿着她的足迹顽强地追寻，脚上磨出了大泡，摔了好几个跟头，眼镜

---

1. 丹麦的海外自治领地，位于挪威海和北太平洋之间，由十七个有人岛和若干个无人岛组成。

也碎了。我不相信,以他的能力可以在凹凸不平的地上完好无伤!

我长叹一声,走到金吉方向的窗口。那里的天完全黑了,空中飘着细密的圣诞雪花,只是周围无门无窗的厂区砖墙破坏了观感。

我真不走运,塔楼竟然位于工厂的后院!如果位置是离菲利克斯饭店不远的小山丘上,那就完美了。那此刻,我就可以观赏别墅温馨的瓦房顶、烟囱中袅袅升起的炊烟、在雪地里滑行的雪橇、在院子里打雪仗的孩子、躬身问候彬彬有礼的绅士、穿着大裙摆遛小狗的女士……稍后我还可以去饭店,吃咸咸的海鲜,配菜是浸洋蓟,喝红酒,和聪明人聊聊天。

或者塔楼出现在岸边,靠着白玫瑰酒店。那我在窗口看到的就是阴郁灰暗的大海和马上就要爬上塔楼的巨型章鱼。冷风抚摸着我的头发,而我,面带着对生活失望的人特有的宽容微笑目视远方。也许,还会抽一支别人赠送的雪茄。

我看似悠闲地喝着啤酒,其实心里很郁闷。不管怎样,科佳的存在让我相信,我好像还没有与从前的生活彻底决裂。现在,看着这些胡闹的年轻人,我突然感觉前所未有的孤独,还有衰老——没有历经人生的练达,只有疲惫和沧桑。

岸上的人传着一瓶香槟酒喝,然后女孩们唱起一首愚蠢的歌,大概是他们偶像的歌曲。

"再大喊大叫,就给我滚远点儿!"我从窗口大喊。

"去你的!"一个歌迷在岸边回应。说唱歌手像被烫到一样,跑到粉丝旁,用手捂住了他的嘴,低声解释些什么。小伙子立刻心领神会,用并不亚于刚才的声音喊道:"对不起,对不起。好的,我们不再大声喧哗了!"

我关上了窗,眉头紧锁。我真有本事,竟然训斥醉酒的孩子,对执事来说,真是个不可思议的"壮举"。

该去睡觉了。

但他们还是没让我马上睡着。说唱歌手一点儿也不愚蠢，狠狠地教训了一顿自己的小伙伴。过了半个小时，安静下来的年轻人来敲门，彬彬有礼地道别，回莫斯科去了。告别时，我对说唱歌手说："这样的人，就别再带过来了。"

小伙子用力地点点头。我不知道他出入执事的世界有多久，但他清楚最好不要跟我们发生争执。

送走他们，我关上门去睡觉，下定决心，夜里不论谁来敲门，一律不开！不管议员和音乐家如何砸莫斯科的门，不管菲利克斯和蔡如何敲金吉方向的门，甚至不管科佳在海岸边会令我的良心多么不安。没关系，都忍到明早再说吧。

我要睡觉，在幻想中窥视通往未来的大门，这个世界叫阿尔坎，以彼世界为镜，我们才可避免再犯别人犯过的错误。

我想着阿尔坎，乖乖地睡着了。凌晨时分，我恍惚之中梦到自己又打开了一扇通往金吉的门，直接通往菲利克斯的饭店。一群执事，有男有女、有老有少聚在我的塔楼旁，百般辱骂我，斥责我滥用世界之间的通道，无视他们的价值观，认为我有某种反社会行为。气氛越来越激烈，后来演变成工会批斗大会，所有人都对我无端指责、粗口横飞、恶语中伤。紧接着，娜塔莉亚出现了，说要收回塔楼，将我变成普通人，因为我辜负了大家的信任。这时，季马从人群中走出来，对这个提议热烈地鼓掌。喜剧演员热尼亚和名字我都叫不出来的年轻说唱歌手也随即发言表示赞同。于是，一群执事一边挥手，一边高声漫骂，向我逼近……

我在梦中惊醒，听着自己剧烈的心跳声，一动不动地躺了一会儿。我被梦中的场景吓坏了，非常害怕自己再次成为普通人。

我在床上辗转反侧，思绪万千！父母、小狗、朋友、女友……

他们夺走了我的一切。取而代之的,不过是给我了一个宽敞的监狱,许以丰厚的待遇和声色犬马,我就改变主意,停止了愤怒。而且塔楼确实就是监狱,是个小木桩,桩子上拴着十公里长的锁链。我所拥有的,不过是被锁链控制的可供散步的圆形院子。好吧,是五个院子。也许,锁链长度不是十公里,而是十五公里。

但,这又如何?

我永远都去不了古巴了,可是我想去。我还想去新西兰,如果菲利克斯所言不虚,我到新西兰,我的工事就会毁灭。都不要说去到遥远的国度,我和朋友到布拉格春游都成了奢望,但我们是有过这方面打算的。我甚至不敢冒险去自家的别墅,毕竟几乎有一百公里之遥。

"接下来会怎样?"我望着天棚扪心自问,"天上不会掉馅饼,而且偏偏落在我的头上!我现在几乎已经刀枪不入,完全可以睥睨众生。我有私人海滩、随时可逛的舒适小城,一大块的莫斯科地盘就在身旁。很多人一辈子都生活在一个城市里,难道我还想要卡波特尼亚区不成?"

想到卡波特尼亚,我的心就安定了下来。比起莫斯科东南地区的同事,我要幸运多了。

我迫不及待地想知道,一夜之间打开的第四扇门究竟通向哪里?野心勃勃的政客(同时也是海啸和地震的潜在牺牲品)到底走不走运?

我迅速穿好衣服,看了看面向三个世界的三扇窗户。

我突然想起一首父亲喜欢的歌,讲的是一个人,住在一所老房子里,房中一扇窗对着原野,一扇对着森林,第三扇朝向大洋。这首歌唱的一定是我这样执掌海关的执事。我记不清是谁唱的了,好像不是专业歌手,反正不是著名旅行家就是大厨。但他唱得非常好,充满感情,看来唱歌一直是他的业余爱好。应该找来再听听。

我的三个窗口景色各自不同:莫斯科上空灰蒙蒙一片,而且很肮脏;金吉有冬日的洁净和天空的蔚蓝;海洋世界的上空太阳正冉冉升起,粉红色的日出美到炫目,犹如童话中的仙境!

我走马观花地浏览了一番窗外,确认几扇门外没有人等候,即使莫斯科也很安静(但在天气晴好的日子里,没有哪个地方能比热带海洋的清晨更加安静)。

接下来,我完成了自己的英雄壮举。我先上楼,冲了淋浴,把自己收拾妥当,烧上一壶水,然后才去查看两扇关着的窗户。

一扇窗的窗板后是死一样的寂静,这扇窗打开的日子还没到。另一扇窗的窗板后隐隐传来沙沙声,声音虽不大,但很清晰。

我开始拧螺母,螺母很松,好像已失去了作用,正迫切等人来拧。

窗板终于敞开了。我看了一眼窗外,吹了一声口哨。

且慢!

电视节目通常会在这种最扣人心弦的关键时刻插播广告。如果我拍自己的历险片,也一定会在这里加上广告。

不过,窗外的景色本身就像甜到发腻的果味酸奶或果蔬饮料的广告片。小鸟在采集浆果,小兔子在收获根茎作物,小虫子摘苹果,小熊偷蜂蜜。然后,它们把这些东西全部倒在装着纯牛奶的桶中,于是,令人垂涎欲滴、五颜六色的液体饮品就大功告成了。通常你看到令人厌倦的孩子的美好形象,以及老爷爷热情地在自己菜园里请亲人们喝盒装饮料的情节,也正是我在窗口看到的景象。

草,是绿的!不,您理解错了。绿,的确很绿,和广告片中为了视觉效果用颜料刷成的绿草一模一样。

在这片延伸到地平线的草绿色之上,鲜花和树木的果实也有着同样鲜艳的颜色，三三两两地点缀在如画的风景中。

更不必说天的蔚蓝、太阳的明黄、空气的纯净和清香了。

真的好想拿起彩笔，为这幅画稍稍减掉一些颜色，同时再降低一下颜色的饱和度。

同这个世界相比，地球17号的热带风景显得暗淡无光。这就像把高更送到了塔希提岛，只让他画水粉画，然后再给他色彩鲜艳的丙烯颜料，趁高更不知所措之际，让他画太平洋中部的风景，但要用极为鲜艳的色调。

这不像未来的模样。说实话，如果看到一片荒原，我会万分警惕，甚至开始怀疑自己已经"成功"了。但窗外的景象实在与我对未来足够乐观的想象相差甚远。

很遗憾，我不是狂热的异教徒，否则就会认为自己打开了通往天堂的大门，会脱掉身上的衣服，快乐地在草地上奔跑。

当然，我没有脱掉衣服狂奔。但我还是下楼打开塔门，拔下一棵小草，警觉地闻了闻。俄罗斯人有个根深蒂固的习惯：怀疑任何命运的礼盒都有双层底。

小草散发着好闻的味道，并不刺鼻。

"对不起了，老兄。"我以笑话中一匹老马的口吻对不在场的政客说，"我已经尽力了。"

从这个世界看塔楼也很有趣。塔楼显得更单薄，外墙贴着白色石砖。也许，是大理石，表面光滑，有纹理。在这个童话的世界，还能用什么来建设塔楼呢？只能是大理石、碧石、孔雀石和其他宝石。

我叼着一根青草，离开塔楼，想要独自探索这个世界，无须任何人的提示。

当然，距离不能超出十公里。

15

儿童走路通常分为两种，大部分人成年后，会丧失其一。这两种方式分别为踉跄蹒跚和蹦蹦跳跳。一般来讲，正常孩子以第一种方式上学，以第二种方式回家。

如你所知，成年人不会再用第二种方式了。

我们当然可以猜猜为什么。人们用诸如关节的灵活性、体重与肌肉力量的比例关系等一些正确且充满智慧的话加以解释，也可以大谈特谈纯净的灵魂向往天空，罪恶的肉体更愿意紧抓地面等貌似高深得令人费解的理论。反正说什么都有道理。

但不管你是浪漫主义者，还是实用主义者，结果都只有一个：当你已经不再是孩子，又没老年痴呆，不管怎么样，你都不会在如茵的草场上蹦蹦跳跳地走路了。

可我很想蹦蹦跳跳地跑，不但如此，我还想笑，想跳，想张开双臂躺在草地上，面向太阳，仰望蔚蓝的天空，一直发呆下去，直到苍天塌落，直到你要像阿特拉斯[1]那样背负着结实而富有弹性的地球落入无边的青天。但我最想做的，还是奔跑。

于是，我跑了起来。我与体育运动一直保持友好但并不怎么亲密的关系。从前，我绝对不会想到要这样奔跑。我现在既不是为了追上要开走的公共汽车，也不是赶往就要关门的商店，更不是为了

---

1. 古希腊神话中的擎天巨神，被宙斯降罪用双肩支撑苍天。

追赶或逃避某人，我毫无目的，也不可能有什么目的。

我跑了大约一两公里，突然发现身体对奔跑没有做出任何反应，呼吸依旧平稳如初。如果现在测一下脉搏，我断定也不会有什么变化。我的动作精确而协调，我能清晰地感觉到每块肌肉的收缩、血液在血管里的流淌和指挥双脚运动的神经冲动。整个身体就是一台出色得令人叹为观止的机器。

我感觉很无聊，于是放慢脚步，走到树下。在塔楼里时，这棵树的艳丽色彩令我诧异。

树，其实很普通，是苹果树。花，同样平淡无奇，但平淡无奇中蕴藏着无限的美，白色和粉色的花瓣十分精致，花瓣边缘流苏般的毛边有巧夺天工之美！每一朵花都散发着若有若无的芬芳，令人陶醉。

我轻抚开花的枝条，感动到哽咽，声音激动得发抖，禁不住哼唱起来：

"苹果花盛开……"[1]

太美妙了！后面的歌词我记不起来了，真可惜，我多想放声歌唱，开怀大笑，边跑边撒花瓣雨，观察叶片上的毛毛虫。浅绿色的毛毛虫长得像新生儿毛茸茸的小脑袋，身上有白色的斑点，像新鲜的小黄瓜，每次运动都会弓起脊背，真是好笑。多神奇的毛毛虫啊！我冲它微笑，它滑稽地弓背回礼，变成电脑上微笑的表情符号。也许，跟它是可以交流的！

这时，我做了一个很奇怪的动作，莫名其妙地打了自己一个嘴巴，行为像歇斯底里发作的小姑娘。有一次，我亲眼见到过这样的场景，并惊讶于打耳光的治愈力。

---

1. 出自苏联歌曲《苹果花盛开》。

耳光是药,且无性别偏好,男女通用。耳光对那个因与男友吵架而伤心的女孩产生了治疗效果,对我也一样。我顿时清醒了,深吸一口气,咬牙切齿地骂了一句,又看看周围。

刚刚在我身上出现的事情绝对不正常,很荒谬。是的,这里风景如画;是的,此刻晴空万里;是的,有绿树、鲜花、青草……

但这绝不应该是为毛毛虫感动的理由!

亢奋和快感正在离我而去。我不知道,拿什么感觉与刚才的亢奋进行比较,是喝醉后把头插到冷水里?如果冷水真有这样的效果就好了。我们常在科幻小说里遇到类似的情形:男主人公彻夜荒唐,狂歌痛饮,难受就吞下一小片药,立刻就会自我感觉良好。这不过是所有作家的梦想,具体而言,就是享受醉酒的快乐,又不会有宿醉的痛苦。但是,我没有服用任何药片,怎么也……

药对我有用吗?我若被捅,伤口瞬间愈合,我是有超能力的执事。超能力之妙就在于,一遇紧急状况,便可自行启动。

看来,超能力刚才启动了。

我用异样的目光环顾四周。田园风光已不再赏心悦目。这里,正是暮春或初夏时分,眼前不过是普通的苹果园,而且很荒凉。

我刚才怎么了?

我脑海中出现了这样的画面:《翡翠城的魔法师》中的小女孩艾丽和她的几个小伙伴来到罂粟田,吸入雾气中毒。不过,我对罂粟是否能通过空气侵害人体表示严重怀疑,更何况无辜的苹果树从来就没有致幻的恶名。虽然日本人见到盛开的樱花会欣喜若狂,但究其原因,这和药物作用于人体无关,属于审美范畴。要是米丘林[1]见到这个果园,他不仅不会感动得要哭,还会操起园林刀,对着果树

---

[1] 伊凡·米丘林(1855-1935),俄罗斯著名园艺学家。

一阵修剪。

算了，我们暂且不去理会苹果树。那还有什么值得怀疑？空气。这才是问题的核心。是氧气含量过高造成的氧气中毒吗？看来是的。还有一氧化二氮，也叫作"笑气"。一氧化二氮很难在自然状态下形成，但大气中氧气含量升高却不罕见。金吉的世界就没有石油，这也是它与地球在全宇宙尺度意义上的最大区别。

我再次对科佳不在身边感到遗憾。如果他在，会立刻提出各种假设，进行各种实验。虽然还是不能证明什么，但他的工作激情至少能让我乐观地看待一切。世上还真有一类人，在出现复杂情况时，他们会下意识地去做看似无足轻重的小事，如为受害者测量脉搏，全神贯注地凝视涌动的乌云，以吹毛求疵的态度检查警察的证件，打电话问一大堆奇怪的问题，等等。一般而言，他们的所作所为于事无补，但周围的人却能因此而冷静下来，开始采取某些行动，行动不多，也不一定令人印象深刻，但一定行之有效。

不过，有一个实验，我自己就能做。

我从口袋里掏出烟和打火机，按了一下打火，谨慎地伸直手臂，使打火机远离自己。

好吧，将其称为一束火光的确有点夸大其词，但火光还是有些异样，看起来更加明亮，火苗也笔直而且干净。

莫非还是氧气的原因？

我叹了口气，没抽烟，又把烟收了起来。当然，我下次可以带个密封的容器回来，进行空气取样，然后在莫斯科化验分析，专业人士会给我画很多有理论依据的表格和曲线。

我需要这些东西吗？

总之，结果只有一个。这个世界要么适合执事，要么适合瘾君子。也许，说唱歌手和他的乐队，或者穿着考究、西服上佩戴议员证的叔叔们会喜欢。在这里，他们可以纵情歌唱，在月光下身体赤裸地跳舞。

打开这个无人问津的荒凉世界，实在多此一举。说实话，感觉很不爽。因为我开启的金吉城和地球17号，都受到了真诚的感谢和称赞。我突然意识到，只要第四扇门和最后一扇门打开，我未来的命运就将被预设。如今，我已经有四个（包括我们的地球）世界，每个世界中我都有方圆十公里的势力范围。总面积会是多少呢？π的平方……好像就是这样。我的几何成绩一直很差。那也就是说，每个世界里我都拥有三百多平方千米的势力范围，总计是一千五百多平方千米。

和一间囚室相比，这实在太大了。

即便与莫斯科相比，也毫不逊色。从小学起我就记得，莫斯科的占地面积就是一千平方千米。

不管怎么说，我得先研究一下这个苹果王国。

我快步向塔楼的反方向走了大概二十分钟，间或回头看看塔楼。其实我是不可能迷路的，我能精准地感觉到塔楼的位置，它已经成了我身体的一部分。

果园的四周虽然杂草丛生，景象荒芜，但好歹能看出这是果园。苹果树之间几乎是等距离的，不同品种的苹果树是很容易区分开的，它们的花都不一样，而且苹果树也并不是扎堆生长的，人们常用"苹果总落在苹果树附近"这句老话来解释这种现象。不对，果树按品种的不同被种植成排，虽然比较随意、漫不经心，但怎么说也是……我心里突然升出微弱的希望：但愿有人在这个世界居住。

过了没两分钟，我的想法就得到了证实。空气中弥漫着炊烟的味道。我开始狂奔，跑姿已不是我刚闯入这个世界时那种快乐无忧的样子，而是变成了目标明确，和警察蔡斯一样的姿势。苹果树后出现一条清澈的小河，水面微波荡漾。我跑到河边，停了下来。

河的对面是小村庄。

烟雾缭绕处，是我们地球上俄罗斯式的村庄，而且是低配版的。爱国者若见到这样的俄式小村，会认为这是敌人在玩阴谋诡计；而智力还算正常的人则会制订各种规划，内容包括寻找俄罗斯民族思想等行动。

一幢幢框架结构的木板房、脏兮兮的玻璃窗、歪歪斜斜的灰色栅栏，一切都被蒙上凄凉破败的灰色，如同俄罗斯村庄春天的景致一样。破败小菜园子里的胡萝卜估计是棕褐色或者惨白色的，挂在晾衣绳上的内衣也沾染上了灰尘的颜色，几只杂色的母鸡在房子间走动，边走边在灰尘里刨食。

我本人是城市居民。这样的村庄，我平时只在从繁华富足的莫斯科开往彼得堡或叶卡捷琳堡的火车窗口看到过。每次我都会安慰自己，这种地方只存在于通往繁华都市的铁路沿线，因为生活在这些村庄里的年轻人刚领到护照就都进城去了。而在某个地方，一定有教科书里描写的真正的"人间天堂"，那里有一排排干净整洁的原木房或砖房，房子装饰着精美的刻花木窗框，前面是漂亮的小花园。一定有这样的地方，在库班，或西伯利亚。

这里只有颓废的灰暗色，在鲜花盛开色彩明亮的背景中，显得格外突兀。

这里也有人。一群男人和一群男孩坐在河边钓鱼。孩子还小，都是学龄前儿童。不知为什么我立即就注意到了这个细节：那就是孩子所做之事与年龄很不协调，钓鱼本该是成年和青少年参加的活动，绝不是这些连鱼竿都不会用的小孩子该做的。

他们每个人都面带微笑，彼此不时低声简短地交换意见。我听到他们说"咬钩了""啊""你的""是的"，仿佛这些人都不想花费多余的气力说复杂的句子,或者他们已经不会说了。

我在对岸坐了下来。我的出现没有引起钓鱼人的反应,他们既没有惊讶,也没有兴奋。只有几个朝气蓬勃的钓鱼人冲我挥了挥手。仅此而已。

我掏出烟来,边点烟边凝视对岸的人,因为他们所有的人都是我们的人,都来自地球。不是这里的人,甚至不是来自金吉。

"不,季马。"我喃喃自语道,"我觉得,这画面与新的民族思想有冲突啊。我特别希望这里不是阿尔坎,不是2040年的俄罗斯。"

一个钓鱼的人站起身来,看了我一眼,放下鱼竿,走进了河水中,他既没脱衣服,也没有脱鞋,甚至没有卷起裤角。他蹚水走到河中央,游了五米左右,然后蹚过浅水区,向我走来。

这也算是人们对我到来的反应吧!

男子走到我身边,坐在草地上,完全无视湿淋淋的衣服,友善地笑了笑。他四十多岁,但看上去很健康,强壮有力,心满意足。

"你好,小伙子!"

"你好,大叔。"我回答。

我怎么会叫他"大叔"呢?为什么?难道是因为他叫我"小伙子"吗?但男子显然并没认为我冒犯了他。他问道:"你还有烟吗?"

"当然,有。"我学着他的腔调回答,递给他一盒烟。男人点燃一根,用眼神征得我的同意后,又拿了两根放进上衣口袋,没错,是湿淋淋的上衣口袋。我耸了耸肩。

"呃……"男子心满意足地吐了口烟,"我叫萨沙。别人都叫我萨什卡叔叔。"

"我叫基里尔。"我并没有冒犯他,叔叔就叔叔吧。

"基里尔,你是从很远的地方来的吗?"

"不是,"我用手指了指塔楼的方向,当然只是大致的方向,"不是很远。"

"不会是又有新通道了吧?"男子高兴起来,"欢迎!你是从哪里来的?"

"莫斯科。"

"我来自波尔塔瓦[1]。"

显然,这些信息就是萨什卡叔叔的全部话题了。说完,他直挺挺地躺倒在草地上,嘴里还叼着香烟。

"萨什卡叔叔,你到这儿很久了吗?"我问。

"嗯……"他没有立即回答我,香烟在嘴里转动,"大概两年了,要么就是三年。戈尔巴乔夫什么时候下的台?"

"你是说戈尔巴乔夫?"我吃惊地问,"苏联总统吗?"

"是的是的!"

"大概有十年……不,我说的不对,十五年了。我记不太清楚他长什么样了。"我莫名其妙就承认自己说错了。

"十五年?噢!"萨沙惊叹道,他对离开后地球上所发生的事情的兴趣就到此为止了。他把手垫在脑袋下面,心满意足地把烟抽完,以高超的嘴上功夫,将烟头吐到河边。

"有很多人住在这里吗?"我问。

"现在很多了。"萨什卡热心地回答,"开始时,就我一个人。唉,也不是一个人,是和一群哥们儿在一起,后来渐渐来了新人。"

"你是怎么到这儿来的?"

"怎么到这儿来的?"萨什卡叹了口气,但叹气不是因为伤心,仿佛是例行公事,"我曾经和一个混蛋吵架,也不知道他是从哪儿冒出来的聪明人!我打了他个乌眼青,他也还手了。本该罢手的,可

---

1. 乌克兰东部城市,波尔塔瓦州首府,位于第聂伯河支流沃尔斯克拉河畔。

我决定跟踪他,结果就出了问题。他的房子很奇怪,我路过那儿好多次,都没有发现。于是,有天夜里我就跟两个哥们儿去了。你不要以为我们只想揍他一顿!我们可是带了家伙的,没想到他打架那么厉害!所以就……"

萨什卡沉默了。我点点头,没有再追问下去。很显然,三个傻瓜,即便手持钢筋,也奈何不了有格斗术加持的执事。这可不像对付一个疯老太太那么简单。

之后,他们几个就被扔到了这里。

"这个世界叫什么?"我问。

"涅槃。"萨什卡热心地做了回答。

我站起身,再次环顾这个可怜的村庄和这些安于现状的村民。这时,红发的胖婆婆从小房子里走出来大声喊叫,她喉音很重,因此喊的话含糊不清。我一下子没反应过来,她说的不是俄语,也不知是瑞典语还是挪威语。一个钓鱼人听到叫声站了起来,抓起身边三四岁的小孩,让他骑在自己的脖子上,向房子走去。

我特别注意到,他根本就没去理会鱼竿。鱼竿被他扔在河边,鱼线在河面随风浮动。

好地方,没话说!这儿既不太像监狱,也不太像疯人院。这是阳光灿烂、适合休闲娱乐的安全世界。人安居于此,能够陷入微兴奋状态,此乃自然之造化。有人妨碍执事执行公务,既不用将其正法,也无须恐吓,送他到涅槃,他自己就不想离开了。为了充分体现对囚徒的人文关怀,这里建了很多活动板房(我深信,这绝对不可能出自萨什卡叔叔和他同伴们之手),栽了苹果树,河对岸好像还有大片土豆。河里有鱼,鸡能下蛋。生活还需要什么呢?

如果真有需要,也有人给他们送来,我对此毫不怀疑。不论是阿司匹林,还是四环素,或是破衣服。也许,还有孩子们吃的奶粉。

我明白了，为什么村民不是成年人就是小孩子，那是因为七八年前，大规模的移民行动才开始实施。孩子在这里出生（看来，微兴奋并没有完全打消人类所有的欲望），还没有长大。

看来，没人会骂我，因为这个世界完全符合人的需求。

但为什么，为什么我打开了通往这里的大门呢？

突然之间，我顿悟了。因为我想看见俄罗斯的未来。在我的潜意识里，俄罗斯的未来就是这样的：民众意志消沉，染上毒瘾，萎靡不振，在地里刨食，可颓废沮丧也没有影响生儿育女。他们慵懒，对一切都了无兴趣……可这是谁之罪？

政客敦促我打开通往阿尔埃的门，滔滔不绝地讲了他对俄罗斯未来的展望，使我在梦里"找到"了最符合我对未来设想的世界。倘若我相信存在水晶城和大理石宫殿，也许，我就会找到那样的世界。

语言是陷阱。如果你不能正确理解对方，不论你怎么冥思、怎么苦想，你的潜意识里仍然只有你最初的那些错误想法。

"萨什卡叔叔，这些人都是从哪里来的？"我问。

"从河上游。"前波尔塔瓦人热心地回答，"通道在那里，很近，步行半小时就到。"

"嗯。"思考片刻，我拿出一盒烟，又递给他几根，"谢谢。请问萨什卡叔叔，你不想再回波尔塔瓦了吗？"

"我把什么东西落在那里了吗？"男子极为吃惊，"香肠要凭票买，过节才能吃到鸡肉，这种地方我会回去吗？"

我没有告诉他，如今，香肠票早就不流通了，前总书记戈尔巴乔夫也下台了。今天谁还知道戈尔巴乔夫呀？我也没说，波尔塔瓦人现在生活如何。对在拉斯塔法里[1]天堂中生活了十五年之久的萨什

---

1. 起源于非洲的一种宗教。

卡叔叔来说,还能在故乡找到一席安身之地吗?

"要不你也留下吧,"萨什卡叔叔提议道,"和我们一起吃饭。我妻子从早晨就开始做鸡肉罗宋汤了。"

我豁然开朗。既然有男有女,要求他们像僧侣一样禁欲就很不现实了。所以就会有家庭,有家庭就会有孩子,或者相反,但这已经不重要了。

"谢谢你,我还得回去。"

"你请便。"萨什卡叔叔欠起身,抖落粘在衬衫上的沙子,"不行你就回来,你知道这里有多么好吗?好到连酒都不想喝!"

这个说法并没有说服我,但我真的很想跟同为执事的邻居见上一面。

我本以为萨什卡叔叔的时间观念很混乱,预计要走几个小时,但我以游客步行的速度来判断,只走了不到三公里,果然是不到半个小时的行程。河的左岸是郁郁葱葱的青草地,我所在的右岸是一望无际无人照管的苹果园。

我的海关同事住在河上,名副其实的"河上"。一道不高的拦河坝将河水断开,坝中央有两人多高的水轮。拦河坝和水轮上,在粗大的木桩上有个……怎么说呢?暂且称其为磨坊?至少,皮带传动装置连接水轮和建筑物,建筑物中有东西在转动,发出扑通扑通的声响。两座木制的小桥分别延伸至河的两岸,木板与木板之间有很多缝隙。门开着,至少面向河右岸的门是敞开的。门里有红色光斑闪动,好像是火。

确实如此,真有人生火,袅袅的炊烟升上天空。

"嗨,邻居!"我在小桥旁停下脚步,高声喊道。不知为什么,我感觉不经允许就上桥是错误的,很没有礼貌,"您的面粉磨得怎样?还不错吧?"

一阵和善的笑声传来,我的海关邻居出现在门口。她身材魁梧,肩宽体阔,穿的是皮裤,上身赤裸,只套皮围裙遮体。我不好意思地赶紧移开视线,只看她的脸。淡褐色的头发被她拢在一起,紧紧地盘绕成髻,用……我想说,用发带绑扎起来,不过不是布带,而是细细的银链。女人手持笨重的金属钳,钳子上夹着烧得通红的金属。

"你好,邻居!"她打了声招呼,"从早晨起,我就感觉有新门开启,于是一直在等你。不过,我可没有面粉,不好意思。这里不是磨坊,是铁匠铺。"

"对不起。"我莫名其妙的尴尬大概源自莽撞导致的错误,还是……怎么说呢?因为女铁匠的形象?

"我是铁匠。"女人笑着说,"别在意,'铁匠'没有对应的阴性名词。我是铁匠瓦西里萨。"

"我是善良的小伙子伊万努什卡[1],我在找被科谢伊抢走的未婚妻。"我说。

从前,安妮卡经常说我开的玩笑很愚蠢,这一点我不否认,但有时我的玩笑还是挺有内涵的。

就像现在,铁匠瓦西里萨放下拿铁钳的手,天真而好奇地问:"真的吗?"

"当然不是,是音乐的小风把我吹来的。"我摊开双手,"女……铁匠,瓦西里萨。"

"顺便说一句,我的名字很古老、很漂亮,也很俄罗斯。"女人

---

1. 俄罗斯童话中的人物。伊万努什卡的未婚妻公主瓦西里萨被拥有宝藏及长生秘方的恶老头科谢伊抢走,伊万努什卡经过努力终于救出未婚妻。因上文中女邻居说自己叫瓦西里萨,故男主开此玩笑。

有点生气地说,"是的,如果你叫我瓦夏,小心我扇你耳光[1]。我的手很重,你懂的。请进吧,基里尔,欢迎你到我这儿作客。"

刚开始,我觉得她比我年龄大,但现在,我竟然有我们是同龄人的错觉。她温和、善良、单纯、质朴,是只有在民间故事里才能遇到的人。

建筑物的一楼是铁匠铺。我不知道普通铁匠铺是什么样子。这个屋里五六个大小不一的铁砧一字排开,大的如桌子,小的可以给跳蚤钉脚掌,还有三个规模不等的锻造炉和几个巨大的鼓风机。鼓风机似乎是按达·芬奇的图纸制造的,水车带动鼓风机,机上安有旋转轮,能与所有的铸造炉相连。地上堆满了小山般种类繁多的破铜烂铁,有生锈的弹簧,也有闪闪发光的宝剑。

"喜欢吗?"瓦西里萨好奇地问,"我看出来了,你喜欢。那我就送你点儿什么吧。"

她没有在废铜烂铁里翻找,而是打开墙边一个非常不起眼的柜子——里面存放的不是衬衫和床单,而是武器。

"拿着!"

我得到了一把装在皮鞘里的长匕首,手柄用鞣皮绳整整齐齐、结结实实地一圈圈缠绕着。武器看上去非常漂亮,与那些商店里卖的工艺品刀具比起来,又多了几分威慑力。

"谢谢。"我清楚不能拒绝礼物,"对了,不可以送刀做礼物的[2]。"

"我不迷信。"

---

1. 瓦夏同时是瓦西里(男人名)和瓦西里萨(女人名)的小名,但该小名多用来称呼男人,所以此处瓦西里萨不喜欢别人叫她瓦夏。
2. 按俄罗斯迷信的说法,在给朋友送礼物时,最好不要送刀,因为刀会伤害友谊。如果接受别人赠送的刀,就一定要象征性地给一点儿钱。

"我信这个。"我在口袋里翻到了一卢布,递给瓦西里萨,"给你,谢谢你,我的邻居。你真是个心灵……能工巧匠!"

用"心灵手巧"形容人在刺绣方面的技艺还可以理解,形容锻造匕首,显然有些词不达意。

"我是傻瓜。"瓦西里萨叹了口气,"谁需要这玩意儿?可……"接着她大手一挥,"我们上楼去吧,我请你喝茶。你这是从哪儿来,基里尔?"

"莫斯科。"

"我来自哈尔科夫[1]。"

她四十二岁,但看上去也就三十岁出头,这对执事来说也很平常。她以前在拖拉机厂工作,不是会计,也不是工会干部,她的工作地点是锻造车间,当然,她干的不是抡大锤的工作,而是操控锻压机。

然后就是老生常谈了。单位同事有一天就不认识她了。她很固执,重新在原单位找到工作,可第二天人们又把她忘了。丈夫不顾孩子们哭闹,把她关在外面,告诉他们:"你们都疯了吗?妈妈三年前就死了!"周围的人只是下意识地对所发生的一切寻找某种解释。但过了一天,就连孩子们也将她遗忘了。邮递员在大街上递给她一封电报,按照上面的指示,她来到了市郊。在那里她看到的不是塔楼,而是废弃的小砖房。

她只有三扇门。一扇通往哈尔科夫,另一扇通往荒凉的石头世界,那里冬季酷寒难挨,夏季闷热异常。执事们说,那里是无人问津的第14号世界。第三扇门就是通往涅槃的。执事们对这个世界还是颇感兴趣的。

---

1. 乌克兰第二大城市,位于乌克兰东北部,临近俄罗斯。

"这里是流放地。"我呷了一口茶说。瓦西里萨在二楼摆好了餐桌,典型的女士品茶方式,有茶水、几种不同的果酱、水果和糖果。不过,她也想请我喝干邑白兰地,但我拒绝了。瓦西里萨换上浅色的连衣裙,散开束发,这一刻,她不再是衣着古怪、身材魁梧的铅球或铁饼运动员。她现在这身打扮,不仅不像男人婆,反而平添了几分可爱,如果您也喜欢胖女人的话。

"不,不仅仅是流放。"瓦西里萨抗议道,"我不否认这儿当过流放地。如果有人突然……但事实上,这是世界的未来。"

她似乎因为开启这样一条通道而感到不安。

"未来?"

"是的,未来。这是特别宜居的世界,但普通人在这里会醉。"

"我也醉了,刚来的时候。一切都如此艳丽,太美好了。"

瓦西里萨点了点头,表示理解。我又鼓足勇气说出了自己的看法:"是氧气的原因吗?"

"什么?"瓦西里萨大为吃惊,"这与氧气有什么关系?是致幻剂。"

我拍拍脑门,恍然大悟。真是白痴!就算这辈子从未接触过毒品,也该知道这是最典型的中毒症状啊。

"这里的气候温和,"瓦西里萨继续说道,"冬天也不下雪。土壤中生长着一种极小的蘑菇,其孢子会分泌致幻物质,有种类似麦角酸二乙基酰胺[1]的功能,与酯类化合物类似。请不要吃惊,我很详细地研究过,反正闲着也是闲着,我的客户不多。"

从一开始,执事们就有把涅槃(也就是第22号世界)变成殖民地的想法,他们任命瓦西里萨为该项目的负责人。一些与执事发生

---

[1] 一种强烈的半人工致幻剂。

冲突的人被发配到涅槃，除他们之外，酗酒者和瘾君子也被送至此地。通常，后者会欣喜若狂，因为在这里能享受免费的、持续不断的快感，既不会有宿醉之痛，也不会受毒瘾发作之苦。实话实说，这里是吸毒者的天堂，所以从没有人离开。

建苹果园是瓦西里萨的主意。据我所知，果树是她在刚来那几年中亲手栽的。能够把涅槃世界打造成伊甸园的模样，可能是命运的捉弄，也可能是瓦西里萨精明的设计。总之，苹果树是所有果树中最容易成活的。经过了几周的适应和磨合，涅槃的居民有了最起码的自给能力，如钓鱼、在园子里种菜、养鸡等等。

"我们把所有的希望都寄托在孩子们身上。"瓦西里萨解释说，"随着时间的推移，成年人对环境的适应力越来越强，但能不能始终保持清醒，很难说。可在这里出生的孩子就不同了，他们几乎已经完全适应了环境，既可爱又快乐，虽说有点儿坐不住，但学习能力还是不错的。"

"你教他们吗？"我问。

"是的。"不知为什么，她的脸瞬间红了，好像她做了错事被我当场抓到把柄，"教他们读书、写字、算术。年纪稍大一些的孩子都能自己看书了，总央求我再带些书来给他们读。他们喜欢看幻想小说，尤其爱看讲魔法学校故事的书，想了解魔法学校孩子们的学习情况。我给他们带来了很多很多这样的印刷品！我希望能多出这方面的读物，要是每个月都有新书那就更好了。他们不喜欢哈利·波特，读起来费脑，他们注意力不集中，还任性。我经常去看他们，关心他们。反正我要料理的事情也不多。必须要帮帮他们，不管是孩子，还是大人，一个都不能少。"

"如果把他们送到我们的世界里呢？"我问，"哪怕只送孩子？为什么要让他们在这里受苦呢？"

"怎么能说是受苦呢？"瓦西里萨很生气，"这里有他们的父母，父母爱他们。这里没有战争，没有土匪，没有杀人犯。所有的人吃得饱，穿得暖，已经不可能再把他们送回到我们那里了。"

"为什么？"

"毒瘾会发作。"瓦西里萨解释说。

"听我说，邻居。"我沉默了一会儿，开口问道，"你不会把致幻真菌传到我们的世界里吧？"

"别担心，真菌无法在我们的世界存活，"瓦西里萨不动声色地说，"已经验证过了。"

"如果改良一下呢？"

她茫然地看着我，然后笑起来，很快，笑声戛然而止。

"不，邻居，没有必要。你知道，这好比一个人砍柴伤了手，他会笑容满面坐下来看自己流血吗？"

"不知道。"

"但我知道。"

"不好意思，"我突然觉得有些羞愧，"我常开很愚蠢的玩笑。"

"我也发现了。再来点儿果酱吗？"

我拒绝了，站起身，在房间里走了几步，又看看窗外。从哈尔科夫方向看，这是建筑物的二楼。小楼坐落于安静的小巷内，虽已深秋，但依旧绿意盎然，阳光明媚，三三两两衣着单薄的路人在楼前走过。在一公里处，斯大林时期高层建筑的屋顶上立着很多电视天线，几乎可以和电视转播台相媲美了。可爱的城市，我想，有必要再来这里一次，吃饺子、喝乌克兰伏特加。当然，如果附近能找到一个咖啡店或者饭店的话，就更完美了，而我与自己塔楼的关系太紧密了。我也许可以离开一公里，或者两公里、三公里，但不可能再远了。

另一个窗口的风光完全没有诗情画意。天幕低垂，乌云密布，太阳在厚厚的云层后面探出微光。寒风裹挟着冰雪在荒原上肆虐。

"在门口堆了大约两公担[1]的冻水果。我把这个世界当冰柜用。"瓦西里萨说，"当然是在冬天。不过这儿一年有九个月是冬天。"

"这里是北方吗？"

"不，不是北方，有人说是赤道，扇形宇宙里很遥远的世界。我觉得，这儿的问题与地球无关，是太阳的热度不够，"她摇摇头又补充道，"是的，这儿还没有月亮。"

"你是怎么到这里来的？"我不经意间脱口而出。

"那时我不想活了，基里尔。"瓦西里萨走到我身旁说。她并不是为了引起我的怜悯，仅仅是在陈述一个事实，"我爱我的丈夫。连孩子也把我忘了时，我万念俱灰。"

她沉默了。

"对不起，"我尴尬地耸了耸肩，"我没想到。很遗憾，我未婚，而且前不久刚跟女朋友吵架。我还好，只有父母，他们都是自立的人。那时你很难，是吧？"

"刚开始是的。"她回答道，丝毫没有卖惨的意思，"但时间是良药。再说，孩子们活着，并且还很健康，已经长大了。"

我转过身，刚看她一眼，就被她揽入结实的怀抱里。令人惊讶的是，女铁匠的亲吻竟然特别温柔、非常美妙，充满激情。

仅仅片刻，瓦西里萨就放开了我。她长叹一声说道："对不起，基里尔，你还是太年轻了，我不想骗你。我的邻居，让我们做朋友好吗？"

坦率地说，这种场面，有些搞笑。我清楚地看到，寂寞难耐的

---

1. 1公担=100千克。

瓦西里萨只想做爱，而且不是跟涅槃村里只会傻笑的白痴，而是和某个执事。

老实说，我也是这样想的，和美丽的女人、不同寻常的女人做爱做的事，而且无须承担任何责任，当然是美妙的。从前，我从未跟比自己强壮的女人发生过亲密关系，这真让人血脉偾张。

与此同时，我又感觉到，从某种角度看，她是对的。不应该这么干，尤其我刚刚以新的身份进入工作状态时，就更不该这么做了。我们的关系不会发展成私情，我们会认真对待这段感情。这样一来，瓦西里萨不可避免地会起主导作用，那我就不会满意。如此一来，分手不可避免，到时候就连朋友都做不成了。

可如果就这样白白浪费这浪漫一场的机会，也未免……

"你说得对，"我说，"让我们做朋友吧。请问，你喜欢大海吗？"

瓦西里萨苦笑了一下。

"我可以打开去17号世界的大门，"我解释说，"如果你想游泳或者晒太阳，就去找我吧。"

"谢谢你，基里尔。"她认真地说，"这太好了，你真是个好人！"

我又被奖励了一个吻，但这一次不是激情之吻，而是感激之吻。

"去找我吧。"我羞涩地重复道，"现在我要走了，咱们说再见？有人请我去金吉参加晚会。"

"哇！"瓦西里萨犹豫地问，"从你的工事到举行晚会的地方远吗？"

"五公里左右。"

"那就算了吧。从我这儿到你那儿直线距离七公里。我只能离开铁匠铺九公里。不过，我会去看你的。"

"一定！"

我们的谈话出现了短暂且令人尴尬的停顿，这种情况往往发生在本想享受鱼水之欢，却因故改变主意的男女之间。这种倒霉事在我身上只发生过一次，但我却清楚地知道，出现类似的情况时，万万不可拖延，尽快离开现场，大家才有可能做朋友。

"我还有事。"瓦西里萨违心地说，"你可能也着急回去吧？回去时会路过村庄吗？"

我耸了耸肩。

"如果不麻烦，能帮个小忙吗？我早就想给他们添补些衣服了。"

"那还用说！当然，我帮你。"

16

不知别人是怎么想的,反正对我来说,只要是慈善活动,都有让人尴尬的瞬间。不论是过地下通道时将硬币扔进扯嗓门弹唱的年轻人的吉他盒中,还是把小额纸币塞到老奶奶颤抖的手里,抑或将自己的旧衣物送到教堂捐给"穷人",我总会有内疚的感觉。

我内疚难道是因为比他们富有?那个站在商店门口可怜巴巴的乞丐不一定比你赚得少。我内疚难道比他们幸运?可幸运就像性格难以捉摸的女人,如果厄运将至,昨日的善举并不能保证得到相应的回报。

也许对乞讨的肯定才是问题的关键。难怪基萨・沃洛比亚尼诺夫[1]到死都不肯向贫困示弱,扬言无论多难,绝不伸手,最后被奥斯塔普・本杰尔[2]逼进绝路,挥刀杀人。逼人乞讨之恶不亚于逼良为娼,每枚扔进杯子里的硬币在某种程度上都是对行乞的鼓励。

众所周知的大智慧是要我们授人以渔,而不是授人以鱼。

我顺着河岸往村子里走,突然感觉自己对这座奇怪的村庄有某种责任感,虽然不是我建造了这个荒僻的流放地,也不是我制订的涅槃世界移民计划。但我是执事,是将人类弃置于此地的始作俑者中的一员,是我们让人染上毒瘾,使其成为无助的物种,唯一的能

1.2. 前者为苏联作家伊利亚・伊里夫和叶甫盖尼・彼得罗夫合著的长篇小说《十二把椅子》中的没落贵族,后者为同一部作品中的江湖骗子。

力就是繁衍后代了。

总的来说,这也确实是每个人拥有的唯一能力。但我们至少还有梦想,认为我们生下来并不仅仅为了成为代代相传的基因链条上的一环,然后就入土为安,一了百了。所以,有人渴望财富,有人梦想权力,有人痴迷创作。

大概正因为如此,遇到那些已经失去人生梦想的人,人们会感到不安。他们生命的全部价值被简化,只留下最基本的能力,如吃饭、喝水、睡觉、做爱,在酒精或毒品中醉生梦死。

再也没有比背着沉重的包袱在河边漫步时思考此类哲学问题更合适的时机了。这才是俄罗斯性格最鲜明的特征,具体而言就是:对堕落者心存怜悯,对无家可归之人和疯子充满同情,对世界的不完美感到自责。大概正是这种民族性格,才使俄罗斯人在寻找属于自己的"民族思想"时举步维艰。但不知为什么,我并不打算向季马提议将"弱者倒霉"的口号当作民族思想的核心要素。也许,这种思想会使国家受益,但这样的国家已经不再属于人民。

村子里一切如故。只是钓鱼的人有所减少,剩下的五个人还坐在那里。看到我,他们露出了唐氏综合征患者一般和善的微笑。我用眼睛搜索熟人,也就是萨什卡叔叔。看来,他喝完鸡肉罗宋汤就躺下休息了。瓦西里萨建议我将东西要么交给他,要么交给马雷克,也可以交给一个叫安娜的女人。据我了解,他们是这里最早的移民,是已经完全本土化了的涅槃人。

"马——雷——克,安——娜!"我喊道。

没有回应。对岸几个木桩子一样的人瞪大善良的眼睛看着我。我深深地叹了一口气,涉水过河。真该在铁匠铺那儿过河,我怎么当时没想到呢?没关系,反正他们会把这些破布晾干的。

衣服湿透了,这让我很恼火,旅游鞋里也灌满了淤泥。我登上左岸,背后装衣服的包袱已经进水,变得特别沉重。如果我不是执事,也许根本就背不动。瓦西里萨送给我的匕首装在皮刀鞘中,轻轻地拍打着我的大腿。虽然是不太实用的礼物,但拒绝或者扔掉都不太好。

"在哪儿可以找到安娜?"我生硬地问离我最近的一个年轻钓鱼人,他病恹恹的,脸色蜡黄,身材瘦削。走到近旁我才发现,小伙子的钓鱼方式很有特色,鱼线漂在水中,上面没有鱼钩。

"安娜,"小伙子点点头,"安娜……"

他的眼睛空洞无神,问他好像没有意义。

"安娜在那儿。"坐在小伙子身旁、看上去相对正常、年纪稍大一些的男人告诉我,"在那儿……"

我紧盯着他飘忽的手势,看到他又长又脏的指甲,不禁皱起眉头,然后点点头说:"谢谢。"

在他手指的小房子里,我果然找到了安娜。房门是敞开的,屋里只有一个小房间,干净整洁,刚刚擦过的地板湿漉漉的。两个女人在屋子里,一个背对着我,一动不动地躺在粗糙的、用木板钉成的床上。睡在光秃的木板上似乎并没有让她感觉到不适。她只穿着胸衣,套着小短裤。另一个女人穿的是带圆点的印花布长裙,赤脚,正在红色的塑料盆里洗衣服,洗衣盆放在屋子中央一个同样颜色、同样材质、摇摇晃晃的椅子上。那个女人蓬头垢面,衣衫褴褛,但性格好像固执而坚韧。她目光慈祥地看着洗衣盆里晃来晃去的衣服,仿佛看着从街上抱回家洗去了泥土污垢的小猫小狗。

"你是安娜?"

"有什么事吗?"我的出现并没有引起她的好奇,这可能是他们这些人最大的不幸,那就是失去了好奇心。

"这是瓦西里萨转交给你的。"我将湿淋淋的包袱摔到地板上。

包袱皮不知是用窗帘还是床单做的,里面包着一些旧服装。透过湿淋淋的包袱皮,能清楚地看到一双儿童鞋的小鞋底。

"好的,"女人说,"谢谢。"

她明显没有暂停洗衣服的打算。根据其面部表情判断,她甚至很享受这个过程。我甚至能隐隐听到她跟自己洗的衣服轻声细语地说话,也读懂了她的唇语,"你是我的好宝贝……"

我脑海里浮现出一些这样的家庭主妇:她们跟吸尘器撒娇痴语,对着锅碗瓢盆倚姣作媚,对着洗衣机卖弄风情。真是太可怕了。家务工作不再是劳役,反而成了休闲娱乐。这一切,皆因为空气中那一点点致幻物。

"她怎么了?"准备离开时,我问道。

安娜瞥了一眼躺在木床上的女人。那个女人动了一下,仿佛感到了投向她的目光。

"她是新来的,"安娜说,"在睡觉,刚来的人一开始觉大,想得也多。"

不知为什么,这个躺在木床上的女人令我颇为不安。就像,就像我以前在哪儿见过她一样。当然了,当时她穿得并不是这么单薄,甚至可以说,穿得还很厚。

我走到木床旁,抓住女子的肩膀,小心翼翼地将她转过来。这就是两天前将纸条扔到塔楼地板上的女孩。那时她对我微微一笑,说:"海关……"

一道细细的口水从她嘴角流出来,由于右脸颊在木板上躺得太久,受压变红了。也许,如果她没认出来是我,我就会犹豫是否该采取行动。可现在,必须行动。

"我要带她离开。"我说。

"她现在走路困难。"安娜并不是在抗议,只是向我陈述事实。

显然,这已经是涅槃居民最强烈的抗议了。

"没关系,我帮她。"我抱起女孩,将她扛到肩上,如此说来,当执事终究是有优势的。"她是怎么到你们这里的?"

"大师带她来的。昨天。"

"哪个大师?"

"那个大师。"看来她并不知道大师的名字,"您带走她,大师会生气的。"

"没关系。"我说,"我不会生气,这是关键,懂吗?谁离你近,谁才是大师中的大师。"

感觉她在我身后还说了些什么,但我已经走出了小房子。我环顾四周,感觉自己既像拯救了莎拉·康纳[1]的新版终结者,又像用三天时间从被占领的城市中带走一个姑娘的中世纪战士。

没有人打算夺回这个可爱的俘虏。几个男人的眼中很自然地流露出一丝好奇,仅此而已。

"你们的意志彻底垮掉了,可怜虫们。"我喃喃自语,涉水过河。小小的冷水浴对小姑娘来说不无裨益。

在离塔楼不远的地方,我还是休息了一次。本来可以直达目的地,但我还是决定中途稍作休整,顺便检查检查我的人体行李。

女孩眼神呆滞,只知道幸福地傻笑。我拍拍她的脸颊,她只是嘤嘤地啜泣,算是对我的回应。我点燃一支烟,决定暂且将问话推迟。我感到很是欣慰,因为能从人们习以为常的有毒物质中获得短暂快感,而不是那种长时间的毫无意义的亢奋。

"海关……"小姑娘又说话了,她皱起眉头,似乎很想将目光

---

[1]. 电影《终结者》系列中的主要角色,是未来人类抵抗组织首领约翰·康纳的生母。

聚焦在我身上,"不……不要扔下我……"

我明白了,拍了拍她的手。

"不要怕,我不会扔下你的。"

她的身体一下子就放松了,眼神瞬间散乱。我抽着烟,端详着小姑娘,暗暗惊讶于她竟然激不起我一丝一毫的欲望和冲动。一丝一毫都没有,虽然她比那个瓦西里萨要漂亮得多。说实话,她甚至比我的安妮卡还要漂亮。但不论是晒成古铜色的年轻肌体,还是昂贵的蕾丝内衣,都不能唤醒我的欲望。也许,是那双没有内容、无精打采的眼睛熄灭了我的欲火。

还有一种可能,她唤不起我的冲动,是因为我从未迷恋过这种类型的姑娘? 这就像人们钟情某种类型的明星或模特一样。性幻想对十五岁的男孩子可能很正常,但对成年人来讲就显得太轻浮了。这些漂亮姑娘都是给开宾利或美洲豹的人准备的。

或者是为执事准备的。

我叹息一声,将烟头在松软的泥土中掐灭,抱起姑娘。她条件反射,搂住了我的脖子。我们就这样向塔楼走去。这样走很不方便,但在她向我求救之后,我已经无法将她像扛一卷地毯那样再扛到肩上了。

十五分钟后,我把满脸幸福笑容的姑娘带进塔楼。顺便说一句,这座塔楼已不像我刚开始看到的那么诗情画意了,墙体不是大理石的,而是粗糙的白石头。还好,不是刷的石灰粉。我一脚将门踹上,用手肘插上插销。现在该怎么办? 去莫斯科,到斯克利福索夫斯基的临床毒物科? 不,不妥。

上了三楼,我果断走进浴室,将姑娘放进浴缸。她无精打采地动了动,双手抱肩,蹲下来,我叹口气说:"对不起,我并不是有意要……"

她仍然在笑。迷幻剂的药效还能持续多长时间？问问瓦西里萨就好了。

"我并不是有意！"我又重复了一句，自己都不知道在说服谁。我解下她的胸衣，又帮她脱下内裤。这是我第一次给女人宽衣解带吗？不，不是，她不是第一个，是第六个。不，第五个。

如果再坦白地说，把女人脱光光的，这是第三个。

她并不需要做全面的个人卫生。涅槃是极其干净的世界，那里的泥都不脏。我需要尽快让姑娘恢复知觉。

她坐在浴缸里大概淋了三分钟热水。我灵魂深处，各种遗憾在不停地翻腾，我怎么只有普通的而不是豪华的按摩浴缸？我给她洗了一次苏格兰浴：放十秒钟凉水，然后再慢慢加入热水。感觉到这样做并没有效果时，我开始将放冷水的时间延长至二十秒。相信我，那感觉，是你想象不到的美妙，特别是当室外寒冷，水龙头流出的水更冷更冰更刺骨的时候。

过了大约五分钟，冷热高度反差的淋浴产生了作用。

"求……求你，停……"姑娘喃喃地说道，"不……不要……"

"太好了。"我高兴极了，"你叫什么名字？"

她抬起湿淋淋的头，看脸色就知道她心很乱。

"娜……娜……"

"娜塔莎？"

"娜斯佳……不……不要……"

"娜斯佳不要？"

"不要！"

我认为这是个非常不错的开始，便关上水龙头，拿起衣架上的浴袍。娜斯佳顺从地站起身，我帮她披上浴袍，扶她走出浴缸。

"还能说话吗？没断片吧？"

"不知道……"

"走吧。"

"等……请等一下。"她用力推开我,瞥了眼马桶,"请你出去,我要……"

我走了出去,心想也许五分钟后不得不再进来,接着会看到满脸幸福傻笑的娜斯佳在全力以赴地上厕所。不过她比我想象的要坚强得多,是自己走出来的,不过立刻又倒在我的怀里,诚实地说:

"我感觉天旋地转…………"

我让她坐到厨房的地板上,坐在椅子上她会摔下来。我沏了杯浓浓的甜咖啡,三勺咖啡粉、三勺糖,用开水冲开,味道还在其次,重要的是,咖啡因的劲儿足够大。我强迫她喝下,看着窗外的金吉,无奈地摇了摇头。已是夜晚时分,不去饭店见菲利克斯不好,显得我太嚣张了,好像不想和邻居交往似的。

"你感觉怎么样?"

"我要好好睡一觉。"娜斯佳口齿很清楚,"没有力气……"

"到底出了什么事?他们为什么把你扔到了涅槃?"

然而,我对她的要求实在是太高了。姑娘闭上了眼睛,想要躺在地板上。我只好作罢,把她带到卧室,将她安置在床上,她立刻沉沉睡去,还轻轻地打起鼾来。

"好吧,"我给姑娘盖上了毯子,"晚安。"

是的,这是自然现象。迷幻药的戒断反应不是使人极度亢奋,就是令人极度萎靡。我觉得还是后者好些。

我望着窗外,迈着坚定的步伐在房间里走了一圈。

莫斯科,天气阴沉,无雨。外面慢慢黑下来,窗外已是万家灯火,但街灯还未亮起。

金吉一侧,由于处在偏僻的小巷,没有街灯,比莫斯科要暗一些。但城市披了一件薄薄的雪衣。天空低沉,风雪将至未至。

地球17号,处在落日余晖中,海天一色,天空的蔚蓝渐渐过渡成深蓝。水天交接处,天空变成紫罗兰色,最后堕入热带的漆黑之中。玫瑰残阳,中老年会计或年轻的女秘书的最爱,她们喜欢用这样的图案当电脑桌面。

涅槃,种着苹果的伊甸园。萋萋芳草,浩浩蓝天……这里的阳光依然灿烂。

我的第五个也是最后一个窗口会是什么样的呢?

我耸了耸肩,深感无能为力,只好听天由命。

该准备准备了,我要去菲利克斯那里做客。这种场合穿西装最合适,可我没有买西装,只好穿一件干净的衬衫,换上干净的袜子去赴宴。我拔出匕首,将潮湿的刀刃擦干。我要在这儿建个壁炉,好把这传家的武器挂在上面。

我在桌子上给娜斯佳留了张字条:请不要去任何地方,太危险。等我。我黎明前回来。随后签上自己的名字,犹豫了一下,改成简单明了的"海关"。

临出门,我关上灯,心情沉重地打开通往金吉的门,做好跋涉几公里尽快到达饭店的准备。我决定采用蔡氏奔跑法。

我明显低估了菲利克斯。熟悉的雪橇正恭候在塔楼旁,卡尔——不久前来过的服务生正坐在雪橇里抽着烟,不是普通的香烟,而是造型奇特的烟斗,百无聊赖地等着我。我刚一出现,他就跳到雪地上,口齿伶俐地报告:"车已就位,大师!"

卡尔不是简单地去完成主人交给的任务,很显然,他乐在其中。

"等很久了吧?"

"没关系。"小伙子回答。我意识到,雪橇真在这里等候多时了,雪地上的痕迹也很清晰地证实了这点:他每隔一段时间就拉着马来回走动走动,以免冻伤。"还等您的朋友吗?"

"他去旅行了。"我无精打采,钻进雪橇,拉上帘子,我们出发了。

月光之下无新事,即使是别人家的月光。

饭店的门上挂着个牌子,上写"饭店已预订,恕不对外"。门口的领班仪表堂堂,穿着暖和的衣服,正向一对愤怒的年轻男女解释:"无论如何也不行,所有的位子都订出去了,今天有公司办晚会,建议你们去'国王和渔夫'用餐。为了表达我们的歉意,我们会以饭店的名义送你们每人一杯本店的招牌香料热红酒……"

两人还在闹腾,说自己有预订,还狠狠瞪了我一眼。看来,菲利克斯的饭店在金吉很有名气。

"您请,大师。"领班对我深鞠一躬以示欢迎,然后又转向那两位当地居民。他的语气转换自如,仿佛后背上装着儿童玩具上的"毕恭毕敬谄媚客气模式—不卑不亢彬彬有礼模式"按钮。

我走进大厅,将外衣扔给衣帽间服务员。

狂欢才刚刚开始。

大厅已聚集了约二十位客人。巨大的亚瑟王圆桌还没有人入座。菲利克斯说过,金吉有十位执事,也就是说,这些人中有一半人来自另外的世界。我一眼就看到了罗萨·别拉亚,她穿着与其年龄不符的袒胸露背式黑色长裙,一只手拿着香槟,另一只手夹着点燃的粗雪茄。老太婆善意地对我点头,又对站在她身边已经不年轻的胖女人说了些什么。胖女人向我投来关注的目光,送上懒洋洋的微笑。她也同样穿着袒胸露背的衣服,显得十分奇怪,但也说得过去。显然只有仇人才会建议她穿浅蓝色晚礼服长裙。

蔡斯也在,他身穿常礼服,打着领结,正在喋喋不休,认真地给专注的服务员讲解着什么。服务员频频点头，但蔡斯仍旧不厌其烦地确认自己订单上的细节。蔡斯令人肃然起敬，那气场和没落贵族的后世子孙有一比，就连他有棱有角的脸都那么庄严得体。

几乎所有客人的着装都很讲究，仿佛他们被邀请来参加有着装规定的"黑领带"聚会。男人们清一色的黑色晚礼服，系黑领带，女士们则穿鸡尾酒会礼服。只有两三个男人穿着半正式服装。可是，不对，窗旁有一位穿亚麻衬衣、浅色裤子的男子正神色自若地与身穿粉红色长裙的女孩子聊天。我瞥了一眼他肥胖的后脖颈，突然清楚地意识到他是执事设计师。我是怎么感觉到的？不知道。但"黑领带""白领带""神色自若""讲究"这些忧郁的英国人设计的着装规则，不知怎么就钻进了我的脑袋……

无所谓，让他们忍着去吧。我将手指插到牛仔裤的皮带后面，向桌子走去。左手端着托盘的服务员出现在面前，我拿起一杯香槟。

"基里尔！"菲利克斯迎面走了过来。他的穿戴也很整齐得体，手里拿着一个皮夹子，是菜谱吗？"我真高兴你能抽时间过来！朋友们，请肃静！这位是来自工厂区海关的基里尔。"

他的喜悦就像其他执事一样，是真诚的。有人轻轻地、儒雅地带头鼓起掌，其他人随即拍手附和。众人就像激动的乘客，经过长时间的飞行终于安全着陆后拍手相庆，掌声持续了好几秒。

"我们城市的第四座海关，"菲利克斯继续说，"我觉得，这是举办宴会的最佳理由。我们有了通往地球17号和地球2号的新门，还有……今天的门通向哪里，基里尔？"

"涅槃。"我说。

"哪个区？"

"我不知道。那里有流放者住的村庄。"我看着菲利克斯的脸说，"还有一个海关，执事叫作瓦西里萨。"

"瓦西里萨……"菲利克斯陷入了沉思,"我看看……看看。那里有三十多个村庄,嗯,应该弄清楚……好吧,好,基里尔!有时候涅槃也是有用的。我们有一个通往那里的出口,但它位于一个荒无人烟的地方,这太不人道了,但要从无到有建立新的村落,困难又不切实际。"

"菲利克斯,"我突然察觉到他话中有话,这让我不安,"你刚刚说,我们有了通往地球2号的门?"

"是的,到你的世界。"

"那地球1号呢?"

菲利克斯笑了起来,挥挥手,仿佛我是嗡嗡乱讲的苍蝇,"我胡说八道的,不要往心里去。这只是备用号码,为了避免因争抢'1号'的优先使用权而出现不必要的争执……先生们,我给大家敬杯酒!"

执事们乱成一团,有人往杯里续香槟,有人换酒杯。罗萨·别拉亚已经改喝干邑白兰地了,几个男人也开始效仿她。

"为了我们团结和睦小家庭的新成员,干杯!"菲利克斯说,"虽然我们每个人都不同,但我们在做着同一件事情!"

客人们纷纷举杯。几位执事还赞许地拍拍我的肩膀。我满耳朵都是毫无意义但好像又很真诚的恭维。蔡斯则以老相识的身份自居,用拳头戳了戳我的腰,充满善意地哈哈大笑。

饮尽杯中的香槟,菲利克斯灵巧地挽起我的手臂,大声宣布:"我要绑架我们的客人几分钟!基里尔,你不是很饿吧?"

"不很饿。"我说谎了。

"我不会耽搁你太久。来,拿几块三明治。"他从桌子上拿起一个盘子,递给我,盘子里摆放着有各种馅料的餐前开胃小吐司,"你尝尝这个,非常好吃。"

我满腹狐疑地看着黄绿相间半透明小篮子状的烤面包。

"章鱼籽，"菲利克斯解释道，"不是很咸。"

"巨型章鱼籽？"我问。

"什么？噢，是的。怪兽也不是一无是处。你怎么样，生活还习惯吗？"

我跟在菲利克斯身后，走进一间小办公室。厚重的锦缎门帘将小办公室与大厅隔开。小办公室里摆放着几张沙发和一张小桌子，桌子上堆着饮品和各种小菜。我将手中的盘子放在桌子上。

"还好，菲利克斯。会习惯的。"

从我们第一次见面到现在，他身上发生了些变化，多了些慌乱，多了些困窘。

仿佛……仿佛有什么令他恐惧。

"他们有没有向你和盘托出？"

"嗯。来了两个人，还有个执事助产士。"

"不错，是的……你们那里跟权力机关联系很紧密。没关系，重要的是：不要忘记，任何人都无权给你施加压力，哪怕是政客也不行。"

我并没有对他说那两个来找我的是什么人，但我假装没有注意到菲利克斯的失误。

"政客说服我打开通往阿尔坎的门。"

"为什么？而且，你能做到吗？"

"我不知道能不能打开。我试过了，但打开的门却是通往涅槃的。可是怎么会这样？"我想了想，给自己倒了少许白兰地。确切地说，不是干邑白兰地，而是当地的白兰地，但根据其气味判断，应该很不错。"那里是未来，对吗？"

"不，不是未来，"菲利克斯皱起眉头，"这个解释简单粗暴。通常认为，阿尔坎的世界几乎等于地球 2 号的镜像，只是比地球 2 号发展得要快。嗯……好像他们的时间要快三十年。"

"无所谓。总之,政客有野心,也有计划。他想了解未来,目的是让我们世界的发展少走弯路。"

"说白了,是为了更好地统治。"菲利克斯点点头,"为什么不呢?你当然可以试试。但通往那里的门很难打开,非常难,曾经有海关打开过。"

"菲利克斯,你是说,阿尔坎没有执事?"

"我是说过没有。"菲利克斯摊开双手。

"他们都来自哪里?"

"谁?"菲利克斯微笑着,但我感觉到,他的唇角在颤抖。

"那些执事。"

"你在说什么废话啊?"菲利克斯提高声音,但只提高了一点点,"我们就是执事啊!我来自地球3号,你来自地球2号。人类文明在地球2号到地球6号上同时存在着。另外还有两个偶然可达的世界,那就是阿尔坎和大峡谷。其他世界没有人类,其中有几个世界死寂一片。事实如此,说实话,我就是因为这个才叫你过来的!"

他把皮夹子递给我。

皮夹子内是两叠用回形针夹住的纸。第一叠的标题是《已知的诸真实扇形世界》,第二叠要比第一叠稍薄些,标题是《地球3号详述》。

"人们总是忘记这些信息,"菲利克斯说,"缺少统一管理,是我们的优点,也是我们的缺点。缺点是不可避免的。这里面很多内容你都能用得着。"

我快速浏览了《已知的诸真实世界》。

"地球2号。此世界人满为患,而且无秘密可言。政治体制是多元化的。最重要的国家有美利坚合众国、中国,最重要的语言是美式英语、汉语，技术发展水平为Ⅰ级。"

"技术发展水平Ⅰ级是什么意思？"我问道。

"你的世界技术发展程度高，因此被当作评判标准。"菲利克斯解释道，"而我们的世界，将环保水平作为评判标准。"

"这样谁也不吃亏。"

"正是。"

"谢谢你，菲利克斯。"我合上皮夹子，"但我还是感觉到……"

"我一直对你很好，基里尔。"菲利克斯的语气暗含责备，他看了我一眼，说道，"看到有人幸运地加入我们的行列，我总是很高兴。而且我也清楚，总有新人想偷窥推动我们社会前进的动力，打探我们社会的底细。但是，基里尔，哪里有什么底细？不错，有些执事助产士能感觉到有新人出现，她们就会帮助新人融入这个社会。我们还有一些朋友，他们永远乐于助人，使你的生活更加美好。各个世界差异很大，有的可怕，有的美好。你的地球就是美好的世界，顺便告诉你，你只是还没有发现地球美好的一面。当然，问题也是客观存在的，有些人得知了我们的存在后，就开始编造各种阴谋论。"

"于是就会将他们流放到涅槃。"

"是的，把他们流放到地球22号。这也不算多严厉的处罚，因为干见不得阳光的工作就需要不择手段，对吗？"

我耸了耸肩。

"红尘中，人人皆想浪漫，都有滚滚的欲望，"菲利克斯喃喃地说，"特别是年轻人遇到可爱的姑娘时。"

我们四目相对。我点点头，问道："如果年轻的执事有了浪漫一场的欲望，一般会有什么结果呢？"

"是这样，如果这种欲望没给我们带来任何损害，那就无所谓。"菲利克斯叹了口气，"或许这个年轻人还可以拯救卷入到危险游戏中的天真姑娘，那谁也不会提出反对意见！"

"噢，是这样。"虽然我们之间的谈话很严肃，可我的脑海中还是不由自主地闪过"我们都在缪勒的监视下"[1]，这使我差点儿忍不住笑出声来。

"但令人不悦的情况也的确出现过。"菲利克斯阴沉着脸，转动着手中的高脚杯，仍然下不了决心喝掉干邑白兰地，"我给你举个例子。我们有个执事医生，非常迷人的姑娘，她当然既可以帮助我们，也可以帮助别人。会有人反对吗？我们不也是竭尽全力帮助普通人吗？但她不，偏偏和土匪打成一片，玩起了阴谋诡计。让她必须做出选择，也算合情合理，可她偏要放弃自己的工事，从执事变为普通人。有什么办法呢？这是她自己的选择！但自此之后，她与我们打起了游击战，成了罗宾汉，简直是愚不可及，把半疯的老妇人差点儿折磨死。我顺便告诉你，就连你，手上也因此沾满了鲜血，杀死了那几个听信罗曼蒂克痴话的傻小子！"

话说到这里，我确实找不出什么话来反驳他。菲利克斯所言不虚，我的双手沾满了鲜血。可是在那种非常情况下，我还能做些什么？

"你别无选择，"菲利克斯继续说，"这不是你的错，一切都源于那个执事的愚昧无知和背叛行为！"

我们相对无言，默默地坐了几秒钟。然后，菲利克斯站起身，表情放松下来，他仿佛完成了一件令人不快却又不得不去完成的、光荣且艰难的任务。

"我相信，你永远也不会遭遇背叛。"他神情庄重地说，"这种行为很少发生，一旦发生，就让人痛心疾首。我们走吧！客人们还在

---

1. 出自苏联电视剧《春天的十七个瞬间》中，施季里茨与舒伦堡的对话。

等着呢。况且，第一道菜也该上桌了。"

我们从小办公室里出来，刚好赶上服务员在上热菜。我注意到，给所有人上的菜都是一模一样的，只是搭配的调料汁各有不同。有的人是一两个小碟子，有的人则是一整套各式调味汁小碗、小钵、小瓶、小罐。

"干邑白兰地。"我看到盘子中一块类似勋章牛排的小牛肉，吩咐服务员说，"不过……不，请给我拿杯伏特加。"

"您要哪个牌子的伏特加？'俄罗斯标准''首都''绝对''克扎尔普''爱斯吉尔'，还是'柠檬爱斯吉尔'？"

"爱斯吉尔。"我说。

不过，本地伏特加的口味太普通了。这样的伏特加，我在坦波夫[1]、斯德哥尔摩、法国等任何能把小麦蒸馏成酒精的地方都可以品尝到。我对伏特加并没有偏见，只是很生气，既生菲利克斯的气，又生所有地下工作者的气，也生自己的气。我想喝到酩酊大醉。

而且，我真的酩酊大醉了。

我依稀记得，我跟菲利克斯坐在一起，在伏特加之后，又喝了既古老又罕见的干邑白兰地，虽然已口不辨味，但还是把所有的溢美之词都献给了酒精，海关官员的语言储备是海量的，我不时冒出一些品酒师的行话黑话，菲利克斯频频点头，表示很服气。

然后，菲利克斯不知去了哪里，而我在小办公室里与一位姑娘——执事画家长时间地接吻。姑娘一直让我去她的画室，要为我画裸体肖像。我拒绝了她的好意，解释说今天绝对不是我的好日子，实在无法接受一天之内的第三次失败，而根据我的酒量来看，这种失败不可避免。我们说好这周另找时间画肖像，姑娘就愉快地、自

---

1. 俄罗斯城市，坦波夫州首府。

然而然地将注意力转到菲利克斯身上了。

那夜宴会的尾声，我一直与一名德国人称兄道弟，他的海关在威斯巴登——一个疗养度假的小城，可以直通金吉。德国人查看了很久的地图，然后郑重声明，我可以通过金吉到达他的威斯巴登，去非常上档次的桑拿洗浴中心潇洒。为此，我们又喝了几杯，然后我们就开始探讨俄罗斯与德国民族性格的相似性、俄德战争的悲剧性和俄罗斯与德国应该在欧洲起到的重要作用。与此同时，德国人一直以政治正确为核心，再三强调他的"统一大欧洲"思想，而我则笑称"分散的大欧洲更好"，不知为什么，这让我觉得非常好笑。

再然后，好像没有任何中间环节和过渡，我就出现在了自己的塔楼旁。当时很冷，服务生卡尔不停地说服我回到塔楼里躺下休息。我给他不断解释，作为一名执事，即使在雪地里睡觉也会很舒适。可当我终于同意回家时，卡尔突然还挺失望。

我舒服地蜷缩在楼梯下睡着了，将躺在自己床上的姑娘忘了个精光，但是爬楼梯对我来说难度实在太大，这种想法连试都不要试。

17

有人告诉过我,超过半数的年轻作家寄往编辑部的天才作品,均以宿醉的场景开篇。主人公不情愿地睁开睡眼,凭借顽强的毅力,抱住痛得要炸裂的脑袋,回忆自己到底喝了多少,嚼着阿司匹林,贪婪地喝水。他英勇地承担自作孽的苦果,穿上铠甲或太空服,拿起皮包或键盘,去上班或去上网,与不可避免的酸中毒、血管痉挛和脱水孤军奋战。我猜测,年轻作家想以这种方式让读者设身处地地了解人物,有机会拯救银河系或者战胜暗黑之王的人毕竟寥寥无几,但与青蛇[1]的斗争却人所共知。

实际上,对那些前一晚喝得烂醉如泥的主人公是否还能做出所谓的英雄壮举,我深表怀疑。不论他是骨瘦如柴的小精灵,还是年纪轻轻就战功显赫的绝地武士,宿醉之时,他们可能苦痛,可能向往健康的生活方式,甚至可能只是傻呆呆地看电视,但绝不可能做出英雄才能做出的举动。

我睁开眼睛,立刻意识到自己要遭罪了。既然已经醉到无法走到床前的程度……

但我的头却并不疼,我感觉自己睡得特别好,整个人容光焕发,精力充沛,充满活力。也许,即使真的在塔楼旁的雪地里过夜,我也不会出任何问题。

---

[1] 在俄语中,青蛇表示酒精或含酒精的饮料。

我还发现，自己身上盖着毯子，头下枕着枕头。

所以……

我登上二楼，发现床上没人，只听到三楼传来微弱的杂音，那是餐具碰撞发出的声响。好一曲温馨恬静的家园浪漫曲，曲名就叫《亲爱的，我们今天早餐吃什么》。

"亲爱的，今天我们早餐吃什么？"我满心欢喜地喊道。

叮当声瞬间消失，取而代之的是令人费解的呜呜声。短暂的停顿之后，仿佛有人在急急忙忙地咀嚼，接下来便是风卷残云般的狼吞虎咽。我听到有人说："香肠的味道很怪，可能坏了，面包干硬。你要吃吗？"

"要吃。"我边说边走上楼去。

是的，娜斯佳看上去真的不太好，面色苍白，黑眼圈很明显。她站在桌旁，正在切香肠做三明治。她全身上下只穿了一件我的白T恤衫。T恤衫很长，穿在她身上，虽不足以让她的照片进入"裸体画"级别，但归入"软色情"似乎又绰绰有余，臀部虽被遮上，但离膝盖尚远。

"你感觉怎么样？"我问。

"糟透了。"娜斯佳坦率地回答，"我想吃东西，注意，不是文静地吃，而是要狼吞虎咽。还有，我还很生气，想杀人。"

"感觉糟透了，说明你还有救。"我说，"想杀人，就不好了。"

"说到杀人，好像你挺有经验。"娜斯佳讥笑道。

"拜您所赐。是您说的，'跟在我后面，务必找到白玫瑰，你的所有问题，会有人一一解答。'"

"然后……呢？"娜斯佳脸色大变，神情恐惧，紧张地看着我。

"我去了。在白玫瑰宾馆遇到了埋伏，而且……"

姑娘用力摇着头，说："不！不，不是您想的那样！完全不是！"

我坐在桌前，目光总想向下移，移到比T恤衫稍微往下一点儿的地方，但我努力控制，强迫自己只看娜斯佳的眼睛。她不知是发现了，还是感觉到我火辣辣的目光，径自坐了下来。现在桌子将我们隔开了。

"说吧，"我命令道，"你到底是什么人？"

"娜斯佳·塔拉索娃。"不知是我遭遇埋伏的消息震惊了她，还是我的语气拿捏得当，至少现在她在我面前的表现，就像大家认为的模范女生，却抽烟、喝啤酒、看同志情色电影被父母当场抓住。

"非常好，你多大了？"

"十九。"

"多好的年纪。"我感慨地说，"中学毕业了吗？"

"你说什么？我……我都念大学了！"

"物理数学系？"我冷笑一声。

"不，是历史档案系。"

我本以为她是在嘲弄我。但不是，执事的判断力告诉我，娜斯佳说的是百分之百的真话。

"念大学嘛，很好……"我拉着长声慢吞吞地说，"那个跟你一起进塔楼的男人是谁？"

"与您无关！"

"一切都与我有关！"我忍不住从桌子上拿起一块做好的三明治，"闯完祸了？现在就告诉我！他是谁？"

"是……朋友。"

"朋友？"我用嘲讽的语气重复道。

"并不是您想的那样！"

"所有事情，好像和我想的都不一样！你和他之间是否有苟且之事，我不感兴趣！我想知道，他到底是什么人？"

"您骗人!"娜斯佳出乎意料地来了一句,"您感兴趣!是的,他是我的情人!我已经是成年人了!"

"他是谁?"

"商人。他从事投资……和咨询。"

"明白了。职业不错。他是怎么知道有执事存在的?"

我为什么会这么愤怒?莫非我真的嫉妒了吗?

"您以为就您的职业好吗?开门、关门而已。"娜斯佳嘟嘟嚷嚷地说,"他是好人。我还要告诉你,是他亲口对我说的,他是诚实的纳税人。"

"现在人人都这么说。纳税诚不诚实,谁知道呢?"

娜斯佳耸了耸肩,说:"我从来没问过,是他半年前告诉我的。我开始还以为,他是在开玩笑,后来,我们去逛锦吉,还有一些别的城市……"

"是金吉。"

"没什么区别。我和他经常出去,只不过是走其他海关。那天他打来电话,说4号上有一场特别棒的音乐会……"

"4号?"

"嗯,地球4号,安吉克。从莫斯科到那里很不方便,最简单的方法是经谢苗诺夫[1]旁的塔楼进9号,然后步行一公里就会有另一座塔楼,经这座塔楼去安吉克就容易多了。"

我突然意识到,不同海关之间应该是相互依存的。如果它们是混乱无序地遍布于世界各地,像这种"步行一公里"的场景就很难遇到了。就是在这儿,在我的势力范围内,也有通往金吉和涅槃的塔楼,莫斯科一定还有其他塔楼。

---

1. 俄罗斯城市。

"明白了,你们是去安吉克听音乐会了。"我说,"然后呢?"

"我去找米沙,可他说,这里有新海关,可以直通金吉,从这儿走要快一些。走那边确实麻烦,要经威斯巴登,然后到法兰克福,再从法兰克福到安吉克。"

我看了看姑娘,对她产生了很新奇的感觉。当然,现在人们常说"休息日飞了一趟克里米亚"或者"周末去了一趟土耳其"之类的话。当然也不难遇到选择另类旅游线路的另类游客,他们的主张是,"我们先到法国,因为那里容易获得签证,租辆车,开车去意大利度假",这是标准的普通中产阶级的方案。更有些口袋里装着一百欧元就能往返葡萄牙一次的招手搭车旅游者。

不得了,仅仅为了节省时间去看一场音乐会,竟然穿越了三个世界,给力。

"估计音乐会一定很精彩吧?"我问。

"我们没赶上,真可惜。是'边缘'乐队,鼓手和长笛的音乐才华真是超棒。"娜斯佳突然不好意思起来,"您是不是没听过?"

"行了,我们还是言归正传吧。"我说。那一刻,我大脑中闪过很多演唱组合,他们的歌曲我都是在朋友家或上网时偶然听到的。还有一些民族乐队也让我留有印象,关于他们的信息不多,只有录音和文件能证明他们的存在,因为他们的粉丝圈太小,而且这帮粉丝靠八卦和制造神话来支持自己的偶像。还有多少组合实际上并不属于我们的世界?又有多少录音资料来自金吉、安吉克或其他有人居住的世界?

"你们决定经我的海关去看音乐会。那你写的纸条又是什么意思?"

"那不是我写的。"

"娜斯佳,我看到了,是你扔的。"

"是的,我扔的。是米沙让我扔的。"

"什么?"

娜斯佳叹了一口气。

"是米沙——让我——扔的。他说,'我们捉弄捉弄这个海关官员吧。他还是个小男生,什么都不懂。只要我们给他扔纸条,这个小男生就会跟踪我们,也就会找到宾馆,宾馆里的老妇人就会告诉他一切。'是的,有一次我们就是在那儿住的。"

她不再作声了,瞪着没有一丝一毫虚情假意的诚实的蓝眼睛看着我。我摇了摇头说:"是的,你有时间编故事。娜斯佳,我是海关官员。"

娜斯佳摊开双手说:"那又怎样?"

"如果你说谎,我能感觉到。你最好实话实说。为什么你要引诱我去宾馆?"

"我们并没有恶意。"

"说得好听。所以那群年轻的白痴对老太婆和宾馆女仆严刑拷打,连孩子都不放过。还对我痛下杀手……"

我停顿了一下,娜斯佳借机插话道:"伊兰还活着吗?"

"小姑娘?前执事医生?"有时候,我的反应还是蛮快的,"你稍后再问。现在,你的任务是回答问题。"

"凭什么?"娜斯佳突然执拗起来。

"凭我是执事还不够吗?"我拿起桌上的勺子,轻轻将其打了个结。虽然手指有些疼,但结打得不错。

"装什么夏洛克·福尔摩斯。"娜斯佳气呼呼地说。

"就算为了感谢我,也该回答我的问题吧?"我问,"感激因为有我,你现在还能坐在这里喝茶,而不是在一群优秀的瘾君子那儿流口水?"

她红了脸。

"谢谢……我真的……"

"说!"我命令道。

娜斯佳犹豫不决,然后摇了摇头,豁出去了,冲口而出:"我是地下工作者。"

"多久了?"

"五年。"

"噢!"我大吃一惊,凭感觉,这是真话,"你参加了'青少年地下工作'小组?"

"我救了伊兰。她跟自己人发生了争执。再后来,她来到我们的世界。她被人追杀。我掩护了她,她就把一切都告诉了我。"

"你跟好人米沙不是偶然认识的,"我慢条斯理地说,"是根据地下组织的指示。"

"这与您无关!"娜斯佳又喊了起来。

"好吧,好吧……"我安慰她说,"听你的。那你给我这个坏蛋执事讲讲,你们这群勇敢善良的姑娘在与什么人对抗?"

"您没必要这样讽刺挖苦。"娜斯佳说,"我们的人有男有女。还有,我并不认为您是个坏人。我很遗憾,他们袭击了您,我没想到会发生这样的事情。"她突然微微一笑,又出人意料地补充道,"您非常可爱。"

一时间,我手足无措,含糊地说:"我怎么能跟米沙相比?这样吧,你还是用'你'来称呼我吧,我比你大不了多少。"

"尤其是发生了昨天的事情以后……"娜斯佳笑起来。她不再惴惴不安,大概是看出我喜欢她了。

这就是女人,只要感到有小伙子喜欢她,就立刻风情万种,开始自以为是。

"令我遗憾的是,"我叹了口气,"昨天什么事情都没有发生,除了冷水浴。怎么样,我们改用'你'来称呼?"

"随你便。"

"娜斯佳,我是入职刚刚三天的执事。当然,有很多事我还不明白,也从来没有人问过我想不想当执事。但我还是不明白,什么原因能让一个年轻可爱的姑娘和执事发生冲突。"

"我们要推翻的是执事的政权。"

"咚——咚!"我隔着桌子,探过身子敲了敲娜斯佳的头。她不知所措,没有来得及闪开,"你有脑子吗?哪有什么政权?"

"无论在哪个世界,你们都与当地的精英保持联系,并为他们工作。"娜斯佳不假思索地说,"你们享受着普通人无法企及的特权,拥有秘密警察,掩盖不同世界间可以通行的真相。"

我耸了耸肩,说道:

"十恶不赦,罄竹难书,是不是?那与当地精英交往何罪之有?难道法律是执事制定吗?他们对各地政府施压了吗?"

"不知道,"娜斯佳坦诚地回答,"但你们跟当地政府沆瀣一气。"

"世界上所有人都与政府沆瀣一气。诗人赞美政府,商人游说疏通,以便制定对其有利的法令。这与我们有什么关系?我们有自己的生活。我们必须服从当地政府,而不是他们服从我们。我们是在服务他们,是的。"

"正是如此!你们是为政权服务,而不是为人民服务!"

"你来说说,执事应该怎么为人民服务?每十万人中才有一个执事。是的,一个执事医生一天要给很多人看病,但再多能多到一千个病人吗?或者,我一天能放一万个想要晒太阳的人从我的塔楼到海滩去吗?"

"为什么不呢?"娜斯佳挑衅地说,"你打开门,就可以让他们过去。"

我想了一秒钟，摇了摇头说："不，行不通。我必须亲自和每个人谈话，检查他们是否有走私行为。每个人至少要用超过一分钟的时间。"

"你有什么根据这么说？"

"感觉。"我回答，"这是最普通、最纯粹的知识。娜斯佳，我不能将塔楼所有的门都四敞大开。这不可行，也行不通。有人进来，我需要关上他身后的门，跟他交流，再将他放到另一个世界。任何执事都不可能为所有人服务，就像不可能让所有人周末都坐飞机去海边度假，因为没有那么多的飞机、燃料和机场。同理，我的能力也是有限的。再举个例子，说执事理发师。大家都说，他做的发型简直太棒了，简直是万众瞩目。同样，他一天也只能给两个、三个、五个人做头发。"

看来，我成功地说服了娜斯佳。

"你是想说，你们是奢侈品吗？"她不怀好意地问。

"不是奢侈品。请设想有这样一位歌手，他的嗓音迷倒众生，所有人都想听他演唱，但他一天只能开一场演唱会。你说，这是歌手的错吗？错在无法满足每个人的诉求？医术高明的医生，能满足成千上万的病人……"

"别说了。"娜斯佳皱起了眉头，问道，"为什么你们只为政府提供服务？"

"为什么是政府？"我反问她，"我这儿就有老人来过，还有歌手和他的几个朋友，还有你的朋友，那个商人。那些成功人士，早晚都会知道我们，并成为我们的客户。好吧，让我们扯远一点儿。你说，我们是公权私用吗？"

娜斯佳沉默不语。

"你听过'鞋匠无鞋穿'这句俗语吗？如果执事之间不相互疗伤治病，不相互支持，不成全对方，不保护彼此，那才叫咄咄怪事呢！这是不可能的，娜斯佳！世界上不可能有饥饿的厨子和无家可归的宾馆主人！还有什么？秘密警察？"

娜斯佳点点头。

"谁来保护我们？如果发生意外，我该怎么办？往警察局跑？当你的一帮朋友袭击一个老妇人和她宾馆的帮手，你说我该怎么办？你们指控我们有罪，可你们自己的手段就不残忍吗？"

"我没想过会出现那种情况！"娜斯佳喊道，"我们就想绑架几个执事。选择你，是因为你毫无经验，还没有将所有的门打开；选择菲利克斯，是因为他在金吉说了算！"

她停了下来，意识到自己说得太多了。但我没抓住她的话不放，而是继续问道："最后一个问题。你说，我们掩盖存在平行世界的真相。就算你有理，如果我们将真相公之于众，将会怎样？想象一下，无数冒险家奔赴新世界，继而划地为营，无人居住的世界他们要占领，有人居住的也要染指其中。如果我们告诉世人，还有很多平行世界，但就是拒绝打开那里的通道，那会怎么样？他们对我们恨之入骨。我们当然比人类要强壮，但终究打不过军队。我们没有军队，他们的坦克开过来，我们的血肉之躯就……"

"好像只有核爆才能摧毁你的塔楼。"

"我不认为这会成为他们止步的原因。"我阴郁地说，"娜斯佳，你要明白，我们是少数派，因为人少，所以必须躲藏起来。我们没有力量造福整个地球和所有平行世界。但我们会尽我们所能帮助人类，推动社会进步。"

"你这话像是执事说的。"

"我确实是执事。好吧，如果我说得不对，请告诉我哪里错了。"

"如果伊兰在，她就能给你解释清楚。"

"你自己都没弄清楚，为什么要与我们作战？"我批评了她。

"因为你……你讲的和别人讲的不一样！"娜斯佳明显很沮丧，"同样的东西，到了你的口中，好像都正常了。"

"你自己想想，用自己的脑袋想。"我颇为满意地说，"地下英雄……好一个无线电报务员凯特[1]。你们找我有什么用？"

"你是新人，你的门也没有全部打开。伊兰说，我们需要地球1号。这是非常重要的世界。"

"这个世界存在吗？"

"当然！"娜斯佳用略带责备的眼神看了看我，"我们的地球是地球2号。伊兰认为，执事都来自地球1号。"

"我是本地人。"

"嗯，是的。但第一批执事来自地球1号。他们自己的世界对所有人保密。"

"他们是谁？"

"我们不知道。他们的人数可能不多。"

"阴谋论。"我很同情她，"你明白吗？永远有人用阴谋论解释世间的一切现象。所以才有了共济会、外星人或者世界的影子政府。"

"最后一种说法比较靠谱。"

"根本就没有此类组织！"我挥挥手，站起身来，"所有人都需要我这可怜的塔楼。政客想看一眼未来。你们要寻找地球1号，可1号不存在。"

"谁告诉你的？"

"菲利克斯。"

---

1. 苏联电视剧《春天的十七个瞬间》中的人物，为苏联地下工作者。

娜斯佳噘起嘴，什么也没说。可是我却越说越起劲儿："我想告诉你，亲爱的客人，你还是回家去吧。好好学习，做个好孩子，让爸爸妈妈高兴。去理发店，为米沙叔叔好好梳妆打扮一番，他喜欢年纪小的可爱姑娘。顺便问一句，他在哪儿？"

我突然意识到，到目前为止，我还没有弄清楚娜斯佳是怎么到涅槃的。

"不知道。我们刚到安吉克，就过来两个人，两个当地人。一个是警察，还有一个身份不明。"

"执事吗？"

"是的。他们不知从哪里得知我跟地下组织有接触，就开始盘问我。我保持沉默，然后说，我要去趟卫生间，试图逃跑，但他们追上了我。我不知道他们做了什么，等我醒来时，就已经在那个村子里了。我知道那是什么地方。有人给我们讲过涅槃的事情。只是我心里明白，却站不起来，无法离开。"

"你的朋友呢？"

她摇了摇头。

"明白了。"我点点头，"其实，没有必要怪罪他。"

"他一定会救我的！他又能怎么办？攻击警察？他一定会想办法到涅槃去的，只是会稍晚一些！"

娜斯佳绷紧全身的肌肉，她的眼睛闪闪发光，她显然已经做好了争吵的准备，但我并没有反驳她。

"是的，这是明智之举。"我欣然同意，"好了，我非常高兴认识你，娜斯佳。非常高兴见到你康复。有时间给我写信，发电报。哪天路过此地，就请直接过去，你就当自己从未来过这里。"

娜斯佳猛然站起身来说："也谢谢你，海关大人。请你继续当仆人吧，你做得非常好！你的主人会很满意的！"

她站起身，骄傲地向楼梯走去。

"我叫基里尔。"我在她身后说，"你准备就这样走吗？赤身裸体只穿件T恤衫？"

娜斯佳停下脚步，一动不动地站在原地，本想漂亮地转身离开，却没有成功。

"走吧……"

我将自己的旧牛仔裤给了她。牛仔裤穿在她身上显得很肥，就像面口袋，好在皮带上有新打的孔，所以裤子可以被皮带固定住。我的旅游鞋和她脚的大小差不太多，仅大一到两号，娜斯佳长了双大脚。

"你住在哪儿？"

"普列奥布拉任卡大街。"

"拿着。"

我递给她两张面值一百的卢布，够打车的了。娜斯佳没有客气，将钱塞进口袋。她的脸上浮现出一丝困惑，她在口袋里翻找一阵，掏出我的旧手帕，极其厌恶地扔到地上，又在裤子上蹭了蹭手。

我假装什么都没看到，朝窗外望去。莫斯科没有雨，天很冷，但阳光明媚。没办法，只好让她挨冻了，我可不准备把外套给她。

"海关，你新打开的……"

"基里尔。"

"基里尔，你新打开的窗户是通到哪里的？"

确实，该有新通道了！

"这与你无关。"我说，"对不起，你的多维度旅行已宣告结束。祝你一路顺风。"

娜斯佳默默地下楼，我用钥匙打开了门，放她回莫斯科。我疑惑地看着她的眼睛。真奇怪，她这样默默地离开，是为了保持最后的骄傲吗?

"谢谢。"娜斯佳明显不情愿地说,"谢谢你的衣服……还有……所有的一切。尽管我们在意识形态上存在差异,但你行事有君子之风,是真正的男人。"

然后她转过身,傲气十足地扬起头,走了。令人吃惊的是,即使穿着我的旧衣服,她看上去依然很迷人。

我叹了口气,关上了门。她从哪里学来的这些说法呢?"尽管我们在意识形态上存在差异……"莫非,她真的加入了"青少年地下活动"小组?

"美丽的姑娘赤身裸体,躺在灌木丛中。"我忧伤地说,"换个人,早就行不轨之事了。可我,只是踹了一下。"

我很好奇,是不是所有执事的私生活都这样糟糕?因此他们才以相互调情为乐?也不尽然吧?菲利克斯说过,他有家庭,有孩子……

就这样吧。我还没法和这个年轻的女冒险家谈恋爱。周围是整个莫斯科!

还有另外四个世界……其中一个我还没有见过。

但不论诱惑多强烈,我要做的第一件事还是爬楼梯,检查一下塔楼是否增加了新的楼层。

的确有新楼层,是圆形的小房间,里面只有一扇窗户,朝向是莫斯科。整个墙面从地板到天棚都是抛光的黑色原木书柜,里面是空的。还有一张小桌子,桌前摆放的是舒适的安乐椅。还有壁炉,当然,壁炉没有点燃,但看起来像是真的。

空书架唤醒我内心奇怪的感觉,很压抑,很忧伤。你好像走进堆满衣服、鞋和各种小饰品的屋子,而这些东西有人刚刚脱下来。可是,里面没有人。人,不知去了什么地方。

没关系。用藏书填满书架，这活我会干。

我站在那儿，长时间呆呆地看着书柜，想象自己在寒冷的冬夜，坐在这个舒适的小屋子里，点燃壁炉，翻开一本书，时不时看一眼窗外肮脏泥泞的欲望都市莫斯科，平心静气地沉浸在文字中。当然还有，我抽着烟斗，一定是烟斗。小桌子上放一杯柠檬热茶。也许还有高脚杯，杯里倒上陈年佳酿干邑白兰地，并不是为了喝，而是在喝两口茶之间，嗅一嗅白兰地的芳香，然后再沉醉于文字的海洋。

我叹了口气，并非因为懊恼这可望而不可即的梦想，而是预感到理想就要成为现实。会实现的，一定会的。我是执事，我是天生的海关官员。

但究竟为什么我偏偏是海关官员？为什么我不是执事商店老板，店里堆满电脑、电视及其他电子设备？这似乎更符合逻辑。

我耸耸肩，向二楼走去。如果真去挖掘真相，就真有可能虚构出所谓的世界阴谋论的说法。但我不想！让他们这些政客、地下工作者和警察统统都见鬼去吧！如果最后一扇门通往无生命的世界，我反而会高兴。譬如说，新世界是被月球砸中过的地方，塔楼位于岩浆沸腾的熔岩湖中央，火山爆发。或者那是被可怕的太阳耀斑摧毁了所有生命的世界，塔楼矗立在咔咔作响的沙丘上，肆虐的风由氮气组成。如果那里的地球不自转，那也是不错的。想想看，让生命绝迹，把整个地球变成荒漠死寂的灾难还少吗？到那时，我可以在政客季马面前双手一摊，以示自己无能为力，也可以敬伊兰和娜斯佳而远之，开始去过自己幸福的小日子了。

我边想，边从最后的窗户上卸下了螺栓。

最初的刹那，我以为塔楼是在森林中。树枝在窗口轻轻地摇摆，一只不怕人的小鸟透过玻璃窗凝视着我，真是不可思议。这就说明，动物是能够看到塔楼的。这里阳光普照，绿意盎然。正值盛夏，四处生机勃勃。这里的夏天，既不似艳丽如涂鸦画本的涅槃，也不同于热带夏天的华美灿烂。

透过树木缝隙，我看到了奥斯坦金诺电视塔的塔尖。

显然还是个有人居住的世界。是"五大地球"之一吗？是地球4号、5号还是6号？可能这就是踏破铁鞋无觅处的阿尔坎，一个和我们的世界完全相同，只是时间相对滞后的阿尔坎？

或者这里就是传说中的地球1号？是的，假如娜斯佳看到窗外的景象，怕得要费番周折才能让她离开塔楼。

我得去看看。

我查看了其他窗户，似乎只为了放慢这美妙的瞬间。我最留意的是地球17号，万一科佳改变主意回来呢？自己回来也好，带女逃犯回来也罢，都不重要了。

海岸上空无一人，只有个空啤酒瓶在阳光的照耀下闪闪发光，有碍观瞻。我得把那里收拾干净。

只是，这个工作我必须晚些时候再做。我尽量说服自己压抑住好奇心，但好奇心却愈发强烈：这最后一张彩票到底中了什么大奖？

18

人的冲动之中潜藏着无限诱惑。出门买个面包,却去了另一个城市;早上刚认识的姑娘,晚上就跟她领证;漆黑的房子里传来令人生疑的响动,好奇心驱使人一定要开门看看;来到圈养河马的围栏边,就忍不住拍它胖胖的屁股;去泰国旅游,与他人亲密竟敢不戴安全套;接受神秘女郎的求爱,紧接着就在白纸上用血签名[1]。总而言之,说走就走的冒险最令人向往。

尤其是你才二十岁,而且还没有经历过真正的冒险。

真正的冒险需要冲动。假如总是三思而后行,人类会失去多少冒险的乐趣和奇遇的惊喜。极地探险时,如果不把煤油储存在锡焊封的油箱中,不依赖小矮马这种交通工具;机翼发明家如果不先从棚子上往下跳,再从埃菲尔铁塔往下飞;电子邮箱用户如果不打开主题为"nice game"的文件,也没有去帮助尼日利亚的王子继承二百万美金遗产……那很多故事就不可能发生,这些故事在很多情况下很可笑,很忧伤,但更多的是悲剧。

所以,真正的冒险需要牺牲精神。

要是一个月前,我会迫不及待地离开塔楼,走进新世界。不论是天气或当地人这样的因素,还是对当地习俗一无所知,都不会让我停止探险的脚步。

---

1. 俄罗斯的巫术,以血签名可以达到一生相守的目的。

但是，我变了。自从我孤身一人与整个世界相依为命时起，我就开始了先思考再行动的模式。虽然思考所用的时间不长，但总是要思考。

我从塔楼走进"自己的"莫斯科，拦下出租车去了超市。一下子有了这么多钱，我得好好享受一下才是。刚好"骆驼杯"品牌店在甩卖夏季服装，我买了一条不知该算长短裤还是短长裤的裤子、一件Polo衫、一件有防风帽且袖子可以拉下来的（"轻轻一拉就变成……"[1]）冲锋衣、一顶鸭舌帽和一双舒适的凉鞋。我跟售货员解释说要去南方，他们好奇的目光中流露出羡慕和悲伤，这种目光通常会出现在刚刚结束休假之人的眼中。

回到住处，我将瓦西里萨送给我的匕首固定在腰带上。我不大可能会用上这东西，特别是现在，我自己就是比手枪还要恐怖的武器！但窗外只有一片绿色，没有人烟，电视台的顶尖突兀地从树林中探出来。这种热带风光也迫使人配置与环境相匹配的装备，比如弯刀、软木头盔、射大象的火枪。匕首顺理成章地成为应景之物。我又抓起一块巧克力，带上一小壶干邑白兰地，权当储备食物。那里不应该出现饮用水短缺的情况。药品，好像我已经根本不需要药品了。如果一夜之间我折断的肋骨都能完好如初，极短的时间内迷幻药对我失效，酩酊之后也没有宿醉反应，那腹泻或者流鼻涕之类的小病就更困扰不到我了。

然后，我拿起菲利克斯送给我的打印文件，翻看了一遍，特别认真地研究了一下几个有人类文明存在的世界。

我下楼，走出工事。因为有奥斯坦金诺电视塔这个建筑，我们权且称这个世界为莫斯科2号吧。

---

[1] 苏联1968年上映的喜剧电影《钻石胳膊》中的台词。

这个世界给我的第一印象是草丛中浓重的露水。双脚立刻就湿透了,但这种感觉很爽,让人想起赤脚在别墅附近乱跑的童年。天气温暖,却不燥热。空气清新,沁人心脾,完全没有城市的污浊。鸟儿叽叽喳喳,婉转清脆,这既非乌鸦的怪叫,也不是小麻雀恼人的聒噪,而是不知名小鸟的啁啾。

但是,这个地方并不像我开始想象的那样死气沉沉、荒无人烟。繁茂的树木之间,一条小路蜿蜒向前,转弯处立有几块很明显的石头标记。小路弯弯曲曲,爬上山丘,绕过我的塔楼,消失在森林中。看来,这不是热带丛林,而是大型森林公园。下一步该往哪里走,这已经不是问题。我沿着小路朝电视塔方向前进。

顺便说一下,我的塔楼在这个世界中也彻底换了模样,变成了砖结构的建筑,从地面向上一米半的地方贴着褐色饰面砖,大约在三楼的位置有一条半浮雕瓷砖装饰带。我往后退了几步,然后又绕塔楼走了一圈,以便看得更清楚。

浮雕风格与苏联斯大林时期的宣传雕塑类似。浮雕上的每个人都在幸福地微笑,因为所有人都在从事对社会有用的工作:工人在车床上车零件;农民伸出的双手里有一捆麦穗;女医生用听诊器为人看病;足球运动员在踢球;一位老者在黑板上书写公式(仔细看后,我甚至看到了咒语一般的 $E = mc^2$)。连浮雕上的孩子也在工作,他们不是在操控飞机模型,而是在打扫兔笼。

世界不同,塔楼的外观亦不同,塔楼会根据周围环境相应地改变自己的模样。据此推断,浮雕画不免令人想入非非。或许,这里并不是"领先三十五年"的阿尔坎?或许,这是比我们的世界落后五十年或更为古老更不为人知的世界?

活久见!

我沿着下坡的小路缓缓前行，走在松软的土地上非常舒服，内心充满了喜悦。我高兴，还因为这一次我感受到的不是那种不合时宜的兴奋，而是那种现世安稳、岁月静好的淡然，是那种在天气晴好的日子里，进行林中漫步才有的欢愉。

唉，如果我的莫斯科也有这样的夏天，有如此干净、整洁、充满生机的公园该多好啊！

走了大概二十五分钟，步行了一千五百米时，我听到前方传来阵阵欢声笑语。等待已久的、与当地人接触的机会终于来了。

我放慢脚步，脸上的表情尽可能放松，看起来人畜无害。我凝神静听。透过树丛，暂时还看不到人，不知是声音在空气中传播更清晰，还是我的听力有所提高。

有人在唱歌，不，确切地说，是首儿歌。非常美妙的儿歌，虽说唱功一般，但能听出来，孩子们是用心在唱：

> 我多想多想坐上飞机，
> 将美丽的莫斯科欣赏，
> 因为只有这样我才能，
> 向所有的小伙伴挥手。
> 我所有的小伙伴啊！
> 我所有的小伙伴啊！
> 我多想多想乘船远航，
> 将美丽的莫斯科欣赏，
> 因为只有这样我才能，
> 看见所有小伙伴的笑脸。
> 我所有的小伙伴啊！
> 我所有的小伙伴啊！

我多想多想徒步旅行，
将美丽的莫斯科欣赏，
因为只有这样我才能，
握到所有小伙伴的双手。
我所有的小伙伴啊！
我所有的小伙伴啊！

当然，如今的歌曲种类繁多、风格各异，儿歌就更是有过之而无不及了。每逢首都建城周年纪念，接受市政厅赞助的词曲作者就会创作出诸如此类的作品。但在这里，有两点很奇怪。

第一，孩子们很真诚，唱得用心，可谓感情饱满。这样的歌声，只有在早期的儿童电影中，少先队员捡废铁时才会出现。

第二，这首歌是最不像歌的歌。曲调不和谐，歌词不押韵！我听得非常清楚，而且用词也不符合规范，没有韵脚可言。

看到唱歌人（儿歌正好刚刚唱完，孩子们富有朝气、叽叽喳喳的喧闹声与鸟鸣声融为和谐的整体）的一瞬间，我立刻就明白为什么会是这样。

他们唱的不是俄语歌。虽说执事的超能力能让我像听懂母语一样听懂另一种语言，但我并未拥有翻译诗文的才能。

他们不用俄语唱歌，也算是意料之中的事。迎面而来的，是十几个黑皮肤的小男孩和小女孩。他们看上去七至十二岁不等，男孩子穿着短裤，女孩子也穿着短裤，上身是T恤衫，所有的孩子都赤着脚。在我们的世界，即使在农村，也没人如此无所顾忌地赤脚走路，因为谁也不敢保证不会踩到生锈的钉子或是碎玻璃瓶子。尽管有的孩子皮肤颜色稍微浅一些，有些孩子的皮肤是黑紫罗兰色，但所有的孩子，毫无疑问，都是纯种的黑人。

陪伴孩子们的是位年轻姑娘,也是黑人。她胖乎乎的,嘴唇凸起,穿的是只有在偏僻的俄罗斯农村才能见到的轻薄印花连衣裙。姑娘表情凝重,手拿着一束花,四支红玫瑰包在玻璃纸中。

我站在原地,一动不动。

这世界怎么了?俄罗斯为什么有这么多黑人?看来,民族思想的主张就是这么难以预料,而且还很任性!

年轻姑娘看到了我,友好地对我挥了挥手,然后喊道:"孩子们,1——2——3!"

大家立刻停止喧哗,跑步围成一个圈。这是很复杂的移动方式,姑娘沿着小路向前,孩子们则围着她跑圈,像无数颗妄想脱离轨道的行星一样疯狂地转起来;但与此同时,他们又都沿着同一个方向前进。最后,他们停止奔跑,聚成一小堆,露出洁白的牙齿微笑着,七嘴八舌、南腔北调地喊起来:

"腻好!"

"内好!"

"您好!"

"妮好!"

甚至还有,"号!"

一个年龄最小的女孩虽不合拍,但发音纯正,她尖声尖气地喊道:"你好!"

我勉强挤出一丝笑容,喊道:"你们好!"

很显然,相识仪式到此结束,孩子们随即四散跑开了。只剩下年轻姑娘站在原地,看来是在等我过去。我走到近旁。

"您好!"黑人姑娘的俄语相当纯正,虽然夹杂了一点点口音。她说:"我们没有打扰到您吧?我们太吵闹了吧?"

"没有,没有,没关系。"我连忙说,"都是孩子!孩子怎么会打扰我呢？我非常喜欢孩子！"

"噢，他们可不是孩子，而是混世小魔王。"姑娘表情生动地擦了擦额头上并不存在的汗水，笑起来，"我叫玛莎，全名玛丽安娜·塞拉西。"

"基里尔。"

"他们来自象牙海岸，"玛丽安娜稍微压低一点声音说道，"来了一周了。"

"这样啊！"我意识到，小姑娘一定以为我应该听明白了，"我听懂了。他们喜欢莫斯科吗？"

"喜欢，相当喜欢。我们刚刚还在唱关于莫斯科的儿歌。您懂法语吗？"

"你们唱的是法语版的儿歌？"我大吃一惊，"怎么说呢？是的，懂一点点。'我所有的小伙伴啊，所有的小伙伴啊'，很不错的儿歌。"

玛丽安娜点点头，瞥了一眼监护中的孩子。

"我们该走了。再见，基里尔！孩子们，1——2——3！"

"赛见！"

"再现！"

"再见！"

"宅间！"

年龄最小的女孩就是与众不同，清晰地说道："拜拜！"

我断定，这个小女孩不是最有语言天赋，就是最机灵的。队伍慢慢向我的塔楼方向走去，而我依然站在原地，心存好奇，目送他们离开。

他们是谁？旅游者？来自象牙海岸？不会是……

难民？很有可能。

眼前的俄罗斯和莫斯科接纳了来自世界上最脏、最乱、最差的非洲难民,这还是原来的俄罗斯和莫斯科吗?

有意思,太有意思了!

我心事重重,默默前行。就算迎面遇到几个日本老人或者波利尼西亚的孕妇,我也不会再惊讶了。一路上,我再未与人相遇。小路变成了结实的土路,土路变成了石头路,一百米后,石头路变成了柏油路。柏油路两旁是左一个右一个半高不高的柱子,其上是粗糙、生铁打造的路灯灯罩,罩上的玻璃倒是既干净又完整。

见鬼了,这不是我的莫斯科。

我朝一条平坦的双车道混凝土大路走去。一道齐腰高的铁丝网围栏将公园与公路隔开,以免野生动物上路被车撞到。路的另一侧是一排山路上常见的混凝土柱。为方便围栏内的人通行,围栏上装有带门闩的便门,其后一条斑马线横跨公路延伸至一个小而干净的柏油广场,能看见上面有绿色的木长椅、又大又笨的石头垃圾桶,以及建在护墙上带底座可以旋转的望远镜。不错的观景平台,我见过,但不在俄罗斯。

我像中了魔法,不假思索地打开便门走出去,然后小心地随手把门关好,过了马路(没有车,虽然远处有马达声)。

观景平台后面有悬崖,还有莫斯科。

这是什么地方?麻雀山[1]?不对,不像,我以奥斯坦金诺电视塔塔尖和清晰的克里姆林宫的轮廓作为判定方位的依据。假设我从站立的地方,也就是这个小山丘(说山丘有点儿夸张)掉到河里,被河水冲了二十米,我爬起来的地方就应该是阿列克谢耶夫斯基地铁站附近,我可以在"我们的世界"里以此方式完成这段路途!

稀奇古怪,是不是?

---

1. 位于莫斯科西南,是莫斯科的最高处,海拔为220米。

在两个不同的世界，目测我的塔楼所在的地理位置没有发生偏差，这没什么。偶有偏差，也很正常。

更奇怪的事还在后面。这里的莫斯科有些地方跟我的莫斯科很像，但地形却有着根本的差别。请问，如果某个地方空气不适合呼吸，天上没有月亮，你会大惊小怪吗？当然会！在完全不同的地方，怎么可能会有一座几乎完全相同的城市？莫斯科市中心怎么会突然隆起基座巨大的山丘？克里姆林宫和奥斯坦金诺又怎么可能还在原来的地方？

绝对不可能！德米特里·伊凡诺维奇[1]要害怕到什么程度，才会把克里姆林宫——公国最重要的要塞建到山丘下，确切地说，建在山脚下？按理说应该将其建在这里，我站立的位置，让鞑靼蒙古统治时的敌人闻风丧胆。

赫鲁晓夫也不仅仅只喜欢国外玉米，也被沐浴、如厕两用卫生间所迷惑。全世界巍峨壮观的电视塔都是建在山丘上，尤其是在首都。

不对，这太奇怪了……

我放弃了猜测，走到望远镜旁，看不出这是什么类型的望远镜。这东西我见过不少，有的不投币，就无法旋转，只能看一个地方，直到你厌烦为止。还有些望远镜设计得更缺德，内部竟然有个小挡板。

而这个望远镜是免费使用的，镜身连投币口都没有。我靠近目镜，贪婪地俯瞰城市。

克里姆林宫看上去很平常，毫无特殊之处。接下来……塔楼上是什么？是的，是的，是星星，红色的，红宝石样的。好吧，一个

---

1. 德米特里·伊凡诺维奇（1350-1389），即德米特里·顿斯科伊，莫斯科大公，1359-1389年在位。

假设立即浮现在脑海，我开始寻找国旗，我的假设不成立。

白色——蓝色——红色的三色国旗。"БСК"[1]，懒惰的小学生都是这样记国旗颜色的。根本就不是绘有镰刀和锤子的红色旗帜。

好遗憾啊！我本以为来到了一个与所有历史相反的共产主义乌托邦。

好吧，我们再往下看。马涅日广场……这是怎么回事，这绿意盎然、花团锦簇的广场和广场咖啡厅的遮阳伞都在莫斯科的中心吗？就算如此，可我们代替哥伦布纪念碑的彼得大帝纪念碑又在哪里？我将望远镜对准莫斯科河，沿河观望，没发现任何可怕的建筑物。可是"烤肉串"[2]又在哪里？我找到了季什斯基广场。我甚至离开目镜片刻，望向苍天，充满感情地说："谢谢你，上帝！"

我明显开始喜欢这个莫斯科了！

我的目光贪婪地掠过儿时就熟悉的莫斯科街道。这是大剧院。一切正常。这是中央百货商店，也是，也不是！它最上面的那层变成了连成一体的玻璃建筑，有点儿像全景饭店。圣瓦西里大教堂还在老地方。那这是什么教堂？很有历史感。可在我的世界里，教堂的位置上是座样貌丑陋的部委大楼。

不，这太耽误工夫。我不再寻找那些地标性建筑，转而开始观察城市主干道。

我很快发现了最根本的区别。市中心的古旧建筑物更多些，教堂、宫殿和各种老式房屋比比皆是，那种被称为斯大林风格的建筑也不在少数。新建筑即使有，也与建筑群的整体风格保持和谐。此外，城市边界也没有发生大的变化。普通的预制板居民楼星罗棋布，

---

1. 白、蓝、红的俄语首字母。
2. 莫斯科季什斯基广场上的一座纪念雕像，雕像名为《友谊永恒》，建于1983年，为俄罗斯与格鲁吉亚的友谊而建，因其形状，当地人戏称为"烤肉串"。

只是绿化更好，路况更佳，城市中到处都是小公园和纵横交错的立交桥，虽没有纽约立交桥的恢宏，但也可圈可点，有模有样。路上车水马龙，却不见拥堵之状。林荫道纵横交错，步行街点缀其中。虽不能说这就是共产主义理想的具体再现，但总体上讲，让人相当愉悦。

我叹口气，放开望远镜，掏出烟点燃。

但感觉什么地方好像不对劲。我们到底要怎么解决这座山丘呢？我目光所及的城市难道完全忽视了市中心这座突兀的山丘？

我又凑近目镜，开始研究山丘周围的环境。

是的，果真如此。

我所在的地方仿佛是被一股骇人的力量从地壳里推出来的。这股力量通过推拱和挤压，硬是在地面拱出巨大的山丘。这种地质变化出现在并不太久远的过去。如今，城市的伤口已经愈合，很多街道惨遭破坏，弯曲变形，不得不绕过障碍物，出其不意地在明显不该结束的地方终止。很明显，山丘附近的某些建筑物经过了修葺，其他建筑物则太新，看来是在地壳剧变之后新建的。是在废墟上重建的吗？看来是的。

那山丘下流淌的小河呢？亚乌扎河[1]？不，距离不对。也就是说，我的世界里没有这条河。

"也许，"我喃喃自语，"是地震震出来的。"

"也许"正是问题的症结。我还从未听过地震有如此强大的力量，可以将这么大一块地壳整体拱起，使周围形成沟壑，并将河水注入其中。

---

1. 位于莫斯科和梅季希之间，属于莫斯科河的左支流，河道全长48公里，流域面积452平方千米。

或者这是城市规划师的杰作?他们准备西水南调,将众多的西伯利亚河流引到此地,于是就在莫斯科市中心建了这座自然公园。这个假说远比其他假说靠谱。

好了,多猜无益,该下山了,而且必须走公路。我要先到市内,弄清楚我到了什么地方,这个地方又发生了什么。

我无须步行下山。公路上传来马达低沉的轰鸣声。一分钟左右,从树丛后的转弯处出现了一辆朝广场方向驶去的公共汽车,是双门小公交,车体很高,一块巨大的前挡风玻璃覆盖了整个驾驶室,甚至能看到司机踩在踏板上的脚。这种车型很陌生,是过时的流线型,俄罗斯的设计风格。不知道为什么我会这么以为。其实不难,就像你很容易发现法系德系、日系美系汽车的区别,这道理是相通的。此时此地,似乎有个无声的信号在提醒你:我是国货,本地的,是在这儿生产的。顺便说一句,我们所有的汽车,不管"尼瓦"还是"胜利",都给人"很国货"的感觉。

汽车在广场对面缓缓停下。门开了,走出来十来个人,这回没有黑人,都是俄罗斯人,至少是欧洲人。好像每个人都把对我微笑致意视为自己的职责。一位拄手杖穿西装的老者还轻轻碰了碰浅色的草帽,以示敬意。

草帽让我很崩溃。莫斯科不流行戴草帽,哪怕酷暑难耐。就算是老年人,只要没得老年痴呆,也是不会戴草帽的。

还有,所有人都手捧鲜花,或玫瑰,或康乃馨,或郁金香。所有花束都是偶数的[1]。他们去哪儿?去丘顶吗?我有时间,也想去上面看看那儿有什么。公墓?纪念碑?还是当地领袖级别人物的陵园?

---

1. 按俄罗斯习俗,单数代表吉祥、幸运,故俄罗斯人送给亲友的鲜花是奇数,祭悼亡人则是偶数。

公共汽车发出低沉但不失礼貌的嗡嗡声。司机从玻璃后面向我招手,问:"走吗?"

当然。我迅速登上了公交车。里面就我自己。看来,所有人都是去广场的,然后穿过森林,拿着花去某个地方。

我从整个车厢走过。里面的设施有些过时,看不出比我们的世界先进三十五年的迹象,但一切又都如此安闲舒适。包裹座椅的褐色人造革虽旧,但干净完整,没有撕裂或划破的地方,车厢天棚上挂着大块头的舱顶灯,闪亮的铜牌上写着"儿童专座""残疾人专座""孕妇专座""疲惫者专座"。孕妇专座的铜牌让我彻底确信,共产主义在地球六分之一的土地上取得了胜利。但为"疲惫者"设立专座让我很是困惑。

见鬼,这是什么地方?临出发前,我翻了翻菲利克斯给我的小册子,那里记载了有人居住的五个世界,但这五个世界与眼下我看到的地方都毫无相同之处。地球2号是我的家乡,地球3号中有金吉和其他几千个城邦,那里没有石油,技术发展迟缓。地球4号安吉克,一个非常古怪的世界(哪个世界又不古怪呢?),这个世界的生产力水平还处在古希腊罗马阶段,不过人的劳动素质达到了古希腊时期辉煌的顶峰和极限,社会制度的设计充满了天才的构想,既简单又实用,但人与人之间的社会关系也存在很多诡异之处,如允许奴隶制存在,起义是奴隶的合法权益,他们每年可以造反两次,还有人给起义者发放武器,这样既保障了造反者发动暴动的权利,也保障了当政者武装捍卫自己政权的权利。地球8号受制于严酷的神权政治,那里的宗教属于基督教的分支,反常又病态。生物技术发达,人们排斥电力,当局知道有执事这类特殊的人群,并试图跟踪他们。地球5号,总体来说是友好而迷人的世界,其发展程度优于金吉,毗邻太空通道,该地有一个与众不同之处:当地人像动物一样发情,性欲只在一年中的春天出现一次,这种特性将他们的社会制度变成了难解的谜团。

那么我到底是到了哪里?阿尔坎?还是地球1号?

我坐在司机驾驶室旁,驾驶室与乘客的车厢用一块玻璃隔断,隔断上方露出个头发很短的脑袋。司机并没有回头看我,专注地看路开车。还是要顺便说一句,我们不是下坡,而是缓慢地绕山丘迂回向上。我们现在应该是在萨多维区了,估计已经过了斯克利福索夫斯基急救中心。

如我所料,驾驶室的玻璃隔断上挂了一块小牌子,铜的,写着生产厂家。根据上面的信息可以得知,我坐的是1968年休金汽车制造厂生产的休汽牌公交车。太酷了,这么古老的汽车,却保养得这么好!在塑料夹子中的两张纸上,我还看到了公交汽车乘坐规则(除了文字有些做作和第一句"亲爱的乘客们!尽己所能支付车费,在莫斯科的公交车上被认为是有教养的表现……"之外,几乎没有什么特别之处)。我又仔细看了看行车路线图经过的著名景点。很遗憾,这张图只显示了莫斯科的一部分。但现在我在山丘上,山丘的轮廓线规整到令人生疑,仿佛有人将巨大的圆规插到地里画圆,在地上犁出直径为四公里的半圆。我的塔楼就位于那个插圆规的点上。熟悉的莫斯科街道被整体弄弯,围绕在山丘周围,似乎有人把沉重的铅球丢进软铁丝线编织的网袋里,球周围的铁丝线全都变形了。山丘整体被涂成了绿色,上面写着"记忆之山"。

这里一定发生过什么事情。几分钟前,我仔细地观察了公交车左侧不断掠过的树木。最多在半个世纪前,此地遭遇过重大的变故。之后,人们在山丘上种了很多树,建了公园。是为纪念受难者吗?很像。

这段时间,公交车又开过了两个观景平台,上面空无一人。司机每次都回头看看我,但我每次都摇了摇头。根据线路图,公交车应该从大路拐进森林,然后再带我踏上回程路,站点几乎就在塔楼旁边。车行至此,刚好是半圆,即本条线路的终点站。当然,那里一定还有朝向普列奥布拉任卡方向的观景平台。

果然不出我之所料。公交车转个弯,在穿越公园的公路上疾驰了一段时间(路两侧的树枝在车上方几乎形成了弧形穹顶)。一辆一模一样的公交车迎面驶过,车里挤满了人。两位司机按喇叭彼此致意。

然后,公交车驶上另一个观景平台,面积很大,地面铺着石板,第一个平台根本无法与之相提并论。这里还有遮阳棚、停车场(两辆公交车和十几辆小轿车)、室内室外摆放餐桌的小饭店和一座规模不大的浅色木质教堂,上面的镀金十字架闪闪发光。一块高大的红色花岗岩石碑矗立在悬崖的边缘,旁边就是废弃的小砖楼。石碑前的黑色石板上摆放着很多色彩鲜艳的鲜花。

"到了。"司机熄了火,"停车半小时。如果您着急赶路,请换乘蓝车,蓝车马上出发。"

他微微一笑,露出满口白牙,一看就是不吸烟、认真刷牙、常看牙医的健康人,是我的同龄人,很质朴,很可爱。他的手上戴着订婚戒指,圆圆的里程表表盘后塞着一张彩色小照片,照片上是个抱孩子的女人。

"谢谢,"我发自内心地感谢他,"我想在这儿待一会儿。"

下了公交车,我立刻向纪念碑,更确切地说,是向砖块废墟走去,砖块唤醒了我连绵不绝的回忆。

这里我似曾相识,并有切肤之痛。

19

恐惧有很多种。某些人认为,最强烈的恐惧是对未知的、难以理解的和潜在危险的恐惧,请万万不要相信这样的鬼话。最大的恐惧来自可见的简单粗暴的行为,比如架在脖子上冰冷的利刃,枪管中无边的黑暗,朝你扑来的野兽身上难闻的气味,灌进嗓子中略带咸味的水,脚踩在万丈深渊中的木板桥所发出的咯吱声。

排在上述恐惧之后的才是"我不爱你"和"需要做手术",才是黑夜里如雷的鼾声、难以入睡的辗转反侧、雷电交加的公墓、第一次跳伞,以及"我们还会找到你"的恐吓。

真正的恐惧很清晰,很明确,可以麻遍全身,而且可见、可闻、可嗅、可触,甚至可尝。

枪管散发着火药味,其味似铁。木板开裂,透出霉味。脖子接触刀刃的瞬间,皮肤因恐惧而绷紧,发出沙沙声。你全身所有感官都会体验到何为恐惧。恐惧也不会放过你的第六感,如果你有的话。

所以,我还是幸运的。我站在纪念碑旁,望着废墟。我很熟悉这塔楼的遗迹,跟藏在一百米外树林中我的塔楼简直一模一样。甚至有一块浮雕都保存了下来,那是笼中的小兔子正向小朋友伸出它的一只手。砖墙已经被烧焦,被熔铸,没有了棱角,像一块放到开水中又旋即取出的方糖。

这是被摧毁的工事。

我慢慢将目光移向石碑和堆积如山的鲜花,又看了看黑色的大理石板和青铜板上的铭文：

> 1919年5月17日，莫斯科天降陨石，特立此碑，以为念。莫斯科人民永世感激天文学家及发现天体接近并及时向市民预警的库利克同志！灾难中牺牲的同志们永垂不朽！

不知何故，不是在铜板，而是在稍微往下的大理石上还刻着一段青铜色的碑文：

> 莫斯科陨石致314名莫斯科人死亡。

当然，这个罹难人数也相当可怕。但按理来说，死亡人数应该要高出几十倍，甚至上百倍才对。想想看，1919年这个地方还算不上是莫斯科，只能说是莫斯科的远郊。库利克同志和他的同事真是不简单。早在1919年，他们就能发现流星接近地球，算出坠落地点，通知当地居民，并说服了他们撤离。是不是正是这个事件改变了历史的发展轨迹？是不是因此苏维埃俄国才得以飞速发展，成为文明、友好、人道的国家？那为什么我们世界里的流星只是飞过而已？

"是的，"我身后传来深沉的声音，"五十二年过去了，此非笑谈。"

我点点头，不想加入对话，但片刻之后，突然灵光一闪。

"您说多少年？"我转身问道。

我身后站着一位老者，正是从公交车下来拄着手杖戴草帽的那位。

"五十二年了。"他重复道。

是的，我明白了。这不是阿尔坎，这只是阿尔坎的镜像。这个世界在时间上迟于我们的世界，我打开了另一个有人居住的空间。

该喊乌拉吗？是的，乌拉！此时，我顿生疑惑。

"您比我先到这里的？穿过森林，步行来的？"

"我们走的是直线。"老人笑了，"您坐公交车转圈的时候，我们穿过森林，走小路，直接过来了。我每个月都到这儿来，每条路我都熟悉。二十分钟就到地方了。"

"每个月？您有什么人在这儿故去吗？"

"上帝保佑，一切平安。"老人画了个十字，"当时发生的事情，我还历历在目。是啊，怎么能不记得？我们坐下来聊聊如何？"

他伸出手杖，指指咖啡桌。奇怪，用手指指点点就不礼貌，用手杖就是绅士动作。可能这种意识和猴子有关？正如人们常说的："猴子，不要用手指比画，你是人类的祖先，已经学会使用劳动工具，拿棍子！"

"是的，我们聊聊吧，可是……"我有些犹豫。这里的交通工具只是象征性地收费，我……

"年轻人，没带钱？"老人笑了，"就让我请您喝杯啤酒吧。"

散步之后真的很想喝一杯。

"那也太不好意思了。"我喃喃说道。

"年轻人，别客气，走。"老人用手杖敲击着石头，"我不是纠缠小男生的老变态，也不是个没完没了絮絮叨叨的酒鬼，来吧。"

我妥协了。老人家坚持请客，言谈好笑又感人。当然，我没有当他是老变态或酒鬼，但视他为口若悬河、恨不能把一生的奇遇冒险都倒给你听的话痨。

我们在米色遮阳伞下坐下来，伞布上印着极为熟悉的商标"格瓦斯，拯救健康"。小桌子是铝质的，很坚固，椅子很轻，是塑料材质，上面被人贴心地铺上了颜色艳丽的化纤小垫子。服务员——一位非常年轻的黑人小伙子走了过来。

"您好，基尔·萨内齐[1]。"他笑着对老人说，又开朗友善地对我笑了笑，"您好。"

"下午好。"我说。小伙子让人不由自主地心生好感，看到他，立刻就想点些什么。

"你好，罗曼。"老人脱下帽子，谨慎地放在旁边的空椅子上，不知为何，却将手杖靠在桌旁，按常理应该挂在椅背上。"请给我们每人一杯啤酒。'莫斯科黑啤'，不，小伙子，还是来'亚乌扎黄啤'吧，这位先生很热，需要喝啤酒。还有，你妈妈今天烤馅饼了吗？"

"正准备放烤箱里呢。"黑人罗曼脸上笑开了花。

"替我向妈妈问好，给我们再来几张馅饼。"老人点了馅饼。

服务员刚走开，他就把头转过来神秘兮兮地说："你可能不信，莫斯科圆白菜馅饼烤得最好的，就是他母亲，虽然她第一次见到圆白菜是到苏联后！"

也就是说，这还是苏联……

"真让人惊讶。"我想表达的意思与黑人移民的烹饪才能无关。

"让我们认识一下吧。"老人接着说，"我是基里尔·亚历山大罗维奇。"

"基里尔，基里尔·达尼洛维奇。"

"我们同名，非常高兴认识你。"

小饭店的入口处有个卖夏季饮料的柜台，上面摆着带龙头的啤酒机和颜色各异的圆锥形长颈玻璃瓶，难道里面装的是做汽水的甜果汁吗？很快，服务员拿来两杯啤酒。他似乎不经意地将圆形纸板垫在我们面前的小桌子上，随后把蒙着水汽的啤酒杯放下来。他把有浓稠泡沫的黑啤酒递给老者，另一杯给我。递给我的啤酒颜色淡

---

1. 基里尔·亚历山大罗维奇的口语称呼方式。

黄，但却不是墨西哥和南非啤酒才有的不健康的苍白色。

啤酒味道很好，凉凉的，入口清爽，没有酸味。

啤酒上桌之后，服务员又送来了几种坚果、一盘奶酪切片和一条烟熏小鱼。

"馅饼马上好。"罗曼手指贴近贝雷帽，仿佛开玩笑似的敬了个礼，退了下去。

"说来话长。"老人呷了一口啤酒，继续说，"那是在5月。从1号那天开始，莫斯科就已经谣言满天飞了，但很少人相信。您能想象那是什么日子吗？可谓危机四伏，食物短缺。到了5月8日，政府开始疏散民众。他们解释说，一块巨大的陨石就要坠落。民众不走，不相信，他们担心自己的房子和财物。"他若有所思地看了一眼纪念碑，"那儿写着死亡314人。扯谎！这只是签了拒绝撤离文件的人数，文书上说这些人接到通知后拒绝疏散。所以，官方就把他们算成罹难者。我猜测，还有很多人没被找到，没得到通知。有的人没给送文件的人开门，有的人看到政府的人就藏了起来，知道他们来就没有什么好事。那段时间小偷遍地，傻瓜满街。他们总能突破警戒线，入室抢劫，寻欢作乐，城里处处火光四起，一烧就是一夜，醉汉们的尖叫声，伴随着女人们的鬼哭狼嚎传出好远。当时，我就站在警戒线上。神啊，咱们的战士骂娘，花样翻新，都不带重样的。早晨就出事了。"

"您亲眼看到陨石坠落了？"我问。

"当然没有。您在说什么，基里尔！撞击，非常可怕的撞击，连克里姆林宫旁边的救世主塔楼都倾斜了，地面像波浪一样起伏。强光耀眼，比一千个太阳还要亮，能听到巨大的轰隆声，没有人不尖叫，除非他的耳膜被震穿孔。后来有人说，好像有大火球从天而降，还有人看到浓烟在天空划出的痕迹。不要相信这些鬼话。撞击、光和巨响,从这里,也就是以此为基点,方圆五十俄里[1]的电报机全都被烧毁。"

我点点头,偷偷看了塔楼废墟一眼。

"于是,人们就在这个地方建起了纪念碑。"老人朝废墟方向点了点头,"所有东西都被烧成了灰。塔楼却幸存下来。真是个奇迹,不是吗?"

"嗯……"我将啤酒杯送到唇边,却一下子僵住了。

可怕的撞击。地面像波浪一样起伏。夺目的光芒。巨大的声响。电磁脉冲。

"电报机烧毁了?"

"是的。他们说,就连波罗的海轮船上的无线电也停止了工作,这也可能是胡说八道。"

我放下啤酒杯,摇摇头。

"基里尔·亚历山大罗维奇,这不是陨石。"

"当然不是,"老人立即随声附和,"哪有什么见鬼的陨石?1919年,那时候怎么可能算出陨石运行的轨迹?是核爆!"

"可在1919年……"

"这里当时是1919年,可在你我的世界是1954年。托茨基演习[2]您总知道吧?从飞机上投下威力为四万吨当量的原子弹,但这仅仅是掩护。热核武器是不能运输的,人们是在塔楼附近组装核武器的。"老人把头转向废墟方向,继续说道,"真是个大家伙。那时候我就明白,到该溜的时候了。但塔楼没能躲过这一劫。一毫秒的工夫墙就被炸掉了,不同世界间的通道打开了。所有打击都集中在塔楼所在

---
1. 1俄里=1.0668千米。
2. 指苏联1954年9月14日在奥伦堡州进行的"雪花"原子弹爆破试验,多年来一直被严密封锁。随着苏联的解体,事件相继解密。

的地方，也就是这里，都被吸收了。吸收了能量的大地瞬间拱起，改变地貌的独特实验成功了。大概地球12号也受到了波及，但也没什么可惜的。那些蜘蛛人有什么可同情的？"老人呵呵笑了起来，"我从来都不喜欢蜘蛛，更别提那些毛茸茸的大肥蜘蛛了。"

"您，难道就是打开阿尔坎大门的海关官员？"我喊道。

"完全正确，年轻人。我就是基里尔·亚历山大罗维奇·叶戈罗夫，前海关官员大师，苏联国家安全局官员，前少校，苏联英雄，因拒绝引特警部队进入阿尔坎平息苏维埃叛乱而被判处死刑。"

"但阿尔坎应该比我们超前三十五年啊！我以前一直以为通道之所以被毁灭，是因为他们知道苏联已解体，而海关……而您拒绝关上通往这里的通道。"

"所有人都是这么被洗脑的吗？胡扯，我的同事！地球1号是发展滞后的世界。在卡普兰[1]刺杀乌里扬诺夫[2]同志后，通道被摧毁了。在这个过程中，斯大林一直不断下令军队进入阿尔坎平息'叛乱'，我始终拒绝放行。政府不肯善罢甘休，有人把我出卖了，执事界的朋友只好把我交出去。我一直苦苦坚持，塔楼实际上是坚不可摧的。"老人家骄傲地笑了。

"季马，一个政客，他想知道这里的人们是怎么生活的。您懂的，他们把阿尔坎当成演练场，当作比较的样板！他们想弄清怎么做是对的，怎么做是错的，这样以后才能少走弯路。"

"基里尔，你太年轻了。"老人同情地看了我一眼，"你的政客晚了一步。我们的地球才是小白鼠。"

那一瞬间，我感觉被电流击中。一块又一块智力拼图拼成一幅

---

1. 芬妮·卡普兰（1890-1918），被俄罗斯绝大多数历史学家认为是刺杀列宁的真凶。
2. 指列宁。

完整的画。

我不喜欢这幅图画。

阿尔坎。地球1号。

阿尔坎就是地球1号。

"是不是只要有人居住的世界都是实验场?"

基里尔·亚历山大罗维奇点点头,喝了一口啤酒,说:"那当然了,我们这里对社会发展进行建模已经达到相当高的水平,安吉克就是个例子。你去过那儿吗?"

我摇了摇头,不想和他解释我其实是工作没几天的小白执事。

"这么和您说吧,安吉克发展情况良好,那里正处在文艺复兴时期,有新思想诞生,简单的社会关系和技术设施让人类有幸福感。在这种情况下我们发现,世界发展倒退,退回到古希腊时期。这个结果很有趣,但不适合效仿,人们之所以留下它,是为了进一步观察检测。"他叹了口气,看了看手表,"再来杯啤酒吗?"

"不,谢谢。"

"我再喝一杯,如果您不反对的话。"老人对服务员挥挥手。

"您是怎么认出我的?"我问道,"您……或者您还是执事?我怎么没有感应到?"

"我还有一点点感觉。"老人简短地回答,"您知道,我与塔楼的关系没有被完全剪断。如果塔楼彻底毁了,我也就死掉了。我很多能力都失去了!幸运的是,这一小块墙逃过了劫难,所以我能感觉到自己人在场。我也好歹还保留了一点超能力,各种异族语言我也能听懂一些,虽然不一定能长寿,但总算从来没得过病。"

我看了看手杖。

"这是撑门面用的,"基里尔·亚历山大罗维奇笑了,"况且,一个老头子太活蹦乱跳也不成体统。这玩意儿让人显得很气派,有风度,片刻之间就能赢得人们的尊敬。是的,我感应到了你的塔楼。你刚打开到我们这里的通道,我就感觉到了。我从来都知道,如果有人能再次闯入阿尔坎,一定会在同一个地方。到目前为止,这里仍是不同世界之间最薄弱之处。热核炸药可不是闹着玩儿的。基里尔,我没开玩笑。"

"这里估计有辐射,"我喃喃地说,"大家怎么还那么淡定?"

"没有辐射,不用害怕。为什么没有,我不知道,但就是没有。"

这时,罗曼送来了啤酒,告诉老人:"基尔·萨内齐,馅饼做好了,等稍微凉一下再端上来。"

基里尔·亚历山大罗维奇点点头,对我说:"你可以提问,不要不好意思。"

"基里尔·亚历山大罗维奇,执事都从这里撤走了?"

"为什么要撤?他们就生活在这里,偶尔才去别的世界。是他们把当地人带进工事的。"他笑了笑,"让他们了解事情进展如何。侦察员、间谍……随便你怎么称呼他们。对了,他们很快就发现我是谁了,但有很长一段时间他们都没有跟我联系,只是暗中观察我的举止言行。我非常喜欢这儿。基里尔,这里连闹革命的方式都很另类,几乎不用流血牺牲,也没有发生过内战。他们很早之前就拿我们的地球当样本,所以当地革命活动受到严密监控。他们花很多时间,为乌里扬诺夫开课、放电影,告诉他在我们的地球上已经发生过的事。但领袖被这些事情弄得焦头烂额,于是决定向工人们讲实话,告诉他们有执事这类人存在的事实,还打算开展一场旨在反对压迫的运动。无奈之下,执事们只好设计了一场失败的暗杀事件,从而更真实地还原历史的原貌。国家由此进入另一条轨道。是的,他们并不拒绝能让国家发展起来的好思想,一点儿都不拒绝。我没同意带兵到这里来。后来我才明白,如果我真的放部队进入阿尔坎,阿尔坎的执事们绝对不会让军队有好果子吃。由于我担心核弹会对阿尔坎造成毁灭性的破坏，于是我就把核爆的事情向阿尔坎和盘托出。阿尔坎觉得我表现不错，于是跟我取得了联系。"

"这是策反。"我说。

"嗯……怎么说呢？"基里尔·亚历山大罗维奇皱起了眉头，"我们都是执事，不是吗？在国安局我是谁？执事。我有证、有枪、有身份、有地位、有特权。当了海关官员，什么都没有改变。我们，我们都是执事，基里尔。要是这个世界比别的世界好呢？如果这个世界已经避开了错误的泥潭和流血牺牲的深渊，如果这里根本就不曾发生过第二次世界大战，如果人们丰衣足食、安乐幸福，如果在月球上有三个人类的村庄，难道还要我为克里姆林宫赴死吗？或者为挣扎于泥潭的次生世界里的执事们断送生命吗？"

"可那个地球是我们的家园啊！"

"基里尔……"前托茨基演练场的海关官员叹了口气，"这个家园和那个家园是同一个，区别是，这里的一切都是正确的，规避了那个家园犯下的所有错误，就像在白纸上画出的完美图画。"

"是啊，在我们的世界里做过实验之后，你们的革命就没有血腥，对吧？集体化运动时也无须挨饿？也没有遭遇大清洗对不对？更没有经历过战争，还在月球上建起了城市？"我不由自主地提高了声音，"可是我们那儿，伟大的卫国战争吞噬了无数条鲜活的生命，两千万还是四千万，到现在还存在着争议！就因为我们的世界是草图，对吗？"

"我打过仗，基里尔，"老人严厉地说，"经历了战争的全部过程。"

"在除奸部？"我懊恼地问，提这样的问题自己都感到意外。

我们俩怒火中烧，长时间一动不动看着对方。最后，老人叹了口气说:"你小子别激动。我们现在所处的这个世界才是诸世界中的第一,这是不争的事实。所以,人们才在这个世界里观察其他世界的发展状况。顺便说一句,根据目前掌握的情况,有人类居住的世界可不止五个,而是二十多个!基里尔,别干蠢事了,既然奇迹已经发生,既然你能够打开到这里的通道,就表示你有过人的天赋。所以,这里也有你的位置!"

"无耻!"我说。

"谁无耻?地球2号的普通人因为你有超能力才视你为无耻之徒!对此你就不尴尬吗?身为执事,你很享受,对吧?不,你看着我的眼睛,基里尔!是不是很享受?"老头声音很大,用词轻佻。

我没有反驳,没有看他的眼睛。

"我再顺便说一句,不要以为,我们这里河里流淌的是牛奶,河岸是果冻做的。"基里尔·亚历山大罗维奇降低了声音,"你知道这里为什么有这么多的黑人吗?他们是来自非洲的难民。我们在帮助整个世界。美国没有奴隶制,也给予非洲自主发展的机会,但那又如何?什么好果子都没结出来,依然是战乱不断,争吵不休,种族主义阴魂不散。我们正在建立逐步输出和同化部分非洲居民的安居模式。我们把儿童带出来,完全割断他们与当地社会文化环境的联系,用我们的理念来教育他们。孤儿院不适用,只能把他们放在俄罗斯家庭中寄养。比如我们的这位服务生,七岁起就在莫斯科生活。我还记得,他小时候在这里跑来跑去的模样,舔人家的盘子底,怎么都改不掉吃剩饭剩菜的毛病。他的父母在埃塞俄比亚饿死了,自己瘦成了皮包骨……"

突然间,我感到极度的危险穿透了身体。我抬眼看了看老人,基里尔·亚历山大罗维奇眯起了眼睛,看来他也意识到自己的失误。

"那个从来没见过圆白菜的妈妈现在怎么样?"我问,"喂?少校同志？馅饼还没做好吗？估计馅饼们已经列好队了吧？"

"列好了。"前海关官员冷冷地说，"基里尔，别做傻事了。我奉命保持通道开放只是为了做实验，以后这种事情不会再发生。"

"难不成你们要向莫斯科市中心投掷热核炸弹？"

"隔绝你的塔楼，有比这更简单的方法。至于你，会有人收拾你的。"

"如果我拒绝？如果我站起来就走呢？"

"不会有人允许你这么做的。"老人坚决地回答，他伸手去拿帽子，做出要戴帽子的动作。

"大师，我建议您不要这样做，而且是强烈建议。"我说，"不要碰任何东西，不要站起来，不要挥手，也不要叫罗曼，保持微笑。"

"可以喝啤酒吗？"老人稍停了一下，问。

"喝酒，可以。"

他慢慢喝光了啤酒。我相信，他的大脑此刻正飞速运转，我也是。

如果我是对的……我感觉我是对的，包围圈正在形成，将我团团围住。他们不大可能是在我到达之前就到这里的。有一辆满载旅游者的公交车不久前刚刚到站。我侧目观察发现，这些人中，理短发的年轻人明显偏多，年轻人中既有黑人，也有白人。还有几个姑娘的肱二头肌过于发达，行动比常人矫健。还有，他们的穿着与周围环境格格不入，不像是夏天的衣服。他们中有些人的胳膊上搭着西装上衣，有些人则搭着雨衣，还有些人肩上挎着运动包。

"没有执事。"我松了一口气，说，"只不过是特战队员。您没来得及组织人手，是不是？"

"醒悟吧，年轻人！"老人恼怒地说，"机枪会把你射成肉馅，到那时，执事的超能力帮不上你！"

我迟疑片刻,说:"祝您好运,基尔·萨内齐。"

"哼,随你的便。"老人稍作迟疑,回答道。

我持杯站起来。最明智的做法是,走到柜台前,假装想喝酒,却不愿久等服务生。从那里,也就是从餐馆门旁,闪进拐角,跑过马路,潜入森林,就可以回塔楼了。

基里尔·亚历山大罗维奇迅速抓住手杖,坐在原地,用手一抖,手杖朝我飞来。

我第一个念头是抓住手杖,夺下来,再转身击倒这个不知天高地厚的老头。我躲开了,碰倒了椅子,手中的玻璃杯在空中飞舞。只差几厘米,我的太阳穴就被所谓的同事用手杖捅出窟窿了。

手杖击中了小桌子,铝桌面竟然如橡皮泥一样凹了下去。

一时间,我体内翻江倒海,热浪在血管里奔涌,心脏如重锤在敲击,一切都在收缩,收缩,收缩……四周瞬间安静了,空气变得粗糙,充满弹性。

我从老人手中拽出手杖,很重,不是一般的沉重,钢制的,估计还灌了铅,一定是这样的。这是来自伊万·波杜布内[1]的问候。

周围的世界凝固了。这样的情形在白玫瑰宾馆也发生过,但没有,完全没有达到这种饱和程度。服务员罗曼看着我们,将红色的糖浆倒入汽水杯,要买汽水的小姑娘不耐烦地跳起来,好奇地向柜台后张望,她就这样被定格在空气中,然后以慢动作落下来。只有我能够正常移动。

还有基里尔·亚历山大罗维奇。

我本打算用手杖无情地、残忍地、精确地将老人击倒,就像他刚刚袭击我一样。但老人成功地躲开,而且一把抓住了手杖的柄头。

---

1. 伊万·波杜布内(1871-1949),古典式摔跤运动员,苏联功勋运动员。

这匪夷所思的一幕让我充满好奇。我发现，我们的动作无比迅速，以至外界完全无法捕捉，但表情却都非常平静。我们双方闪转腾挪，打斗的过程酣畅淋漓，有趣的是，面部肌肉却平静放松，充满善意。也许，机器人之间的搏斗就是这样的。

我们俩缠斗多时，隔着桌子拼抢手杖，双方势均力敌。老人的工事虽然只剩下断壁残垣，但毕竟离我们太近了。

我先意识到这一点，在基尔·萨内齐同样意识到这个问题之前，松开了手杖。

他保持了平衡，却没能摆脱惯性，手臂伸直向前，依然握着手杖，身体滑稽地向后退去。但他的反应还是远远超出了人类。好在他的脚突然碰到一把椅子，仰面倒了下去。

我不再恋战，转身朝马路跑去。趁时间还在加速，需要好好利用。我感觉到，这种炫酷状态不会持续太长。

特战队员开始行动。他们把西装上衣和大衣一件接一件甩掉，手里露出短小精悍的冲锋枪。以人类的标准看，他们的反应速度极为迅速，但在我眼里，动作慢得可笑。

让我高度警觉的，反而是那几个没拿武器的人。他们抬起胳膊，将手贴在脖子上，仿佛突然疼了一下，皱起眉头。我刚好从他们身边跑过，在他们张开的手掌里，看到一支微型塑料注射器。打完药的特战队员，行动突然加速。

眼前之事像噩梦，也像僵尸入侵的电影。笨手笨脚、行动迟缓的僵尸突然间嗅到活人的气味，顿时疯狂起来。冲锋枪嗒嗒地扫射，不疾不徐，每次点射之间都有简短的停顿，嗒——嗒——嗒，子弹从左侧肩膀上呼啸而过。

坏了，大事不妙。我怎么能躲过子弹？奇迹只有在电影里出现，人类身体的运动速度还不足以与子弹匹敌。

我向咖啡馆冲去，拿定主意要躲到建筑物后面，然后绕道回自己的塔楼。

但黑人服务员罗曼迎面跑来。是的，是跑来的。他一手端着托盘，上面有两杯啤酒，另一只手里是条长毛巾，上面有绣花，四边饰有彩色的绲边。

"你还没有付账！"他这时候还顽皮。

他跟我的速度一样快。他也是执事！

执事服务员！他能有什么本事？总不会是服侍喝多了的客人，让他们安静下来……

"滚开！"我想要绕过他，但罗曼直冲我而来，他挥了一下手，像变魔术一样把毛巾穿过酒杯的把手，接着拽了一下毛巾的中心位置，转动起来。这是我生平从未见过的武器：用毛巾拧成的绳带，两端各拴着一只啤酒杯。看来，毛巾的绲边上有金属条，能卡住酒杯的把手，牢牢地将杯子固定。啤酒的泡沫和飞雾如彩虹般笼罩着罗曼，独门武器酒杯流星锤飞快旋转，罗曼向我逼近。

去你的！身后是二十杆冲锋枪，前方的埃塞俄比亚移民准备使用自己的劳动工具奋起保卫自己的新家园！

我当机立断，此决定出人意料，不同凡响，连我自己都没有意识到。我高喊一声："你想对谁动手？对白人绅士吗？"

效果惊人！看来，黑人小伙子罗曼从未遇到种族主义方面的问题，他当场愣住，呆若木鸡。他松开手，毛巾上旋转着的啤酒杯像被扯下的直升机螺旋桨，向上飞去。依靠本能和兴奋剂作战的特战队员反应一致，他们主动对天空中出现的闪闪发光的圆环之物开枪射击。玻璃的碎屑混合着啤酒飞沫和毛巾的碎片慢慢向我们落下来。我从罗曼身边跑过，闪进拐角，被我吓懵的罗曼依然愣愣地站在原地。时间刚刚好，冲锋枪又嗒嗒嗒地扫射起来，打在咖啡厅的玻璃窗上,发出清脆的响声,子弹射在墙上,顿时激起一片烟尘。白痴,里面有人啊!

我冲上大路,看到一队孩子在玛丽安娜的带领下迎面走来。

如果几分钟前我没有对罗曼大放厥词,我是不会掉转方向的,我会继续跑,用建筑物和黑人儿童做掩护,如果他们真的开枪,也不是我的错。

如果这些儿童是白人,或者哪怕是黑人、黄种人和白人混杂的队伍,我也不会掉转方向。

但吼过罗曼之后,我已经不能允许自己用黑人孩子做掩护。似乎对我而言,刚才的谩骂是武器,但如果我真用孩子做掩护,我的谩骂就变成了一种生活态度。

我再次左转,将自己暴露于枪林弹雨之下,绕远道穿过森林。只有这样,这群前象牙海岸的小居民才不会进入机枪的射程。

但是我进入了射程。

我钻进了树丛,用树木作掩护。我中弹了。子弹在树枝间呼啸,树叶和木屑纷纷落下。突然耳边传来奇怪刺耳的吼叫,有东西猛地推了一下我的肩膀,我没有感觉疼痛,而是友善的救命一推,似有声音在说:"快,快,快跑!"

我撒腿又跑。能感觉到肩膀处剧烈的跳动,但依然不敢放慢速度,依然处于加速度状态,离纪念碑的距离越来越远,冲锋枪的子弹已打不到我了。

可森林上空出现了两架直升机。我没时间细看,匆忙间发现机身有军用飞机特有的灰绿色涂绘,每架直升机的吊钩下都绽放着两朵灿烂的烟花。

但愿不是导弹!

是速射机关枪。不是特种兵对付我的又短又小的冲锋枪,那可是真正的战争武器。我前方的一棵树被拦腰折断,轰然倒地。身后有人大喊大叫,可能是因为恐惧,也可能是被流弹击中。

我多想再快一点儿,但已力不从心。如果身体要强行完成我的指令,肌肉和骨头就会分家。

离塔楼还有十米远时,第二颗子弹打断了我的腿,胫骨发出清脆的嘎巴声,血像喷泉一样射出来。我惨叫一声,摔倒在地,顺着斜坡向下滚去。塔楼就在旁边,塔楼会救我的。只有热核爆炸才能摧毁它。

又是两个点射掠过身边。直升机悬在空中,朝我的方向不停地进行长点射。第三架飞机也急急忙忙地赶来增援,离我还有两公里时就急不可待地开始射击,令人诧异的是,落点居然很准,几颗子弹击中了我头顶的砖墙。我听到了铅弹从砖墙纷纷落下时轻柔的拍打声。

我拖着残腿,半跪着去开塔楼的门。第三颗子弹随即而至,正打中腰部,背的正中间,椎骨粉碎,肠子和膀胱被撕裂,骨盆内所有的东西都搅和在一起,变成血和粪便的混合物。疼痛就是火焰之手,不停地敲击我的椎骨;紧接着,疼痛消失了——身体的保险丝难以承受这样的负荷,烧断了。时间加速度也随之消失,机关枪从容不迫的点射变成踩缝纫机时连成一串的嗒嗒声。我的双腿发麻,渐渐失去知觉,只有手还能勉强动一动。

我双手抠地,爬进塔楼,身后是斑斑血迹和几块自己的皮肉。我用尽最后的力气推门,门轻轻地关上了。还要插上门闩吗?还是它只是摆样子用的,塔楼自己就会保护通道吗?

我不知道,也不想知道。反正我也关不上它了。

因为我已奄奄一息。

20

正常人都知道，生病是非常糟糕的事情。即便人患上普通的流感，也会发热、眩晕、头疼、眼睛干涩、肌肉酸胀，还会引起讨厌的咳嗽。

不过，也可以从另一个角度看生病的问题。

就让我们以流感为例。

秋冬之交，天气阴冷，让人心生烦恼。街上污泥搅拌雪水，肮脏不堪。天空阴沉晦暗，人在单位，压力山大（学校有各种测验，还要掌握材料力学课程里的知识）。您早晨睁开眼睛，心情很沮丧，感觉这又是漫长、辛苦、混账的一天。您起床，感觉浑身发冷，呼吸不畅，头又大又沉。您跟妻子或妈妈简短交谈几句后，决定测测体温。

37.5℃。哎呀，发烧了！按正常思维逻辑，您决定重新测量。37.7℃！

很明显，您得了流感。当然，医生称其为上呼吸道感染，因为国家还没有公布病毒性感冒正在流行，不公布是因为这会对国家经济造成不利影响。没关系，反正治疗方式只有一种：您艰难地打通了诊所的电话，然后又打电话给工作单位（如果您还没到上班的年龄，那由妈妈给学校打电话），不由自主地压低嗓音，尽可能让自己显得很哀伤，告知您不幸染病。之后，疲惫不堪的医生赶来，无需脱掉长靴，直接走到您凌乱不堪的床前，漫不经心地用听诊器听了听，查看体温，提一些华而不实的问题。一小时后，您裹着温暖的睡袍，在家人的关怀下，坐在电视前的沙发里，看过时的动作片或是动画片。隔三差五有人给您送来加了蜂蜜、柠檬和果酱的热茶，问您可怜的身体渴望什么样的食物，他们用温凉的手掌触摸您的额头，还有人去药店为您买阿司匹林和装在色彩艳丽小盒子中的维生素，还会给您带来雷克斯·斯托特[1]单调乏味、烦闷冗长的侦探小说。您看完动画片，服了药，像堵住了敌人炮火的战士一样对妻子（或妈妈）露出临终前的微笑，然后爬上床，阅读懒洋洋、胖乎乎的便衣警察和他衣冠楚楚、机敏过人的助手的故事。窗外景色荒凉，大地污浊潮湿，上帝正在排演一场大洪水的戏码，被淋湿的人们互相谩骂、蝇营狗苟、不知何为。

流感是好东西，前提是能平安地熬过它！

当然，如果您没有妈妈的庇佑，也没有妻子照顾，甚至还没交到女朋友，那就不可能有岁月静好的体验。但即便如此，您也只能怪自己，与让您不幸的病毒无关！

可如果您奄奄一息，那就另当别论了。

可怕的不是疼痛。痛感早晚都会过去，或是药物起效，或是失去了可以栖居的肉体。可怕的是，一个人跌入黑暗之中，要直面永恒的虚无。世界时而收缩至一个点，这个点的名字就是你；时而爆裂成无尽的空间，这里没有冷酷，没有无情，没有野蛮，没有粗暴，你只感到绝对的麻木不仁。你谁也不是，你无处可去。你可以信仰上帝，也可以拥抱死亡。你可以嘲笑它，可以任性妄为。但当永恒虚无的气息轻触你的唇，你开始沉默。死亡也不再残忍，不再可怕。它仅仅打开了一道门，而门后，就是虚无。

---

1. 雷克斯·斯托特（1886-1975），美国侦探小说家。

于是，你迈出了这一步。

独自一人，永远独自一人去面对。

我时而沉浮于黑暗的海洋里，时而漂向现实的彼岸。现实情况更为糟糕。剧疼仍在，就是无法感知，像坐在喷气式飞机上，眼望着遥远的地面，却体验不到飞行的速度，而那片遥远的土地又是那么地吸引你。地面在跳舞，在我身下旋转。螺旋楼梯变成开瓶器，也在塔楼里旋转。

我不可能被杀死。无论如何都不可能。菲利克斯说过，在自己的工事里面，我刀枪不入，所向无敌。而我，已经在家，已经在塔楼里，我是海关官员……

为什么我偏偏是海关官员呢？

这是我临死前的愚蠢想法，这念头却成为我要紧紧抓住的一根救命稻草。为什么我偏偏是海关官员呢？是谁为我选择了这样的命运？又是为什么？

在没有找到答案之前，我不想死。我并不准备复仇。我无法改变一切，也无法战胜所有人。但我想知道自己会有怎么样的命运，这要求我必须活下去。

"无济于事的，"黑暗在低语，"不要再费劲了，闭上眼睛，对自己说'我快死了'，说完就闭上眼睛吧。什么都不重要了，你的一切都留在上一世了，留在了生命里。睡吧。"

"见……鬼……"我看着飞速旋转越来越模糊变形的楼梯说，"见鬼。"

心脏还在跳动。肺依然在呼吸。大脑没有死。

我在自己的工事中。我在岗位上。我可不能轻易被人杀死。我不知道这是怎么回事，但如果伤口可以愈合于无形，那么我现在的重伤也能治愈。

必须止血。第一步,停止失血。那些流出腹腔的器官需要清洗。血液和淋巴液通过黏膜吸收并得到清洁,重新进入血液大循环中。人体组织的碎片、肠内物需要清除。椎骨需要恢复。脊髓要接合。小肠要重建,恢复原来的样子。膀胱要重新长出来。肾需要再生。

在我身体某处,一个刺耳的声音正歇斯底里地吼叫着,嘲笑我这幼稚的想法。这声音正是出自医生的儿子——聪明的小基里尔。黑暗对他点头,表示赞许。

是的,我什么都明白。人体组织再生速度很慢,不可能超过感染败血症的速度,因而根本没有再生的可能。

但我是执事,我几乎算得上是个军人。海关官员应该随时准备战斗,迅速就位,开枪还击,返回工作岗位。

也就是说,我需要尽快恢复。

天花板旋转加快,肚子越来越热,我让自己潜入救命的冥河[1]黑水之中。

我下一次醒来,是渴醒的。

心脏狂跳,身体在燃烧,肚子一跳一跳地疼痛。空气恶臭,难以呼吸。

但与口渴相比,这都是小事。

我要喝水。嘶嘶冒气的矿泉水、柠檬热茶、酸酸凉凉的格瓦斯。不,这些都不过瘾。把嘴伸到水管下方,拧开水龙头,大口大口地吞咽有金属怪味和腐烂气息的凉水,将脸埋进水坑里,吞咽肮脏的、温暖的积水,还要用脚踹开前来抢水的伊万努什卡们……

二楼有水,就在桌子上。三楼也有,厨房、浴室里都有很多很多的水。

---

1. 古代希腊、罗马神话中地狱间的河流。

只有口渴才能让我动动地方。我是趴在地上的，这已经很不错了。我伸手向前，想移动身体，未能成功。血已经凝固，与地板黏在一起。我又试着拖动身体向前爬，下意识地以腿撑着身体移动。

腿动了动，甚至连骨折的腿也能……我瞥了一眼，看到了肮脏的短裤裤腿下粉红色的皮肤和结痂的硬皮。

我成功了!

但我需要水。我不单是因为渴得要死，而是突然清醒地意识到，身体需要水分来恢复体力，并从体内排出身体组织分解出的废物。如果一两个小时喝不到水，我会死的，伤口只能愈合一半，器官恢复一半。我会渴死的。

整整用了十分钟，我才爬到楼梯处。我用指甲抓地板，用下巴做支撑，轻轻地用脚蹬地，终于过来了，脑袋抵在台阶处。

但我清楚，我爬不上楼梯。无论怎么努力，都不可能。

我深陷终极的绝望，就像离码头仅有一米溺水者的绝望。好几次，我想将脑袋放在台阶上，但徒劳无功。身体已经竭尽所能了。

水。水，近在咫尺。二楼，到处都是水，我却无法到达那里。

众所周知，当穆罕默德没有力气走到山边的时候，山就应该主动来就穆罕默德[1]。而让水来就我，远比让山来就我要容易得多。

我看了一眼上面。不管塔楼到底是什么，但其中一定会有电线、管道和楼梯。管道破裂水就会流下来。

管道必须破裂。

我并没有像精神错乱的通灵者展示他不存在的能力那样，尝试用意念做这件事。用意念，这太愚蠢了。我躺在楼梯下面，等待着

---

1. 此话为"山不来就我，我便去就山"的反用。这句话出自《古兰经》。某天，先知穆罕默德振振有词地叫远处的大山过来，但大山纹丝不动。于是他就走到山前说："山不来就我，我便去就山。"

三楼的管子破裂，水流下来，欢快地顺着台阶向下。好几次，我失去了知觉，每次都是短短的几秒钟或几分钟。

然后传来了声响，水顺着台阶欢快而下。

当然，我没有等第一股水流将地板上的污垢冲洗干净就喝了起来。如今，不管是肮脏的看家狗把爪子踩在过道上，还是漏油的油箱或者漂在水上的垃圾，都不会让我为难。

我把脸颊贴到台阶上，大口吞咽，吞咽着直接流到口中的涓涓细流。我喝啊喝啊，不停地喝。水洗涤着我的身体，在地面四散流开。我喝水，陷入昏迷，又接着喝水。我冷得发抖，身体里仿佛有座火炉在燃烧，我不停地喝水，来浇灭这地狱的火焰。中途，我呕吐了一次，只好休息了几分钟。还有几次大小便失禁，都是直接在裤子和水中解决的。

顺其自然吧。身体正不停地排出被破坏的组织，我没有控制。粪便也比门槛后面无边的寂静要好上百倍。水还在不停地流，清洗着我受尽折磨的身体和肮脏的地板。高烧，渐渐退了。

我索性躺在地板上，蹬开身上的脏衣服，慢慢爬上楼梯。即使这样简单的动作，我做起来依然摇摇晃晃，但至少我已经能够移动了。

爬上二楼，我休息了一会儿，吃光了能够在桌子上找到的所有东西：边缘已经融化的巧克力、干巴巴的香肠和奶酪。之后，我有了爬上三楼厨房的力气。

糖、巧克力、香肠，还有炼乳！我用瓦西里萨赠送的匕首打开了炼乳盒——有机会一定要对她说声谢谢。

然后，我又躺在桌旁的地板上睡了几个小时。我的身体继续进行还原和修复工作，但这已经不需要我的参与了。

消灭一个执事，确实没那么简单。

我下定决心，从现在起，要在一楼每扇门的门口，放一大桶矿泉水。

阿尔坎的窗外景致依旧，只是树叶间多了些空处，那是被冲锋枪射断了树干的地方。很多树身上多了些白色的伤痕。我皱紧眉头，揉了揉肚子，那里出现了一块白色的痕迹，有张开的手掌大小，未被太阳晒黑。这里，曾是一个窟窿。

不论我怎么凝神观察，也没能发现可疑之处。连鸟儿都又重新开始唱起歌来。

我举起双手，放在窗户上，然后突然张开手，仿佛要打开窗户。

藏在森林中的狙击手没忍住，传来轻轻的咻一声，仿佛怯懦的小青年生平第一次亲吻姑娘。包着钢芯的小铅弹，顺着玻璃慢慢地滑下。我既陌生又好奇地看着子弹，然后对隐秘的射手竖起中指。我不知道，那里的人能否看懂这个手势。

玻璃窗又挨了一枪，如此看来，他明白这个手势的意义。

我耸耸肩，关上了窗板。有人要我开通到阿尔坎的路。莫非他们要冒着枪林弹雨冲进去不成？以黑夜为掩护，戴着夜视镜，配备各种武器。胡扯。如果我是地球1号的居民，首先就要在塔楼门口埋上地雷，最好能远程操控，再让几个人在炸弹引信按钮处值班，顺便再架几挺大口径机关枪对准门口，这样就能应付入侵之敌了。

很奇怪，想到地雷、冲锋枪，我的内心十分平静，没有产生任何要复仇的想法。我好像有些变了，我不再逞能，也不想斗争。我唯一想做的，就是离阿尔坎远一些。

子弹能让人的头脑发生惊人的变化，即使射到屁股上。

走进浴室，我接了满满一桶水。洗过的衣服已经干了。幸运的是，我不必维修管道，救命的流水已经自动关闭了。我拿起前不久还崭新的衬衫当抹布,开始擦一楼的地板。我稍作思考,将脏水倒进涅槃的地界,那里实在太干净了。

世界上我最不喜欢的两项家务劳动就是擦地和熨衣服。但如果熨衣服的问题最终可以通过穿牛仔裤和毛衣解决,那擦地的问题就可以通过家政,或者让妻子来解决。

我刚刚擦完第一遍,手拿抹布在想,是不是该再擦一次,彻底把地擦干净。这时,传来了敲门声。声音是从地球17号方向传来的,那边是世界公园。

一方面,我知道只有科佳和伊兰在那里;而另一方面……万一地球1号的执事通过别的海关放进来一群杀手呢?

走到门口,我侧耳静听。没有声音。真遗憾,没有门镜。也许,我该上二楼看看?

"什么人?"我问。

"敌人!"科佳愤怒地回应道,"基里尔,你怎么了?"

思考片刻,我问:"你写的小说内容是什么?说,就是你用字条做记号的那篇小说!"

科佳沉默了一会儿,然后忧伤地问:"嗯……你怎么了?我,我不是一个人。"

"小说是讲什么的?"

"讲体育训练的!"科佳气急败坏地说,"关于身体柔韧性的!"

我打开了门。

伊兰站在科佳身后。他们看上去就像在野外过夜归来的两个市民,疲惫不堪,身上的衣服又皱又脏。

科佳狠狠瞪了我一眼,仿佛少年第一次领姑娘回家,不料家长却温情回忆起"一下子就长大了,感觉不久前还尿床呢"的场景一样。

"正确，"我说，"你是为《体育快讯》写的文章。好吧，请进。"

科佳一下子钻进塔楼。伊兰满腹狐疑，神情紧张地看着我，跟在科佳身后走了进来。

"在做卫生？"科佳扫了一眼刚刚擦过的地板和我手中的抹布问，"真了不起！"

我感觉到，伊兰看我的眼神也充满了敬意。没有什么比在家里做卫生的男人更让女人觉得有魅力了。

"不做不行啊。"我简短地说，往上提了提短裤，我可是身体半裸着做卫生，"我马上……"

"请稍等，"伊兰出人意料地说，"请等一下……"

她盯着我的肚子，围着我转了一圈，仿佛我是圣诞树，蹲下来摸摸我的小腿。

我耐心地等待着。

"自动步枪打的？"伊兰从下至上打量着我，问。

"机关枪。"

"你……"她起身，疑虑重重地看着我的眼睛，"你不是在我们这儿受伤的，对吧？你又打开了一扇门？通往哪里的？"

"那里。"

"傻瓜！傻瓜，傻瓜，傻瓜！"她气得脸都扭曲了，"我们制订了非常周密的计划，我们是有计划的，就差去地球1号的出口了！你闯了进去！完了吧？出口是不是被监视了？"

我点点头。

"他们很可能会用混凝土浇灌塔楼，"伊兰伤心地说，"安传感器，埋地雷……能想到的损招，他们都会用上。据说，这类事他们已经干过一次了。你为什么非要闯入那个世界？为什么不等到我们回来？觉得自己很酷是吗？"

"我们去金吉那会儿,为什么你不来找我们?"我问道,"为什么不把你知道的都讲出来?关于执事,关于地球1号,为什么不说?为什么有人用棍棒和刀袭击我们?你觉得自己很酷吗?"

科佳紧张地看看伊兰,又看看我,然后又看看伊兰。

"你说得对,"伊兰叹了口气,"对不起,我不该……指责你。我可以把自己收拾一下吗?"

"什么意思?"

"用一下浴室。"

"嗯,当然可以,在上面。"

伊兰轻轻碰了一下科佳的手,上楼去了。我看着满脸幸福的科佳,压低了嗓音问:"怎么样?婆娘还是女士?"

"她叫伊兰。"科佳简短地回答。

我看着他,一时竟无言以对。

"起初,我在那儿也很开心,像快乐的小狗。"伊兰说。

我们共进晚餐。不论是在莫斯科,还是在金吉,我们都是在太阳西沉时吃饭,所以这顿饭叫晚饭也不为过。我吃惊的是,伊兰居然用我这单身汉厨房中的食材做了一桌丰盛的家宴,科佳去莫斯科只买了几个土豆和一只冷冻鸡。头道菜是面条,第二道菜是煎土豆洋葱和肉罐头。当然,这与菲利克斯饭店里的菜肴无法相比,但说实话,我觉得这顿晚餐绝不亚于最讲究的宴席。

"我本来想当医生,"伊兰开口道,"怎么说呢?的确做过这样的美梦。我当过陪护,把很多教科书都背下来了。想考安格瓦尔医学院,那地方大概相当于你们的斯德哥尔摩,很有名的城市,物价也很高。我没那么多钱,只有考试成绩优异,才能获得奖学金和免费学习的机会。"她沉默了一会儿,"我想我会考上的。但有一天,我到工作单位,发现另一个女孩坐在我的位置上。顾客认不出是我。我以为是他们想不付工资就把我赶走,我伤心极了,大闹了一场。后来连朋友也都忘了我。"

"接着是亲人。"我点点头。

"我是孤儿。"伊兰简短地回答,"父亲是生物学家,母亲还是小姑娘时,父亲把她从东方带了回来。他说自己必须娶她,否则就得受竹夹板刑。他是在开玩笑。实际上,他非常爱妈妈。后来他们去了非洲、亚洲等地,再后来到了印度。那里有个什么岛,对吧?不,是印度尼西亚!他们去了,就再也没回来。我是跟奶奶长大的,她已经去世,我没有任何亲人了。"

"对不起。"我低声说。

"一开始,我还觉得不错。"伊兰继续说,"我不傻,明白能成为执事很幸运,世上按自己所愿安排生活的人少之又少。我决定开个小诊所,也确实开起来了。是的,诊所不大,但很舒适。我想,我要给执事看病,虽然他们很少生病,当然我也给普通人看病。长此以往,全世界的人都会来找我。我当然不可能帮助所有的人,但会尽力而为。后来我对此有所顾虑了,基里尔,您懂的,这不可能。执事助产士说,他们只帮助我们出生,可在自然界这很不自然。"她微笑着接着说,"出生之前,人应该先受孕。是不是存在某种可以将我们变成执事的力量?总应该讲点儿逻辑吧?为什么偏偏是我们?是不是有什么目的才对?"

"很多事情的发生本身就毫无目的可言。"我说,"流感病毒传染人就是随机的。"

"才不是。"伊兰冷笑一声,"病毒都会找免疫力差的人下手。起初我也是这么想的,以为我们是易感体质。低俗小说常常贩卖类似的情节:一个平常之人,本来什么都不会,突然一下子就变成了超级英雄。你们世界里这样的书有很多，我们那儿也是。"

"因为所有的人都想'一下子就变成超级英雄'。"我说。

"但这是不可能的。"伊兰摊开了双手，继续说，"世上没有任何事是无缘无故产生的。你拼命锻炼出肌肉块，却让身体负载过大，心脏功能受损，也失去可以花在教育、读书、参观博物馆和旅行上的宝贵时间。你成了一个伟大的学者，但因饕餮好食而大腹便便，饱受呼吸困难、痔疮和近视之苦。可我们呢？所有的幸福都一步到位，又强壮，又聪明，有了几乎可以说金刚不坏之身，伤口自动愈合，除了脖子上看不见的颈链，没有任何限制。"

"颈链？啊……是的。"

"这一切我都不喜欢。"伊兰继续说，"我开始不停地追问，问菲利克斯，问蔡，也问卡利塔。他们都是我们金吉最德高望重的人。我也去过你们的世界，去过安吉克，做过对比，试图找到规律。有人暗示说我在做蠢事，说既然我是医生，就应该老老实实地坐在医院里等患者上门。蔡对我非常不满。据说，他在一次战斗中受伤，我却没在工作岗位上，就好像他真能负伤似的，他可是执事警察啊！"

"你了解到什么了？"我问，"找到规律了吗？我们是谁？为什么偏偏是我们？"

伊兰摇了摇头。

"没有，没找到。有个前执事来找我。他还有一部分超能力，一点点。他感觉到我是执事。他要死了。蔡要打死他，但他侥幸脱险。以前他也是警察，叫彼得利特，来自安吉克。"

他叫彼得利特，他出生的世界，被执事们称为安吉克，是莫尔[1]

---

1. 托马斯·莫尔（1478-1535），欧洲早期空想主义学说的创始人。

和康帕内拉[1]所创造的静态乌托邦。在那里,最贫苦的农民至少也有三个奴隶,是足以让社会学家精神错乱的地方,其存在和发展都非常独特,安吉克把美洲和非洲变成了殖民地,但势力范围还没到澳大利亚,澳大利亚还静静地生活在永恒的石器时代。

他本来是奴隶,后来参加了一次起义,并获得了成功,于是获得自由公民的身份,也成为富有的地主。四十岁那年,他成了执事。

又过了五年,他杀了一位海关官员,逃入金吉,与自己的工事切断了联系。他一直被追杀,遇到伊兰时,已身负重伤。伊兰想尽办法救他。伊兰会很多东西,虽然她的手术技术可能让地球上许多外科医生笑掉大牙。她为彼得利特缝合损坏的肝脏,清除损坏的脾,前执事身体再生的超能力已经损坏。有时,彼得利特醒过来会跟她交谈几句。他知道自己危在旦夕,不相信还会有人能救活他,但一直嘻嘻哈哈地胡说八道。他说执事们玩的是火中取栗,他说到原初的世界,认为他们都被欺骗了,他还说自己有帝王之命,也可以去当诗人,他说世界是不完美的,所有的平行世界其实就是一棵好端端的大树,却被无能的园丁剪得伤痕累累。伊兰无法确定,他是在胡说八道还是真的知道些什么。她一边工作一边跟他说话,想要拯救这个垂危的生命,让彼得利特保持清醒的同时,也能打探一些情报。

蔡来了。

伊兰对他大喊,让他不要妨碍自己工作。蔡耸耸肩,将她一把推开,用伊兰的手术刀割断了彼得利特的咽喉,然后大摇大摆地离开了。伊兰想要和他理论,但即使在自己的工事,她也无力与警察

---

[1] 托马斯·康帕内拉(1568-1639),意大利文艺复兴时期的空想社会主义者、哲学家、作家。

对抗。杀人和打架,不是她的工作。

从那天起,她开始训练,完全无视本身所知所学。她学习格斗术,参加徒手格斗和空手道的课程,光顾击剑馆和靶场。她的做法被人们发现,起初别人嘲笑她,后来是训斥她,最终强令她停止此类行为,用菲利克斯的话说,对她进行了以教育、认知为目的的放逐。

结果,蔡找到她暴打了一顿。最初他可能没打算杀了伊兰,仅仅是想跟她进行一次以批评教育为目的的谈心。但等待他的,是一份意想不到的礼物。伊兰对事态发展早有准备,将警察诱骗至早已挖好的陷阱,她举起霰弹枪,朝他的脸上开了两枪。

"我给他来了个措手不及,"伊兰说,"或许我本可以打死他的。他已经双目失明,整张脸血肉模糊。我给霰弹枪重新装上子弹,但我下不去手。那时候,我还是富有同情心的傻丫头。怕他追上我,我对着他的膝盖开了枪,然后就跑了,脱离了和工事的联系,到了一座我确信没有执事的城市,在那里生活和工作,离金吉一百公里左右,很安全。但我不想一辈子这样东躲西藏。我很走运,救活了一个小伙子,是当地年轻人社团的首领,没做过什么坏事,就是年轻的小流氓。当然,他们早晚都会成为真正的匪徒。但我没让他这样下去,给他讲了执事的故事,告诉他,这一切都是真的。他们决定要同不可一世的执事们斗争,认为那要比互相之间打打杀杀或到港口偷货物强得多。"

"我很遗憾,"我说,"你们没给我留下选择的空间。"

"是我的错。"伊兰承认,"我……我受到了他们解决问题方式方法的影响。我们开始攻击执事,妄想抓几个知道地球1号真相的大师,因为这些人一定也知道,谁是执事的后台,谁把普通人变成了执事。"

"正如列宁同志对斯大林同志说的:'不了解什么是阶级斗争,单纯地劫掠,做出和匪帮一样的事情,对我们是无益的。'"我说。

"他这么说过吗?"科佳大吃一惊。

"嗯……大概说过类似的话吧,我的依据来自某个神话。"

伊兰咳了两声。看来,她对过去的神话不感兴趣。

"请讲讲地球1号的事情。"她请求道,"他们袭击你了吗?到底是怎么一回事?为什么会这样?"

"地球1号就是阿尔坎。"我说,"大家都以为,阿尔坎的时间比我们要超前三十年。这不是真的……"

21

化敌为友要比化友为敌的概率小很多。

这是自然规律。世间万物皆倾向从繁入简：生者逝去、岩石成沙、雪花融化、肉身成水。大火只需几分钟就能吞噬生长了几十年的参天大树。疯子手中的一小瓶硫酸三秒钟就能损毁一幅油画，而这幅作品乃画家花费半生心血的呕心之作。子弹只需一秒钟就能夺走男孩的性命，而妈妈养育他则用了整整十八年零九个月。仅仅因为没来得及回复对方简单的问候，老朋友就能变成不共戴天之敌。与行星运行轨道相交的小行星，能摧毁所有的生命。超新星爆炸，附近所有天体顷刻间不复存在，物质与能量在空间扩散，悲剧不可挽回，生机勃勃的宇宙化为乌有。

衰变、毁灭、死亡，这是非常简单的行为。只是生命崇尚繁复，抗拒自然规律。草木和野兽生长，无视死亡与腐朽。人活着，也忘记死亡与腐朽。人的内心十分复杂，其复杂程度远超人类创造的机器和设备。与人类凶猛的欲望相比，内燃机又算得了什么？什么样的照相机拍出的旭日初升能媲美画家的作品和诗人的华章？成吉思汗的残暴和希特勒的疯狂与原子弹爆炸相比，哪一个更有毁灭性？

抵抗破坏，乃人之天性。人类生存的意义就存在于这场激烈、永恒、永远无法取胜却也不能后退的斗争之中。

因此，将宿敌变为知己很难，真心实意把他当作朋友，则难上加难。

我将自己了解的一切都告诉了伊兰，从政客请我找阿尔坎开始，简单讲述了到涅槃的过程。刚开始伊兰没有兴致，听我讲娜斯佳时，她才开始有所担心。她最感兴趣的，还是地球1号。

"正如我们所料，"听到最后，她说，"既得利益者无处不在，他们永远不会退场！"

我的看法有些不同，窃以为，傻瓜才会永不退场。但我没有争辩。

"那你准备怎么做，海关官员？"伊兰问，"你考虑过这个问题吗？"

是的，当然，我考虑过……

"无须公开宣战！也不要搞游击行动。伊兰，我们应该将这一切告诉其他执事。告诉他们，我们的世界只是别人的实验场。"

伊兰紧锁眉头。

"是吗？这有什么用？"

"这样我们就能对抗地球1号的执事了，我们有和他们一样的能力。"

"不，不一样，他们有将人变成执事的能力。"

"那又如何？他们之所以对我们的世界感兴趣，只不过因为我们是他们的实验对象。就说安吉克吧，他们在那里做社会制度的实验，包括奴隶制，不是吗？如果进行实验的可能性消失，他们就会对这个世界失去兴趣。他们对你们世界中大国缺位的现象很感兴趣。"

"他们对技术进步也有兴趣。安吉克的技术还停留在机械时代；而在特维尔基，教会统治世界，整个社会靠生物研究来支撑。"

"是的！"我点点头，"正因为如此，才需要海关，目的就是禁止技术设备从一个世界运到另一个世界。如果把蒸汽机车和铁路送给安吉克,把电子设备和内燃机给你们的世界……"

"不用送,我们没有石油。"

"好吧,那就只送电子设备和电动机。如果实验的精确度被破坏,各个世界开始变革,就不能再给地球1号带来益处,那他们也就不会再来打扰我们,而会去寻找其他研究对象。"

"你确定他们是在寻找什么吗?"伊兰问,"如果他们是在创造呢?"

我身体一震,连忙摇了摇头,说道:

"我确定。创造没有石油的世界,怎么可能?对一百万年前的地质变化进程进行干涉,怎么可能?他们不会时间旅行。就算他们会,也没有搬山填海改变大气的能力。伊兰,他们是在找什么东西。也许,他们的海关官员有更好的自控能力,总能根据预定的目的找到所需的世界。也许是因为他们的执事多,所以找到更多世界的可能性就大。基里尔·亚历山大罗维奇说漏了嘴,他说,他们了解到的有人类居住的世界比我们了解的要多得多。"

"也就是说,你是想整合不同世界间的技术?"

"我想破坏实验的精确度。"我得意地笑了笑,"设想一下,你在做化学实验,酒精灯在缓缓加热,几种高纯度的溶液在沸腾。突然有人过来,把五个试管中的溶液混在一起,那会怎么样?"

"试管可能爆炸。"伊兰说,"爆炸后,化学家会将被污染的溶液倒掉,彻底清洗试管。"

室内突然安静了。

"他们哪儿来的这种能力?"科佳十分沮丧地轻声问道,"他们怎么……莫非想在我们的世界发动核战争不成?"

我耸耸肩。

"为什么不会呢?我们目前还不清楚,他们对政客的控制到了什么程度。不排除有人同意发动核战争的可能，只为在另一个世界——地球1号得到避难所。"

伊兰叹了口气，说："基里尔，你不要认为我反对你的计划，毕竟，这计划还靠点儿谱。但你一个人什么都做不成，你需要绝大多数执事支持你，向地球1号宣战才行。"

"你认为这场战争无法开始？"

"基里尔，他们没道理宣战啊。那将是旷世浩劫，对所有的平行世界都是。谁希望井然有序的生活毁于一旦？谁愿意看到暴乱和冲突？除了那些一无所有的人，而执事可不是一无所有的人。

"但当别人实验用的兔子，这也太悲催了！"

伊兰看了我一眼，眼神中第一次闪现出对我的好感。

"是的，我也这样认为。大部分人恐怕都猜到了自己是兔子。没关系，他们能忍。"

"好吧，"我点点头，"你有什么建议吗？你有计划了？"

我以为伊兰那一刻肯定会说点儿什么，但她只是摇了摇头。

"我要去找菲利克斯。"我说。

"没有用。我说过……"

"他不知道有地球1号。"

"你确信？"

我想了想，不得不承认，我不确信。

"首先，我会和所有的执事都谈一谈。"我对自己的提议有点儿不太自信，"他们会支持我的，然后我们再去找菲利克斯。"

"你凭什么敢这么说？你就是一个新人，他们会支持你？菲利克斯德高望重……"

"的确，他还总请大家享用美食。"

"这也是原因之一。但如果你引起民众骚动，没有人会相信你的话。菲利克斯会生气的。"

"那我也要去找他。"

"你真是个笨蛋！如果他就来自地球1号，如果是他在操控着金吉，你怎么办？"

一直担心地看着我们的科佳站起身来说："停！停，停！千万不要吵架！你们有共同的目标，还记得吗？那就是不能扰乱我们的生活……"

"我们没有吵架。"伊兰立刻压低嗓门。我惊奇地发现，科佳的魅力正在发挥作用，对伊兰的影响不亚于对外省十七岁女学生的影响，"可是，你要明白，科佳……"

"我不明白！我知道如果我们吵架，对大家都没好处！"科佳骄傲地扬起头，眼镜反射出光芒，他以一种好为人师的口气说道，"首先要考虑清楚，权衡每个决定的得失利弊，先跟执事们做非正式谈话，然后再去找菲利克斯，或者去玩游击战！"

"同意。"我松了一口气。我最不想看到的，就是有人现在想找各种借口实施军事行动，我不想死。

伊兰无奈地点点头。

"基里尔，你该休息了，"科佳说，"恢复一下体力。你是海关官员，该干正事了！可能有不少人快把你的门都踢烂了，你却跑到别人的世界闲逛！"

"我需要把周围环境摸透，"我反驳道，"这也是职责所在。"

"不管怎么说，我们都需要暂停行动一段时间。"科佳说，"你需要恢复，我和伊兰到我那儿住几天。答应我，暂时不要采取任何行动，好吗？"

我看着他们，真想狠狠挖苦他们几句。

"我答应。"

傍晚，有参观者造访。

三个来自莫斯科的男人先后前往金吉，一个是著名的电视台记者，另两个人我不认识。还有一个莫斯科姑娘去世界公园。她脱到一丝不挂，钻进海里，洗了海水澡，接着对着瓶口喝了整整一瓶名牌香槟，就回去了。

也有参观者从金吉方向敲门。一对上了年纪的夫妻去莫斯科，他们彬彬有礼地请我推荐附近的电影院。我推荐他们去国民经济成就展览馆的宇宙电影院。一个知识分子模样（不过，按金吉的标准，应该说是贵族模样）、很青涩的年轻人去了谢列梅捷沃二号机场。于是我想到一种说法："遇到一个不属于这个世界的人。"这句话意思的精准，远超人们在说这段话时心中的所思所想。

当然，涅槃和阿尔坎方向没有人来。我又等了瓦西里萨一段时间，甚至有很强烈的预感，她一定在想：去，还是不去。后来，她要来的感觉消失了。

她改变主意了。

莫斯科开始下雨。金吉风雪交加。此时，空荡忧伤的莫斯科住宅在我脑海中浮现。莫斯科的街道上到处是匆匆回家的市民。金吉人住在舒适的庭院里，看寒涛拍岸，巨型章鱼就藏身在大海之中。

我是不是该去找菲利克斯？只是去，也不跟他谈任何事情，吃点儿东西，喝喝酒……不，不行。我会忍不住，我会说出来的。

不过，我还有备案：找个好地方，组一个饭局。于是，我拿出政客季马的名片，拨通了电话，这有点像恶作剧。

"喂！"令人吃惊，接电话的是他本人。我这才知道，自己很荣幸有他的私人号码。

"我是基里尔，"我说，"海关官员。"

一阵停顿后，他小心翼翼地问："货……已经到了？"

"是的，已经清关完毕。"我愉快地说道，那感觉仿佛自己加入了"少校同志，你在听吗？"的游戏，"但遇到了些麻烦，最好能面谈一次，如果可以的话，找个饭店。"

"我给你派辆车去。"季马说，"车到时，我给你打电话。"

上了楼，我喝了一杯干邑白兰地，看了一眼阿尔坎灯光照耀下的奥斯坦金诺电视塔，跟我们世界中的一模一样。我在世界公园窗口站了几分钟，呼吸了一会儿海边的新鲜空气。以后夜里应该打开这扇窗。

政客很快就打来了电话，比我想得还要快。

"车在门口，"他说，"司机会给你看我的名片。"

地下工作的游戏还在继续。可怜的国安局工作人员，对执事的秘密毫不知情。他们会刨根问底，四处追查，季马跟谁通了电话，往哪儿派车了，但他们什么都查不出来。

我走出塔楼，气色凝重，检查了司机递给我的名片。我很羡慕眼前的一伙年轻人，他们无视凄风冷雨，在街上快乐地走着。现在，即使在廉价的咖啡厅里喝着略带酸味的啤酒，他们也会比我快乐得多。他们不知道：我们的世界，仅仅是个实验场。

玩间谍的游戏远远要比玩地下工作者的游戏有趣得多。间谍是在别人的国家工作，而地下工作者则在自己国家，只是国家已被人占领。

不过，我已别无选择。

政客选在了一家西藏风味的餐厅见面。

保安把我领进小房间就出去了，紧紧地关上了房门。季马已经就座。

"请坐。"他有些紧张，但很友善，笑着说道，"我请您尝尝西藏

333

美食，推荐你吃香炸虎虾。这儿的葡萄酒味道也很独特。"

"虎虾？"我用几秒回想地理课本的内容，"太奇妙了，西藏也长葡萄？"

季马耸耸肩说："没去过。这是葡萄酒和清酒的混合液。所以，即使长葡萄，数量也不会多。请吧，基里尔。"

我没有反对。我想要的不是食品，而是交流，但虎虾的确很好吃。我思忖，就是菲利克斯，也不得不承认。至于葡萄酒嘛……嗯，离"特别好"可能还有点儿距离。政客也开始品尝美食，边吃边讲今天的杜马例会。会上，他的党派竭力反对通过反人民的法案，但未能成功。那一刻，我心生几分倦意和我自己都不习惯的犬儒心态。我琢磨，少数派政党存在的价值不就是反对反人民法案通过吗？总体来说，所有的少数派都以此为生。可是只要他们一得势，情况立刻就会发生变化。

"我打开了通往阿尔坎的门。"我捏着一只虎虾尾巴，只有尾巴上没沾面糊，"这儿的东西果然好吃！我把门打开了，那请您告诉我，是谁骗您说，阿尔坎的时间比我们的世界提前了三十五年？"

"不是三十五年整，三十五左右。"

"它比我们落后。"

"什么？"季马突然说不下去了，抿了一口葡萄酒，透过我的双肩，仿佛遥望着某个远方。

我明白，他的大脑正在高速运转。脑筋迟钝的人搞不了政治，尤其是在我们这里，利他主义者在政界很难有一席之地。现在，季马试图在权衡，实际上比地球落后了三十五年的阿尔坎能给他带来怎样的好处。

"那地方没有用，"我说，"您可以忘了阿尔坎了。您听说过地球1号的事情吗？"

"理想的世界,第一批执事就出自那里。"季马不假思索地回答,"人们否认它的存在。"

他看着我的眼睛。

"说的对。"我说,"它就是阿尔坎。您无法利用它当实验场,因为我们自己的世界才是实验场。地球1号用他们能够找到的所有世界进行实验。他们通过某种方式来决定这些世界往特定的方向发展,而且成功了。比如把我们这里,据我所知,当作超级大国模式的实验场。"

原则上讲,我是刚刚才有这种想法的。但看到政客感兴趣,我立刻继续发挥下去:

"他们先观察两个超级大国势均力敌会怎样。看来,这个方案中所有可能发生的情形都已经有了答案,他们把苏联解体了。现在,他们用美国做另一个实验,也就是唯一超级大国存在模式。还有,好像他们还在我们这儿研发新技术。"

"研发效果不怎么样,"政客想要反对,"航天技术几乎已经停滞。"

"他们不需要航天技术。如果真有外星人,它们也一定不在地球1号掌控之下。而关于电子产品……"

"你都知道什么?"季马问。

"我知道的不多,这些是我分析出来的,也许我的分析会有错,不好说。"

"你的分析……结果是?他们对实验一事怎么看?"

"你说执事吗?"我摊开双手,"不知道,不过我猜测,他们不会因此事大发雷霆。是谁让他们当上大师的?是那些来自地球1号的人。首先,说白了,大师们对地球1号是心存感激的;其次,他们也很害怕,因为既然有人能让你成为执事,也能把你的超能力收回去。"

"真见鬼,怎么到处都有和我们一样的政客!"季马两手轻轻一拍,大笑起来,动作很浮夸,"好吧,我们该怎么办?这么强大的力量,万万不可闲置浪费。你很清楚,我只对一件事情感兴趣,那就是利用你的能力为国效力。"

我嘟囔了几句,自己都不知说了些什么。

"不相信吗?"政客身子向后,仰靠在沙发里,认真地看着我,"信不信无所谓。权力,是狂热且不讲规则的游戏。与金钱不同,权力的乐趣不在于权力本身,而在于周围人对它的反应。权力,既虚荣又高傲。你对政客,要么是爱,要么是恐惧。总之,无论何时,政客都渴望得到尊重和崇拜!如果你确切地知道自己在历史上不过是见风使舵的懦夫、投降分子和迟钝的胆小鬼,那追逐权力又有什么意义呢?如果未来人们提到你,不是因为你创造了历史,而是你惹了什么祸,是不是太没有意思了?无官一身轻,吃得香,也睡得美。很多人幡然醒悟,所以远离政治。但在我们这里,有些人把政治当生意。我不需要这个,我的高傲超过了贪婪。"

"您知道,没有人会相信您。"我以诚相告,"所有当权者都不可信。我们这里一直就是这样的:人是人,权力是权力。有一位我熟悉的工厂女工曾经对我说,卢布廖夫卡的人到她那里买小狗崽,她会心疼。因为很多老百姓毫无依据地认为,只要是从卢布廖夫卡来的人,就不会干好事,也不可能去爱小狗。"

"我知道,基里尔,虽然我不住在卢布廖夫卡。因此,我需要奇迹,需要你们执事。"

"您需要我们的力量?"

"什么才是力量?"季马笑了,"肌肉?金钱?信息?魅力?力量的形态多种多样,所以要学会使用它所有的形态。其他的世界能给我带来财富吗？"

"像倒爷那样，背货过塔楼吗？很难，那要征收商品关税的。"

"我知道，而且我也没有阿尔坎方面的信息。也许……"他犹豫了一下，"你能帮我做些别的事情吗？"

"您想揍谁？"我问，"别的事，我就什么也帮不上了。"

政客笑了起来。

"帮得上。我需要技术。"

"到最发达的地球找最先进的技术？"

"不完全是，我对特维尔基这样的世界就很有兴趣。"

"将未知的技术从一个世界带到另一个世界是不被允许的。"

"这是谁的禁令？"季马看着葡萄酒瓶，却给自己倒了杯矿泉水，"是那些把我们当成实验品的人吗？基里尔，你怎么看，一只小荷兰猪对另一只说：'不要从笼子里跑出去，做实验的人禁止我们这么做！'这合理吗？"

"不合理。但我担心，别的执事会误解我。"

政客哼了一声，摆弄着酒杯喝了一口，说：

"说来话长，记得刚刚从政时，我以为自己肯定能大展身手，既为自己，也为国家，甚至为整个世界。可后来，我知道了真相。我知道在这世界上，不管是我们国家的领袖还是美国总统，都不是最重要的人。人外还有大师，虽然不是他们在治理国家，但他们的意见好像很受重视，被上层采纳。我想你是知道的，共济会是亲俄派的噩梦。现在明白大师为什么需要这些了。你看我是不是该见见总统把真相告诉他？"

"我怎么知道你该不该去？"我说，"反正我去不了，他们不会放我进去，但是您我就不知道了。"

"能不能严肃点儿？"

"我不知道。也许在高层领导那里,这事不是秘密。您并没有把秘密公之于众,您就是想要掀开秘密的盖头,那又能怎样?组织全世界围剿执事?在每个塔楼和地下室都放上核弹?有什么用?消息灵通的就躲到别的世界去,其他执事也会藏起来。你们又没法把他们与普通人区分开。"

"这就是我喜欢你的地方。"政客大发感慨,"到目前为止,提到他们时,你都用'他们',而不是'我们'。你的意思是,战争毫无意义?"

"如果是常规战争,是的。这就像抽刀断水。您知道助产士执事有多大的本领吗?比如娜塔莉亚·伊万诺娃。"

"不知道。"

"她很可能来自地球1号。你们去抓她,知道会发生什么事吗?万一她让最冷酷的特战队员中魔法,让他们转而攻击你们呢?万一她连原子弹爆炸都不怕呢?普通的执事都是各就其位,各有工事,但她是否如此,我并不确定。您不了解这个女人的威力,也不可能了解。您甚至不知道,敌人潜伏在政府的哪个部门。您去找总统汇报,也许他本人就来自地球1号!"我迟疑了一下,又补充说,"我怎么知道,您是谁,政治家季马?您万一也是阿尔坎的执事呢?也许您在测试我是不是可靠,故意说服我违背海关规定,谁知道呢?"

季马将杯中之水一饮而尽,叹口气说:"现在,基里尔,你明白什么是政治了。我该走了,不要担心账单,我已经付过了。"

走到门口时,他转过身来说:"我不是来自阿尔坎。我是自己人,是地球人。但你不要相信我,不要相信任何人。"

"这是缪勒在《春天的十七个瞬间》里说的,"我没忍住进行了反驳,"原话是:'不要相信任何人,但可以相信我。'"

"如果你愿意信缪勒,你就去信吧,"季马点点头,"因为死人是可以相信的。"

我看了一眼关上的门,好像那上面能显现睿智之语。我又喝了几口啤酒。

我有点可怜政客了。他当然不可能来自阿尔坎。年轻、野心勃勃、挖空心思要找到魔术棒,借此登上权力的顶峰。民族思想……哈哈,笼子里的小白鼠何来民族思想一说?我们有些人是实验样本,有些是蟒蛇的食物,有些留下来用于繁殖。

没有魔法棒。没有。

小时候我爱读书,现在不怎么碰书本了,有时会看些侦探、科幻之类的东西,偶尔也接触主流小说。童年时我受父母的影响,喜欢神话、幻想故事,所以我也相信魔法棒的神奇。我真心想把这样的魔法棒交给季马,让他去试试,糟也糟不到哪儿去。

人是不是应该做乐观主义者?我的意思是,情况很可能会更糟糕?

饮尽葡萄酒,我将酒杯放在一边。是的,这饮料的确奇怪,有异国情调。

我突然想到,今天早晨,父母应该从土耳其回来了。

我离开父母独立生活了三年多,当然,这要感谢他们。如果靠自己,我至少还得攒十年钱,才买得起这样的小公寓。他们送给我一套房子,然后就把我赶出家门。刚开始,我还有点儿生气。其实,独居有很多想象不到的好处。后来,我看到自己那些和父母生活在一起的狐朋狗友,才意识到,我的父母真是英明伟大。不管怎么说,如果你中学毕业了还跟爸爸妈妈在一起,是百害而无一利。即使你不少赚钱,是你在养父母,但只要还住在父母家里,你就会停止成长,接受他们的生活和行为方式。你停止长大,成为年轻父亲的拷贝。这种生活方式只对农民家庭才有益处，而且仅对长子有益。难怪所有的童话故事中，只有不畏艰难四处寻找幸福的小儿子最终会取得成功。成千上万这样的小儿子走到半路就失踪了，但总有人最终抓到了自己的青鸟，青鸟不会飞进勤劳可靠的大儿子的农田。

我站在父母家的单元门口，看着窗户，我的童年就是在那里度过的。天黑了，厨房已经亮起了灯。

我知道，他们见到我也不会认识我，就像在电话里听不出我的声音一样。

但还是应该上楼按门铃。可为什么呢？

有事在发生，而且一定会发生，我感觉到了。我有很不好的预感，好像我下次再见到父母会有沧海桑田般的变化，也许，我们永远无法再见。

门上的密码还没有换。我走进单元，按了电梯，平静地看着正走下二楼的加尔卡。上八年级时，我们就在这里，在电梯旁，接过吻。加尔卡谨慎地看了我一眼，出去了。

一切正常，加尔卡，我不是变态狂，也不是小偷。

电梯到了，我乘电梯上楼。在门口站了一秒钟，我按响了门铃。脚步声立刻传来，有那么一瞬间，我觉得父母还记得我，他们担心我，在等我，一定会认出我。

门是父亲开的。他连门镜都没有看，就直接开门。妈妈，还有我，常常批评他这种愚蠢的开门方式。

"什么事，年轻人？"父亲很和蔼地问道。

我看着他，心想父亲已经老了，尽管他的皮肤因晒太阳变得黝黑、健康，看起来休息也不错。最近两年，他老了很多，虽然很自律，坚持体育锻炼，适度饮酒，为了"应酬"，一个月也就吸一根烟。那一刻，好像有人打开了我眼睛上的纱布，让我清醒地意识到，父母老了,他们已经五十出头了。

"您好,"我说,"我……我来找基里尔。"

"哪个基里尔?"

"基里尔·马克西莫夫在这儿住吗?"

"嗯……"父亲点点头,"我就是马克西莫夫,但我叫丹尼尔。"

"您?"我仍然目不转睛地看着他,像一个没话找话的人,尴尬地用手挠了挠头发,"不对啊,基里尔跟我是同龄人,我们一起在部队服役,他的地址被我弄丢了,只知道他住在你们的这个小区,是问询处给我的地址。您没有儿子叫基里尔吗?"

父亲脸上闪现过一丝难以捕捉的、我很熟悉的忧伤。

"没有,年轻人。"

"也许,是您的侄子?"我继续演下去,"没有叫基里尔的吗?对不起,看来是个误会。"

妈妈出现在过道里。真想不到,她居然比记忆中的妈妈看起来年轻!生儿育女果然是女人美貌的最大杀手。

"丹尼尔,怎么回事?"她问。

"找错人了。"说话间,父亲没有转身,"年轻人要找一个叫基里尔·马克西莫夫的人,问询处给了他我们的地址。"

"对不起,给你们添麻烦了。"我低声说。

父亲仍在看着我。他很疑惑,陷入了沉思。我长得像他,也许,他在我身上看到了年轻时的自己,这令他茫然。

母亲也困惑地看着我。当然,这种相像,在她眼里更直观。

"对不起。"我走向电梯。电梯已经到了别的楼层,我不得不等待。父亲又看了我一眼,然后关上了房门。

我侧耳倾听。不知是执事有超能力,还是母亲有意让我听到,她大声说:"这个男孩子长得很像你。"

"你想说什么？"父亲有些生气地回应道。

"没……没什么。"

"到底想说什么？"

糟了！现在母亲开始怀疑父亲外面还有个孩子。弄巧成拙了。

我是怎么在他们的生命中消失的？我的物品和文件渐渐消失，照片上我的脸慢慢模糊，最后不见。旧账单上的居住人数从3变成了2？可是他们的记忆呢？母亲怎么会忘记自己怀胎十月这件事？她以为孩子一出生就死掉了？记忆中他们跟我一起度过的岁月会被什么填补？是快乐的旅行还是与朋友的聚会？还是两个人在一起度过的无数枯燥乏味的寒夜……

我将额头贴在电梯里肮脏的镜子上。

他们不仅夺走了我的一切，还从我父母身边赶走了我，取而代之的，是无数毫无意义的"自由时间"和内心的空虚。

执事窃取一个个独立的国家或世界时，采取的也是同样的手段。比如说，世界上有一个国家，乱象横生，给世界添乱，使得人们叫苦不迭，是该好好教训一下了。然后，突然间，这个国家就不存在了。事后执事解释，这个国家从来就没有存在过，一切都是幻觉、欺骗和妖术。你应该为问题得以解决、为无所事事的自由和无须承担的责任而心存感激。而内心空虚是很正常的，这能让你轻松。

"我是多么憎恨你们啊。"我低声自语，竟没有发现自己重复了伊兰的话。

该去找他们吗？他们在科佳那里，大家在一起还能好过些。不过，我不认为我的造访会受到他们的欢迎，第三者只在科佳赖以生存的下流小说中才有一席之地。

我也不是无处可去。

22

相识不久的男女，若互生情愫，在他们的关系中早晚会出现一个"我突然……"的奇妙时刻。若这个时刻不发生，他们的关系还没有开始就会结束。

这一时刻发生于姑娘（常常如此）或男子（较为少见）公寓门铃声响起的刹那，也可以是电话铃。来者会说："我突然决定来找你。"有时候还要加上"我感觉，你在等我"之类的话，至于说什么，取决于来者性格的浪漫程度。最重要的是这个"我突然"。

"我突然决定来找你。""我突然想给你打个电话。"

"不好意思，这可能有些不太合适，可是我自己也不清楚，接下来我们该做什么……""请原谅，我刚刚路过这里，突然想……"

此类事情中，行为的偶然性甚至荒谬性至关重要。爱情没有逻辑，因此让一些人讨厌，他们本该是计算机，结果错生为人。

"我突然"这类事件无须承担责任。他们可能饮罢清茶，就会分道扬镳，也许会上床，但还是会分手作别。

但如果"我突然"这个事件还没有发生，那爱情一定还在别处。你有友谊、激情、依恋等美好情感，但绝不是爱情。

年少英勇的地下工作者娜斯佳·塔拉索娃住在普列奥布拉任卡。当然，这算不上是本市最好的地段。但是，她住在新开发的漂亮小区里，里面只有一幢楼，院子有保安，她住在顶层的公寓中，想必是成功商人米沙购买的。我知道她的地址,因为她曾在我的海关过境。这也是海关官员的又一项超能力。

我也知道米沙住在哪儿,在卢布廖夫卡,像所有大人物一样。

我顺利地通过了院门口保安的检查,彬彬有礼地报上了姓名、地址,当保安要我出示证件时,我摇摇头说:"你不需要查看我的文件。"我感觉自己既像顺利逃离卢比扬卡的沃尔夫·梅辛[1],又像捉弄帝国冲锋队员的欧比·旺·克诺比[2]。

"不需要。"保安说罢,恭恭敬敬地打开了里面的大门,"祝您一切顺利。"

院内视觉效果很一般,我有点儿失望。走进有人精心打理的院落,石头甬道两旁的庭院灯已经亮起,情绪低落的业主们在雨中遛着高贵的纯种狗。

单元门口的可视对讲机也没有给我造成什么阻碍,我看都不看就按下了密码。门开了。楼道中有一间小玻璃房,看门的女保安正襟危坐,也没有问我找谁。

房子不错。楼道里很干净,花盆里的鲜花健康生长,木桶里种了一棵小树,空气中散发着各种品牌的香水味。看来,进出此楼的先生们和女士们的气味都混杂在了一起。电梯在若有若无的音乐声中平稳运行,镜子锃明瓦亮。整座电梯就差没铺大理石了。

顶层的电梯厅还有意想不到的人正等着我,他叫维佳,身高一米九,肩宽体阔。米沙和娜斯佳去安吉克听音乐会经过我的海关时,他也在场,因而我认出了他。

---

1. 沃尔夫·梅辛(1899-1974),20世纪二三十年代有名的特异功能高手。斯大林曾对他进行过测试,要求梅辛设法通过守卫森严的国家安全机关,不经通报直接到他的别墅去见他。梅辛没有出示任何证件,顺利完成任务。
2. 《星球大战》系列电影中的角色,是一位绝地武士,为银河系作出了不可磨灭的贡献。

保镖也认出了我。他身体离开墙，惊惶失措地看了我一眼，然后又看了一眼公寓房门。

"晚上好，维佳。"我说。

"你不可以进去。"维佳绝望地说。

"我可以。"

维佳摇摇头。

不知是我的说服力不够，还是保安简单的心中装不下一个以上的主人。

"不可以，"他痛苦地重复道，"我明明白白地告诉你，不可以。"

"那你准备怎么做呢？"我问。

维佳很沮丧。他清楚，他所受的专业训练和满身发达的肌肉还不足以对抗貌似平凡的执事。

"您朝我的眼睛来一拳！"他请求道，"哪怕打个乌眼青……"

"你自己来吧，"我狠狠地批评了他，"你可是个男人！"

维佳悲伤地看着自己粗大的拳头。我走到门口，本想按门铃，却发现门没有上锁。

"当当当。"我边说边进了屋。

没有人听到我说话，他们在吵架。

按这栋楼的标准，公寓面积不算大，也就五十平方米左右。屋子中有两根柱子，柱子上装饰着托架和拙劣的油画，这种水平的作品在依兹迈洛夫斯基画市到处都是。一面墙的墙边放着巨大的圆床，另一面是沙发和茶几，墙上挂的是等离子电视。屋子一角的小厨房被吧台隔开。就连浴室也用半透明彩色玻璃砖墙间隔起来。总体来说，屋子风格还算可爱。这样风格的装饰，会颇受十八九岁小青年的青睐，但到了二十五岁，只会让人心烦意乱的同时，生出青春已逝的感伤和淡淡的困惑。

娜斯佳和米沙站在吧台旁,手上的高脚杯里不知是什么酒。但他们无暇顾及手中的美酒。看来,他们刚倒满酒杯,就控制不住地吵了起来。米沙披着风衣,娜斯佳穿着家居短睡袍。

"你连手指头都没有动一下!"娜斯佳喊道,"你见死不救!"

"你为什么要跟他们混在一起?他们把一切都告诉我了。"米沙反唇相讥,"笨蛋!"

"是你抛弃了我!"

"说好了我找人去捞你。"米沙痛斥,我觉得他没有说谎,"当时那种情况,我什么都做不了!过段时间,我一定会接你出来的。"

"等全村的人把我糟蹋一遍之后?"这样的许诺当然无法令娜斯佳冷静下来,可偏偏这时米沙犯傻了,"又不是一次两次了,海关官员跟你睡过了吧?"

娜斯佳深深地吸了一口气,不再说话了。看来,这话确实冒犯了她。

就在娜斯佳伸手打米沙耳光的那一刻,我说:"没有,她没有和我上床。"

米沙揉着脸,转向我。我捕捉到了他的眼神,如果不是我适时赶到,他肯定要回敬娜斯佳一个大耳光。

"你在这儿做什么?"米沙冷冷地问。

"我还需要向您汇报吗?"我惊讶地问。我没有换鞋,踩着柔软的地毯,走到沙发前坐下。我提鼻子一闻,屋子里弥漫着美食的香味。为什么突然间我会这么饿?是受伤后遗症吗?"娜斯佳,我……我突然来访,你不反对吧?"

"当然不反对。"她非常从容地说,"给你来点儿什么?"

"金汤酒。"我很率直地告诉她。

"'蓝宝石'?'必富达'?还是'哥顿金酒'?"娜斯佳像个有经验

的酒吧店员一样问。

"不知道,"我犹豫不决,"听起来都很诱人。米沙,您觉得喝点儿什么好?"

商人脸上颧骨两侧的肌肉剧烈抖动起来。突然间,米沙与《命运的捉弄》[1]中的伊波利特[2]发现热尼亚[3]医生拿着自己剃须刀时的神情有着惊人的相似。

"当然是'蓝宝石'。"米沙说,"再见,海关官员,再见,娜斯佳。"

"拜拜。"娜斯佳冷冰冰地说。她打开冰箱门,把里面的瓶子弄得叮当乱响。

米沙放下酒杯,转身向门口走去。走到门口,他停下脚步,干巴巴地说:"请你不要再给我打电话了。我不想跟……跟恐怖分子同流合污。现在我才明白,你利用了我!"

门关上了。我耸了耸肩。他就这么走了,多少还算有点尊严。如果这时他说出类似"娼妇"或"疯女人"之类的话,确实会显得粗俗且不体面。可他的话里话外不乏真情实感。

"我得离开这套公寓了。"娜斯佳若有所思地说,"房主是米沙,况且,这里的物业费太高,反正我也住不起。我利用了他?他可真行!"

"别生气,他说得没错。"我说,"你利用他了吗?"

娜斯佳瞥了我一眼,往玻璃杯里放了一块冰,问道:"为什么你对这点感兴趣?"

"我可能就是想知道,你爱没爱过他。"

---

1. 俄罗斯导演埃利达尔·梁赞诺夫执导的爱情喜剧片。
2. 《命运的捉弄》中的男配角。
3. 《命运的捉弄》中的男主角。

"他？他就没利用我吗？"娜斯佳把玻璃杯递给我,坐在吧台旁边的高圆凳上,"你来干什么？"

"我都说过了,突然想过来看看。刚好路过……"

"好吧好吧。"娜斯佳点点头。

"我去看父母了,"说这话时我自己都感到意外,"他们没有认出我。他们现在很孤独。我是独子,父亲已经老了。"

娜斯佳放下玻璃杯,她看着我,秒懂我。

"别伤心,基里尔。"

"我尽量。"

"好在他们还活着。我妈妈两年前就去世了。父亲酗酒,我的话对他来说就是耳旁风,我也无能为力。米沙总是向我承诺,要找执事医生帮他戒酒,但一直没谈成。现在更谈不成了。"

"他会回来的,"我假装自信地说,"一定。"

"不,基里尔。他害怕了。他们跟他说,我和地下工作者交往,反对不同世界中的执事。"娜斯佳哼了一声,继续说,"当然,他们这么重视我们,我引以为傲。"

"伊兰在莫斯科,"我想起来,"在我的朋友那里。"

"我知道,她打过电话了。基里尔,我们以后该怎么办？"

"你的意思是？"

"他们,就是这些执事,会跟踪我们。"

"当然会跟踪。"我没有争辩,"娜斯佳,我想,如果你和伊兰放弃自己的想法……"

"嗯？"

"他们就会放过你们,我跟人谈过,主要是谈你的事。我想,他们也会放过伊兰的。"

娜斯佳点点头,但什么也没有说。

"关于地球1号,你和伊兰说得没错。"我继续说道,"我到过那里。"

"第五扇门?"她的精神为之一振。

"是的。很多执事来自那个世界,其他世界不过是他们的实验场。他们通过创建神权政治的世界、奴隶制的世界、科技飞速发展的世界、没有国家的世界……来比对实验结果,这才是他们感兴趣的,除此之外,他们对我们没有别的要求。所以,我们可以平静地生活,选择一个喜欢的地球,然后移民到那里。"

"有点儿丢人。"娜斯佳难为情地笑了。

"你这么走极端,是年龄的问题。"我说,"想想吧,就算是实验场又能怎么样?反正自由这玩意儿不存在。某个伟人说过:'生活在社会中却要离开社会而自由,这是不可能的。'"

"这是列宁说的。"

"他说得没错。鲁滨孙在星期五[1]出现前才是自由的。"我喝了口金汤酒,继续发表高论,"你说得对,我也很委屈。而且,顺便加一句,地球1号的人朝我开了枪!我受了重伤,差点儿就死了。"

"是吗?"娜斯佳将信将疑地看着我。

"我们的伤口愈合很快。所以,我跟这帮混蛋还有账要算。我不会向他们献媚讨好,但我们也不能跟他们发生冲突。你们很愚蠢,搞过家家式的袭击。结果怎么样?结果这些男孩子还不是被我打死了。好吧,即使你们抓到了我,或者菲利克斯,或者蔡,还有其他什么人,又能怎样?地球1号的执事们过来,又能变出很多新警察,揪着你们的耳朵责罚你们——有的人被送到涅槃,有的直接枪毙。"

娜斯佳孩子般地揉了揉膝盖,问:"所以,你不准备和他们作战?"

---

1. 《鲁滨孙漂流记》中被鲁滨孙救下的野人。

"不想。"我摇摇头,"你应该知道,胳膊拧不过大腿。我认了。我要在自己的海关里往地球1号的窗户外倒脏水,竖中指,直到他们感到厌烦,用混凝土从下到上把我的塔楼灌筑起来为止。还有,如果你愿意,可以住到我那里去。"

"金屋藏娇,提议很委婉。"娜斯佳哼了一声,"怎么,我看起来像荡妇吗?"

"不像,我喜欢你。"

"谢谢你的客气话。不去!"

"为什么?"

"我的回答是'不去'!我不准备像老鼠一样躲在扫帚下面!你和伊兰成功也好,不成功也罢,反正我们都会继续战斗!宁可站着死,绝不跪着生!"

这话听起来很天真很好笑,但也很真诚。我叹了口气。看来,和她争论毫无意义。可就在这时,门口处传来了说话声。

"您不该这样,小姑娘。"

我犯了娜斯佳和米沙此前犯下的错误。我没有关门,不速之客正是利用了这一点。

他四十岁上下,一副人畜无害的模样,又胖又笨,严重谢顶,戴着厚厚的眼镜。他笨拙地握着淋湿的帽子(您经常在街上看见戴帽子的行人吗?),朴素的灰西装被雨水淋湿,鞋上溅满泥点,与歪歪扭扭的领带形成绝配。一般来讲,只有那些天天跟孩子们喋喋不休地讲巴扎罗夫[1]和奥勃洛摩夫[2]的文学形象在俄罗斯文学中重要性的老师,以及那些跟妈妈生活在一起的单身汉才会是这副德行。

---

1. 俄国作家伊凡·屠格涅夫的小说《父与子》中的主人公。
2. 俄国作家伊万·冈察洛夫的小说《奥勃洛摩夫》中的主人公。

只不过他是执事。

"您是谁?"娜斯佳从圆凳上滑下来,喊道,"今天是什么日子?开放日?"

我也起身,站到姑娘和"老师"之间。

"这位是执事警察,"我说,"我们的人,莫斯科的。"

警察点点头。

"您完全正确,基里尔。对不起,是这样,我不请自来,工作如此,您知道的。我叫安德烈。顺便说一句,非常高兴认识您!"

"真该请您到我那里做客,"我说,"塔楼在阿列克谢耶夫斯基地铁站旁,二十四小时恭候您的光临。"

"唉,不成啊,离我的工事太远了。我在西南区工作,可是这边有人请我帮个忙。"安德烈抱歉地笑了,"说实话,发生了这么多令人不快又恶心的事。"

我看了一眼娜斯佳,她的嘴唇在颤抖。看来,今天她受刺激了。

"您想做什么?"我问。

"我来处理的问题和这姑娘有关。"他满面愧疚,摊开双手。

"菲利克斯答应过,她可以住我那里。"我迅速说道,"您认识菲利克斯吗?"

"不认识,但这不重要。当然,您的菲利克斯没有错。您清楚,我完全不反对这位年轻可爱的姑娘和您生活在一起。我受人之托,要和她谈一谈,让她认清形势。但是我,很抱歉,偷听到了她的言论。非常崇高,尤其关于扫帚下的老鼠和跪着的生活。"

"那让我们再来一遍,可以吗?"我善意地笑了,"您再到门后去,重新进来一次,我呢,也重新问问娜斯佳这些问题,可以吗?"

男人陷入了沉思,然后耸了耸肩,热情地说:"为什么不呢?您清楚,我其实根本不喜欢这份工作!我是个学历史的,是历史学家,可以说是个书虫,坐在满是灰尘的小屋里,翻阅旧书旧文件,并以此为大乐。顺便说一句,在这个领域,我真的有很多很多惊人的发现,可我无法发表,杂志社的人转眼就把我忘了,信件送达不了,电脑文件也被删除。唉,您清楚,我们对这种事,应该是见怪不怪了。没关系,科学探秘对我来讲已经不再是奖赏了!而这份工作,本该由另一种性格类型的人来做,现在却是我在做!"

于是,他走了出去。

我看了眼娜斯佳。

"真是个小丑。"娜斯佳轻声说。

"他可是执事警察。"我说道,"他能将我们两个先打成肉馅,再把肉馅平摊到天花板上。明白吗?"

有人敲门,警察重新走了进来,用西装的袖子擦着眼镜。

"娜斯佳!"我大声说,"我们不再去管地球1号那些傲慢的势利小人了,好吗?你也别再玩这些地下工作者的幼稚游戏了,搬到我那里去,我那里有大海,附近还有豪华的饭店。"

安德烈喜笑颜开,眯起弱视的眼睛,点了点头,又戴上眼镜,充满期待地看着娜斯佳。

"我已经告诉过你了,"她低语,"我不去,我不准备跟侵略者妥协。"

"好吧。"安德烈痛苦地说,他戴上湿漉漉的帽子,将其拉得很低,然后问:"为什么年轻人总是这么愚蠢、放肆?为什么我总是会碰上污秽不堪的事情?还有这么恶劣的天气、令人恶心的行动?"

他不慌不忙地向娜斯佳走去,边走边在衣襟上擦手,仿佛手心突然出了很多汗。不过,他浑身上下都是这样的,湿淋淋的、黏糊糊的,不知是因为大雨,还是由于出汗。

"请站住!"我说,"安德烈,请您住手!您可是聪明的成年男人！她在说傻话！我马上带她走，她在我那儿住一段时间，一定会回心转意的！"

"我不能，"他忧伤地说，"职责所在，不要妨碍我，基……"

我飞起一脚，踢中他的肚子，那是只有东方动作片里的主角才会使用的腿法。

安德烈向后飞去，飞到了门口。他跌跌撞撞，但保持住了平衡。我以手踞地，不知道这招式叫作什么。睿智的日本人和中国人可能叫它"醉鹤乘风""黑熊出恭"或者"愚蛮执事"。

"你错了！"安德烈生气地说，"你在做什么？我们是自己人！我们是执事，我们应该互相帮助！"

"快从这里滚出去！"我说，"滚开！我不会把她……"

我根本来不及说话。接下来的十秒钟，我们围着柱子转圈，不时攻击对方一拳。安德烈有几拳重重地落在了我的胸口。此时，我有非常不好的预感，警察想把我心脏上方的肋骨打折。安德烈的眼镜也已变成了碎玻璃，扎在脸上，他右手的手指全像扇子一样立起来，呈现出一种极不自然的角度。

看来，我们两个人都感觉不到疼痛。

在某个时刻，我发现我们站在一扇大大的法式窗户对面，紧紧地握着对方的手臂，妄图把对方往玻璃上撞。

但我们二人都没能成功。

"伙计，咱们打起来，成何体统？！"安德烈眨巴着眼睛说。他的右眼皮嵌入了一块眼镜碎片。我意识到，他每动一次眼皮，玻璃就会刮一下他的眼球，这让我毛骨悚然。"我离自己的工事太远，能力发挥不出来。我们谁也打不过谁，平局！"

"走开！"我说，"走开，不许动我们。"

"我不能走，你应该理解我！"

"我不亏欠任何人,没有什么事是我'应该'做的!"

安德烈脸上浮现郁闷之色,"那我们就要一直打下去,直到有第三个人出现,对吗?"

"对!"娜斯佳在他身后说。她用尽洪荒之力,将铸铁锅砸在警察的头上。

砸人的是铸铁(就算是铝的也未尝不可)锅,不是拥有专利的多层底聚四氟乙烯盆。锅是亚洲人的秘密武器,是鞑靼蒙古人最可靠的战友,是城市美食家和驴友们不可或缺的同伴。铁锅既不需要来源可疑的不粘层,也不需要即使在冷水中、刷子里也能溶解油脂的洗涤剂。久经沧桑的铁锅,所有的小孔均被油垢填满,形成平滑黑亮的涂层,保留着昔日手抓饭、烤肉、羊汤和这口铁锅一生所见所有食物的芳香。一口好的老铁锅能使最普通的食材变成《一千零一夜》故事中的美味。随着时间的推移,铁锅变得越来越重,因为锅负载着无烟煤熏烤的历史痕迹之沉重。

这口铁锅也有很悠久的历史。砸人时,锅里有满满的手抓饭。被芝麻油染成暗红色的大米粒在空中自由落下,间或可以看到闪着金光的胡萝卜块、香味诱人的蒜头、煎得焦黄的茄子丁。根据食材判断,手抓饭味道不错。何止不错,应该是非常不错。

安德烈翻着白眼,瘫软地坐到了地板上。

我看着娜斯佳,她看着我。

"我认识一个黑人,"我说,"他喜欢甩啤酒杯。真该让你和他比试一场。"

"我帮上忙了吗?"娜斯佳问。

"何止是帮上了,"我非常赞赏娜斯佳的想法,"从你说不准备跟侵略者妥协的那一刻开始。"

"我不想说谎。"娜斯佳说。她转过身,将铁锅放到吧台上。我轻轻地踢了安德烈一脚，历史学家此刻安静地躺在地上。我走到吧台旁，将手伸进了铁锅。

我将锅底剩下的大米和胡萝卜划拉到一边，用五根手指按压了一下，将其抓成小团，顾不上滚烫的热油烫到手指尖，将手抓饭送进嘴里。顷刻间，我被这满口的香气和泛滥的口水呛得喘不上气来，只能勉强说出一句"太好吃了"。

我不无遗憾地环顾满地的手抓饭，问："你从哪儿学会这门厨艺的？"

"我爸爸在乌兹别克小村庄里长大，一群白胡子老爷爷教他的。"

"那用铁锅打架呢？是乌兹别克武术？"

"乌兹别克女子搏斗术。"

我看了看表。

"给你三分钟的时间收拾东西，然后我们赶紧离开这里。"

"如果我不想走呢？"

"那我就自己走。"我如实相告，"这次我们能战胜警察纯属侥幸，十分偶然。"

她没再争辩，打开衣柜门，拿出一个粗麻布袋子，开始往里塞衣服。她停顿片刻，将一卷尼龙绳扔给我。

"拿着。"

"干什么？"

娜斯佳迟疑了一下，问："你不想结果他吗？"

我看了看命运多舛的历史学家。说实话，我对他没有恶意。两分钟前，如果有可能，我会毫不犹豫地扭断他的脖子，但现在……

我蹲下身来，将安德烈的手绑在背后，又用同一根绳子绑住了他的腿。尼龙并不是干这件事的最佳材料，太滑了。但我非常努力，尽量绑得紧一些。

"我收拾好了。"娜斯佳说,"哦,不……"

她毫不犹豫地脱下睡袍,往身上套牛仔裤。我哼了一声,故作姿态地看了看手表说:"你还有二十秒。"

"正常男人遇到这种事,都会劝人不要着急。"娜斯佳说道。

"我是正常男人,但不想死。"

我在娜斯佳家里的这段时间,天气急剧变坏,冷雨如注,狂风大作。突然,奇迹出现了:云层打开一道缝隙,一轮又大又圆的满月挂在天边。月光从缝隙中钻出来,泻向大地。街上几乎没有行人,远处的地铁口也见不到人的踪迹。在这种情况下,司机完全忘记了风度礼节,没有减速就冲过了水坑。

"快拦车!"我命令娜斯佳说,"就说到阿列克谢耶夫斯基地铁站,别心疼钱。"

"你没开车来吗?"她惊讶地问,想要张开雨伞,但伞立刻被风吹翻了。

"我不会开车!你怎么也没有车?"

"每次都是米沙派司机接我!"

"荣华富贵,过眼云烟!"

我环顾四周,暂时风平浪静,新警察还没出现。

一辆又老又旧的"日古力"停下来,司机也没问我们去哪里,能付多少钱,直接就说"请坐",然后猛然向前一冲,离开原地。我坐在前排,警惕地看着他,万一他是……

好像是普通人,普通到不能再普通的那种。他已不年轻了,而且很疲惫。

"大雨没把你们冲跑?"司机问,"天像是漏了。凌晨肯定会下雪。你们看看,天多红。可是姑娘,您已经湿透了,穿得太少了。"

"嗯,"娜斯佳心情不错,"事出无奈,我们不得不从酒桌上先跑了。"

"出什么事了?"

"一个禽兽酒后失德,"娜斯佳说,"别佳好不容易才阻止了他。你不知道有多热闹。"

地下工作者的游戏又开始了。我嘟嘟囔囔说了几句,假装自己就是救美的英雄别佳。

"怪不得我看到你颧骨上有淤青呢。"司机瞥了我一眼说。

我揉了揉颧骨。

"不对,是左边。难道您感觉不到吗?您伤得不轻啊,是跟拳击运动员打架吗?"

"说出来让您见笑,是跟历史学家。"

司机真的笑了,他说:"历史是一股可怕的力量。但历史学家打人还比较少见,他们一般都是耍笔杆子的。您给他们放一块生肉,就能把他们引走。"

"我亲亲他,效果会更好。"娜斯佳说。

我们在后视镜里交换了一下眼神,娜斯佳笑了。

男女关系中最原始的部分还是流传到了今天,那就是:只需为女人打上一场架,就可……

"去哪里?"司机问。

"回家,"我回答说,"到阿列克谢耶夫斯基地铁站。"

23

如果博尔赫斯所言不虚,小说题材,也包括世间万物引发的林林总总的事件,无外乎四种类型:寻宝、攻打要塞或保卫要塞、回家和耶稣救世。不过,人们常常忽略耶稣救世的题材,同时又对其他三种宝贵题材怀有恶意,将其归结为有关"爱""印第安人"和"新年"的故事。博尔赫斯未必会对这三个问题展开深入探讨,况且"爱"本身就是一次寻宝历程,英勇的"印第安人"与攻打要塞又息息相关、密不可分。想想看,又有什么可以与新年这一节日相提并论的呢?对,只有回家。至于耶稣救世,则是当代诸神无法模仿的。

精彩的故事里,这三个情节会接连发生。奥德修斯去寻宝,途中攻克特洛伊城,搭船回家。伊万王子去寻找返老回春的苹果,中途洗劫了科谢伊的城堡,最终回到了父亲身边。狼攻击三只小猪的家,结局是屁滚尿流,狼狈逃跑。

我的寻宝之旅进入保卫要塞的环节,只是没有了回家的机会。

塔楼附近,没有人等待我们。我首先检查了一遍所有的门,而后登上二楼向窗外眺望。

万籁俱寂,空无一人。

"有异常吗?"娜斯佳问。

"拜你所赐……"我没忍住,"我们现在身处险境,你知道吗?我一开始就建议你到我这儿来。我现在不得不背负和警察打架的不良记录！"

"是我们。"

我只是挥了挥手，掏出手机，拨通了科佳的号码。等了很久才接通，这也不奇怪，已经午夜了。

"喂？"科佳很不满地回应。

"是我，基里尔。娜斯佳在我这儿。"

"哪个娜斯佳？留纸条的那个吗？"

"是的。执事警察找过她，我英雄救美，把她带到自己这儿了。"

"你打警察了？"科佳兴奋起来，"太酷了！"

"再没有比这更酷的了，他们随时会来找我。"

"嗯，倒也未必。"科佳开始分析，"在这种情况下，他们没弄清楚事情原委，不会采取行动。"

"他们也可能会找你。"

"这和我有什么关系？"

"你收留了逃犯伊兰。我觉得，他们对她的兴趣不亚于对娜斯佳的。"

科佳喘了口粗气，问："你有什么建议？逃跑吗？"

"也许是。你们可以考虑到我这儿，哪怕警察找过来，我的塔楼或许还能保护你们。你问问伊兰，她应该更清楚该怎么做。"

"稍等……"

接下来是沉默的等待时间。我用肩膀和耳朵夹着听筒，边等边观察娜斯佳。她站在朝向阿尔坎世界的窗口，仿佛感觉到了我的目光，转过身来问："这就是地球1号吗？"

"是的。"

"好漂亮。远处有电视塔……"

"奥斯坦金诺，跟我们这里的一模一样。看来，他们认为这个建筑物很不错。"

"他们一切行动的目的是什么？"娜斯佳出人意料地问道，"如果他们的世界已经很完美，而且强大无比，何不各安其生，遵从人性，跟我们和睦相处，而不是剥削我们，利用我们？"

我突然懂了，归根结底，她是小姑娘，太天真了。

"娜斯佳，很遗憾，人性的本质就是剥削利用。"

"不应该这样。"

"但事实如此。"

"我们一定能战胜他们！"

我笑了，"战胜？想要战胜对手，就要剥削、利用别人，送人赴死，破坏地球1号的所有计划。如果你取胜，转眼间位置交换。那时候，就会有另一位来自地球1号的女孩说：'为什么他们干涉我们的生活？这是不对的！'"

"那怎么办？"娜斯佳轻声问，"谁拳头硬，谁就有理吗？"

这时，听筒里传来科佳的声音，谢天谢地，我不用回答这个让人尴尬的问题了。

"基里尔？伊兰说，我们不该到你那儿去。我们现在最好逃离莫斯科。她知道几个没有执事的地方，警察的势力还没有覆盖这些地区。你们和我们一起走好吗？"

"怎么去？"我很不高兴，"你忘了，我是被拴在塔楼上的。"

"对不起。"科佳很尴尬，"嗯……那我们马上走了，我会想办法给你打电话！"

"电话联系。"我回答说。

通话结束。

情况的确很糟。科佳是对的，他们暂时最好先躲起来。而我，当然不是为了打架。我要想办法调解冲突。至少，我们没有杀过人。

"他们不来吗？"娜斯佳问。

"他们不来。"我如实相告，"伊兰认为，他们最好先躲起来，她知道哪些地区暂时没有执事，他们可以躲到那里去。而且，你也可以跟他们同去！"

"听起来不错。"她沉默了一会儿才开口，"我不敢说，你的朋友是我理想中的男人，但毫无疑问，他身上确实有些东西让我……那你接下来怎么办？"

"谈判。我看看能不能和平解决问题。说到底，我的塔楼位置不错，我对执事来说还有利用价值。"

"那我留下来和你在一起。"娜斯佳态度坚决。

"你肯定会说，你打算和他们决一死战，是不是？如你所知，他们非常不喜欢这一点。"

"我答应你，我不会，但你也不要以为我会撒谎！"

我唯一能做的，就是两手一摊。撒谎？哈！想对执事警察撒谎，谈何容易？

此刻，娜斯佳走到另一个窗口，突然向我高喊："基里尔！快看，多漂亮啊！"

这里的确很漂亮，满月高悬，和我们的世界一样，只是看起来显得更大。外面几乎无风，海面平静，波光粼粼，细碎的光影在闪烁，在轻轻地晃动。

"是浮游生物。"我脱口而出。此情此景，我的话颇不合时宜。

"浮游生物？真有意思！"娜斯佳依旧看着窗外，"当姑娘说'多美的月亮啊'，你觉得跟她谈月面浮土的化学成分和月亮表面的反射率合适吗？"

"我是第一次遇到知道'月面浮土'这个词的姑娘。"我诚实地回答，"我以前从未跟姑娘聊过这个问题。"

"我认识一个小伙子，是个数学家。"娜斯佳点点头，"有一次坐火车，他爱上了列车员，因为她跟他聊函数，是数学函数。他们一起下的车，还差点儿就结婚了。"

"为什么没结？"

"不记得了，好像是因为她不懂张量分析。"

我小心翼翼地抓住娜斯佳的肩，贴近她，将脸埋在她的头发里。她慢慢地转头，于是，我们开始拥吻。她钻进我的怀抱，转身依偎着我，看着我的眼睛。我和她身高几乎相同，我的大脑里再次出现不合时宜的念头：我的前女友们都比我矮半头。

"如果我们现在出去，到那儿……"她向窗口方向点了一下头，"就像好莱坞X级电影那样。"

"好莱坞X级电影，我喜欢。"我说的自己都相信了。

我们没有立刻去沙滩，床离我们要近得多。

"基里尔，你生我的气吗？"

"不。"我躺在扔在沙滩的毯子上，看着澄明的夜空。空气一尘不染，仿佛世界公园与无限的宇宙空间是相通的。我抚摸着娜斯佳的脸庞，摸到她的唇，想记住她的脸形，好像自己是个盲人，"生你什么气，小傻瓜？"

"我害你和自己人吵架。请你原谅，是我太激动了。米沙的表现就像懦夫中的极品，最软弱的懦夫。而你现在也开始顾虑重重。"

她突然用胳膊肘支撑起身体，看着我。月光下，她的皮肤变成暗银色。她拍拍自己的嘴巴。

"你怎么了？"

"我的确是个傻瓜。我怎么提起他了？我知道，男人这时候不喜欢听这个。"

"你什么都懂。说吧,我无所谓。"

"不,我不会再说了。我现在连他的名字都不想听,更别说提他。你真的喜欢我吗?"

"是的。"

"伊兰说过,执事们很少与人产生关系,就是那种长期稳定的关系。记得《平凡的奇迹》[1]中魔术师是怎么说的吗?他说,他的妻子慢慢变老,走向死亡,而他青春常在。"

"你怎么这么聪明?不会也是执事吧?是图书馆馆理员执事?"

"我不会拒绝这份工作的,"娜斯佳抚摸着我的肚子,"应该很有意思。"

"我就在楼上开图书馆。"我说,"或者换种说法,馆,已经有了,但需要书来填充。如果我们能跟执事达成共识……我在说什么呢!共识,肯定能达成的。建个图书馆,这事不难!我们就请他们让你做执事。"

"这可能吗?"

"这要看他们的了。"我伸手,碰到了她的胸,"不,我不想让你当图书馆管理员,因为你的视力会下降,还得戴眼镜,你就只会天天埋头读书了。"

"那我会摘下眼镜,只会把头埋在你胸口,就像这样……"

她温柔地贴近我,吻我的唇、脖子、肚子……然后往下游走。

"娜斯佳,执事也会累的。"我故作凄惨地说。

"我们试试看……"

"这……这不行……"我大声说,"不,我真的不行。"

娜斯佳微微一笑。夜空刻画出她迷人的侧影,月色温柔,海风

---

1. 由俄罗斯著名导演马克·扎哈罗夫执导的爱情喜剧片,于1978年上映。

轻拂。她骑在我身上，时而抬起，时而坐下。我感觉她的呼吸加快，于是抓住她的手掌，紧紧握住。娜斯佳呼出一口气，呻吟着，声音时有时无，她依然坐在我身上，身体温柔地战栗着，但她没有停下来。这回，轮到我无法自持，我因这原始而强烈的快感轻叫起来。

"你在消磨我的斗志。"稍事休息，我说道，"我即将有一场艰难的谈判，可现在我只会满脸幸福地傻笑，说话都颠三倒四的。"

"你可要打起精神。"

"好吧。"我坐起来，内心很焦虑。沙滩空寂无人，月亮高悬于晴空，海面波光粼粼，身边美女相伴，此情此景，夫复何求？我要对明天有信心。"去游一会儿怎么样？"

"走吧。"

她轻轻站起身来，我们踩着沙子向水边走去。是的，这一刻的画面和趣味低俗电影里的桥段差不多。

"你想过没有，我还不能确定是不是爱你？！"娜斯佳尖叫着冲进了水中，"我！不！知！道！"

"我也是！"我喊道。

这就是真相。但正因为我们不怕将其说出口，这个真相才存活到最后。

早晨，有人来找我们。

我是被楼下的敲门声惊醒的。声音不大，没有让人感到威胁，甚至透露着犹豫不决，就是敲个不停。咚——咚，长时间的停顿。咚，又是停顿。咚——咚。

所有的窗口外，都是艳阳高照。

咚——咚。

不论是谁，他已经站在门口，不疾不徐地敲着门。他有无尽的时间，世上所有的时间都在他手中。所以，他有耐心，他的耐心足以超过人所能忍受的极限。

娜斯佳也醒了，坐在床上，紧张地看着我。

"穿好衣服。"我对她说，"科佳是对的，我们的暂停时间已经结束了。"

"他们会攻击我们吗？"

"不会，不要胡思乱想！他们可能已经有了解决方案。"我轻抚她的肩膀安慰道，"对我和你，他们会有要求。当然，我们会跟他们讨价还价，承诺不再给他们添乱。只是我求你，一定要真诚！他们能感觉到谎言！"

咚——咚——咚。

有人在敲莫斯科的门，这扇门的回音有鲜明的金属质感。我多希望敲门声是来自金吉，来访者是蔡。真可惜，不是。

"我会非常真诚的。"娜斯佳站起来，开始匆忙地穿衣服，白裤子、白短袖衫。莫斯科已是秋季，穿夏装很不合时宜。

"我有点儿害怕。"

"别怕。"我对她眨眨眼，"好莱坞烂片里，最后都是好人胜利。"

"那我们是好人吗？"

"没有比我们更好的人了。"我边说边套牛仔裤。

"基里尔……"

"嗯？"

娜斯佳摇摇头说："没，没什么，过后我再告诉你。"

街上空无一人，就像新雪初降时早晨六点钟空荡荡的莫斯科街道。在小城市，人们习惯早睡早起，只有在半夜才渐渐睡去的莫斯科，冬日清晨的街道上才会有墓地般的沉寂。

娜塔莉亚·伊万诺娃站在门口。她穿着单薄，下身是破旧的牛仔裤，上身是黑底红玫瑰花的粗布短衫，脚上是没了外皮保护的旅游鞋。她怎么了？真的是在切尔基佐沃市场摆摊？外面飘着轻雪，娜塔莉亚的头发上盖了一层雪花。

"可以进去吗？"她问。

"如果我反对呢？"

"那只会让事情变得更复杂。"娜塔莉亚认真地回答。

"那……请进吧。"

娜塔莉亚跟在我身后（本不想后背对着她，但更不想在她面前露怯）登上二楼。她环顾四周，问道："你女朋友在哪儿？"

"在做早餐。"我递给娜塔莉亚一把椅子，"请坐，咱们坐下说话。"

"谢谢。"她坐下来，拱肩缩背伏在桌子上，下巴放在手掌里。她端详着我，然后微微一笑，眨眨眼问道："怎么样，被盯上了的可怜人，惹祸了吧？"

"嗯，惹祸了。"我恭顺地回答。

"没关系。我们一同想办法。"她敛容正色，开始责备我，"基里尔，你中了什么邪？谁给你傲慢自大的勇气？你打开了通往阿尔坎的大门，这在你们世界的历史上是第二次。好样的，我佩服！这个可以说是非常复杂的耗费能量的过程，就像逆流游泳一样。好在你做到了。他们欢迎你了吗？欢迎了。还对你开出了慷慨、优厚的条件，可以平起平坐，成为我们中的一员。"

"你们？"

"基里尔，我现在说谎毫无意义，你自己已经全明白了。是的，我来自阿尔坎。我的工作是培养执事。"

"你们为什么这么做？"我问，"我明白为什么了。你们在做实验。我们对你们来讲有什么用？合作伙伴，还是本地人的奴仆？为什么偏偏是我？为什么不是沽名钓誉的政客季马或者商人米沙呢？"

"你不明白吗？"娜塔莉亚大吃一惊，"你知道吗？是这样的，基里尔……算了，我现在不想做任何解释，我和你有笔账要算。"

"不用算了。"我喃喃低语，"怎么？要用炸弹炸吗？"

"我们还有别的方式方法。"娜塔莉亚说。她这不是威胁，只是例行通知，"说到爆破，我们的确应该对炸弹进行检测，看你们的技术是否会给我们的世界带来危害。基里尔，我该拿你怎么办？"

"我想，你可以对我为所欲为，不是吗？"

"是的。"她简短地说，"所以，你先放弃讨价还价的想法。所有的事情，我说了算。你就谢天谢地吧，还有人对你心怀善念。"

"谢谢。"我冷冷地说。

"不许你再去阿尔坎，至少最近十年不能去。"娜塔莉亚冷冷一笑，"为了避免你遭受诱惑，我们会把门窗用混凝土浇筑上。"

我面露悲痛，但心里的那块冰融化了。我是对的，执事们不想消灭我，他们需要我，至少对我有好感。

"对你予以训诫，你被判处监视居住，监禁期……一年吧。有人会定期给你送吃的，但你要是出塔楼……"娜塔莉亚嘴角露出一丝虚伪但又令人愉快的笑容，"哎，那我们没有消失的塔楼在哪里呢？我会为你保留世界公园的出口，否则你会萎靡不振的。同意吗？"

"同意。"我迅速作答。

"给安德烈·彼得罗维奇道歉。"娜塔莉亚责备地用手指指着我，恐吓道，"你怎么可以这样做？钻了他远离工事的空子，和他打架，并给他的身体造成了严重伤害。这很不好啊！你这样做会动摇整个警察队伍的威信。"

"我道歉。"我说，"我确实非常遗憾。他是那样知性的人，我愿意给他道歉。"

楼上传来餐具哗啦哗啦的响声。我看了眼楼梯，娜塔莉亚也看了一眼，然后叹了一口气。

"现在要解决最麻烦的事情了……"

"她留在我这儿。"我急忙说。

"基里尔，凡事都有限度，包括我们的宽容。你真不该把小姑娘从涅槃中带走，那里才是她的归宿。反正过一两个月她就会被送回来，到那时她就觉悟了。"

"所以这是我的错，不是她的错。"

"她参加了很多愚蠢的恐怖行动，此其一；"娜塔莉亚示威般地弯起一根手指，"掩护逃犯，此其二；违背每个知道执事存在的人必须遵守的不泄露、不干涉的约定，此其三；在责令其忏悔时，公然声称要继续从事反抗活动，此其四；最严重的，她攻击执事，而且是正在执行公务的执事警察，此其五！"

娜塔莉亚一巴掌拍在了桌子上。

"她再也不会了。"我说，"不会再有恐怖活动，不会再有窝藏行为，她后悔了。我也会给安德烈·彼得罗维奇道歉。"

"基里尔，我们不是在幼儿园。"娜塔莉亚摇了摇头，"说句'对不起，我再也不会了'，然后又可以淘气。不，基里尔，娜斯佳的问题已经处理了。"

我觉得自己要爆发了，将手放在她的手掌上，往桌子上按。

"娜斯佳就留在这儿，哪儿都不去。"我说，"就此打住，到此为止，没有二话！"

娜塔莉亚皱起眉头，她的脸色很难看。

"来之前我就想过，这是最棘手的问题。你要小商贩的前情妇，对你有什么好处？怎么？没见过女人？女人，你可以随便选！水性杨花的、良家妇女、贤妻良母型的和年轻的天真女孩子。你看看外面的世界，有多少人在卖弄风情、摇首弄姿！"

"我已经做了选择。"

"问题已经解决了，基里尔。"娜塔莉亚说，我突然意识到，她将逻辑重音放在了"已经"上。

"娜斯佳！"我跳起来，喊道，"娜斯佳！"

没有人回应我。

"我已经对你让步了。"娜塔莉亚继续说，好像并没有看到我的反应，"她会永远留在这里。"

我冲向楼梯，跑上二楼。厨房的门是开着的。

娜斯佳躺在炉子旁的地板上，荷包蛋静静地趴在煎锅里。我突然意识到，她仿佛是在为小孩子做早餐，荷包蛋被煎成一张笑脸，蛋黄是眼睛，培根是微笑的嘴。娜斯佳盛荷包蛋用的金属锅铲，飞到了厨房的一个角落。

我俯身凝视娜斯佳，她的眼里还有生命的迹象。生命和恐惧，永远密不可分。我感觉她认出了我。我甚至感觉到她还很高兴。可就在下一秒钟，死神的阴影就显现在她的眼中并带走了恐惧。

我无助地摇了摇头。

不！

怎么会是这样？这是我的房子，是我的堡垒。就连疯婆娘罗萨·别拉亚的傻女仆几分钟都能自愈。我是海关官员，几乎算是个军人，我肚子里的器官被打成肉馅都能够再生。可是她，连外伤都没有！

"娜斯佳！"我大喊，"不要离开我！"

我拼命摇着她的双肩，心里很清楚，她已经死了。心脏停止跳动后，她还坚持活了至少一分钟，然后，垂下头……锅铲掉地的声音还未散尽。她为什么不喊？是不能？还是不想？她没有喊叫。但她至少多活了一分钟，就是等我上来。

"不要死啊！"我命令道，"我求你了！"

我将手放在她的胸前，想象从我的指尖释放出看不见的电流，射入她的心脏，就像心脏除颤器放出的蓝色闪电，对心脏进行电击。

一定能救活她。

可能吗？

但什么都没有发生。

心脏停止了跳动，姑娘死了，没有奇迹。

"她死了。"娜塔莉亚说，她站在门口，若有所思地看着我。

"让她活过来！"我大喊。

"绝不。"

"是不能，还是不想？"

"不想。"娜塔莉亚承认，"我说过，有些事情是我们不能原谅的，攻击警察就是其中之一。放心吧，一切都过去了。"

"我放心。"我看着娜斯佳说。

"那就好。这个姑娘才十九岁，可她已经有了三个男人。你要这样的人干什么？你又不是傻瓜，你不会告诉我，你们之间有真爱吧？没有真爱，只有性！我昨夜故意没打扰你们，就是为了让你玩得开心。"

"为什么你这样……粗鲁？"我看着娜塔莉亚说。

"就是为了让你明白，我们是可以粗鲁的。"她眯起眼睛说，"这个姑娘我们不需要，但想留你一条生路。如果你把所发生的一切都咽到肚子里，就说明你站在我们这边；如果不咽，就跟她一道走吧。"

"你的意思是，我只能咽下去？"

"是的，只能咽下去。"

我轻抚娜斯佳的脸庞,为她合上了双眼,又为她整理了露在裤子外的短衫,站起身,对娜塔莉亚说:"不明白,为什么她那么冒失,说什么宁可站着死。警察已经同意再给我们一次机会了。他没有说谎吧?"

"没有。警察既然说了,那她就能活下去。"

"真是愚不可及。"我说,"一旦死亡降临,所有诸如'誓死坚守'[1]'但它仍然在转动'[2]'无祖国,毋宁死''为自己的信仰而死'一类的豪言壮语和高姿态,都成了无稽之谈。这些动人的故事,都是讲给孩子们听的,或者是给那些被洗脑的成年人听的。"

娜塔莉亚点头表示赞同。

"但它仍然在转动,"我说,"难道不是这样吗?地球在转动,他们也在誓死坚守,祖国还是祖国,死亡还是死亡,即使没有人想去送死。但有时候,死亡比背叛更容易。你这个丑陋邪恶的女人,从来没有人爱过你,你来到我们的世界,并不是因为你爱它,只是因为你渴望权力。"

娜塔莉亚举起双手,轻轻拍了拍,就像女教师看到自己最心爱的学生出色地解出了积分方程,却算不出二乘二等于几。她的脸上写满了痛心和失望。

"你就是恶棍。"我说,"你们都是恶棍,不是因为你们暗中控制我们,在所有的平行世界里为所欲为,我承认,即便不是你们,也会有别人统治我们,操纵我们。不是因为你们剥夺了我们的自由,给我们镀金的笼子,自由不是以平方千米来丈量的。甚至也不是因

---

1. 法国军中常用的宣传口号,在1916年凡尔登战役期间被广为流传,以表达法国人捍卫祖国的决心。
2. 出自意大利著名天文学家伽利略在被当时的天主教会要求,撤回对地心说的主张时所说的话。

为你们夺走了我们的亲人和朋友。重要的是，我们无论如何都忘不了他们。你们是恶棍，因为是你们把我们从最亲近的人身边夺走，甚至没有给他们留下关于我们的记忆。但你觉得这还不够，是不是？人对你们来说，就是棋盘上的一颗颗棋子，可以将小卒变成王后，也可以将另一个棋子从棋盘上拿掉，或者重新来一局。"

我沉默了。

沉默，是因为我恍然大悟，知道什么才是最重要的事情。

我明白了，为什么他们把我变成执事。

于是我问道："告诉我，你们原本打算让我成为什么样的人？"

24

想象一下,您有一个巨大的笼子,里面住着很多做实验用的小人。很难想象,是吗?好,那您就想象有个巨大的笼子,里面装着无数做实验用的小老鼠。

周围还有很多笼子,每个笼子里,都住过一对小老鼠。其中一个笼子中的雄鼠没有生殖能力,而另一个笼子的自动喂水装置损坏了,小鼠崽被淹死;在第三个笼子中,混进了一只野生老鼠,咬伤了原住民;第四个笼子里的石英灯掉了下来;第五个笼子里的老鼠成功越狱。但还是有数量相当的老鼠在很多笼子中生活。当您想提高自己笼子中老鼠们的生活水平时,您就会看看旁边的笼子,看看那里的情况怎么样。这些老鼠不是生活在一个大家庭中吗?真好笑。那就让我们来看看,也许,应该把自己笼中的众鼠也以集体主义精神教化之。而这些老鼠不是躲到不同的角落里去了吗?好吧,我们就再观察观察,说不定这样对它们只会有益而无害。

您对其他笼子中小老鼠们的命运并不感兴趣。您不是虐待狂,对这些毛茸茸可爱的小生命也没有任何成见,您只关心其中的一个笼子,那里有您刚刚放进去的老鼠。对生活在那里的小动物,您真的很惦记。

而其他笼子里的生命可以用来做实验。

在那个所有老鼠都躲在不同角落的笼子里,有几个与众不同的小老鼠交上了朋友。它们还要结党连群?岂有此理!这个对照组必须隔离！您当然有能力弄死几个胆大妄为的家伙，将它们直接扔进马桶。但您不是残忍之人。于是，您在笼子的不同角落设置了舒适的小房子，里面多放了一些奶酪，然后每个小房子中放进一只不听话的小老鼠，再给它们身上系一根短短的小绳子，甚至可以系上漂亮的彩色蝴蝶结，并且提供大剂量的维生素，以此作为限制它们自由的补偿。很快它们就会习惯，甚至满意这样的生活。

您可以在另一个笼子的水中加入某些化学药物。万一大剂量的开心粉让小老鼠们感到幸福呢？不，它们没感到幸福，都死掉了，好可惜啊。

第三个笼子里的小老鼠们经过严格训练后，已经学会在轮子上按顺时针方向奔跑了，您就隔离那些非要按逆时针方向奔跑的小老鼠们，方法同上，用小房子、小绳子和同样美味的鼠粮来实现。

随着时间的推移，您慢慢就会明白，一部分管理对照组笼子的工作可以交给小老鼠来完成。这个工作正好可以委托给那些因可能破坏实验纯度而被系上绳子的老鼠。一旦有事发生，它们就会用响亮的吱吱叫吸引您的注意，残忍地撕咬企图走它们老路的同类（因为逆时针奔跑，我得到了小房子和一份奶酪！万一它们改变奔跑方向，是不是就会把我的伙食分给它们？）。

渐渐地，这个过程越来越流畅，小动物们在您喜爱的笼子里感觉好极了，它们避免患上和8号笼一样的瘟疫，而瘟疫产生的原因是您不再给8号笼收拾垃圾；它们也没有像25号笼子里的居民那样死于坏血病，因为您为做实验而更换了25号笼的饲料；也没有用核武器消灭对方……不，不，请原谅，哪儿来的核武器一说，我们说的可是老鼠啊！

总之，整个过程十分完美。

现在您已确信，或早或晚，您会调教出既可爱又快乐的老鼠种群。

至少是在一个天选之笼里。

"告诉我，你们原打算让我成为哪一种老鼠？"我问娜塔莉亚。

"嗯……"她支支吾吾，"该来的还是来了。其实，我也不知道，基里尔，这不在我的权限之内。我只是妇产科医师，明白吗？"

"妇产科医师不只负责接生吧？"

"是的，有时还得负责人流手术。但为什么要帮助一些人接生，又是什么原因要让另一些人流产，并没有人告诉我。对此，我也很遗憾，你懂的……"娜塔莉亚环顾四周，叹了口气，"你这里很舒服，一眼就能看出来，你很讲究。可惜，太可惜了，基里尔！"

她举起手，轻轻抚过墙面。

抹灰墙面开始出现细碎的裂纹，在墙体深处传来清脆的咯吱声，红砖粉末从墙体裂纹中纷纷落下，仿佛有多齿的钢铁巨兽在里面翻江倒海。我的右侧肋骨下面被深深地刺痛，短暂且剧烈。疼痛骤然产生又旋即结束。

娜塔莉亚眯起眼睛，挥了一下手，似乎在指挥看不见的乐队。

塔楼摇晃了一下，其下的大地好像无法承受五个世界的重压而发生了变形弯曲。墙上的每块砖貌似都在跳动，但依然想留在原来的位置上。

我屏住呼吸，重重地摔在地板上。我双手伏地，勉强跪着，眼前原本纯黄色的木地板变成了黑色，上面布满了网格线和划痕，漫天飞舞，膨胀隆起。

"看到了吗？基里尔，"娜塔莉亚开始对我谆谆教导，"并不是任何时候都能站着死的。"

她正在摧毁塔楼！她对我无能为力，但这已不重要了，她能够摧毁我的工事。

而我的塔楼消失之日，正是我的死期到来之时。

我试着站起来，并且成功了。塔楼还在，也就是说，我还是执事。我甚至向娜塔莉亚迈出了几步。我要走过去……给她致命一击……掐住她的咽喉……

女人哈哈大笑，手臂在空中用力一挥，旋转楼梯在她背后仿佛爆炸了一般，腾空而起，悬在空中。木栏杆突然起火，铸铁的栏杆柱瞬间断裂，伴随轰隆的巨响散落下来，中央的柱子犹如经历了高温煅烧，严重弯曲。

一根炽热的火杖刺痛了我的脊背，熊熊燃烧的火苗恰似无数条溪流钻进每根肋骨。我转了一圈，想躲避吞噬后背的火焰，却仰面朝天，倒在了娜塔莉亚的脚旁。

女人俯下身，看着我的眼睛，问："基里尔，感觉如何？能挺住吗？"

最可怕的是，她的声音中没有残忍，没有幸灾乐祸，没有虐待的快感，也没有蔑视，恰恰相反，只有同情和一点点好奇。给一无所知的老鼠注射致命毒素时，实验者可能是真心喜爱小动物的。

此刻，重要的是冷静，要赶走心中虚妄的恐惧。一旦陷入恐慌，就已经输了。

她更强大。她能把人变成执事，也能摧毁他们的工事。但是，世上一切并非都取决于武力。以伊兰为首的少年集团能够俘虏执事罗萨，因为罗萨天性并非战士。我能战胜警察，因为离自己的工事距离比较近。

而现在，我就在自己的塔楼里，即使它在坍塌，但依然还在。这里，我即使受到致命的伤害都能够自愈。它会帮我吗？不能。那什么可以？每个夜晚，塔楼都会按照我的意愿重塑风格。我身陷危难，它便让水管破裂来救我。但塔楼会帮我吗？

会。如果塔楼听命于我。

我不知道，是什么能力能使塔楼改颜换貌。它这么做，看来是因为不喜欢"目击者"在场，而现在，它在走向毁灭。

"你攻击了……海关官员，"我勉强说出话来，"你也违反……执事法规。我能够……自卫。"

看来，我这番话在娜塔莉亚看来很滑稽。

"请，出招吧。"

她拍拍手，窗户的玻璃纷纷裂开，发出阵阵悲鸣。她举起手，好像抓住了某个我看不见的东西，轻轻一拉。

白色颜料片从天花板纷纷落下，我头顶正上方的楼板出现了裂缝。

我眼前一黑，头骨似乎被钢箍紧紧地勒住。

刹那间，挂在电线上的灯泡闪过刺眼的光，玻璃灯罩粉碎，四散飞去，电线垂了下来。钨丝燃尽，细小的灯丝支架之间冒出一缕微烟，蛇信子般吸住娜塔莉亚·伊万诺娃的脖子。我终于明白眼前正在发生什么事。

助产士的身体弯成一张弓，尖叫起来。电线还在不断地下垂，卷成套索，勒住她的脖子，把她朝上方拽去，娜塔莉亚的双脚离开了地面。

我站起来，身体摇摇晃晃，但剧烈的疼痛已经减轻。

娜塔莉亚的脸迅速变成深红色。她绝望地挣扎着，努力将手掌塞进套索里，稍稍缓解这致命的束缚，似乎对击穿她身体的电流无感。

"这就是阿尔坎套索[1]……"我看着她说，"你也会有今天！"

"停！"娜塔莉亚大喊。

我笑了，确实感觉好笑。在她杀了娜斯佳之后，在她冷酷无情

---

[1] "阿尔坎"在俄语中的本意是"套索"，这里一语双关。

妄想置我于死地之后,还敢粗暴地命令我"停"?

"说'请停下啦'。"

"请停下啦!"

"说'我以后再也不敢了'。"

娜塔莉亚瞪了我一眼。天线将她往天花板上拽,越拽越高。

"白痴!你们所有的工事都是我的,如果我死了,塔楼会坍塌,上百个执事就要变回普通人!"

"太棒了!"我摇着头说,"你以为我会难过?"

"我们会允许你继续做执事!"她喊道。

"去死吧,畜生!"我简单明了地说,"去死吧,我们要做普通人!"

"谁也……不会允许……你们……"娜塔莉亚声音嘶哑地说,"监理……会修理你……"她从套索里将手拽了出来。

她头顶的天棚沿着板缝裂开,微微颤抖着,张开贪婪的混凝土大嘴,满怀期待地要吞下这个女人。钢筋就是锈迹斑斑弯弯曲曲的獠牙,电线往塌陷的地方拖拽助产士,将其拉进渐渐合拢的楼板之间。

娜塔莉亚双手向上一举,在空中做出劈砍的姿势,然后又分开,仿佛在撕开什么东西,击打我看不到的物体。

塔楼发出痛苦的声音。墙上的砖头噼里啪啦往下掉,地板块直立,地面像波浪一样起起伏伏。世界公园上空灿烂的阳光逐渐暗淡,朝向地球17号的窗口被灰色的帷幕遮盖起来。

那一刻,我感到强大、垂死的生命正悲伤而温情地看着我。通常,内心已经没有遗憾和悔恨的垂暮老者都是这样凝视自己儿时的照片。刺痛如一股强烈的电流瞬间蔓延我的全身,身体如拉得过满的弦,绷得很紧,又瞬间断裂。

我的工事奄奄一息，切断了与我的联系。

在那漫长如永恒的短暂之中，我获得了终极敏锐之感。我听到娜塔莉亚的颈椎骨咯吱作响，听到缓缓开出谢维尔雅宁站台的电气火车的汽笛声，看到了从奄奄一息的助产士额头上流下的汗水，也看到了遥远的阿尔坎世界奥斯坦金诺电视塔，和从塔中对着我窗口方向探出的望远镜头的闪光，闻到了灶台上煎鸡蛋的糊味，以及阿列克谢耶夫斯基地铁站附近售卖的中亚烤肉卷饼散发的腐肉臭味，感觉到了唇边的血腥味和击穿娜塔莉亚电流的酸味。我目睹天棚涂料化成飞扬的尘土一片片如雪花般落在头发上，听到了圣火旁士兵们战靴踏响大地的回响。

还有一些令人沉迷、普通人无法感知的新奇感受，有些像回忆，但却是回忆全新的表现形式，是视、听、嗅、味和知觉的混合。

德米特里，告诉我，此情此景，在你们科幻小说家眼里意味着什么？我扒开灰色的帷幕，漫无目的地摸索，那感觉就像在果冻中一样，腿上像有许多金属，步伐沉重，叮当作响，难以忍受的钻心的苦楚侵蚀着双唇。那是生命无法承受之重，我无法坚持……

世界无比光亮，异常刺眼，同时，世界在缩小，缩成一个点，这个点就是我。我感到身体发沉，打了个趔趄。

再世为人并非易事，其难度不亚于第一次为人。离开舒适安全的母体，摆脱了温暖、潮湿、黑暗、可自由翱翔的失重状态，我第一次打开两侧的肺叶，笨拙地吸入苦涩的空气，充分感觉到地球的引力。我又委屈又惊讶，终于失声痛哭起来。

我作为执事的全部力量，所有借来的功夫和超能力，全部消失了。

塔楼震动了一下，电线最后一次用力将娜塔莉亚拖向天花板间的凹陷中。混凝土预制板合上了。我听见咔嚓一声，闷声闷气，绝不悦耳。

她的双腿最后抖动了一下,廉价土耳其牛仔裤迅速染成暗红色。塔楼开始坍塌。

我从最后一扇还没有被不同世界间的尘雾笼罩的窗口跳了出来,毫不犹豫地向前伸出双手,姿态和高台跳水一样。在我身后,红砖散落,楼板倒塌,管道中的水喷涌而出,木板破裂,嘎吱作响。

冰雪覆盖、坚硬如石的大地向我扑来。我闭上了双眼。

坑深大约一米半,覆盖了一层薄薄的雪,坑里堆满了潮湿的枯草腐叶、残枝朽木。这是什么?这不是普通的城市垃圾,是当地人的堆肥坑吗?为什么我以前没发现呢?它怎么会突然奇迹般地出现在我的窗下?出现在我跳下来的地方?

奇迹?不可能!

我受了点儿轻伤,胳膊被尖锐的树枝划伤,脖领后是垃圾。我仅穿了一件衬衫,下身是夏裤,衣裤已经湿透,但我还活着。不管怎样,我——还——活——着。

娜斯佳死了。执事助产士娜塔莉亚·伊万诺娃咽气了。第二次,我终于成功将她杀死。

我几次滑进了雪堆里,最后好不容易爬出了坑。我疑惑地回头看了看大坑,向塔楼冲去。

它依然矗立在铁道旁边,看上去还是废弃水塔的模样,只是门上写着"1978"这个年份,除此之外,再无一物。这可是我出生的年份啊,我回过神才想到这一点。

水塔没有被破坏的迹象。距地面三米高的窗户被打碎,荒废建筑物的玻璃本来就都是碎的。

我拽了一下生锈的门,门吱吱呀呀地打开了。室内漆黑一片,只有一道狭长的光线从窗户照射进来,与门口透过的光线交织在一起。从这个角度看,这不是多层建筑,也没有天花板。里面空阔,回音很大。塔顶是蓄水池，生锈的铁皮时间久了烂出了窟窿。地板上散落着砖头瓦块、碎玻璃、来路不明的金属块和各种垃圾。只有最惨的流浪汉才会在这里栖居。

娜斯佳躺在门口。

我坐在她身边，将耳朵贴在她的胸前，又摸了一下她的脉搏。

奇迹没有发生。

如果她是执事，她就可以……如果娜塔莉亚死后，所有被她变成执事的人都重新变回普通人……不，无所谓了。生亦何哀，死亦何苦。执事有能力与生死玩捉迷藏的游戏，前提是黑暗必须浓稠而厚重，房间必须特别宽敞。但如果瘦骨嶙峋的手已经抓住了你并拍了你的肩膀[1]，你就再也看不到回头的路了。

"对不起，"我说，"你本来应该留在涅槃的。对不起，娜斯佳。"

她当然没有回应。我安慰自己，她可能已经原谅我了。可这毫无意义。我就是傻瓜，只比娜斯佳谨慎一点儿、有远见一点儿。我的表现像……像什么？像执事。按他们给我界定的职责权限行事。

我不该冒冒失失地从一个世界闯入另一个世界，不该骄傲地拒绝结盟，还自以为是地投入战斗。在不可挽回的事件发生之前，在娜斯佳离世之前，在我被迫低头屈膝之前，随机应变的可能性是存在的，而我，却没有好好利用。

如果政客处于我的位置就好了，他一定能让游戏长久地持续下去。

到一局终了，才发现他一直在让棋，在投其所好。

不，悲伤是愚蠢的。如果你认同这个游戏规则，你就已经输了。这就像在赌场，不论你在颜色还是在数字上下注，不论是赌零还是

---

[1] 指死神。

赌奇偶数，赢钱的都是赌场。接受他们的游戏规则，你就成了他们中的一员。这，就是游戏奥妙之所在。一切恰似童年我读过的小说，里面是这样说的：学会敌人的秘密语言，你就开始像敌人一样思考。或者真相更接近古老的传说：屠龙者，最后就成了龙。任何人，若他的智谋足以战胜来自地球1号的执事，那他也必定能成为执事那样的人。事实上，政客季马的设想与阿尔坎居民对我们所做之事如出一辙，那就是：要一个实验场，建立一个训练基地。为了所谓的最高尚的目的，就可以……

如果你仅是没有超能力的普通人，贸然去参加战斗，你没有任何胜出的机会。但如果你已经成为执事，胜利对你就没有了意义。

需要第三条路，但这第三条路并不存在。

我抚摸娜斯佳冷冷的面庞，应该叫急救车过来，但不是现在。首先要做的，是离开这里。现在，我又是普通人了，不想在这个时候被带回警察局。那样，我就不得不花很长时间去证明，我是偶然来到这个荒废的建筑物里，偶然发现这里有一具女孩的尸体。况且这个女孩昨天夜里还曾与我有过肌肤之亲。

但我不想就这样将她抛尸于破砖乱瓦和碎玻璃瓶上。我用鞋尖清理出一小块干净地方，小心翼翼地抱起娜斯佳，将她放到那里，并把她的胳膊伸直，放在身体两侧。她的右手张开，左手紧握成拳头。犹豫片刻，我还是掰开了她的手指。

掌心里有个闪闪发光的金属环，既非金，也非银，有点儿像镀镍钢。如果我还是海关官员，立即就能说出它的化学成分、价值和关税税率。

小金属环……

我拿起它，仔细端详。不知何故，我觉得首先要弄清它为什么会出现在这里。娜斯佳当时在灶台旁，正准备把荷包蛋从煎锅……

一定是这样。这是金属锅铲把手上的圆环,厨房里所有的厨具上,叉子、刀、漏勺……都有这样的圆环。

为什么它会完好无损?因为它被攥在已经去世的女孩手里?莫非人的手不属于执事的世界?我试着把金属环戴在无名指上,大小正合适,好像是我在珠宝商店里买的戒指。权当纪念吧!

我又看一眼死者的面庞,站起身来。

我听到门口传来了脚步声。

"基里尔?这里出什么事了?我的天啊!"科佳站在门口,神情困惑地看着肮脏黑暗的建筑物内部,"这里好像刚刚被马赫诺[1]的部队袭击了一样。你打架了?阿尔坎来人攻击你了?"

"你怎么来这儿了?"我问,"你们不是离开这里了吗?"

"心灵感应,"科佳摊开双手,"突然感觉大事不好。我把女士一个人留在了谢列梅捷沃机场,自己过来找你。"

这时,他的眼睛已经适应了黑暗。

他沉默了。

"娜斯佳死了,"我说,"就是这样……"

"为什么?"

"是娜塔莉亚干的,执事助产士杀了她。"

"我很遗憾,"科佳喃喃地说,"我真的很遗憾……娜塔莉亚在哪儿?"

我耸耸肩说:"我最后一次看到她时,她腰以上的部分只有一张纸板的厚度。我觉得,她已经不存在了。我的招式,执事也挺不过去。"

---

[1] 内斯托尔·马赫诺(1888–1934),乌克兰无政府主义者,乌克兰自由地区军事领袖。俄国内战期间,乌克兰无政府主义者军指挥官。

"你杀了她？"科佳怀疑地问。

"是的。她杀死了娜斯佳，又要摧毁塔楼，我侥幸消灭了娜塔莉亚，但塔楼也毁灭了。"

"现在你又成了普通人了。"这不是提问，而是陈述一个事实。

"嗯。"

"但你怎么可能杀死她？"

"这是我的秘密。"我神秘地说，"我们离开这里吧。我们已经帮不上娜斯佳什么忙了。"

我们走出塔楼，我掩上门，从地上抓起一把松软的雪，擦了擦门把手，没有必要留下指纹。

科佳看着我的眼睛，问："基里尔，怎么会？她可是助产士！伊兰说过，助产士能够消灭任何被他们发展成执事的人。你的塔楼被摧毁，你成了普通人，但你却杀了她？我不信！"

我很忧伤，非常非常忧伤。我穿着湿透的裤子和短衫走在冰天雪地的街道上。我冷得要命。

"把耳朵凑过来，我告诉你。"我环顾了一下四周，说道。

科佳顺从地转过头，我凑到他耳朵上，悄悄地说："事实上，每个执事的耳尖都有特别敏感的穴位。如果击中执事的耳朵，他就会因功能丧失而丧命！"

科佳哼了一声，站直了身体，看着我的眼睛说："基里尔，别胡说……"

"只有一点我不太明白，"我继续低声耳语，一点儿也不担心，科佳是否能听到我说话，"这种方法对监理有效还是无效？"

"不知道。"科佳说着，摘下了眼镜。

"在你身上试试如何？"我很关心地询问。

25

博尔赫斯还是错了。

除了三个伟大的题材之外,至少还有一种同样值得关注的故事题材,那就是心爱女人的不忠和挚友的背叛。

倘若海伦[1]没有同帕里斯[2]私奔,战争就不可能发生,快乐的希腊国王们也不会为荣誉(如果实话实说,是为了财富)去攻打特洛伊城,奥德修斯也就不会在归家的途中迷路。倘若比利·博恩斯[3]没有欺骗同伴,没有卷走藏宝图,吉姆·霍金斯[4]就不会与乡绅特里劳尼[5]和医生利夫西[6]一起踏上寻找金银岛的征程,也不会袭击海盗的巢穴,命运多舛的冈恩[7]依然还在漂泊,最终也回不了家。

从另一个角度看,如果没有海伦的背叛,我们也永远无法知晓珀涅罗珀[8]对丈夫是多么忠贞。

为了爱情和友谊,我们不得不蒙受不忠和背叛。

尽管如此,被人出卖的滋味真是不好受。

科佳叹了口气,低着头,很内疚地耸耸肩,说:"你可以试试。

---

1. 希腊神话中宙斯和勒达的女儿,是在人间里最漂亮的女人。因和特洛伊王子帕里斯私奔,引发了长达十年的特洛伊战争。
2. 希腊神话中特洛伊王普里阿摩斯之子。
3-7. 比利·博恩斯、吉姆·霍金斯、特里劳尼、利夫西和冈恩均是英国小说家斯蒂文森的小说《金银岛》中的人物。
8. 奥德修斯的妻子,出自《奥德赛》一书。珀涅罗珀在丈夫远征特洛亚失踪后,拒绝了所有求婚者,一直等待丈夫归来,忠贞不渝。

你是怎么知道我是监理的?"

"娜塔莉亚说的。"

"她不可能说。"科佳摇摇头,"娜塔莉亚并不知道我是监理。她不会想到,我也是执事。"

"是的,她只说过有监理这回事。至于你就是监理,是我自己想到的。很遗憾,太晚了。"我忍不住提高了声音,"文件里不可能保存有关执事的记录!不可能!那个警察,也就是那个前历史学家曾抱怨,即使现在,他写的信也无法送达指定的地址,电脑文件也会被删除。如果打算把人从生活中抹去,就不能让他们参与现实生活中的重要事情。只有这样,世上才不会留存这些人的数据。他们存在的任何痕迹都不会有!照片、学习成绩单和儿时的绘画全部会消失。只有你的计算机是例外?哈!别逗我了,康斯坦丁!"

科佳点点头,双手一摊,说道:"你看看,想把事干好,结果害你成了执事,其实这不是我的本意,况且又是这个傻婆娘经办的,她冷酷、狠毒,还是倒霉鬼。我也不喜欢这些来自阿尔坎的蠢货。如果能让你活得开心,我宁愿……"

"难道你不是从那里过来的?"

"当然不是,基里尔!事情远非你想得那么简单。你总不会真以为,阿尔坎会派一批助产士和她们的首领潜入这里来改变世界吧?"

"我确实就是这么想的。"我冷得牙齿打架,科佳也发现了,他叹了口气,解开自己的保暖外套,递给我,自己只穿一件保暖毛衣,"穿上吧!"

"不用,谢谢。"我摇摇头。

"哪怕是披在肩上也好!你现在是普通人了,会感冒的!"

我没有再固执,实在太冷了。我吃力地拉上了拉链。

"情况和你想的不一样,"科佳继续说,"执事的力量并非源自他本人。换句话说,不仅仅源自他本人,这力量还属于他生活的世界。阿尔坎的人不能来我们的世界,也不能将人变成执事。他们首先要找到监理,监理首先得自学很多东西,当然,也少不了他们的帮助。然后再……怎么说呢?再掌控全局,做出重大的决定,并对所发生的事情负责。"

"所以你是我们的人?"我傻傻地问道。

"当然是我们的!不能比我们更我们的了!"科佳笑了起来。

"你多大了?"

"噢,比看上去稍微年长几岁而已。"科佳挥了一下手,"但我认为,年轻与否要看心态,对吗?"

"科佳,"我终于要提我的终极问题了,"怎么会这样?为什么?为什么你允许他们这么做?为什么要这样对我们?"

"怎么会这样?"科佳很恼怒,"你以为,他们那群傻瓜的世界是人间天堂吗?是吗?他们不过是放缓了科技发展的步伐。这些白痴想从每个世界里取一根线,给自己缝制长衫,可他们的世界也不怎么样。举例来说吧,整个非洲战火不断,为什么?因为没有奴隶制。世界就是这么复杂!整个大陆都致力于调停大埃塞俄比亚、太阳神苏丹和幸福祖鲁的关系。全是徒劳!到处都有难民潮。以别人的教训和错误为基础来避免错误是行不通的,基里尔!"

"但他们就是在学习!"

"他们以为自己在学习。而我过去认为,将来还会这么认为,没有科学和技术的进步,文明就会陷入停滞甚至灭亡。所以,我为我们的地球选择了一条加速科技发展的道路。是的,是我选择的!他们跟我提过其他方案。"

"战争,"我固执地说,"我们这里到处都是战争,还有灾难。"

"这是社会进步不可避免的产物。"科佳果断地说,"牺牲总是在所难免，或是瘟疫大流行毁灭整个国家，或是人类自相残杀。我替整个地球做出了选择，基里尔。这是事实，但这只是因为没有更好的选择。"

我的愤怒消失了，像破裂的气球，泄了气。也许是因为科佳的个人魅力，也许是因为科佳掷地有声的解释。

"我也不建议你相信我说的。"科佳面露疲倦，继续说道，"我会去做阿尔坎的工作，他们不会拒绝我的。最坏的结果大概就是我打开通道。我做得到！"

"然后呢？"

"我们到那里去，"科佳解释说，"你看看那边生活怎么样，然后再决定要不要去寻找比我们的地球更好的命运！"

他向我迈近一步，抓住我的衣袖。

"能放过我吗？"我请求他。

"基里尔，生什么气啊？以前，我确实不能向你坦白！我身负重担，有自己的原则。如果你愿意，打我的耳朵，专挑敏感穴位！你打吧，我绝不还手！"

"他们杀死了娜斯佳。"

"我怎么会知道？"科佳喊道，"我又不能未卜先知！别说你会动手，我都恨不得把娜塔莉亚的脑袋拧下来！我原本只是想让你们相互妥协。娜塔莉亚只是去告知，你们被判监视居住，仅此而已！我早就知道，一个性欲得不到满足的婆娘是不可相信的！基里尔，对娜斯佳的死，我深感惋惜！但是，哪怕是我，也无法让死人复活！"

"你真的为娜斯佳感到惋惜吗？"我问。

"是的，非常惋惜。我不是天使。我看过的东西太多了。如果是你，早就满头白发，或者吓得夜不能寐，惊叫连连。"突然之间，他的眼神变得异乎寻常地冷酷,"但每次遇到年轻漂亮的姑娘死去,我的心情还是很沉痛的。"

"你对人类充满了深深的恶意,科佳,"我疲惫地说,"虽然你是监理。"

"不错。如果让你经历两次世界大战和无数次的革命运动,你也会变成这样。走吧,基里尔!我也感到冷了!你不要这么扭扭捏捏的,看你的样子就像八年级女生第一次见妇科医生似的!"

"真粗俗。"

"阅女无数后,你也会这样。"

"我不是你。我不再是执事了,也不指望有这福气。"

"别胡说!"科佳拖着我往外走,"我们研究一下,给你找个更有趣的工作。做助产士怎么样?还不用戴颈链!不过你只能在其他世界工作,这是规则。你不是喜欢金吉吗?阿雷扎尔坦,多美妙的城市啊!就相当于这里的莫斯科,我经常到那儿去。"

近一个小时里发生的种种事情,令我头晕目眩。我想大醉一场,或者躺倒大睡一觉。当然,最好还是喝个酩酊大醉,然后再沉沉地睡去。

当科佳将我领到停在街边不起眼的日产汽车旁时,我还是大吃一惊。汽车不豪华,我一直以为科佳不会开车,因为他近视。

"为什么你要戴眼镜?"我在副驾驶的座位上坐下,问。

科佳启动引擎,打开暖风,搓了搓手,往上吹口气。天冷,确实很冻手。他面带嘲笑,看了我一眼,说:"眼镜?女人喜欢我戴眼镜的样子。眼镜让我看起来天真可爱,人畜无害。"

我沉默不语。

发动机预热了,科佳将车从道肩旁开上公路。他的驾驶技术高超至极,这一点,我立刻就意识到了。也许,他做什么都能达到终极完美，因为他是监理。

"这样也挺好的，你觉得呢？"他若有所思地说，"当然，可惜了娜斯佳。但我也无须再装了，而且，你也摆脱了颈链的束缚。所以，你同意做助产士吗？相信我，这是很有意思的工作，而且从事此项工作的人必须有灵魂、有情感，而不是像伊万诺娃这样的女人。基里尔，我就是好奇，你到底是怎样干掉她的？"

"也不能算是我干的，是塔楼。"我叹了口气，回想起我与工事间看不见的关系被割断时那种奇怪的感觉，"场景很像恐怖电影，天棚裂开，光秃秃的电线缠绕住娜塔莉亚的脖子，将她拽向天棚裂缝处，楼板又闭合在一起，像颌骨一样。"

"没骗人？"科佳问。

"没有。事实如此。"

科佳突然转动方向盘。我们刚好驶出通往里加桥的隧道，但他并没有驶向大道，而是在凌晨时分开到通往奥斯坦金诺荒凉无人的小路上。他把车拐到路边，停在车库和仓房旁边，看了我一眼，眼里是无法掩饰的忧伤。他说：

"非常糟糕，基里尔，你想象不到有多糟糕。"

"为什么？她还活着？"

科佳摇了摇头：

"你知道小男孩和圣诞老人的笑话吗？"

"具体一点儿，哪个笑话？"

"嗯，小男孩看到圣诞老人，大喊大叫：'你是大活人！原来你真的存在啊！'圣诞老人叹口气回答说：'是的，我确实存在。但现在，我不得不杀死你。'"

发动机发出隆隆的响声，空调中的暖风吹向我们。不远处电气火车的车轮隆隆作响，桥上的汽车川流不息。城市已苏醒，新的一天开始了。

科佳的目光依旧锐利,但也很伤感,他直勾勾地看着我。

"怎么了,科佳?"我问道。

"对你来说,已经不重要了。"他痛苦地说。

他迅速伸出手,掐住了我的喉咙。仅仅一只右手,却像锻工钳一样紧紧地抓住了我。我眼前一黑,世界天旋地转,跳起了告别的华尔兹。

"我真的很遗憾……"从绵延无尽的虚空中传来科佳的声音。

我用尽最后的力气,下意识伸出右手,盲目而无助地出击,也不知打到了他的头部,还是颈部。科佳做了一个漫不经心的手部动作,好像在驱赶蚊蝇。我瞬间从无意识状态清醒,知道这个动作足以打断我的手。

但手,没被打断。

我遭遇科佳密实而有力的防守,但我最终还是突破了他的防线。我笨拙的拳头打在了科佳的下巴上。

如果站在局外,就能看见,似乎有一个铁拳飞过汽车,以摧城拔寨之势击打在康斯坦丁·恰金的脸上。我的拳风将他的手从我脖子上吹落。科佳和车门一起飞出,鲜血在空中划出一道弧线。车玻璃粉碎,挤压变形的车门像铁皮衣领一样紧紧地箍着他的脖子。飞出车体的瞬间,科佳用脚钩住方向盘,将方向盘和音箱也一同拽了下来。方向盘飞出近十米,安全气囊在飞行中触发,那些无辜的零配件乘坐着气囊落到雪地上,仿佛星际探测器一样。

科佳躺在地上,头不停地摇晃。车门上的玻璃碎片四处飞散,像北极熊在甩身上的海水。

我懵懂地从车里爬出来。报废的日产汽车里传出两声警报,又戛然而止,这台车似乎在暗示,已经承认自己无力改变现状的事实。

"你说谎！"科佳声嘶力竭地喊，他的声音几乎无法辨认。看来，他的头部遭受重创牵动了身体，喉咙也受了伤。若是普通人，早就身首异处了。

"如果你因此生我的气，我也没办法。"我说。

"你怎么能……为什么……"科佳摇摇晃晃地站起来，恐惧地向前伸出一只手，艰难地说，"停！我们谈谈吧！"

我向他走去，不清楚为什么能打出这样一拳，力道之大，只有执事警察才能企及，也不清楚，这样的魔法是否还能再重复一次。

但现在已经无路可退，无论如何不能让对方知道你手里除了一张王牌A，剩下的全是烂牌。

"我们曾经是朋友……"科佳刚张嘴就又沉默了，意识到我们的谈话现在已经进行不下去了。

于是，他从容地在空中画了一条波浪线，仿佛在指挥看不见的乐队。不错，是画了一条线，空气随着他的手指突然燃烧起来，构成一组奇怪的字母。

科佳的脖子上依旧挂着汽车门，他向前迈了一步，走进正在燃烧的字母中，消失得无影无踪。

火焰暗淡下来，空气中只剩下一道弥漫着带有硫黄气味的白烟。

我蹲下来，靠在肮脏的车轮上，揉了揉脖子。

我真的很累……

镀镍的金属环在手指上闪闪发光。

"谢谢你，娜斯佳。"不知为什么，我突然说了这样一句话，令人悲伤，又不合时宜，但我就是想这么说。

我很想吸烟，可烟丢在了塔楼里。我不得不起身，在日产尼桑右座前的小杂物箱里一顿乱翻。别说，我真的找到了一盒普通的LM牌香烟，这是科佳经常抽的牌子，还有一盒我没见过的Treasure牌，漂亮的正方形银色盒子，应该很昂贵。我没有客气，拿出一支点燃。

口感不错，如果不超过五十卢布，以后隔三岔五就买它了。

这时，我口袋里的手机突然响了。

我深深地吸了一口烟，待铃声响了几下之后才掏出手机，看也没看就说："喂……"

"基里尔，你跑哪儿去了？"

我心里一惊。

"爸爸？"我不敢相信自己的耳朵。

"当然不是妈妈！她生你的气了，你总也不打电话。还有那些可怜的花，全都蔫了。你上次什么时候浇的水？"

"啊？"

"你上次什么时候浇的水？"

"五……天前？"

"基里尔，你在抽烟吗？"父亲很疑惑地问。

"是的。"

"我没想过，有一天会对你这么说话。我希望你抽的只有烟！"父亲一字一句地说，"你在哪儿呢？"

"嗯……有时在这儿，有时在那儿。最近常在阿列克谢耶夫斯基地铁站附近晃悠。去过金吉，还有世界公园，还去过一次阿尔坎。"

"我觉得，你好像已经长在夜店里了。"父亲叹了口气，"你怎么样？你妈妈在做好吃的了，我已经把土耳其的拉克酒放在冰箱里冷藏上了。你过来吧，我给你倒一杯。"

"我马上回去，"我说，"现在就走。我一直在等你们，非常爱你们。我顺路再去趟里加火车站。爸爸，在里加火车站能买到去哈尔科夫的车票吗？"

"能。"爸爸被我突如其来的温情弄得有些不知所措，"你去哈尔科夫做什么？"

"嗯……有点儿事……"我看了一眼脚上被泡得发胀的皮鞋，含糊地回答，"虽然……算了吧，以后再去。我公寓的钥匙在你们那儿还好吧？"

"钥匙能出什么问题？难道还会化成灰？"

"说得也对。"我表示赞同。电话里传来警示音，我急忙将烟头在雪里掐灭，"爸爸，手机要没电了。我这就出发。"

打车可不是件简单事。没有人会把车停在桥前，更何况打车的还是个穿着肮脏的夏衣、披着不合身上衣的年轻人。终于，一辆日古力六代老爷车——莫斯科最典型的出租车停了下来。

"我到彼……"我拉开车门说。

"啊！请坐，亲爱的！"司机突然对我笑了起来。我想起不到一周前，就是这个人陪我满城寻找自己存在过的证据。

"谢谢。"我坐进车里，陷入了深思。我的安家费也留在了另一个世界。

"我说……有个事情……"

"没带钱？"

"嗯，"我低声说，"到地方我跟父母要……"

"不用了，成年人还跟父母要钱，这不好。"高加索人说，"有钱时再给我。"

"那我怎么给？"

"你已经两次坐我的车了，一定会有第三次。"

我倒在海绵已经塌陷的车座上，双目无神地看着司机野蛮地将车从慢车道直接拐到三环上，然后将手揣到科佳的上衣口袋里。

他的左口袋中有钱包，我打开钱包，毫无愧疚，转头对司机说："刚才误报，我有钱。"

怀疑归怀疑,毕竟司机没有表达自己的想法。

在另一个口袋里,我找到了科佳的手机。

我好奇地翻阅了通讯录,其中有几个人是我认识的,有些不认识。我看到里面有麦尔尼科夫,略作思索,拨通了号码。

"您好。"科幻作家、日理万机的大人物虽略显不耐烦,但还是不失礼貌地接了电话。

"您好,德米特里·谢尔盖耶维奇。"我说,"我是基里尔·马克西莫夫,科……康斯坦丁·恰金的朋友。您还记得我吗?我们一周前拜访过您,我是用他的电话在给您打电话。"

"哎……是的,是的,记得。"作家不再装腔作势,"您是那个讲故事的年轻人,现在您的情况怎么样了?大家认出你了吗?"

"您说的对,这是我想写的科幻小说中的情节。"我迅速地说,"对不起,我把自己的想象当成了现实。我当时就知道,您一眼就识破了。"

"噢,年轻人,如果您像我这样写小说,当然也能。"作家满意地大笑起来,"好吧,继续写!我还真的很好奇,您怎么把故事圆下去。请问,您的护照……"

"化学药品,"我说,"我上学时就喜欢化学。"

"啊哈!"麦尔尼科夫极为满意地说,"果然不出我所料。这就是给您的教训,不要以为科幻作家是神秘主义者。"

"如果可以,我有一个小问题。"我问道,"就一个问题:科幻小说如何称呼那些与地球平行存在的世界?"

"您指的是什么?"作家不明所以。

"我的意思是,您找到了一颗行星,几乎跟地球一样,该怎么命名?地球2号?"

"非常可能。"麦尔尼科夫表示同意,"有个作家,很有名,在他创作的美国经典科幻里……"

"那如果一下子找到十几颗类似地球的行星呢?"

麦尔尼科夫沉默了一会儿,然后疑惑地问:"找到了吗?然后呢?"

"那就命名为地球2号、地球3号,以此类推吗?"

"我认为,在这种情况下,编号应该从1开始。"麦尔尼科夫毫不犹豫地回答,"地球2号的命名是为了衬托我们星球独一无二的特征。如果数列太长,地球本体最好不编号,这样才能显示地球的唯一性。"

"非常感谢。"我充满感情地说,"我也正有此意。谢谢!"

我挂断了电话,看了看司机。

"有什么不对劲儿吗?"他问道。

"总会有不对劲儿的事情。"

"是啊,我的车轮胎花纹儿几乎磨秃了,可公路滑得像玻璃!市长天天都在想什么呢?这么大的城市,国家的首都……车也多,钱也多……"

我坐着,闭上眼睛,听他慢条斯理地抱怨。

"世界上所有的东西都是人臆想出来的,但这有什么意义呢?有人在打仗,有人在争吵。世界只有一个,我们又没有办法把人分开。幸福这玩意儿,过去没有,以后也不会有……"

"没关系,"我说,"请您相信我,以后什么都会有。"

汽车在坑坑洼洼、凹凸不平的公路上,像游龙一样一会儿左一会儿右地甩动。是该去看望父母了!我还得买票,寻找腰果。即使邪恶的奇迹时代来临,我也应该鼓足勇气,坚守善良之本性。我用大拇指抚摸着金属环,重复道:"一切都会有的。"

译后记

2020，岁在庚子。

2020，是不平凡的一年，是多灾多难的一年，更是风云莫测、充满变数的一年。这一年注定会在人类历史上留下浓墨重彩的一笔：人类的劫难在逆全球化的暗流中展开，瘟疫蔓延，灾难频发，族群撕裂，文明冲突，理性泯灭，人工智能开始反噬人类，大数据下的人类则越来越像情绪化的机器……人类世界呈现出集灾难、科幻和赛博朋克于一体的魔幻图景。在人与人、人与自然的互动中，开往未来盛世的快车，突然被一双看不见的大手，按下暂停甚至后退键……

如果世界是一部人类共同书写的鸿篇巨制，翻过去的每一个篇章都是我们已无法更改的昨日，而我们今天的每一个起心动念、一言一行都是为明天绘制的草图。

如果未来可以预料，前人在描绘今日的草图里，会怎样构思、书写？

刚好，在危机四伏、病毒肆虐的上半年，我们有卢基扬年科的《创世草案》为伴，即便生活一地鸡毛，尚能在作家的精妙构思中感受文学的灵动，体验俄罗斯科幻小说不同凡响的科学伦理。俄罗斯科幻小说家在亲历了苏联巨变之后，受到巨大的震撼和冲击，一夜间变成孤臣孽子、无家可归的时代难民，于是，他们开启了与苏联时期科幻小说家迥异的书写模式，那就是在科幻的外壳下，更加关注人性，更加深刻地体验文化危机、信仰失落和死亡焦虑，以此探究命运之神的暴躁之谜和现实是否存在通向其他维度的缝隙。翻译工作可以使人心情平静，甚至有治愈的功能，无论病毒如何肆虐，我们也可以"躲进小楼成一统"。有时，望着外面变幻的天气，臆想着这平凡世界中的秘密，仿佛走进作家的作品，他告诉我们，地球其实是复数的，有无数个平行的世界同时存在，通过塔楼、地铁、宾馆等"海关"，人们可以前往另一个维度的空间去旅行。

译稿于2020年9月末完成。我们本以为凛冽的寒风会吹散疫情的阴霾，但目前看来，寒冷依然伙同病毒收割着生命。虽然以中国为代表的少数国家成功遏制了病毒反弹的态势，但大多数地区疫情防治情况却不容乐观。在《创世草案》作者的故乡俄罗斯，感染人数依然居高不下。小说中的人物之一科佳，对瘟疫降临人间有很精辟的评价：

"这是社会进步不可避免的产物。"科佳果断地说，"牺牲总是在所难免，或是瘟疫流行，毁灭整个国家，或是人类自相残杀。我替整个地球做出了选择，基里尔。这是事实，但这只是因为没有更好的选择。"

当然，这是小说中科佳为地球的创世草图勾勒的图景。我们宁愿相信这是小说中人物的观点，并不能代表作家的想法。不过，如果我们假设科佳的判断是正确的，即瘟疫是对人类社会的预警，那么疫情过后，我们是不是会迎来"否极泰来"的美好时光？

也许会，也许不会。

在《创世草案》的世界中，作家描绘了无数个历史进程不同、发展程度不同、生活理念不同的平行世界或平行空间。人们通过海关往来于不同世界。莫斯科阿列克谢耶夫斯基地铁站附近有一座废弃的水塔,外表破败不堪,连流浪汉都不屑光顾,内部却装修豪华,生活设施齐全。这里正是往来于不同世界的海关之一,《创世草案》的主人公便在这里工作。在不同的时空,水塔会呈现出与当地环境非常和谐的形状和颜色。这样的设定不禁让人对水塔有种与《哈利·波特与魔法石》中的"国王十字车站的九又四分之三月台"一样的想象,以为走进去,就有可能到达另一个空间。卢基扬年科为地球设计了这些相互重叠但彼此互不干扰、历史文化迥异、经济发展水平不同的空间,人们不必穿越虫洞,也无须担心乘坐飞船的风险,只需海关官员基里尔打开一扇大门,就可进入而不是穿越到"地球1号"或其他平行的世界。比如此刻,地球正值寒冬,而"地球17号"却适逢盛夏,那里风景优美、气候宜人,完全有别于疫情汹涌的莫斯科。请闭上眼睛想象这样一幕场景:柔和慵懒的海风和静谧的沙滩离寒冷的疫区莫斯科仅一门之隔,一侧是戴着口罩、行色匆匆、忐忑不安的莫斯科居民,另一侧是在海滩上开怀畅饮的俄罗斯新贵。新贵们不必担心新冠肺炎,这里甚至"可以调素琴,阅金经"。基里尔从事着最令人羡慕的职业,衣食无忧,身居外部破烂、内部设施齐备的豪宅。工作,貌似也不难,就是根据顾客的要求,打开通向地球诸号的大门。从酷热难耐的莫斯科来到巨型乌贼爬上海滩的金吉城,只需一个开门的动作……

《创世草案》里没有拯救世界的超级英雄,主人公是和你我一样的凡人。基里尔是一家电脑公司卖显卡的销售经理,整日为生存而奔波。机缘巧合,他得到了超能力,成为海关执事——但超能力也让他付出了沉重的代价。从此后,他的房子,住进了陌生人,他的工作被人取代,他的朋友、他的挚爱都视他为路人,他不再存在,所有曾在这个世界的痕迹,都被彻底抹去……在短暂的海关官员生涯中,他有机会见识俄罗斯的政治家、阿尔坎的社会实验、安吉克的奴隶制社会、涅槃世界被流放者的心理状态……

而这众多的平行世界，不过是"地球1号"用以做社会发展比对实验的小白鼠，不过是一幅又一幅信手勾勒的草图……

《创世草案》涉及当下科幻小说中关于人类未来的很多问题。在译者看来，只要是有人居住的地方，就有政治。其实，平行世界，也不安全。

数千年来，人类一次次不断追问我是谁、我从哪里来、我要到哪里去的问题，一次次让自身陷于来路和去处之间，不停地纠结，不断地煎熬。

好在我们还有科学，还有幻想。

当科学也束手无策，我们还可以依靠谁？

当幻想和能力都失去，我们又该去向何处？

也许出口就在入口处，也许来处本就是归途，如果回到过去已无意义，也许到达未来才是智慧。

还好，在小说的最后，基里尔重新变成了凡人。

还好屠龙者，最后没有成为龙。

还好，有时候换一种方法思考，是为了换一种方式爱这个世界。2020马上就要过去，还好可以和所爱之人一起仰望星空。

还好明天的剧本没有定稿，今天刚刚出炉的社会发展计划都还是有机会修正的草图。即使我们最终也无法知道我是谁、我来自哪里，还好我们可以自行决定要去往何处。

过去已去，还好未来可期。

还好这世界还不是《创世草案》，还有善良和爱，还好有你，有我，有我们……

译者
2020年12月20日